Die neue Hölle auf Erden

Oliver Brunotte

DIE NEUE HÖLLE AUF ERDEN

Bibliografische Information der Deutschen Nationalbibliothek:
Die Deutsche Nationalbibliothek verzeichnet diese Publikation in der Deutschen Nationalbibliografie; detaillierte bibliografische Daten sind im Internet über http://dnb.d-nb.de abrufbar.

FÜR LINUS,

FÜR WILLI,

FÜR KILIAN,

UND FÜR HANNAH

UND SIE FUHREN HINUNTER
LEBENDIG IN DIE HÖLLE
MIT ALLEM, WAS SIE HATTEN,
UND DIE ERDE DECKTE SIE ZU,
UND KAMEN UM AUS DER GEMEINDE.

4. MOSE 16: 33

GOIN' DOWN, PARTY TIME
MY FRIENDS ARE GONNA BE THERE TOO
I'M ON THE HIGHWAY TO HELL

AC/DC

KAPITEL 1:
DIE VERHANDLUNG

RICHTE MICH GOTT
UND FÜHRE MEINE SACHE WIDER DAS UNHEILIGE VOLK!
FELIX MENDELSSOHN BARTHOLDY - 1844

Vi war sauer.

Nein, das traf es nicht ganz. *Sauer* war sie schon öfter mal gewesen. Und wenn sie ehrlich war, gehörte so eine gewisse Grund-Grummeligkeit in letzter Zeit zu ihrem Standardrepertoire an Gefühlsregungen.

Aber *das* hier war eine ganz neue Dimension! Sie war so stinkwütend, dass der Ärger, den sie für gewöhnlich mit sich herumtrug und den sie von Zeit zu Zeit an Leuten, Robotern oder völlig unschuldig herumliegenden Gegenständen ausließ, dagegen wirkte wie ein laues Lüftchen.

Sie hatte einen *Orden* verdient! Das volle Programm! Die Schlusszeremonie des ersten Star Wars Films mit Fanfaren, Applaus und besonderer Ehrung! Mindestens!

Schließlich hatte *sie* zwei Gefangene aus der ewigen Festung befreit! Noch *nie* war es irgendjemandem gelungen, überhaupt nur Kontakt zu den Menschen da drinnen aufzubauen.

Sie alleine hatte es geschafft, sich durch hunderte, ach was, *tausende* Firewalls, Wächterprogramme und Honeypots hindurchzuhacken, die Daten auszuwerten und daraus die richtigen Schlüsse zu ziehen. Das war genial gewesen!

'Ein nicht zu kalkulierendes Risiko' sei sie eingegangen, hatten die uniformierten Lackaffen gesagt und sie natürlich prompt wieder zu so einem bescheuertem 'Disziplinargespräch' geladen. Purer Schwachsinn! Natürlich hatte sie das Risiko genau kalkuliert. Und absolut alles richtig gemacht! Die Geheimbotschaften, die sie hineingeschmuggelt hatte, waren ausschließlich von den beiden Jungs verstanden worden und niemand sonst hatte Verdacht geschöpft. Ein doppelter Löffel im Kakao? Wenn das nicht ultra-genial war, was denn dann?

Und hatten die überhaupt eine Ahnung, wie schwer es gewesen war, einen der 3D Drucker in den Fabriken dort so umzuprogrammieren, dass dabei ein Paket mit eingraviertem *YPS Heft* herauskam?

All das hatte sie geschafft! Sie ganz alleine, ohne irgendwelche Hilfe. Okay, na gut, wenn man jetzt ganz genau sein wollte, dann schon mit ein bisschen Unterstützung durch T. Aber da sie den ja eigentlich komplett selbst zusammengeschraubt und programmiert hatte, konnte man auch argumentieren, dass sie sich durch T nur *selbst* geholfen und folglich doch alles komplett alleine geschafft hatte.

Ach ja, T. Das war ja noch so eine Sache. Ein weiteres, ihrer 'Geheimprojekte', von dem niemand etwas erfahren durfte. Wenn irgendwer davon Wind bekommen sollte, dass sie da oben in ihrem Geheimversteck ein voll funktionstüchtiges Modell 4 zum Laufen gebracht hatte, würde T garantiert sofort deaktiviert und in seine Einzelteile zerlegt werden. 'Oh, Hilfe, Hilfe! Ein Roboter... die sind doch alle böse und gefährlich...! Schnell, lasst ihn uns abschalten!'

So'n Blödsinn. Sie hatte sämtliche Wifi Ein- und Ausgänge komplett dicht gemacht, als sie ihn aus lauter Einzelteilen zusammengelötet hatte. Der empfing keine Befehle von 'Gott', den Amerikanern oder sonst wem. Der hörte *nur* auf sie.

Aber wie sollte man das den Erwachsenen erklären, die sich ja schon ins Hemd machten, wenn man sich bloß mal für fünf Minuten an die Oberfläche schlich? Keine Chance.

Vi kickte eine Coladose, die den Fehler begangen hatte, ihr im Weg zu liegen, mit voller Wucht in Richtung des nächsten Tunneleingangs. Das laute Scheppern hallte von den kahlen Wänden des unterirdischen Labyrinths aus Gängen und Abzweigungen wider und machte sie noch wütender. Ein bescheuertes Parkhaus war der Bereich hier unten gewesen! Mehrere Etagen, in denen die Trottel von damals ihre dicken Karren hatten stehen lassen, um dann gemütlich durch die Stadt zu bummeln. Und heute war dieses dreckige unterirdische Loch ihr 'Home sweet Home'. Weil sich niemand mehr traute, die Oberfläche zu betreten. Was für Feiglinge!

Nein. Sie stand zu ihrer Entscheidung. Sie hatte genug gehabt vom ewigen Warten, hatte etwas unternommen und es hatte geklappt. Und jetzt wollte sie gefälligst ihren Orden dafür!

Stattdessen hatte sie Ärger mit den Lametta-Trägern und zwei nervige Teenager an der Backe, die anscheinend so gehirngewaschen waren, dass sie den ganzen Mumpitz mit Gott und all seinen lieben Engelein tatsächlich für bare Münze genommen hatten. Der Kleine hielt sogar jetzt noch daran fest!

Man konnte sich mit den beiden noch nicht mal vernünftig unterhalten, weil sie außer heile-Welt-Filmen und Büchern aus den Neunzehnhundert*achtzigern* anscheinend von *gar nix* eine Ahnung hatten!

Die hatten da drin nicht mal die Terminator-Filme sehen dürfen! Oder die Matrix! Wie soll man denn jemandem erklären, dass er ein Gefangener in einer durch Roboter bewachten, künstlichen Welt war, wenn ihm derart wichtige Bestandteile der Grundbildung einfach vorenthalten wurden?

Na klar, in gewisser Weise machte das Ganze schon Sinn: Alles, was bei denen irgendwie den Verdacht hätte wecken können, dass die Welt nicht ganz so voller Friede, Freude, Eierkuchen war, wie es ihnen da vorgespielt wurde, war einfach von der Liste möglicher Unterhaltungsmedien gestrichen worden. Aber deswegen ein ganzes Dorf mit Achtziger-Pop zu beschallen, das war doch einfach nur grausam!

Und man sah ja, was dabei rauskam: Zwei völlig weltfremde, gutgläubige Blondchen, mit denen man sich einfach nicht vernünftig unterhalten konnte.

Irgendwie hatte Vi sich das alles ganz anders vorgestellt.

Sie blickte auf ihre Uhr. Verdammt, schon zehn nach neun! Jetzt würde sie vermutlich noch mehr Ärger bekommen als ohnehin schon. Dämliche Frühaufsteher. Warum setzten die ihr blödes Treffen auch derart früh am Morgen an?

Sie legte die letzten hundert Meter im schnellen Sprint zurück und klopfte dann etwas außer Atem an die hohe Eisentür.

Sie wartete auf das knappe, strenge »*Herein*«, mit dem sie hier schon mehrmals begrüßt worden war und das immer einige Zeit auf sich warten ließ. Das machten die extra. Sie ließen einen draußen warten, damit gleich von Anfang an klar war, wer hier das Sagen hatte und wer diejenige war, die Mist gebaut hatte.

Irgendwo in ihrem Inneren meldete sich ein kleines unsicheres Stimmchen, das anmerkte, dass es vielleicht kein gutes Zeichen war, wenn man so oft wegen Ungehorsam und Fehlverhalten zu den Offizieren bestellt wurde, dass man den genauen Ablauf des Verfahrens schon fast auswendig kannte.

Aber wie immer wurde dieses leise Stimmchen des Selbstzweifels sofort niedergebrüllt von den wesentlich lauteren Stimmen ihrer felsenfesten Überzeugungen, ihrer ständig vor sich hin brodelnden Wut und ihres völlig unzähmbaren Sturkopfs, die allesamt riefen: »*Aber ich war im Recht!*«

Alles wie immer also.

Nur, dass diesmal irgendwie überhaupt nichts so war wie immer.

Kein ewiges Warten vor der Tür.

Stattdessen wurde die große Pforte nur wenige Sekunden nach ihrem Klopfen aufgerissen und wie ein kleiner grinsender Flummi hüpfte ihr Tim entgegen, der es anscheinend nicht mehr auf seinem Stuhl ausgehalten hatte und beim ersten Klopfen von Vi sofort losgesprintet war, um sie freudestrahlend zu begrüßen.

Tim öffnete gerade den Mund, um »Hallo Vi!« zu rufen, da dröhnte schon eine tiefe, keinen Widerspruch zulassende Stimme durch den Raum: »RUHE IM SAAL!«

Tim duckte sich unter dem Gebrüll und blickte schuldbewusst über seine Schulter.

»Hier gibt es *Regeln* und die werden gefälligst eingehalten«, sagte der Mann am Rednerpult ganz hinten jetzt ein klein wenig leiser. Trotzdem war seine Stimme durch Lautsprecher so stark verstärkt, dass Tim die Ohren klingelten.

»Und wie ich *dir* bereits *zwei Mal* habe sagen müssen, bleiben *Zeugen* und *Angeklagte* gefälligst auf ihren *Plätzen* sitzen!«, brüllte der Mann jetzt wieder unnötig laut und mit anklagend auf Tim gerichtetem Zeigefinger.

»Tschuldigung.... tschuldigung ... tschuldigung«, nuschelte Tim, während er sich an wichtig aussehenden uniformierten Leuten vorbeidrängelte, um sich wieder auf seinen Platz neben Michael zu setzen. Die reagierten allesamt äußert gereizt, wichen vor ihm zurück und zischten Kommentare wie 'unmögliches Benehmen... ', 'Frechheit', und immer wieder *'Abstand halten...!'*

Mann, waren die aber streng hier. Was sollte das überhaupt bedeuten: 'Zeugen und Angeklagte'? Waren sie hier jetzt die Zeugen oder die Angeklagten? Was sollte ihnen denn bitte schön vorgeworfen werden?

Aber schon daran, wie Vi, die sonst ja eher total die Rebellenprinzessin raushängen ließ, leicht geduckt und mit schlurfendem Gang nach vorne in Richtung des Hauptrednerpultes schlich, erkannte Tim, dass die Rolle der Angeklagten heute ganz eindeutig von ihr gespielt werden würde. Machte aber trotzdem keinen Sinn. Schließlich war Vi doch diejenige, die sie herausgeholt, gegen die Drohne beschützt und hierher verfrachtet hatte. War doch toll von ihr! Warum guckten die hier sie dann alle so giftig an?

Der offenbar sehr wichtige Mensch, der grade gebrüllt hatte, stand jetzt auf, um Vi noch ein bisschen weiter von oben herab anzubrüllen. Vor ihm stand ein beeindruckend großer Holztisch, auf den er beim Reden ab und zu die Hände aufstützte.

Die anderen wichtig aussehenden Menschen im Raum waren in einem großen Halbkreis so angeordnet, dass sie auch alle vorwurfsvoll auf Vi herabblicken konnten, die einsam und verloren in der Mitte des Raumes stand. Tim schüttelte den Kopf. Das hatte sie eindeutig nicht verdient. Er versuchte, ihr von seinem Platz aus freundlich zuzulächeln, aber da Vi den Kopf gesenkt hielt, konnte sie seine nett gemeinte Geste vermutlich nicht mal sehen.

»*Viola Rebecca Marlin!*«, begann der viel zu laute, und viel zu unfreundliche Mann. »Was *hast* du dir dabei nur gedacht?«

Das hätte Tim natürlich auch sehr interessiert, aber der Kerl ließ Vi ja nicht zu Wort kommen.

»Du hast dir irgendwie einen *Raketenwerfer* aus der Waffenkammer beschafft! Allein dafür könnten wir dir Hausarrest bis zu deinem zwanzigsten Geburtstag auferlegen!« Er lehnte sich nach vorne, stützte die Hände auf den massigen Holztisch.

»Aber das hat dir ja anscheinend nicht gereicht. Du musstest auch noch den frisch geklauten Raketenwerfer in einen - ebenfalls unerlaubt fahrtüchtig gemachten - Geländewagen verfrachten, damit dann bis direkt vor die Haustür des Feindes fahren - all dies natürlich komplett ohne Fahrerlaubnis oder auch nur eine angefangene Ausbildung im Fahrzeuglenken - und zu guter Letzt musstest du dann tatsächlich *EINE RAKETE AUF DIE UNDURCHDRINGBARE MAUER ABFEUERN!*«

Bei den letzten Worten schlug er wiederholt mit den Fäusten auf die Tischplatte. Tim fand, dass das total witzig aussah. Genau wie so ein Wüterich aus den alten Cartoons, die er und Michael beide so sehr liebten. Er stupste Michael mit dem Ellbogen in die Rippen. Aber der schüttelte nur den Kopf und hielt den Finger vor die Lippen. So ein Langweiler. Tim reckte den Kopf, um Vis Reaktion erkennen zu können, doch die schaute weiter nur stur auf den Boden.

Ein etwas dicklicher Mann links vom zentralen Rednerpult erhob sich und nahm den Faden auf.

»Ist dir überhaupt bewusst, in welche Gefahr du dich - und damit uns alle - mit deiner unbedachten Aktion gebracht hast?«, fragte er in einem wesentlich leiseren

Ton, der dem seines Vorredners trotzdem an Aggressivität und kaum verhohlener Abscheu in nichts nachstand.

»Und ich rede hier nicht nur davon, dass du völlig ungeschützt da rausgegangen bist…«

Tim zog verwirrt die Stirn kraus. Die hatte 'nen Kampfroboter, einen selbst gebastelten Bowcaster und einen Raketenwerfer bei sich! Das war doch wohl alles andere als ungeschützt. Doch die Umstehenden nickten ernst, als wüssten sie ganz genau, was der dicke Mann meinte.

»Ich rede davon«, fuhr er fort, »was vielleicht noch folgen *wird!* Der Feind ist uns haushoch überlegen. Einen für uns verheerenden Gegenschlag zu provozieren, nur damit *du* dich für einen Augenblick wie die große Kämpferin fühlen kannst… Pah! Das ist so …«, er rang nach Worten, »... so unglaublich *egoistisch!*«

Nun stand auch auf der rechten Seite jemand auf. Tim mutmaßte, dass das Ganze wohl irgendeiner zugrunde liegenden Symmetrie folgen müsse. Vielleicht wollten sie vermeiden, dass Vi zu einer Seite umkippte, wenn sie nur aus einer einzelnen Richtung angemeckert wurde.

Die Frau, die jetzt sprach, war sehr dünn, hatte extrem kurze, blonde Haare, trug zu viel Makeup und Tim fand sie auf Anhieb total unsympathisch.

»Mich würde mal interessieren«, dröhnte ihre quäkende Stimme so laut durch den Saal, dass Tim leidend das Gesicht verzog, »was in deinem Kopf vorgegangen ist, als du diese Schnapsidee hattest!« Sie schob das Kinn vor, versuchte Augenkontakt mit Vi herzustellen. Aber da konnte sie lange warten.

»Warum?«, legte sie nach. »Warum hast du das getan?«

Es sollte vermutlich nur eine rhetorische Frage sein. Eine Art Auftakt, nach dem die eigentliche Schimpftirade von allen Seiten erst so richtig losgehen konnte. Doch dazu kam es nicht.

Vi, die bisher still und bewegungslos dagestanden hatte, ganz das reuige Schäfchen, das zur Schlachtbank geführt wurde, hob nun wie aufs Stichwort den Kopf. Es war nur eine winzige Bewegung, doch jeder im Saal bemerkte die Veränderung und eine erwartungsvolle Stille senkte sich über die Runde.

Vis Augen blitzten, als sie dem Vorsitzenden direkt in sein Gesicht blickte. Tim erkannte, dass ihre Haltung zuvor keineswegs die eines geduckten, gescholtenen kleinen Mädchens gewesen war. Ganz im Gegenteil. Es war das Lauern einer zum Sprung bereiten Raubkatze, die ihre Beute genau ins Visier nahm, bevor sie dann mit einem Mal gnadenlos zuschlug. In ihrem Blick sah er keinerlei Angst, Scham oder Reue. Nur Kampfeslust, Wut und ihren absolut unbezwingbaren Willen. *Das* war die Vi, die er kennengelernt hatte, die er auf Anhieb gemocht hatte und vor der er einen Heidenrespekt hatte.

»Warum?«, fragte Vi. Leise noch, aber in der plötzlichen Stille doch unüberhörbar und drohend, wie das leise Grollen vor einem Vulkanausbruch.

»Ihr wollt wissen, *warum?*«

Sie schaute der Reihe nach allen anwesenden Uniformträgern direkt in die Augen. Dabei richtete sie sich noch einige Zentimeter weiter auf und kam Tim nun vor wie eine altgriechische Rachegöttin.

»*Ihr*, die ihr hier bequem auf euren Sesseln sitzt, anstatt selbst da draußen gegen den Feind zu kämpfen, wagt es, mich zu fragen *warum?*

Ihr, die ihr, solange ich denken kann, *nichts* unternommen habt, um unsere Lage hier unten zu ändern?

Ihr, die ihr uns nur mit dem Allernötigsten irgendwie am Leben erhaltet, fragt mich tatsächlich nach dem *Warum?*«

Sie machte eine kurze Pause, in der sie wieder den Vorsitzenden fixierte und mit Blicken aus ihren strahlend grünen Augen durchbohrte.

»Fragt euch lieber, warum ein kleines Mädchen das tun musste, was doch eigentlich *eure Aufgabe* gewesen wäre!«

Nun war es an Vi, einen anklagenden Zeigefinger zu heben und auf den Vorsitzenden zu richten. »Warum habt ihr nie herausgefunden, was hinter der großen Mauer liegt? Warum habt ihr nicht erkannt, welch unermesslicher Reichtum an Vorräten und Ressourcen dort gehortet wird, während wir hier im absoluten Elend leben? Und die Menschen dort drin…!«

Sie drehte sich so abrupt in Tims Richtung, dass der überrascht zusammenzuckte.

»Ist es euch jemals gelungen, Kontakt zu ihnen aufzunehmen? Oder sie sogar zu befreien, so wie ich die beiden hier befreit habe?«

Tim fühlte sich, so plötzlich ins Rampenlicht gestoßen, sehr unbehaglich. Er zog die Lippen zu einem gekünstelten Lächeln nach oben, während er unsicher mit seinen Fingern winkte.

»All *das*«, schloss Vi, »habt ihr nicht einmal versucht! Weil ihr Angst hattet. Weil ihr es so sehr gewohnt wart, euch zu verstecken, dass ihr gar nicht mehr wisst, wie man kämpft!«

Sie verschränkte die Arme vor der Brust, jetzt wieder ganz die trotzige Teenagerin. »Schämt euch! Schämt euch, dass ein kleines Mädchen euch zeigen musste, was eigentlich zu tun wäre und dass sie *euren Job* für euch machen musste!«

BÄÄMM! Das hatte gesessen! Tosender Applaus! Riesige Begeisterungsstürme! Tim fand, dass Vis Rede all das und noch viel mehr verdient hatte.

Er wollte schon aufspringen und dieser geborenen Anführerin und Kämpferin applaudieren, als er bemerkte, dass er hier wohl der Einzige war, der das so sah. Die kalten, abschätzigen Blicke der Umstehenden ruhten noch immer auf Vi, das unangenehme Schweigen zog sich weiterhin in die Länge und ganz offensichtlich schien niemand das Bedürfnis zu haben, ihr zu applaudieren.

Mit einer Ausnahme: Der Vorsitzende, der Vi jetzt Kopf an Kopf gegenüberstand, hatte eine Hand schräg nach vorne ausgestreckt und schlug mit der anderen nun übertrieben langsam darauf ein. Wow. So ein sarkastisches Klatschen hatte Tim echt noch nie gesehen. Da konnte man ja wirklich bei jedem einzelnen langsamen »KLATSCH« ganz deutlich heraushören: *Das... hier ... ist . .ironisch ... gemeint!*

»Bravo... Bravo... Bravo«, sagte der Vorsitzende und blickte dabei in die Runde. »Ich denke, damit ist nun wirklich alles gesagt, was wir hören mussten, um unser Urteil zu fällen. Meine Herren, meine Damen, wollen wir uns nun zur Beratung zurückzie...«

»NEIN«,

Die Frau, die den Vorsitzenden jetzt mit lauter Stimme unterbrach, saß direkt hinter Tim und Michael. »Ich bin nicht der Meinung, dass wir bereits alles gehört haben, was gesagt werden musste«, sagte sie und erhob sich von ihrem Platz.

Sie war groß gewachsen, muskulös und trug ihre Haare in einer Art strengen Dutt. Ihre Uniform war mit jeder Menge Auszeichnungen behängt.

Nach einem Augenblick der Stille, in dem sie den Vorsitzenden anfunkelte, wandte sie sich mit viel ruhigerer, unerwartet sanfter Stimme an die anderen Uniformträger. »Ich hatte mir vorgenommen, bei diesem Treffen gar nichts zu sagen. Ich habe es auch fast geschafft, und ihr wisst alle, wie schwer mir sowas für gewöhnlich fällt«.

Gedämpftes Lachen aus der Runde. Die Frau schien hier beliebt zu sein. Sie wartete, bis wieder Stille eingekehrt war, dann sprach sie in ernsterem Ton weiter.

»Ich bleibe dabei. *Ich* werde nichts sagen.«

Wieder eine Kunstpause. Diesmal etwas kürzer als die letzte.

»Aber ich bin überzeugt davon, dass Marten dort drüben noch einiges sagen möchte. Und vermutlich hat Tilda, die sich bisher sehr zurückgehalten hat, auch noch interessante Fakten beizusteuern.«

Die von ihr Angesprochenen zuckten sichtbar zusammen und es sah überhaupt nicht so aus, als wollten sie irgendetwas sagen. Beide warfen unsichere Blicke in Richtung des Vorsitzenden. Aber als die Frau ihren Laserstrahlen-Blick wieder auf den Mann namens Marten richtete, hielt sie ihn darin gefangen und ließ ihm keinen Millimeter Platz für Ausflüchte.

»Ja, also...«, begann Marten, der eine Brille trug und dessen Haar im Gegensatz zu den vielen Kurzhaarfrisuren der anderen Männer hier lang und wirr in verschiedene Richtungen ragte.

»Das Gerät, das die beiden Jungen da bei sich hatten... Dieses, ähm, 'Buch' wie sie es nennen«, er probierte einen halbherzigen Lacher, doch als ihm nur Schweigen entgegenschlug, schluckte er und sprach schnell weiter.

»Also die Hardware und die Programmierung dieses Teils... die ist einfach ... *wow!* Wir kratzen ja erst an der Oberfläche des Codes und des Aufbaus der Microchips, aber es ist jetzt schon klar, dass diese Technologie so weit entwickelt ist, wie wir frühestens in zehn Jahren sein könnten! Allein die Prozessoren ...«

Er schien jetzt bereit, auf weitere Details einzugehen, erwärmte sich geradezu für das Thema, doch in diesem Moment mischte sich wieder der Vorsitzende ein.

»Es bestätigt also«, sagte er in seinem ruhigen und seltsamerweise gleichzeitig aggressiv klingenden Tonfall, »dass der Feind uns auch technologisch haushoch überlegen ist und dass die Aktion unserer kleinen Solo-Kämpferin hier überaus unbedacht und gefährlich war, *oder?*«

Marten schluckte. Er atmete hörbar ein, sagte dann aber nichts.

»Vielen Dank, Professor Eichmann«, sagte der Vorsitzende. »Nun, da jetzt anscheinend wirklich alles gesagt worden ist...«

»Ich mein ja nur...«, unterbrach der Professor mit den wirren Haaren und der leisen Stimme ihn noch einmal,

»dass unsere eigene Forschung dank dieses 'Vorfalls' einen gewaltigen Sprung nach vorne machen wird. Wir können von dieser Technologie so unglaublich viel lernen, unsere eigenen Produkte enorm verbessern, Erfindungen realisieren, von denen wir noch Jahre entfernt waren...«

»*Danke,* Herr Professor Eichmann«, fuhr der Vorsitzende dazwischen. »Ich denke wir haben verstanden.«

Er sah inzwischen ein bisschen weniger selbstzufrieden aus. Tim gefiel das.

»War mir ja nur wichtig, das auch noch mal gesagt zu haben«, nuschelte Professor Eichmann, während er sich wieder setzte. Die strafenden Blicke des Vorsitzenden schienen ihm körperliche Schmerzen zu bereiten.

Tim hingegen fand das total witzig. Er sah in dem Vorsitzenden immer mehr den wütenden Comic-Bösewicht. Hoffentlich schlägt er noch mal mit den Händen auf den Tisch, dachte er. Vielleicht würde dann auch noch Qualm aus seinen Ohren kommen und seine Haare nach oben fliegen. Tim musste grinsen.

»Wenn wir dann mit den Wortmeldungen so weit durch sind, würde ich vorschlagen...«, probierte der Vorsitzende es erneut, aber so einfach würde Tim ihn natürlich nicht vom Haken lassen.

»Ich dachte, die eine Frau da hinten sollte auch noch was sagen. Oder?«, unterbrach ihn Tim mit Unschuldsmiene. Er wollte auf keinen Fall, dass die Show jetzt schon endete. Dafür war das Ganze viel zu unterhaltsam.

»*Du* bist als Zeuge hier!«, fuhr ihn der Vorsitzende an und Tim glaubte zu erkennen, wie sein Kopf zunehmend roter wurde. »Solange *Dir* keine direkte Frage gestellt wird, hast du den Mund zu halten und das Verfahren nicht zu stören«

Tim schenkte ihm sein süßestes 'Ich bin ganz brav'-Lächeln und machte vor seinem Mund eine 'Reißverschluss-zu'-Geste. Dann aber schaute er fragend in Richtung der blonden Frau, die vorhin angesprochen worden war. Er erkannte sie jetzt als eine der Wissenschaftlerinnen, die ihn und Michael in den letzten Tagen immer wieder besucht und viele viele Fragen gestellt hatten. Auch sie trug heute eine Uniform mit allerlei seltsamen Auszeichnungen und ihre langen blonden Haare hatte sie zu einem Zopf zusammengeflochten. Seinem Blick folgend, schaute auch der Vorsitzende in ihre Richtung, was die Frau als Aufforderung zum Reden ansah.

»Natürlich«, sagte sie, »sind die psychologischen Auswertungen noch längst nicht abgeschlossen.« Sie schob ihre Brille noch ein wenig weiter auf die Nase und suchte in ihren Unterlagen, bevor sie weitersprach. »Aber aus den bisherigen Daten glauben wir klar erkennen zu können, dass die beiden minderjährigen Zeugen tatsächlich von dem überzeugt sind, was sie sagen. Sie kooperieren bereitwillig und lassen in keinerlei Hinsicht manipulative oder böswillige Absichten erkennen.«

Sie blickte nun wieder den Vorsitzenden direkt an. »Die von ihnen geäußerte These, dass es sich um bewusst eingeschleuste Spione oder Agenten des Feindes handeln könnte, dürfen wir aufgrund der Tests und Befragungen der letzten beiden Tage getrost als widerlegt ansehen.«

Der Vorsitzende hielt beide Hände vor dem Mund gefaltet und berührte mit den Fingerspitzen seine Nase. Jetzt öffnete er die Hände in einer unschuldigen Geste und fragte: »Und, Frau Doktor Michelsen? Was erzählen sie so, die beiden?«

Tim ärgerte sich ein bisschen. Das hätte er ihn und Michael doch jetzt echt mal selbst fragen können.

»Nun«, druckste die Frau herum, »im Grunde stützen ihre Aussagen zu großen Teilen die Berichte von Viola Rebecca.«

»Vi«, zischte die aus zusammengebissenen Zähnen, aber niemand schien sie zu beachten. Tim fand das seltsam, wo sie doch eigentlich die Hauptperson hier sein sollte. Warum fragte sie eigentlich keiner wirklich etwas? Oder ihn und Michael? Wozu waren sie überhaupt hier, wenn die sich alle nur über ihre Köpfe hinweg miteinander unterhielten.

»Auch die beiden Jungen berichten von enormen Wasservorkommen, ja sogar von einer Art Fluss, in dem sie oft gebadet und gespielt haben.«

Ein Raunen ging durch die Anwesenden und ungläubige Blicke richteten sich auf Tim und Michael.

»Laut den beiden Zeugen gibt es innerhalb der Mauer keinerlei Nahrungsmittel- oder allgemeine Güterknappheit. Sämtliche Grundbedürfnisse werden ihrer Aussage nach durch den Anbau von Ressourcen innerhalb eines gigantischen vertikalen Gewächshauses gedeckt.«

Inzwischen waren deutliche Laute des Erstaunens zu hören und viele der Anwesenden hatten begonnen, miteinander zu tuscheln.

»Während der Ressourcenreichtum an sich keine große Überraschung darstellt - wir wussten ja schon immer, dass der Feind uns in jedweder Hinsicht dramatisch überlegen ist - weichen die Beschreibung der Jungen hinsichtlich der 'Haltung' der Gefangen innerhalb der Mauern doch sehr von unseren Vermutung ab, was die Unterbringung und den Lebensstandard der Menschen dort angeht.«

Ein besonders interessiert aussehender General mit Schnauzbart lehnte sich vor und fragte: »Bestätigen die Aussagen der Kinder denn unsere Vermutungen von unterirdischen Verließen und täglicher Folter?«

Frau Doktor Michelsen schüttelte entschieden den Kopf.

»Nicht, wenn wir den Berichten der Kinder Glauben schenken können. Ganz im Gegenteil. Sie berichteten mir von einer völlig unbeschwerten Lebensweise. Restriktionen oder Verbote sind den beiden völlig fremd. Sie versicherten mir glaubwürdig, dass sie eigentlich jeden Tag viel draußen waren, einkaufen gingen und gänzlich ohne Betreuung oder sonstige Sicherheitsvorkehrungen allein in ihrem Dorf und der näheren Umgebung miteinander spielten.«

Den Tumult, der daraufhin ausbrach, versuchte der Vorsitzende durch wiederholtes Aufschlagen eines kleinen Hammers auf seinem Tisch zu unterbinden. Ziemlich aussichtslos. Alle redeten durcheinander, gestikulierten mit den Händen, schüttelten die Köpfe und warfen ungläubige Blicke in Richtung von Tim und Michael.

»Das kann doch überhaupt nicht stimmen! Wie sollte der Feind denn sonst an das Adrenochrom kommen?«, rief der schnauzbärtige Kerl, der jetzt anscheinend völlig außer sich war. Niemand antwortete ihm und auch sonst schien gerade alles mächtig aus dem Ruder zu laufen. Tim drehte sich zu der Frau mit dem Laserblick um, die direkt hinter ihm saß und fragte: »Was ist denn ein Adrenodingsbums?«

Aber die schüttelte nur den Kopf. »Reiner Schwachsinn ist das«, zischte sie zwischen zusammengebissenen Zähnen. Tim dachte schon, das wäre alles, was er aus ihr herausbekommen würde, aber dann wandte sie sich ihm doch noch einmal zu und flüsterte: »Das ist nur ein uraltes Märchen, an das leider immer noch viel zu viele dieser alten Deppen hier glauben. Die denken allen Ernstes, ihr würdet dort drin alle in unterirdischen Verließen gehalten, gefoltert und euch würde dieses Adrenochrom abgezapft, womit sich der Feind dann das *'ewige Leben'* sichern kann. Frag mich bitte nicht, wo dieser Riesen-Bockmist jemals hergekommen ist, aber er hält sich wie die Pest in den Köpfen von einigen Wenigen.«

Tim bekam große Augen. Er wusste ganz genau, woher die Idee stammte, und ihn gruselte, wenn er daran dachte. »Wie die Gelflinge im dunklen Kristall«, flüsterte er.

Damit schien die Frau aber nun gar nichts anfangen zu können. Sie ignorierte Tim, richtete sich zu ihrer vollen Größe auf und schrie gegen den allgemeinen Tumult an: *»DAS IST DOCH ALLES VÖLLIGER SCHWACHSINN!«*

Und im Gegensatz zu dem Hämmerchen des Herrn Vorsitzenden schien ihr Wort bei den Herren Generälen und Majoren anzukommen. Zumindest wurde es langsam wieder ruhiger. Nur der Schnauzbärtige konnte das Thema anscheinend noch immer nicht fallenlassen.

»Ja, aber Hillary Clinton…«, probierte er es noch einmal halbherzig. »Und Bill Gates! Die haben doch…«

»...beide vor *über einem Jahrhundert gelebt!«*, fuhr ihm die Frau über den Mund. »Das muss doch selbst Ihnen einleuchten. Die sind längst in die ewigen Jagdgründe eingegangen… Abgeflogen zu ihren Ahnen… Die sind…«

»Aber das wollen die uns doch nur glauben machen!« Der Kerl ließ einfach nicht locker. »Das ist doch die eigentliche große Verschwörung! In Wirklichkeit haben sie all die Kinder hinter dieser Mauer eingesperrt, ihnen seit Jahrzehnten den Lebenssaft ausgesaugt und ziehen auch heute noch immer im Hintergrund alle Fäden.«

Tim konnte nicht mehr. Er musste einfach loslachen. So eine Hammergeschichte, ganz offensichtlich völlig bescheuert und trotzdem gleichzeitig total ernst rübergebracht. Von einem alten Kerl mit Schnauzbart! Das war zu viel für ihn. Der Typ verdiente eindeutig einen Comedy-Oskar.

Tims helles Kinderlachen wirkte in dieser Runde aus ernst dreinblickenden, hochdekorierten und unglaublich wichtigen Männern und Frauen völlig fremd und fehl am Platz. Aber gleichzeitig sorgte es auch für eine gewisse Entspannung. Die ganze Anspannung und der Streit schienen vergessen und alle Aufmerksamkeit richtete sich mit einem Mal auf dieses kleine, fröhliche Kind, das dort in ihrer Mitte saß und einfach nur lachte.

»Entschuldigung…«, sagte Tim schließlich und rang nach Atem. Der Lachanfall war fürs erste gebändigt, aber er könnte jederzeit wieder aus ihm herausplatzen, falls der Schnauzbart auch nur noch einmal den Mund aufmachte.

»Tut mir echt leid…«, setzte er nochmal an, »Aber das ist einfach nur so witzig, was ihr da für Vorstellungen von unserem Leben habt.«

Inzwischen war es im Saal mucksmäuschenstill geworden und alle hingen an seinen Lippen. Ein klein bisschen gefiel das Tim. Aber ein bisschen gruselig war es auch. Er richtete sich noch ein wenig mehr auf und zählte an den Fingern ab:

»Aaaalso... Erstens werden wir nicht gefangen gehalten, zweitens nicht gefoltert, drittens hat bei uns noch niemals jemand etwas von diesem komischen Adrenodingebums oder eurer Hillary Gates gehört und viertens geht's uns allen ganz prima. Wir Kinder sind jeden Tag draußen und können tun und lassen, was wir wollen.«

Der erste, der danach die Sprache wiederfand war ein älterer Herr mit Halbglatze und leichtem Bauchansatz. Er fragte: »Aber ... aber wie kommt ihr denn mit der Hitze klar?«

Tim und Michael schauten sich erstaunt an. Die Frage kam ein wenig unerwartet. Aber wäre ja unhöflich, jetzt nicht zu antworten, fand Tim und räusperte sich.

»Also...«, begann er und überlegte erst jetzt, was er überhaupt antworten sollte. War ja auch wirklich eine seltsame Frage. Wusste denn nicht jeder, wie man mit Hitze umging? Er probierte erst mal, ganz offensichtliche Dinge aufzuzählen.

»Wenn wir rausgehen, dann cremen wir uns natürlich mit Sonnenmilch ein. Da besteht meine Mama immer drauf. Und 'ne Sonnenmütze soll ich auch immer aufsetzen, aber die verbasel ich meistens im Lauf des Tages irgendwo. Tja... Ansonsten ist es natürlich wichtig, viel zu trinken und nicht allzu lange in der prallen Sonne zu liegen, aber das ist doch eigentlich alles logisch, oder? Was gibt´s denn an Hitze und super Wetter auszusetzen? Ist doch toll, dass uns Gott jeden Tag den perfekten Sommersonntag schenkt. Und wenn uns zu heiß wird, gehen wir halt im Fluss baden. Oder wir setzen uns in den Schatten von 'nem Baum und...«

»Ihr habt da drinnen *Bäume??«,* unterbrach ihn die Frau mit der schrecklichen Stimme, die Vi vorhin so angegangen war. Sie klang jetzt noch eine Stufe unerträglicher. Wie Metall auf einer Glasscheibe.

»Äh, ja natürlich?«, antwortete Tim unsicher. »Bäume, Gras, Büsche, Blumen...«

Und schon herrschte wieder ein heilloses Durcheinander. In dem allgemeinen Tumult konnte Tim nicht mal verstehen, worüber jetzt schon wieder so heiß diskutiert wurde. Er schnappte nur einzelne Worte und Satzteile auf.

»... unglaublich...«,

»...Das denken die sich doch alles nur aus...«

»...widerspricht *allem,* was wir bisher angenommen haben«

»...Gehirnwäsche durch Bill und Hillary...«

Und plötzlich, für Tim völlig unerwartet, stand Michael neben ihm auf und seine laute Stimme durchdrang das Durcheinander der aufgebrachten Menge.

»Ich kann euch sagen, wie das alles sein kann«

Er musste nur kurz warten, bis wieder aller Lärm in dem Raum verklungen und sämtliche Augen erwartungsvoll auf ihn gerichtet waren.

»Wir haben es gesehen. Die gigantische Maschinerie, die im Hintergrund nötig ist, um uns in diesem sogenannten 'Paradies' leben zu lassen«.

Er schnaubte, als er das Wort 'Paradies' aussprach. Insgesamt wirkte Michael in letzter Zeit so seltsam verschlossen. Die ganze Zeit hatte er kein Wort gesagt. Hatte sich die verschiedenen Redebeiträge ohne Regung angehört und nur hin und wieder ganz leicht den Kopf geschüttelt. Da schien sich mal wieder etwas in ihm angestaut zu haben, was nun raus musste. Tim war gespannt, worauf er hinauswollte.

»Es ist alles künstlich, dort hinter der Mauer. Die ganze Welt, in der wir da leben, ist eine einzige Lüge.«

Er atmete tief durch. Schien seine Gedanken zu sammeln. Als er schließlich sprach, hing jeder Einzelne im Saal an seinen Lippen.

»Die relativ moderaten Temperaturen haben wir dort vermutlich wegen der vielen Pflanzen und der direkten Nähe zum Fluss und dem Wasserfall«

Das machte Sinn, fand Tim. Die Blätter verdunsteten das Wasser und kühlten damit die Umgebung. Der Wasserfall und der Fluss bewirkten ebenfalls eine erhöhte Feuchtigkeit und Abkühlung der Luft. Er nickte seinem Freund anerkennend zu. Clever kombiniert.

»Die Pflanzen wiederum werden künstlich bewässert. Wir haben unterirdische Tunnel gesehen mit tierisch vielen Röhren. Ich nehme an, dass davon viele bis direkt an die Wurzeln der Pflanzen gehen und genau die Menge an Wasser abgeben, die die Pflanzen benötigen.«

Tim schaltete sich ein: »Ach ja, und dann gibt's ja auch noch die Regenfälle, die fast jede Nacht zwischen ein und vier Uhr fallen. Meinst du, die sind auch künstlich?«

»Da bin ich mir sogar total sicher. Oder regnet es hier etwa jede Nacht?«

Kopfschütteln. Ungläubige Blicke.

»Dacht' ich mir. Und was unsere Versorgung mit Essen und Gütern angeht…«

Tim wusste, worauf er hinauswollte, und bei dem Gedanken daran bekam er eine Gänsehaut auf den Oberarmen.

»... fragt lieber *nicht* zu genau nach, woraus unser Essen da drüben bestanden hat«, schloss Michael, dem das Thema anscheinend auch noch schwer im Magen lag.

»Aber…aber...«, fragte nun der dickliche Mann von vorhin »...Ihr könnt da doch nicht einfach so ungeschützt rumlaufen! Wie geht ihr denn um mit...?«

Tim wartete noch auf das Ende und somit auf den entscheidenden Teil der Frage, aber der Mann redete nicht weiter, sondern machte stattdessen eine Geste, die Tim äußerst befremdlich fand: Er streckte beide Arme gerade zur Seite ab, Handflächen nach oben und begann sich einmal komplett im Kreis zu drehen. Lustigerweise waren sofort auch seine beiden Sitznachbarn aufgestanden und vollführten dieselbe merkwürdige Bewegung. Tim fiel dabei zum ersten Mal auf, wie weit die einzelnen Stühle hier auseinander standen: Trotz ausgestreckter Arme war noch Platz zwischen dem dicken Mann und den anderen beiden. Ihre Hände berührten sich nicht. Als hätte jemand vor der Sitzung die Position aller Stühle im Raum genau ausgemessen.

»Äh… Soll das eine Art Tanz sein?«, riet Michael mit hochgezogener Augenbraue, den diese Frage anscheinend völlig aus dem Konzept brachte. Er blickte zu Tim hinunter, der aber auch nur hilflos mit den Schultern zuckte.

Doch noch bevor der Mann zu einer Erläuterung ansetzen konnte, erklang wieder die laute Stimme des Vorsitzenden, der anscheinend beschlossen hatte, dass es an der Zeit wäre, die Gesprächsführung wieder an sich zu ziehen.

»Meine Damen und Herren. Das klingt nun alles wirklich überaus fantastisch. Aber ich denke, dass es für alle Anwesenden wichtig wäre, die Glaubwürdigkeit der Zeugen hier richtig einzuschätzen. Aus diesem Grund möchte ich mir erlauben, eine letzte Frage an die beiden zu richten und ich möchte euch bitten, diese Frage nach bestem Wissen und Gewissen zu beantworten«

Puh… ganz schön gestelzt, fand Tim. Jetzt kam er sich zum ersten Mal richtig vor wie in einem Gericht. Okay, er war natürlich noch nie in einem Gericht gewesen, aber so ungefähr hatte er sich immer die Anwälte vorgestellt, die mit clever gestellten Fragen die Angeklagten zur Strecke brachten. Er war auf der Hut. So leicht würde der Kerl da ihn nicht überrumpeln. Doch die Frage, die er schließlich stellte, erschien Tim dann weder kompliziert noch besonders gefährlich.

Der Vorsitzende fragte: »*Wer* steckt dahinter? Wer ist derjenige, der all das - die Mauer, den Fluss, die Bäume und das Essen - für euch so wunderbar gemacht hat?«

Zuerst blickte der Vorsitzende Michael an. Aber der antwortete nicht. Das war schon mal seltsam. Micha wusste doch ganz genau, wer das alles gemacht hatte. Tim wartete noch ein wenig ab, aber als Michael schließlich mit den Schultern zuckte und der Blick des Vorsitzenden sich auf ihn richtete, stand er auf und sagte mit lauter Stimme:

»Na, das war natürlich der liebe Gott. Er und seine Engel haben uns das Paradies auf Erden geschenkt und sie behüten und beschützen uns an jedem Tag.«

KAPITEL 2: ZU GAST

COME IN AND STAY A WHILE.
CAST THE WORLD ASIDE FOR NOW.
GIVE YOURSELF A CHANCE TO BREATHE.
AND TRY YOUR BEST TO SMILE.
RHONDA POLAY - 1994

Das war so blöd«, zischte Michael, ohne sich nach Tim umzusehen. Der musste fast rennen, um mit ihm Schritt zu halten. Und hatte anscheinend noch immer nicht kapiert, dass er sie gerade total blamiert hatte.

»Wieso das denn? Ich hab` doch bloß die Wahrheit gesagt«, protestierte Tim.

Michael schüttelte den Kopf. Das war so peinlich gewesen. Alle hatten sie gelacht. Der ganze Saal hatte sich über die beiden Trottel vom Dorf kaputtgelacht. Und Tim der kleine Dussel hatte alles noch schlimmer machen müssen, indem er versucht hatte, sich zu verteidigen und zu erklären, dass Gott das alles doch wirklich nur aus Liebe zu den Menschen getan habe.

Michael blieb stehen und fuhr Tim an: »Hast du eigentlich überhaupt nicht aufgepasst? Das war doch alles eine einzige große Lüge. Gott! Die Engel! *Alles Betrug!*«

Er warf die Arme in die Luft und raufte sich die Haare. »Alles nur Pappkameraden! Gesteuert von irgendeinem Idioten in China oder Russland oder wo auch immer, der seine kranken Spielchen mit uns spielt. Das hast du doch auch gesehen. Wieso musstest du uns dann so blamieren? Die glauben uns doch jetzt kein Wort mehr!«

Michael war das sofort klar gewesen, als nach einem Augenblick der Stille der gesamte Saal plötzlich in schallendes Gelächter ausgebrochen war. Und dazu dann noch dieses fiese, abschätzige Lächeln auf dem Gesicht des Vorsitzenden.

»Ich denke, wir sollten heute keine Entscheidung treffen und alle über das Gesagte nachdenken«, hatte der eingebildete Schnösel gesagt. Und dabei die ganze Zeit über so dämlich überheblich gegrinst. »Wir sehen uns morgen um Fünfzehn Uhr wieder und treffen gemeinsam eine Entscheidung.«

»Aber sollte ich etwa lügen?«, fragte Tim und stampfte jetzt tatsächlich mit dem Fuß auf. Niedlich. Aber auch echt albern.

»Du hättest einfach bei dem bleiben können, was wir wirklich gesehen haben«, meinte Michael. »Wir haben mit unseren eigenen Augen gesehen, dass alle Engel und auch Gott selbst nur ferngesteuerte Roboter waren«

»Ja! Aber doch gelenkt vom *echten* Gott!«, beharrte Tim. »Hast du das mit dem zweiten Gebot denn nicht kapiert? Was er uns kurz vor seinem 'Tod' erzählt hat? Er *musste* eine Form annehmen, die wir begreifen konnten. Weil wir Menschen Gott in seiner wahren Form eben nicht verstehen können. *Deshalb* die Verkleidung mit den Robotern. Ist doch wohl logisch, oder? Früher hat er sich den Menschen als brennender Busch oder Feuersäule gezeigt, heute nutzt er halt die moderne Technik und zeigt sich in der Form von Robotern.«

Michael schüttelte den Kopf. Da war echt nichts zu machen. Der kleine Sturkopf hatte sich da total hinein verrannt, auch wenn für alle Welt völlig offensichtlich war, was für einer Riesenräuberpistole sie da ihr Leben lang aufgesessen waren.

Er legte Tim die Hände auf die Schultern und sprach ganz langsam und ruhig, obwohl eigentlich alles in ihm schreien wollte.

»Tim. Es gibt. Keinen. Gott. Akzeptiere das. Lass dich nicht noch immer weiter verar...«

»*Hey!* Ihr zwei! Nicht einschlafen. Schwingt eure Hufe! Wir haben noch einen weiten Weg vor uns!«

Die Stimme der Frau ließ keinen Widerspruch zu. Vorhin, als sie dem blöden Vorsitzenden die Stirn geboten hatte, war sie Michael ja noch ganz sympathisch vorgekommen. Aber jetzt, wo sie aus irgendeinem nicht ersichtlichen Grund ihre neue Aufpasserin geworden war, hatte sich das schlagartig geändert.

Okay, viel schlimmer als die zwei Tage, die sie bisher, völlig von allen Menschen abgeschnitten, hatten verbringen müssen, konnte es mit der da eigentlich auch nicht werden.

Andererseits waren sie dort in ihrem winzigen Zimmer wenigstens größtenteils in Ruhe gelassen worden - von den Befragungen durch die blonde Doktorin und ihrer Helfer mal abgesehen. Und außerdem war da immer mal wieder Vi vorbeigekommen. Offiziell als 'Person des Vertrauens', die bei den Befragungen helfen sollte, inoffiziell einfach als Kind in ihrem Alter, mit der sie auch mal normal quatschen konnten. Das war eigentlich immer ganz nett gewesen.

Aber auf Besuch von Vi würden sie sich bei der strengen Militärtante hier sicher nicht einstellen dürfen. Wer weiß, bei wem sie da jetzt gelandet waren.

Für den Vorsitzenden war es jedenfalls ganz offensichtlich gewesen, dass diese Frau jetzt für sie zuständig war.

»In Anbetracht der besonderen Umstände«, hatte er übertrieben freundlich gesagt, »ist es sicher das Beste, wenn die beiden Jungs vorerst bei Ihnen bleiben. Finden Sie nicht auch, Frau Kollegin?«

Und die Frau mit dem strengen Blick hatte einfach nur genickt. Als wäre damit alles geklärt. Hatten sie denn bei der Sache überhaupt kein Mitspracherecht? Michael hatte natürlich sofort protestieren wollen, aber die Frau hatte ihnen gleich ihre Schraubstock-Hände auf die Schultern gelegt und mit einem entschiedenen Kopfschütteln jegliche Diskussion untersagt. Da war überhaupt keine Frage gewesen, ob man Widerworte haben konnte. Das ließ ihr steinerner Blick und die Art, wie sie die beiden sofort nach der Besprechung aus dem Saal schob, überhaupt nicht zu.

Und auch jetzt sah es nicht so aus, als wäre sie vernünftigen Argumenten gegenüber zugänglich.

»Ich gebe ihn noch nicht auf«, flüsterte Tim, der sich schon wieder der Frau zugewandt hatte und begann, ihr mit seinem albern hüpfenden Jogging-Schritt hinterherzulaufen. »Und du solltest dich auch nicht so schnell von ihm abwenden«.

»*Er* hat sich von mir abgewandt«, sagte Michael scharf und begann ebenfalls wieder hinter der Frau herzutrotten. »Und überhaupt war er nie wirklich echt!«, setzte er hinzu. »Es gibt keinen Gott!«

Das Mittagessen war weitaus weniger fürchterlich als Tim erwartet hatte. Das lag jetzt nicht so sehr am Essen selbst, denn das schmeckte leider genauso ekelig wie die Mahlzeiten, die ihnen in den letzten Tagen vorgesetzt worden waren. Aber wenigstens waren sie dabei in angenehmer Gesellschaft.

Und die hatte Tim nach der langen Isolation in dem Mini-Zimmerchen, in dem er und Michael die letzten Tage verbracht hatten, auch dringend nötig.

Auf dem Weg hierher hatte es zuerst so ausgesehen, als würde sich ihre Lage sogar noch weiter verschlimmern. Er war neugierig auf Vis Heimatstadt gewesen und hatte sich darauf gefreut, alles hier in sich aufzusaugen, wie er es immer tat, wenn er neu in einer Gegend war. Aber hier gab einfach überhaupt nichts Aufregendes zu entdecken. Früher, vor wer weiß wie langer Zeit, musste dies hier einmal eine echt große Einkaufspassage mit mehreren Etagen gewesen sein. Aber davon war heute kaum noch etwas zu erkennen. Sämtliche Läden, Boutiquen und Imbissbuden waren inzwischen zu kleinen, winzigen oder noch viel kleineren Wohnungen umfunktioniert worden, abgetrennt voneinander nur durch kalten, grauen, zweckmäßigen Beton.

Die kahlen Wände der engen Gänge hatten von ihren Schritten widergehallt, nur unterbrochen von dem Geplärre der kleinen Bildschirme, die hier als einzige Dekoration alle paar Meter aufgehängt waren. Darauf waren in Dauerschleife entweder die Nachrichten zu sehen

('DROHT JETZT DER VERGELTUNGSSCHLAG DES FEINDES?') – oder es lief Werbung für irgendwelche Sportturniere *('ENDSPIEL DER OBERSTUFEN-LIGA, HEUTE ABEND LIVE!')*. Aber weder die Frau noch die wenigen Passanten, die ihnen entgegengekommen waren, hatten auch nur einen Blick dafür übrig. Durch diese Einkaufsmeile ging definitiv niemand mehr, um gemütlich zu 'bummeln'. Wer hier unterwegs war, wollte nur eins: Möglichst schnell wieder zurück nach Hause. Konnte Tim total verstehen. Alles hier wirkte schrecklich trostlos, kalt und abweisend.

Die Tür, vor der sie dann schließlich zum Stehen kamen, unterschied sich in nichts von den vielen Eingängen, an denen sie vorbeigekommen waren. Es war Tim völlig unverständlich, wie die Frau sich hier überhaupt zurechtfinden konnte. Hier untern sah alles total gleich hässlich, gleich trostlos und gleich kalt aus.

Und dann hatte die Frau die Tür aufgeschlossen und sie waren in eine völlig andere Welt eingetreten. Eine sehr kleine, ziemlich beengte Welt, zugegeben. Aber doch eine Welt voller Leben und Wärme, das hatte Tim sofort gespürt.

Und gehört. Denn kaum eine Sekunde, nachdem sie die Wohnung betreten hatten, war ihnen schon ein kleiner Wirbelwind mit braunen, lockigen Haaren entgegengesprungen, der zwar ganz offensichtlich die Fähigkeit des Sprechens noch nicht vollständig erworben hatte, aber anscheinend beschlossen hatte, sich davon keineswegs vom Reden abhalten zu lassen.

»MAAAAAAMA daaaaaaaa! Du bist? Un du bist? Papa kocht hat. Hmmmm... lecker, lecker! Mitkomm... Auch esse!«

»Äh... okay. Ich bin Tim«, hatte Tim gesagt und damit sofort und unwiderruflich die vollständige innige Liebe des kleinen Knirpses gewonnen, der ihn gleich an seine klebrige Hand genommen und mit sich in die Küche gezerrt hatte.

Ihm zuliebe hatte Tim sogar die widerliche Suppe geschlürft und mehrmals freundlich genickt, als ihm der Kleine mit großer Gestik die unglaublichsten und tiefgründigsten Wahrheiten über die Welt, die Küche und das Universum im Allgemeinen erzählt hatte. Dass ihn leider aufgrund seines fehlenden Vokabulars und des immer randvoll gefüllten Mundes niemand verstehen konnte, störte den Knirps dabei anscheinend überhaupt nicht. Tim hatte ihn augenblicklich ins Herz geschlossen.

Und auch der Vater, der offensichtlich die furchtbare Suppe verbrochen hatte, schien ansonsten ein recht netter Typ zu sein. Immer wenn der Redeschwall des Kleinen ihm eine Lücke bot, donnerte er mit der Hand auf den Tisch und sagte laut: »Genau!« oder »So ist das!« oder »Sag bloß! Ehrlich?«, worauf hin der Kleine anfing, wild zu kichern und Suppe über den Tellerrand zu verkleckern.

Mit großen Augen hielt er Tim einen Löffel vor die Nase. »Pusten«, forderte er ihn auf. »Ganz heiiiißß!«

Folgsam blies Tim mehrmals auf die Suppe, die der Kleine dann mit genüsslichem Schlürfen und fröhlichem Grinsen herunterschlang.

»Sehr gut Jakob«, lobte der Vater. »Der schnelle Luftstrom vertreibt den Dampf und sorgt dafür, dass die sich schnell bewegenden Moleküle in der Suppe besser an die Umgebung abgegeben werden können. Deshalb wird die Suppe kälter.«

»Äh…«, machte Michael und sah den Vater kritisch an. Auch Tim, der die Erklärung des Mannes aus naturwissenschaftlicher Sicht eigentlich völlig richtig fand, runzelte die Stirn.

»Man muss schon in jungem Alter die Grundlagen für ein wissenschaftliches Verständnis der Welt legen«, verteidigte sich der Mann und verschränkte die Arme vor der Brust. »Sonst wird aus dem klugen, neugierigen, kleinen Jakob irgendwann ein abgestumpfter Ballerspiele zockender Jake, der nichts mehr hinterfragt und den ganzen Blödsinn, den sie uns hier Tag für Tag eintrichtern, einfach so hinnimmt.«

»Molle-Kühe!«, rief Jakob begeistert und klatschte seinen Löffel mit Schwung in die Suppe, dass es nur so spritzte. Yep. Ein großer angehender Wissenschaftler, dachte Tim grinsend.

Von der Frau, die sie hierhergebracht hatte, sahen sie den gesamten Nachmittag über nichts mehr. Die war sofort nach oben gegangen. Hatte ihrem Mann nur eine abwehrende Hand entgegengestreckt und »Sorry... noch viel zu tun«, gesagt. Total unhöflich. Egal wie schlecht die Suppe war, zumindest ein bisschen Interesse daran heucheln sollte man doch wohl eigentlich schon, oder? Tim jedenfalls gab sich Mühe, den Mann nicht zu sehr zu kränken und zwang sich die schleimige Brühe hinein. Der Geschmack war ja eigentlich gar nicht so furchtbar, aber Tim hasste die Konsistenz. Außerdem machte ihn die Tatsache fertig, dass sie dieses Zeug in leicht unterschiedlichen Varianten nun schon drei Tage in Folge hatten schlürfen mussten. Ob die hier noch nie was von abwechslungsreicher Kost gehört hatten?

Zu seinem Glück hatte der angehende Wissenschaftler Jakob nur eine recht kurze Aufmerksamkeitsspanne, wenn es um Suppe ging, und schon fünf Minuten, nachdem sie sich an den Tisch gesetzt hatten, zog er Tim mit einem jetzt noch wesentlich klebrigeren Händchen aus der Küche.

»Mittomm ... tuck ma...«, sagte er und Tim ließ sich mit entschuldigendem Grinsen im Gesicht von seiner noch halb vollen Schüssel wegzerren. Michael folgte den beiden die enge Treppe hinauf, obwohl der von seiner Suppe sogar noch weniger gegessen hatte.

In der oberen Etage gab es drei weitere, winzige Zimmer, von denen eins ganz offensichtlich Jakobs Spielzimmer war. Zu erkennen war das daran, dass es hier aussah, als wäre eine Bombe eingeschlagen. Auf dem Boden gab es kaum einen freien Fleck, den man hätte betreten können. Ihn selbst schien das aber überhaupt nicht zu stören und er hüpfte zielsicher zwischen Legosteinen, Bauklötzen und undefinierbaren Plastikdingern hin und her und zeigte Tim stolz all seine Schätze und genialen Erfindungen.

Michael rettete sich mit einem Sprung auf das Hochbett, das an einer Wand stand und ließ die Beine herunterbaumeln, während Tim mit dem Kleinen spielte.

Weder die riesigen Raumstationsanlagen, die Tim und Jakob in seliger Vertrautheit bauten, noch die echt beeindruckend lange Ratterbahn aus länglichen Holzklötzen, noch die überaus interessanten Kinderbücher, die Tim dem Kleinen zwischendurch vorlas, vermochten es, Michael von seinem hohen Thron herunterzulocken. Machte Tim überhaupt nix. Sollte der doch da oben sitzen und schmollen. Ihm gefiel es, dem Knirps hier alles Mögliche Neue beizubringen und ihn immer wieder zum Staunen zu bringen.

»Der ist echt ganz schön clever«, sagte er, als Jakob es irgendwann geschafft hatte, einen Turm aus einer Kombination aus Lego, Holzbauklötzen und Playmobilpiraten zu konstruieren, der auch wirklich in sich stabil zu sein schien.

»Klar...«, schnaubte Michael. »Deshalb spielt er so gerne mit den Playmo-'Molekülen'.«

Jakob nahm das Stichwort natürlich sofort auf, schnappte sich eine der Kühe aus Hartplastik und rief laut »Muuuuh... Muuuhh... Wolle-Kühe!«

Michael schüttelte den Kopf. »Da siehst du, was die aus dem armen Kind machen. So ein Blödsinn!«

»Was meinst du denn?«, fragte Tim.

»Na guck dir doch seine Gute-Nacht-Lektüre mal an...«, sagte Michael und griff nach einem der Bücher, die neben dem Hochbett standen. »Programmieren für Jugendliche, Sofies Welt, Der Herr der Ringe, Eine kurze Geschichte der Zeit...«

»Alles tolle Bücher«, meinte Tim.

»Ja, aber wer liest denn seinem Zweijährigen sowas vor? Das ist doch total bescheuert. Das sind hier garantiert solche Über-Eltern, die versuchen, schon ihrem Baby chinesisch beizubringen und Bachsonaten auf dem Flügel spielen zu lassen. Moleküle... Pah! So was macht mich aggressiv.«

Tim schielte zu Jakob hinüber. Okay, wie ein superintelligentes Ober-Genie sah der nun nicht gerade aus. Momentan versuchte er, den Kopf eines Playmobil Piraten durch gezieltes Abbeißen zu entfernen. Er schien aber so weit ganz zufrieden und glücklich zu sein, also schloss Tim, dass die Bücher ihm wohl nicht allzu sehr zugesetzt haben konnten. Kinder können viel Blödsinn ihrer Erziehungsberechtigten ertragen und trotzdem glücklich und zufrieden aufwachsen.

»Komm, Kleiner«, sagte er. »Ich zeig dir jetzt, wie man 'nen super Diamant-Raumschiff baut, nur aus Viererblöcken!«

»Jaaa….! Haumsifff!!«

Michael vergrub sich den restlichen Nachmittag über in den Büchern und ignorierte den Lärm unter dem Hochbett. Das Kind in diesem Haus schien völlig ausgehungert nach den einfachen Spielen und Tobereien, die Tim ihm im Übermaß bot. Gut so. Kind sein war wichtig, fand Michael. Einfach mal spielen und nicht lernen.

Wenn er nur den riesigen Bildschirm am Fußende des Bettes sah, kam ihm schon wieder die Wut hoch. Und davor lag auch tatsächlich noch so eine 'Tastatur' mit allen Buchstaben und Zahlen darauf. Bestimmt saßen sie hier sonst Tag für Tag mit ihrem kleinen 'Wunderkind' und versuchten ihn vollzustopfen mit Zeugs, das ihn eigentlich kein bisschen interessierte. 'Das ist das A… A wie Antilope oder Antimaterie … Kannst du schon Antimaterie sagen?'

Wollekühe! Das war es, was dabei herauskam, wenn man versuchte, ein Kind zum Lernen zu zwingen. Dabei war es doch eigentlich so einfach. Man brauchte nur die natürliche Neugier zu fördern und das Kind *das* lernen zu lassen, was es wirklich interessierte. Hatte bei ihm und Tim doch auch geklappt.

Wäre da irgendjemand gekommen und hätte sie *gezwungen,* sämtliche Dinosauriernamen auswendig zu lernen, dem hätten sie was gehustet. Nein. Sie *hatten* sämtliche Sauriernamen gelernt, weil sie es *wollten.* Nur so funktionierte das Ganze. Nicht über den Kopf des Kindes hinweg, sondern indem der unstillbare Wissensdurst, der in jedem Kind schon von Geburt an vorhanden war, weiter genährt und gefördert wurde.

Beim Gedanken an die vielen schönen Erlebnisse in ihrer 'Schule' musste Michael lächeln. Und hasste sich augenblicklich dafür. Das war doch alles nur Lug und Trug gewesen. Die Schule, ihr Dorf, diese ganze, vorgespielte Welt! Dorthin würden ihn keine zehn Pferde zurückbringen.

Egal wie schrecklich das Essen und die Unterbringung hier war, es war die *echte* Welt. Und die zog er der vorgetäuschten Scheinwelt seiner Kindheit jederzeit vor.

Einzig der Gedanke an seine Eltern ließ in ihm hin und wieder ein bisschen Heimweh aufkeimen. Die vermisste er natürlich schon. Aber er konnte ja wohl schlecht mit eingekniffenem Schwanz nach Hause zurückgekrochen kommen, nach allem, was er erlebt hatte.

Nein, wenn er irgendwann zu seinen Eltern zurückkehren würde, dann als triumphierender Befreier, der ihr ganzes Dorf aus den Klauen dieser verdammten Roboter retten würde.

Er jedenfalls würde sich nie wieder zum Narren halten lassen, wie Tim, der anscheinend noch immer krampfhaft versuchte, weiter an das Märchen vom lieben alten Gott und seinen Engeln zu glauben.

Michael merkte, wie seine Gedanken immer weiter von dem Buch in seiner Hand abschweiften. Also legte er 'Eine kurze Geschichte der Zeit' beiseite und warf einen Blick unter das Hochbett. Da unten waren Tim und Jakob noch immer voll im Lego-Rausch.

»Tuck ma... Hiiiiesen-Haumsiff«, sagte der Kleine und hielt sein merkwürdig anmutendes Konstrukt in die Höhe, damit Michael es ausgiebig bewundern konnte.

Michael musste grinsen. Dann streckte er sich und sagte: »Na gut, ihr zwei Amateure... Dann muss ich wohl mal runterkommen und euch zeigen, wie man wirklich wahre 'Riesen-Haumsiffe' baut.«

Als Paul Marlin das Zimmer seines Sohnes betrat, traf ihn ein fast faustgroßer Block aus Legosteinen an der Schulter. Der war gerade eben mit lauten 'PIU-PIU'-Geräuschen von einer Art Katapult abgefeuert worden, das in der Mitte einer beeindruckend großen Sammlung von Weltraumbahnhöfen, Landebahnen, schwenkbaren Lasertürmen, Gebäuden mit riesigen Antennen und fast meterhohen Türmen stand. Ziel der Attacke war zwar vermutlich nicht er, sondern die große zweite Basis gewesen, die in der Nähe der Tür aus dem Boden gewachsen war, aber sein plötzliches Eindringen schien auf den tobenden Weltraumkrieg nur minimalen Einfluss zu nehmen.

Jakob raste mit einem diamantenförmigen Etwas durch das Zimmer und machte 'Brrrrrrrraaaaauuu-ummmm', während Tim hinter ihm herrannte, in jeder Hand ein geflügeltes Lego-Ungetüm mit vielen spitzen Auswüchsen, die anscheinend alle gleichzeitig 'Pow, Pow, POW!' und 'Rattattatattat' machten. Flankiert wurde all dies von Michael, der kopfüber vom Hochbett hing wie eine Abrissbirne, mit einem mindestens dreißig Zentimeter langen Raumschiff hin und her baumelte und bei jedem 'Durchflug' seines Monsterschiffes tiefe 'WOOOOM, WOOOOOUUUM' Geräusche von sich gab.

Mit einem Mal entdeckten die großen Jungs, die sich so urplötzlich wieder in ganz kleine Jungs verwandelt hatten, den Familienvater im Türrahmen und hielten augenblicklich ertappt und irgendwie peinlich berührt in ihren Bewegungen inne.

»Essen ist fertig«, sagte Paul und ging dann schnell wieder die Treppe herab, um den beiden den Anblick des Grinsens zu ersparen, das sich unaufhaltsam in seinem ganzen Gesicht ausbreitete.

KAPITEL 3: ABENDESSEN

ALLER AUGEN WARTEN AUF DICH HERRE.
UND DU GIEBEST IHNEN IHRE SPEISE ZU SEINER ZEIT
HEINRICH SCHÜTZ – 1657

Beim Essen versuchte Michael jeglichen Augenkontakt komplett zu vermeiden. Tim fand das witzig. Das war dem großen Helden, der Gott persönlich die Stirn geboten hatte, wohl doch ein bisschen unangenehm, wenn ihn jemand beim ausgelassenen Toben und Spielen erwischte. Nach ihren Erlebnissen in der großen Mauer wollte er jetzt anscheinend nur noch als der ernste, mutige Kämpfer angesehen werden und es wurmte ihn ganz offensichtlich sehr, dass sowohl Vi als auch die vielen Wissenschaftler und Militärs, die sie befragt hatten, ihn wie ein kleines Kind behandelten. Tim selbst machte das überhaupt nichts aus. Hey, er war doch schließlich ein Kind. War ja nichts Schlimmes dran, als Kind behandelt zu werden. Dafür durfte man sich schließlich auch kindisch benehmen, ein unglaublich wertvoller Vorteil in einer Welt voller langweiliger Erwachsener.

Wenigstens hatte Jakobs Vater die Güte, Michael nicht auch noch mit einem »Na, habt ihr schön gespielt?« weiter zu demütigen. Wortlos hatte er den beiden wieder nur ihre Schüsseln mit undefinierbarem Schleim darin hingestellt und dann angefangen in den Schubladen zu rumoren. Als bräuchten sie einen besonders schön gedeckten Tisch für diese 'Nicht-Mahlzeit'.

Vorsichtig tunkte Tim einen Finger in seine Schüssel und probierte das Zeug. Es schmeckte diesmal tatsächlich ein klein wenig besser als heute Mittag. Irgendwie salziger und ein bisschen würziger. Fast wie Kartoffelbrei mit Würstchen, wenn man beides so richtig gut zusammenmatschte.

»Ist das die gleiche Suppe wie heute Mittag, oder eine andere Sorte?«, fragte er, um das Gespräch ein bisschen von Michaels Kinderzimmer-Fiasko wegzuführen.

»Nee… Hab für das Abendessen eine komplett neue Tüte aufgemacht«, antwortete Paul und fischte etwas aus dem Mülleimer unter der Spüle heraus.

»Hier steht: 'Köstliches Frikadellenragout an Kartoffelstampf mit Erbsen und Möhren - Feinschmecker Edition'.«

»Oh, hat der Vier-Sterne-Koch sich wieder einmal selbst übertroffen?«

Die Stimme hinter ihnen ließ Tim und Michael erschrocken zusammenzucken. Und beide brauchten sie eine ganze Weile, um zu realisieren, dass die Person, die da im Türrahmen stand, tatsächlich die kühle, wortkarge Frau sein musste, die sie hierhergebracht hatte. Von ihrem strengen 'Jawoll-Frau-Oberst' - Look war jetzt überhaupt nichts übriggeblieben. In Jeans, lässigem T-Shirt und Turnschuhen wirkte sie glatt zehn Jahre jünger. Ihre Haare, nun nicht mehr zum strengen Dutt gebändigt, umrankten mit wilden roten Locken ein Gesicht, das jetzt, wo Tim sie zum ersten Mal lächeln sah, richtig hübsch wirkte.

Ihr Mann erwiderte das Lächeln, hob die Tüte wie einen Siegespokal mit beiden Händen in die Höhe und sagte in dramatischem Tonfall: »Sehet… *Ich habe Suppe gemacht!*«

Danach verbeugte er sich überschwänglich und der kleine Jakob klatschte begeistert in die Hände.

»Papa Suppe macht!«, rief er fröhlich, kletterte auf sein Stühlchen und versuchte, sich sein Lätzchen selbst anzuziehen. Tim, der direkt neben ihm saß und der den kleinen Kerl jetzt schon voll und ganz ins Herz geschlossen hatte, sprang sofort auf und half ihm dabei.

»Das Zeug scheint ja hier 'ne Art Nationalgericht zu sein, oder?«, fragte Michael vorsichtig. »Ich meine... in den zwei Tagen, als wir in der äh... Kantine... waren, gab es das auch jeden Tag. Da dachte ich noch, das wäre irgendwie nur speziell für 'Gefangene' oder 'Befreite' oder 'Zeugen' oder was auch immer wir hier eigentlich für eine Rolle haben.«

»Quarantäne heißt das«, sagte Jakobs Vater, während er sich hinsetzte und Jakob den Löffel wegnahm, mit dem er bereits fröhlich in der Suppe herumpatschte. »Ihr wart nicht in 'der Kantine' sondern in 'Quarantäne'. Das bedeutet...«

»Nun bring sie doch nicht auch noch mit Fachbegriffen durcheinander«, fuhr seine Frau dazwischen. Sie ließ sich in den Stuhl neben Michael fallen und lächelte ihn freundlich an, was dem aber offensichtlich noch unangenehmer war als ihr kühles Pokerface von heute Morgen.

»Ihr beiden habt sicher tausende von Fragen. Bisher wurdet ja nur *ihr* befragt. Und niemand hat *euch* irgendwelche Fragen beantwortet.«

Sie tunkte ihren Löffel in die Suppe, probierte und schüttelte den Kopf leicht hin und her. »Und ja, die naheliegendste Frage – naheliegend, weil sie ja quasi direkt vor euch auf dem Tisch steht - ist natürlich die nach dem Essen«

»Esse heiiisss! Puste!«, gab Jakob hilfreich dazu. Er legte kurz die Stirn in Falten und dachte offensichtlich angestrengt nach. Dann hellte sich seine Miene schlagartig wieder auf und er rief: »*WOLLEKÜHE!!*«

Seine Mutter warf ihrem Mann einen vorwurfsvollen Blick zu. »Paul...?«, fragte sie leicht tadelnd. »Hast du ihm wieder von Atomen, Molekülen und schwarzen Löchern erzählt? Ich dachte, wir waren uns einig, dass wir das lassen wollten. Das verwirrt ihn doch nur.«

An Michaels Miene und seinem entschlossenen Nicken erkannte Tim, wie sehr ihn freute, dass hier anscheinend jemand war, der ganz genau so dachte wie er selbst.

»*Du* warst dir einig«, gab Paul freundlich lächelnd, aber trotzdem bestimmt zurück, während auch er sich an den Tisch setzte. »Ich bin immer noch der Meinung, dass es für seine Entwicklung nur förderlich sein kann, wenn er sich so früh wie möglich mit echter Wissenschaft und den Geheimnissen der Welt auseinandersetzt.«

Er probierte einen Löffel voll Suppe und verzog das Gesicht. Okay. Das war ganz eindeutig kein besonders beliebtes Nationalgericht.

»Sieh dir doch an, was sonst aus den Leuten wird«, fuhr er in ernsterem Ton fort. »Die sitzen tagein, tagaus nur vorm Bildschirm und verblöden zusehends. Essen brav ihre Suppe, gucken alte Filme oder diese bescheuerte 'Sport -schau und schlucken den ganzen Mist, der ihnen Tag für Tag eingetrichtert wird, ohne jemals auch nur irgendetwas zu hinterfragen.«

Er schnaubte freudlos. »Und die armen Trottel sind ja noch die Glücklichen. Eigentlich hat man hier doch nur zwei Möglichkeiten: Entweder, die Leute bleiben brav zu Hause und verdummen zusehends, oder aber, sie … sie werden...« Mit einem Mal schien ihn alle Kraft zu verlassen und seine Stimme brach ab.

»Oder aber sie werden Krieger. So wie ich«, beendete seine Frau den Satz für ihn.

Tim bemerkte, wie ein Ruck durch Michael ging. War ja klar, dass der beim Wort 'Krieger' sofort hellhörig wurde. Schließlich hatte er in unzähligen 'Schwarzes Auge'-Rollenspiel-Abenden bewiesen, dass er, oder vielmehr seine übertrieben ausgerüstete Spielfigur 'Schwertikus Sansibald' jedem Ork, Oger oder Schwarzmagier das Fürchten lehren konnte. Der ging da drin total auf und wollte sich am liebsten mit jedem einzelnen Gegner anlegen, während Tim als sensibler und naturverbundener Waldelf immer versuchte, möglichst friedliche Lösungen für ihre Abenteuer zu finden. Das führte natürlich oft zu ziemlich skurrilen und extrem witzigen Situationen, weshalb sie beide diese langen Spieleabende auch so sehr liebten.

Aber all ihre Abenteuer waren natürlich nur ausgedacht, nur Papier und Bleistift und zwanzigseitige Würfel. Tim fragte sich, ob Michael sich eigentlich klar darüber war, dass eine 'Kriegerin' hier vermutlich etwas ganz anderes war.

Diese Frau, die er heute Morgen mit ihrer Uniform, all den Abzeichen und dem militärischen Blick kennengelernt hatte, konnte er sich jedenfalls nicht als rollenspielende Fee im Zauberwald vorstellen. Wenn die *Krieg* sagte, dann meinte sie das sicher sehr wörtlich.

Das schien auch ihr Mann zu wissen, der sie weiter mit diesem halb besorgten, halb vorwurfsvollen Ausdruck ansah. Sie lächelte ihn an, streichelte seine Wange mit ihrer Hand und schickte ihm tröstliche 'Alles ist gut'-Blicke. »Hey. Paul...«, flüsterte sie. »Ich passe schon auf mich auf.«

Unausgesprochene Worte lagen zwischen den beiden in der Luft und Tim und Michael blickten sich unbehaglich an. Hier waren sie anscheinend in eine Sache hineingestolpert, die schon länger zwischen Paul und seiner Frau schwelte.

Dann holte Paul aus einer Schublade hinter sich einen jener Minibildschirme heraus, die sie hier als Bücher-Ersatz nutzten und die Tim schon beim Weg hierher überall an den Wänden hatte hängen sehen. Er tippte kurz darauf herum und das Ding begann, zu reden und Bilder zu zeigen.

»... hat es heute erneut einen Angriff des Feindes auf eine unserer Nachbargemeinden gegeben, bei der sämtliche Bewohner ...«

Mit einer schnellen Wischgeste stellte Paul den Ton ab und hielt den Bildschirm so, dass Jakob ihn nicht sehen konnte. Den schien das Ganze ohnehin nicht sonderlich zu interessieren. Aber Michael und Tim nahmen all die schrecklichen Bilder in sich auf. Sahen die zerstörten, brennenden oder einstürzenden Gebäude, in denen die Menschen sich offensichtlich versteckt gehalten hatten. Die Roboter, gepanzerten Fahrzeuge und fliegenden Drohnen, die systematisch und gnadenlos durch die kleine Siedlung zogen und alles zerstörten, was ihnen im Weg stand.

Am unteren Rand des Videos wurden die Worte 'Vergeltungsschlag des Feindes vernichtet komplette Siedlung!' eingeblendet.

Die Frau legte sanft ihre Hand auf die ihres Mannes und schaltete das Gerät damit ab.

»Du weißt doch, dass wir Vorkehrungen treffen«, sagte sie in einem Tonfall, der klang, als hätte sie genau dasselbe schon hundert Mal erklärt. »*Unsere* Siedlung ist viel besser geschützt und wir würden niemals nie den Fehler machen, den Feind auf offener Fläche anzugreifen.«

Sie strich liebevoll über seine Hand. Noch immer hing das besorgte, traurige Lächeln in seinem Gesicht.

»Hier unten sind wir absolut sicher. Versprochen«, sagte sie und drückte seine Hand dabei ganz fest.

Noch ein paar Sekunden lang hielt sie seine Hand liebevoll in ihrer eigenen. Aber dann, als hätte jemand einen Schalter umgelegt, richtet sie sich kerzengrade auf, lachte Tim und Michael an und sagte in viel zu lautem, übertrieben fröhlichem Ton: »Oje... Jetzt sind wir aber schon wieder ganz schön weit weggekommen von euren vielen Fragen.«

Sie klatschte zwei Mal in die Hände, als wolle sie die schlechte Stimmung von sich abschütteln wie ein paar klebrige Brotkrümel.

»Also, das Wichtigste mal gleich zuerst«, begann sie und hob einen Finger, »Ihr seid hier natürlich *keine* Gefangenen. Gäste, Befreite, Freunde… hmm, ja Freunde. Das trifft es wohl am besten. Tatsächlich ist das alles für uns ja auch komplett neu. Noch nie ist jemand aus der ewigen Festung zu uns gekommen. Und was die Sache mit dem Essen angeht….«

Sie hob den zweiten Finger und Tim fragte sich, ob sie jetzt gleich eine ganze Hand voll Antworten bekommen würden, doch in diesem Moment unterbrach sie ihr Mann.

»Also…«, sagte Paul, den Löffel noch immer in der Hand, »wollen wir die Suppe nicht vielleicht erstmal *essen* und danach über die Gründe für ihre Existenz sprechen? Sonst helfen uns nämlich alle Wollekühe der Welt nicht mehr und die Suppe ist einfach nur noch kalt und ekelig.«

»Die ist eh immer ekelig. Egal ob heiß oder kalt«, erklang plötzlich eine Stimme aus dem Flur, die ihnen nur allzu vertraut vorkam.

Mit einem lauten RUMMS knallte die Haustür zu und im nächsten Moment schlurfte Vi in die Küche, schnappte sich eine Schüssel und einen Löffel und sagte: »Hallo Mama, hallo Papa.«

Und an Tim und Michael gewandt, denen beiden die Kinnlade heruntergeklappt war, sagte sie: »Hallo ihr zwei Clowns.«

Dann ließ sie sich auf den Stuhl am Ende des Tisches plumpsen, stützte resigniert das Kinn auf beide Hände und sagte in extrem sarkastischem Tonfall:

»Guten Appetit!«

Tim blickte immer wieder zwischen den beiden hin und her. Dass ihm das nicht aufgefallen war! Aber natürlich war die Ähnlichkeit der beiden vorher nicht so augenscheinlich gewesen, weil Vis Mutter in ihrer Uniform und mit den zurückgebundenen Haaren so total anders gewirkt hatte.

Jetzt aber, wo beide direkt nebeneinandersaßen und ihre langen, wild wirbelnden roten Haare scheinbar nahtlos ineinander überzugehen schienen, war es ja sowas von offensichtlich. Nicht nur die fröhlichen Sommersprossen rund um Vis Nase, die etwas kantigen Gesichtszüge oder ihre strahlend grünen Augen fand Tim im Gesicht ihrer Mutter wieder. Auch die Art, wie sie sich beide bewegten, war nahezu identisch.

Der Vi-typische halb hochgezogene Mundwinkel, wenn sie grinste oder die Art, wie sie von einer Sekunde auf die andere ihr Lächeln spontan *an-* und wieder *aus*-schalten konnte... All das erkannte Tim nun ganz deutlich auch bei ihrer Mutter.

Momentan war das Lächeln bei ihrer Mutter aber definitiv ausgeschaltet.

»Junge Dame«, sagte sie streng. »Den ganzen Tag warst du verschwunden. Und jetzt kommst du hier einfach wortlos rein, setzt dich an den Tisch und...«

»Bin gar nicht wortlos reingekommen«, gab Vi schlagfertig zurück. »Hab brav 'Hallo' gesagt.«

»Wo sie recht hat, hat sie recht«, mischte sich ihr Vater schlichtend ein. »Und verschwunden wart ihr übrigens beide den ganzen Tag.«

»Aber *ich* habe wichtige Dinge für morgen vorbereitet! Und zwar alles nur für...«, begann ihre Mutter.

»Und ich bin sicher«, unterbrach sie ihr Mann wieder mit dieser sanften aber zugleich entschlossen klingenden Stimme, »dass auch Vi die Zeit genutzt hat, um sich intensiv auf die Sitzung morgen vorzubereiten. Richtig?«

Auch er hatte diese Fähigkeit, jemanden mit seinem Blick festzuhalten und zu durchbohren. Vi, die sonst garantiert sogar einen Starr-Wettbewerb mit einer der Sphinxen aus der unendlichen Geschichte gewonnen hätte, senkte ihren Blick und nuschelte »Ja, Papa.«

Dann blickte sie ihre Mutter an und sagte. »Ich war ... ich wollte...«

»Ist schon gut«, kam die Antwort von ihrer Mutter und das sanfte Lächeln, das ihr so gut stand, kehrte wieder zurück. »Ich versteh dich ja.«

Nur Tim verstand hier so einiges noch nicht.

»Aber…«, stammelte er, »Aber ihr habt doch Jakob… Wie… Wie könnt ihr denn dann auch noch Vi haben?«

Vis Eltern starrten ihn verständnislos an.

»Oh man«, sagte Vi und schlug sich theatralisch mit der Hand vor die Stirn. »Hatte ich euch ja noch gar nicht erzählt. Sorry. Also da drüben werden denen vom Feind anscheinend irgendwelche Hormone direkt ins Essen gemixt, so dass ganz genau bestimmt werden kann, wann wer mal ′n Kind kriegen darf. Voll krass, echt. Und die nehmen das alles brav so hin und fragen sich, wann ihr Gott ihnen denn wohl endlich mal erlauben wird, schwanger zu werden. Und jede Familie darf immer höchstens ein Kind kriegen, weil der große dicke Oberboss das halt so will. Sowas von bekloppt, ehrlich!«

»Oje, wie schrecklich«, sagte Vis Mutter. Sie sah richtig Vis geschockt aus.

Vis Vater hingegen wog den Kopf hin und her und sagte:

»Hmm… So bekloppt ist das gar nicht. Grausam? Ja. Schlimm, weil dann alle als Einzelkinder aufwachsen? Definitiv. So ein Bruder oder eine Schwester ist unglaublich wichtig für die Sozialisierung. Aber wenn man bedenkt, wie die Menschheit sich im zwanzigsten und Anfang des einundzwanzigsten Jahrhunderts *ausgebreitet* hat, ist das ganze rein *logisch* betrachtet sogar ein sehr vernünftiges Vorgehen.«

Er blickte in fassungslose und ungläubige Gesichter.

»Nun guckt doch nicht so schockiert«, sagte er und hob abwehrend die Hände. »Ich sag ja nicht, dass ich das gut finde, was der Feind da tut. Das ist natürlich eine unglaubliche Schweinerei, wie alles, was er macht. Aber Vi… Jetzt denk doch mal an die 'Matrix'. Erinnerst du dich da nicht an diese eine Szene…«

Er verstellte seine Stimme, versuchte anscheinend besonders tief und männlich zu klingen und sagte: »Ihr Menschen zieht in ein bestimmtes Gebiet und vermehrt euch und vermehrt euch, bis alle natürlichen Ressourcen erschöpft sind und der einzige Weg zu überleben die Ausbreitung auf ein anderes Gebiet ist.«

Vis Vater räusperte sich. Anscheinend lag ihm das 'Besonders tief und männlich Sprechen' nicht so sehr.

»Und weißt du nicht mehr, wie es da hieß, dass das außer uns Menschen kein anderes Säugetier macht? Dass es keine andere Spezies gibt, die sich so unaufhörlich ausbreitet wie die Menschen, außer einem *Virus?*«

Vi nickte ernst. »Yep. Kenn ich noch. Aber weißt *du* eigentlich noch, wer in dem Film die Guten und wer die Bösen waren? Soweit ich mich erinnere, stammt das Zitat doch von Agent Smith! Du erinnerst dich? Der ganz ganz super *Böse* in dem Film…?«

»S'ist drum trotzdem nicht weniger wahr«, gab ihr Vater mit erhobenem Zeigefinger zurück. »Das ungebremste Wachstum der Menschheit hat im letzten Jahrhundert vor dem großen Zusammenbruch dazu geführt, dass die Ressourcen der Welt immer schneller aufgebraucht wurden und immer weniger Platz, Nahrung, Öl und natürlich vor allem *Wasser* auf immer mehr Menschen aufgeteilt werden musste. Und stell dir bloß nicht vor, dass die Verteilung gerecht gewesen wäre. Von wegen. Das klappte schon damals nicht wirklich. Hier im Norden konnte man zwar ganz gut leben, aber gleichzeitig sind in den südlicheren Gebieten der Welt Jahr für Jahr *Millionen* Menschen verhungert und verdurstet.«

Vi zuckte mit den Schultern. »Tja. Aber das Problem mit der Überbevölkerung ist doch wohl inzwischen ziemlich effizient gelöst worden, oder?«, fragte sie mit sarkastischem Unterton. »Und frag die beiden da mal, ob sie das Wort Ressourcenknappheit überhaupt kennen. Da drinnen gibt es Wasser, Energie und sogar richtiges *Essen* im Überfluss. Die müssen sich da nicht jeden Tag eine neue Variante von diesem Ekel-Zeugs reinzwingen.«

Ihr Vater lächelte, breitete die Arme aus und sagte: »Sehr richtig. Du hast die Situation völlig korrekt beschrieben: Begrenzte Ressourcen, ungleiche Verteilung. Damals wie heute. Wir stehen *exakt* an derselben Stelle wie schon früher einmal. Nur dass diesmal *wir* auf der Verliererseite sind.«

Vi erkannte, dass ihr Vater sie geschickt aufs Glatteis geführt und ihr eigenes Argument im Mund umgedreht hatte. Aber wie Tim es nicht anders erwartet hatte, griff sie sofort an einer anderen Stelle wieder an.

»Und dieses System der erzwungenen und vor allem unwissentlichen Empfängnisverhütung da drüben? Das hältst du weiterhin für eine gute Lösung?«

Ihr Vater hob abwehrend beide Hände: »Hey, Tigerin… beiß mich nicht. Ich sage nicht, dass es die beste Lösung ist. Aber rein logisch betrachtet…«

»Rein *logisch* betrachtet ist *jetzt* genau der richtige Zeitpunkt, um zu essen«, unterbrach Vis Mutter die Diskussion, die sich sonst vermutlich noch ewig hingezogen hätte. »Nicht mehr zu heiß, noch nicht zu kalt. Guten *Appetit!*«

Tim sagte nichts. Er hing seinen Gedanken nach. Es gab hier niemanden, der bestimmte, wie viele Kinder man in der Familie haben durfte? Die Vorstellung war einfach zu riesig für seinen Kopf. Wie wäre es wohl gewesen, wenn er einen echten Bruder hätte haben dürfen? So einen wie Jakob? Wie sehr er sich das schon immer gewünscht hatte, fiel ihm erst jetzt richtig auf, wo ihm klar wurde, dass es anscheinend überall anders auf der Welt ganz normal war, Geschwister zu haben. Nur in seinem kleinen gottbeherrschten Dorf eben nicht. Er musste schlucken. Wer war dieser Gott, der ihm all das genommen hatte, von dem er vorher nicht mal gewusst hatte, dass er es wollte?

Sie alle tunkten ihre Löffel in die Suppe. Aßen schweigend und leise schlürfend.

Schließlich fragte Michael: »Und das esst ihr hier wirklich jeden Tag?«

Vi zuckte die Schultern. »Man kann davon leben«, sagte sie. Nach einer Pause setzte sie grinsend dazu: »Aber es schmeckt besch…«

»Moment!«, sagte ihr Vater. Anscheinend war er schon seit langem daran gewöhnt, Vi zu unterbrechen, bevor sie ihrem kleinen Bruder unanständige Wörter beibringen konnte.

Wortlos stand er auf, ging aus der Küche in den kleinen Vorratsraum direkt nebenan. Als er wiederkam, sah Tim, wie sich ein strahlendes Lächeln auf Vis sonst so hartem, ernsten Gesicht ausbreitete.

»Papa-Brot!«, rief sie und hüpfte ihm sofort entgegen, um ihm einen der beiden duftenden Brotlaibe abzunehmen. »Krieg ich das Renftel…? Bitte, Bitte…«

Tim erkannte die knallharte und todbringende Kämpferin kaum wieder, wie sie da um ihren Vater herumwuselte, sich gleich eine der ersten abgeschnittenen Brotscheiben schnappte und vor die Nase hielt.

»*Das* müsst ihr probieren. Das ist *echtes* Essen«, sagte sie, tunkte die Scheibe Brot in die Suppe und biss genüsslich hinein.

Tim nahm das ihm angebotene Brot, roch daran und biss ein Stück davon ab. Es schmeckte lecker, zugegeben. Welten entfernt von dem Suppen-Fertigfraß. Aber natürlich nicht annähernd so köstlich, wie das Brot, das *seine* Mama jede Woche frisch buk. Trotzdem war es eine willkommene Abwechslung zu dem Einheitsbrei, den es hier sonst immer gab.

»Zur Feier des Tages«, sagte Paul. »Ein Festessen für die zurückgekehrte verlorene Tochter.«

Tim schaute erstaunt auf. Das war das erste Mal, dass hier jemand die Bibel zitiere. Alle anderen, die er hier kennengelernt hatte, schienen die Geschichten von Gott und Jesus eher als uraltes Märchen abzutun. Er beschloss, Paul später einmal darauf anzusprechen.

»Danke Papa«, sagte Vi strahlend. »Du bist der Beste.«

»Kein Brot ohne Mehl«, gab der mit strengem Blick zurück. »Und wir wissen beide, wie genau das zu uns kommt.«

Vi nickte stumm. Irgendwie fand Tim die Situation etwas skurril. Hey, es ging hier doch bloß um Brot. Ja, man musste dafür einkaufen gehen, Teig ansetzen und es dann backen, aber ein derartiges Hexenwerk war das Ganze doch nun auch wieder nicht.

»Danke, Mama«, sagte Vi leise. »Ich weiß, wie viel du für uns tust. Für uns alle.«

Sie blickte ihrer Mutter jetzt direkt in das Gesicht. Das hier schien ihr wirklich sehr auf dem Herzen zu liegen.

»Ich wollte doch einfach auch mithelfen. Meinen Teil beitragen, weißt du? So wie du.«

Ihre Mutter nickte ernst, doch als sie antwortete, war ihre Stimme brüchig und Tim erkannte, dass sie den Tränen nahe war.

»Aber wir Krieger gehen *niemals* alleine raus«, sagte sie und ihre Stimme bebte. »Wenn *wir* rausgehen, dann sind unsere Raids immer perfekt koordiniert und minutiös geplant…«

Vi unterbrach sie: »Aber das hab′ ich doch auch gemacht, Mama. Echt. Ich habe mir das alles ganz genau überlegt, habe das Umfeld erforscht, die Lage ausgekundschaftet und lange auf den perfekten Zeitpunkt gewartet…«

Ihre Mutter donnerte mit der Hand auf den Tisch. »Das ist aber nicht der Punkt«, sagte sie so laut, dass Jakob Angst bekam und sein Händchen in Tims Richtung ausstreckte. Der griff sofort zu und streichelte ihm tröstend über die winzigen Fingerchen.

»Du warst da draußen alleine!«, fuhr sie nun etwas leiser, aber noch immer mit Beben in der Stimme fort. »Ohne jemanden, der dir Deckung gibt. Ohne Schutz vor einem Hinterhalt. Ohne Backup Team, falls dein Plan schiefgeht.«

Sie musste schlucken. Rang sichtlich nach Worten. Schließlich sagte sie: »Da draußen kann man nur in der Gruppe überleben. Du hast dich in eine unglaubliche Gefahr begeben. Du hättest sterben können!«

Und fast flüsternd fügte sie hinzu: »Ich hatte solche Angst um dich.«

Das war auch für die hartgesottene Vi eindeutig zu viel. Sie sprang von ihrem Stuhl auf und ließ sich in die Arme ihrer Mutter fallen.

»Es tut mir leid«, schluchzte sie immer wieder, während die beiden sich aneinander festhielten wie zwei Ertrinkende

Tim hatte einen Kloß im Hals. Er musste an seine eigene Mama denken und daran, wie sehr er sie vermisste. Gerade jetzt hätte er genau so eine Umarmung auch gut gebrauchen können.

Wortlos tunkte er das Brot in seine Suppe.

Sah nicht so aus, als würden sie heute noch die versprochenen Antworten auf ihre vielen Fragen bekommen.

Viel später, als sie alle im Kinderzimmer lagen und Jakobs wildes Hin- und Hergewusel endlich in ein leises, ebenmäßiges Schnarchen übergegangen war, unternahm Michael doch noch einen Versuch, zumindest ein wenig mehr über ihre momentane Lage herauszufinden. Das Problem dabei war nur, dass die Einzige, die ihnen hierbei helfen konnte, Vi war. Und die hatte die beiden ungebetenen Gäste in ihrem Zimmer bisher völlig ignoriert. Mal abgesehen von einem geknurrten »Wer hat da in meinem Bett gesessen?«

Mann, war Michael das peinlich gewesen. Ohne es zu merken hatte er es sich heute Nachmittag in einem Mädchenbett gemütlich gemacht! Allein beim Gedanken daran spürte er schon wieder, wie er rot anlief. Hatte er doch nicht wissen können. Er hatte angenommen, dass Jakob da drin schlafen würde.

Aber der war nach dem Zähneputzen schnurstracks in die hinterste Ecke des Kinderzimmers gelaufen und hatte dort auf einen verborgenen Knopf gedrückt, woraufhin direkt unter dem Hochbett ein zweites Bett aus der Wand herausgefahren war. Coole Konstruktion eigentlich.

Und um allen die Stabilität seines Bettes zu beweisen, war er sofort hineingesprungen und mindestens zehn Minuten wild darauf hin und her gehüpft.

Vi beobachtete mit kritischem Blick, wie für Tim und Michael zwei Matratzen in die Mitte des Raumes gelegt wurden. Michael fand, sie sah da oben auf ihrem Hochbett aus, wie eine Luchsin, die hochkonzentriert die Bewegungen einer Maus verfolgt, jederzeit bereit, zuzuschlagen.

Als er und Tim es sich schließlich bequem gemacht hatten und das Licht ausgeschaltet war, entließ Vi die beiden gnädig aus ihrer Intensivbeobachtung, knipste ihre Nachttischlampe an und schnappte sich ein Buch, in das sie sich augenblicklich vertiefte.

Michael beschloss, dass jetzt doch ein guter Zeitpunkt wäre, um einen neuen Anlauf im Projekt 'Reden mit Mädchen' zu starten. Er räusperte sich und versuchte möglichst cool und total beiläufig zu klingen. Beides gelang ihm nicht.

»Uuuuund…«, tastete er sich vor, »deine Mutter ist also Kriegerin…?«

Genervtes Schnauben vom Hochbett. Ein leicht irritierter Blick über den Buchrand von 'Hacking-Tipps für Teens'

»Hmmm. Was dagegen?«

Klang doch schon mal nach ´nem super Start. Ermutigt davon, dass sie ihn nicht gleich mit irgendetwas beworfen hatte, legte Michael nach.

»Dagegen? Ich? Nee neee… Ist ja… äh… is ´ne coole Sache«, stotterte er sich zielsicher durch ihr Gespräch.

»Kriegerin!« Er blies die Backen auf und ließ die Luft geräuschvoll entweichen. »Wow. Nicht schlecht. Das ist schon was Besonderes.«

Vi ließ ihr Buch nun ganz sinken. Michael war sich nicht sicher, ob er es als gutes oder schlechtes Zeichen deuten sollte.

»Was Besonderes…?«, fragte sie und schaute ihn dabei mit exakt derselben hochgezogenen Augenbraue an, die er selbst sonst immer für Tim reserviert hatte. Der Schwierigkeitsgrad von 'Reden mit Mädchen' war soeben um mehrere Level angestiegen.

»Naja…«, wand er sich, während er versuchte unter ihrem Blick nicht zu zerschmelzen, »das, äh… ist doch sicher ein eher seltener Beruf… oder?«

»Quatsch mit Soße!«, sagte Vi. »Das ist sogar der allerhäufigste Beruf. Im Prinzip hast du hier nur die Wahl entweder nutzlos rumzusitzen, oder du wirst Kämpfer für unsere Stadt. Hat Papa doch vorhin schon gesagt.«

Michael sagte nichts. Dachte erstmal eine Weile darüber nach. Dann fragte er: »Und diese Krieger… Die kämpfen alle gegen Gott?«

»Boah, jetzt hör doch mal endlich mit deinem Gott auf«, fuhr Vi ihn an. »Ich dachte, das Thema wäre inzwischen gegessen. Wir kämpfen gegen den *Feind*. Und ja, das ist derselbe Feind, der euch eingesperrt und euch den ganzen Blödsinn von Engeln und Göttern und so weiter eingetrichtert hat. Aber ganz definitiv ist es *kein* alter weißhaariger Kerl, der die Welt erschaffen hat. Und ganz eindeutig ist er nicht allmächtig, oder wie erklärst du dir sonst, dass ich ihn mal eben einfach so in die Luft sprengen und *euch* da rausholen konnte?«

Michael nickte stumm. Er musste wirklich aufhören, von 'Gott' zu reden. Den gab es nicht. Hatte es nie gegeben. War alles nur eine Illusion gewesen. Es gibt keinen Gott. Es gibt nur den Feind.

»Wir?«, meldete sich da plötzlich Tim zu Wort. Michael hatte eigentlich angenommen, dass der Knirps schon längst eingeschlafen war. Aber wie es klang, verfolgte er ihre Unterhaltung mit regem Interesse. Michael hoffte inständig, dass Tim jetzt nicht wieder Grundsatzfragen über die Existenz Gottes aufs Tablett bringen würde. Aber Tims Gedanken schienen gerade ohnehin in eine ganz andere Richtung zu gehen.

»Du hast gerade gesagt '*Wir* kämpfen gegen den Feind'. Heißt das, du bist auch so eine 'Kriegerin'? Wie deine Mutter?«, bohrte Tim nach.

Damit schien er einen wunden Punkt bei Vi getroffen zu haben. Sie setzte sich in ihrem Bett kerzengrade auf und schleuderte feurige Blicke in Tims Richtung. Michael hätte das vermutlich arg zugesetzt, aber Tim hatte die unglaubliche Fähigkeit, selbst wütenden Mädchen einfach offen ins Gesicht zu blicken und mit Unschuldsmiene auf eine Antwort zu warten. Ohne blinzeln zu müssen.

»Nein«, kam dann endlich Vis gezischte Antwort. »Noch nicht. Aber nach all dem, was ich für eure Befreiung auf die Beine gestellt habe, müssen sie mich einfach aufnehmen. Das können sie nicht länger ignorieren.«

»Naja, heute Morgen klang es aber eher nicht so, als wären sie von deiner Aktion allzu begeistert gewesen«, gab Tim zu bedenken.

»Das *sollten* sie aber!«, fauchte Vi. Michael kam es vor, als würde Tim absichtlich eine gefährliche Wildkatze mit einem langen Stock immer wieder in die Seite piksen. Aber da er selbst ja hinter Michael im Schatten lag, entlud sich Vis ganze Wut nun komplett über ihm. Na danke, kleiner fast-Bruder…

»Tag für Tag gehen unsere Kämpfer da raus, riskieren ihr Leben… Und für *was?* Für eine Tüte Mehl? Für ein paar Ersatzteile um die uralten, maroden Klimaanlagen in dieser von Gott und der Hoffnung verlassenen

Stadt noch ein paar Stündchen länger am Leben zu halten?

Die Beute, die unsere Krieger bei ihren ach so perfekt geplanten Überfällen machen, ist derart mickrig, dass es für uns hier in der Stadt immer ein *Fest* ist, wenn es mal frisch gebackenes Brot geben kann! Und oft sind die Transporter des Feindes gepanzert oder so stark bewacht, dass es wochenlang überhaupt nichts Frisches gibt!«

»Ach… jetzt verstehe ich«, meinte Michael. »Das Brot und die Suppe heute. Das hat deine Mutter bei so einem Angriff erbeutet?«

»Nee… nur das Mehl fürs Brot.«, sagte Vi, jetzt wieder etwas leiser, um Jakob nicht aufzuwecken. »Das dämliche Soylent brauchen wir nicht klauen. Das ist so ziemlich das Einzige, was wir hier selbst herstellen können.«

»Und Soylent ist diese Suppe…?«, fragte Michael verwirrt.

»Naja, wenn du das Suppe nennen willst«, sagte Vi und lächelte zum ersten Mal. Es war kein fröhliches Lächeln, aber Michael nahm, was er kriegen konnte.

»Die Rezeptur dazu haben wir auf uralten Webseiten im Internet gefunden. Ist einfach ne Art Pulver, aus dem man eine sättigende, einigermaßen gesunde und vollwertige Mahlzeit herstellen kann. Die Idee damals war wohl: Mixe alles, was der Körper so braucht - Vitamine,

Proteine, Ballaststoffe und so weiter - einfach *direkt* zusammen und du ersparst dir die Arbeit, Essen zu kochen, zuzubereiten und mühsam zu essen. Wasser zugeben, umrühren, austrinken, satt. Dein Körper kriegt alles, was er braucht und du hast viel Zeit gespart.«

Tim setzte sich neben Michael auf. Er jedenfalls schien von der Idee begeistert zu sein.

»Cool!«, meinte er. »Das klingt doch super schlau! Damit spart man ja nicht nur Zeit, sondern vor allem auch wahnsinnig viele Ressourcen! Dann müssen nicht mehr Tiere gezüchtet und Wald dafür abgeholzt werden oder riesige Felder mit Pflanzen angebaut werden. Ist doch sicher auch super für die Umwelt, oder?«

»Yep. Die Herstellung des Zeugs braucht etwa fünfundneunzig Prozent weniger Ressourcen als normales Essen«, gab Vi trocken zurück.

Michael hatte das Bedürfnis, auch mal wieder etwas zu dem Gespräch beizutragen. Daher fragte er: »Und ihr habt genügend von diesen Mineralien und Vitaminen, um damit alle hier zu ernähren?«

»Yep. Davon haben wir Tonnen! Die meisten der Komponenten können wir total easy in unseren chemischen Laboren in großen Massen produzieren. Außerdem finden wir das Zeug auch bei fast jedem Beutezug.«

»Das ist doch Klasse!«, begeisterte sich Tim. »Dann braucht niemand zu hungern und die Umwelt wird auch noch geschützt! Ist doch eine Mega-Win-Win-Situation.«

Tim war offensichtlich jetzt schon großer Soylent Fan.

Vi starrte eine ganze Weile wortlos in seine Richtung. Dann schüttelt sie resigniert den Kopf.

»Ja. Tolle Sache«, sagte sie, knipste ihr Licht aus und warf sich auf ihr Kopfkissen. »Ganz tolle Sache, jeden Tag dieselbe fad schmeckende Plörre zu schlürfen, die dich satt macht und gesund hält und die superschnell gemacht und superschnell gegessen ist.«

Es raschelte, als sie sich im Dunkeln die Decke über den Kopf zog. Eine Weile lang sagte sie gar nichts. Dann aber hörten sie ihre noch einmal ihre Stimme, jetzt dumpf und von der Decke gedämpft:

»Ich will aber *richtiges* Essen. Ich will es zubereiten, riechen, schmecken und in Ruhe und mit Genuss verspeisen. Und vor allem will ich nicht, dass mir jemand vorschreibt, *was* ich genau zu mögen hab.«

Nochmal eine lange Pause.

Dann, gerade als Michael zu dem Schluss gekommen war, dass sie anscheinend mitten in ihrem Gespräch eingeschlafen war:

»Ich *hasse* Soylent!«

KAPITEL 4: UNTERRICHT

HEY! TEACHER! LEAVE THEM KIDS ALONE!
PINK FLOYD – 1979

Tim kam zu dem Schluss, dass er die Schule hasste. Diese Erkenntnis kam für niemanden überraschender als für ihn selbst, denn eigentlich war das tägliche Lernen, das Entdecken und das Rätsellösen doch genau das, was er und Michael in ihrer eigenen Schule immer so geliebt hatten.

Aber diese Schule hier, in die sie Vi heute mitgenommen hatte, war einfach nur furchtbar!

Dabei hatte alles so spannend angefangen. Nach dem kargen Frühstück – jeder ein Becher Ekelzeug, schnell heruntergewürgt und danach erstaunlich satt gefühlt – hatte Vis Mutter angekündigt, dass sie heute alle zusammen mit Vi zur Schule gehen sollten.

»Bis zur Verhandlung heute Nachmittag ist noch viel Zeit. Da könnt ihr genauso gut mit in Vis Klasse gehen«, hatte sie gesagt und ihr Ton unterband jegliche Idee von Widerworten, noch bevor sie überhaupt gedacht waren.

Da hatte Tim sich noch gefreut. Endlich mal eine *echte* Schule kennenzulernen. So richtig mit Haus und Klassenzimmer, in das man gehen konnte. Er hatte sofort die Schulszenen vom »Breakfast Club« oder »Teen-Wolf« vor Augen und malte sich aus, wie viel Spaß sie dort haben würden.

Aber statt das Haus zu verlassen, hatte sie Vi nur zurück in ihr Kinderzimmer geführt. Dort hatte sie missmutig an drei der vier Wände einen dieser hier üblichen Mini-Bildschirme geklatscht. Gerade mal einen Meter waren die breit und tierisch dick - mindestens einen ganzen Daumen im Durchmesser! Klar, dass man die deshalb nicht falten konnte, wie ihre eigenen Bildschirme oder Bücher zuhause.

Dafür waren die hier aber anscheinend mit einigen interessanten Extras ausgestattet. Denn kaum hatte Vi »Schule starten« gesagt, hatte sich auch schon auf jedem ihrer Bildschirme eine kleine Kamera aktiviert, so dass es für Tim und Michael nun aussah, als würden sie beide vor einem Spiegel stehen.

»Neue Schüler erkannt«, erklang eine etwas unnatürlich sprechende Frauenstimme aus Tims und Michaels Gerät.

»Für Scanprozess bitte drehen«

Tim und Michael schauten einigermaßen verwirrt zu Vi herüber. Hatten sie die Bildschirme vielleicht falsch herum aufgehängt? Sollten sie sie abnehmen und umdrehen?

Vi verleierte nur die Augen und drehte sich einmal um die eigene Achse. Äh, ja, dachte Tim. Da hätte man auch selbst draufkommen können. Also machten die beiden es Vi nach und rotierten ebenfalls um die eigene Achse.

Tim hatte gerade erst begonnen, Gefallen daran zu finden, sich in immer wilderen Kreisen zu drehen, als die Frauenstimme verkündete: »Scanprozess abgeschlossen. Avatar erstellt.«

Noch leicht beduselt blieb Tim stehen und versuchte, den Bildschirm zu überzeugen, auch mal stillzuhalten und nicht immer wieder rechts aus seinem Blickfeld zu gleiten.

Als die Welt endlich genug davon hatte, sich unter Tim wegzudrehen, sah er in dem Bildschirm sein eigenes Gesicht. Aber nicht so wie vorhin, als der Bildschirm wie ein Spiegel gewirkt hatte. Sein Gesicht, oder sagen wir mal, eine ziemlich comicartig vereinfachte Version seines Gesichts befand sich am oberen Ende eines Männchens, das gerade kreuz und quer über den Bildschirm lief, mal nach hier, mal nach dort blickte und sich dann, als hätte es Tim gerade jetzt erst wahrgenommen, mit einem Lächeln zu ihm umdrehte und ihm mit ruckartigen Bewegungen freundlich zuwinkte. Tim war so verdattert, dass er spontan zurückwinkte.

»Ja, ja, ich weiß…«, sagte Vi, als hätte Tim irgendetwas gesagt, »Die Grafik hier ist ziemlich grottig verglichen mit dem, was ihr da drüben hattet. Mehr ist halt nicht drin. Kleine knubbelige Standard-Avatare ohne Schatteneffekte oder Kantenglättung. Aber immerhin ein Fortschritt zum letzten Update. Da konnte man im Gesicht immer noch einzelne riesige Pixel erkennen.«

Tim fand das überhaupt nicht schlimm. »Sieht doch ganz knuffig aus, der kleine Kerl«, sagte er.

»Also meiner sieht aber irgendwie doof aus«, sagte Michael.

Tim biss sich auf die Zunge, um einen - zugegebenermaßen echt witzigen, aber vielleicht auch etwas zu kränkenden - Spruch zurückzuhalten. Nicht jede Gelegenheit für ´nen guten Spruch muss man auch nutzen, sagte er sich. Und: Freundschaft bedeutet, manchmal auch einfach die Klappe zu halten. Das waren Erkenntnisse, die er in langen Wortgefechten mit seinem besten Kumpel auf die harte Tour hatte lernen müssen.

Vi hingegen schien von solch tiefgründigen Weisheiten nicht viel zu halten. Mit leicht schiefem Grinsen drehte sie sich zu Michael um und sagte: »Bullshit in - Bullshit out... Alte Programmierer-Weisheit.«

Daran, wie sich auf Michaels Stirn eine Zornesfalte bildete, konnte Tim erkennen, dass dies vielleicht nicht gerade die bestgewählten Worte gewesen waren. Schnell legte er seinem Freund eine Hand auf den Arm und sagte:

»Was Vi damit meint, ist sicher Folgendes: Wenn das Ursprungsmaterial, das in den Bildschirm gefüttert wird, fehlerhaft ist, dann kann auch das Ergebnis nicht stimmen. Guck mal hier: An dem Arm von deinem kleinen Männchen fehlt ein ganzes Stück. Da hat die Kamera dich vermutlich einfach nicht gut erwischt. Lass dich doch nochmal scannen, dann wird es sicher besser.«

»Gute Idee«, meinte Vi, die jetzt wohl auch erkannt hatte, dass ihr Spruch ein bisschen zu mies gewesen war. »Ich aktiviere die Kamera einfach nochmal.«

Michael schnaubte nur kurz, drehte sich mehrmals im Kreis und zeigte der Kamera seine Arme und Hände von oben und unten. Diesmal ging alles glatt und sein 'Avatar' sah ihm nun tatsächlich um einiges ähnlicher. Sogar die langen Haare hatte das Programm, wenn auch etwas wuselig, recht gut hinbekommen. Der Mini-Michael winkte dem echten aus dem Bildschirm einmal fröhlich zu, dann schlenderte er in einer fast perfekten Imitation von Michaels schlurfendem Gang hinüber zu Tims Avatar. Michael und Tim beobachteten staunend, wie er den einen Bildschirm verließ und kurz darauf auf dem anderen wieder auftauchte und die beiden dann ein formvollendetes High-Five austauschten.

»Ham wir's nu endlich?«, fragte Vi, jetzt wieder in ihrem üblichen genervten Tonfall. »Wir kommen jetzt schon zu spät und ich kann mir grade echt nicht noch mehr Ärger erlauben.«

Tim zuckte mit den Schultern. Von ihm aus konnte es losgehen. Was auch immer jetzt losgehen sollte. Vi nahm das als Zustimmung und vollführte einige seltsame Handbewegungen. Daraufhin tauchte auf allen drei Bildschirmen eine kleine Tür in der Mitte des Bildes auf. Tim und Michaels Avatare bestaunten sie, machten aber keinerlei Anstalten, sich darauf zuzubewegen.

Tim blickte über die Schulter zu Vi. Ihr Avatar war schon fast bis zu der Tür gelaufen und hob gerade die Hand, um sie zu öffnen. Vi selbst bewegte sich dabei kein Stück, stand scheinbar nur völlig regungslos da. Aber irgendwie schien sie ihre Figur trotzdem zu steuern. Tim blickte auf seine eigene Figur, die sich daraufhin sofort vom virtuellen Michael abwandte und ihm wieder freundlich zuwinkte. Als Tim dann auf die kleine Tür schaute, drehte sich auch sein Avatar in die Richtung, blieb aber weiter an seinem Fleck stehen.

»Einfach mit dem Finger zeigen«, sagte Vi und machte es vor. »Is' nich' so richtig intuitiv, ich weiß. Aber so viel bewegen muss man sich hier in der Schule leider eh nicht.«

Tim probierte es aus, blickte entschlossen die Tür an hob dann seinen Finger, um darauf zu zeigen. Sofort setzte sich Mini-Tim in Bewegung und ging auf die Tür zu. Aus dem Augenwinkel sah Tim, dass Michaels Spielfigur genau dasselbe tat.

»Und schaltet mal besser auf Ego-Perspektive. Finde ich besser. Wirkt einfach ein bisschen realistischer«, sagte Vi.

Sie machte den beiden eine Handbewegung vor, die so aussah, als wollte sie mit beiden Händen gleichzeitig eine Fliege fangen, die direkt vor ihrer Nase saß.

Als sie beide die Geste nachahmten, wurden ihre kleinen Abbilder mit einem Mal immer größer und größer, bis schließlich nur noch die Köpfe zu sehen waren. Und dann verschwanden auch die noch. Sie blickten jetzt beide direkt durch die Augen ihrer digitalen Gegenstücke.

Tim sah, wie die Tür immer näherkam, blickte auf die Türklinke und griff nach vorne, als könnte er sie direkt anfassen. Und tatsächlich zeigte sich seine Hand auch auf dem Bildschirm. Naja, eine sehr knubbelige und unrealistisch aussehende Hand. Aber sie folgte jeder von Tims Bewegungen und drückte die Klinke ohne Widerrede nach unten. Das fühlte sich schon ein wenig komisch an, weil Tim die Klinke ja weder fühlen noch sehen konnte. Und auch die Tatsache, dass er sich auf dem Bildschirm vorwärtsbewegte, während er hier eigentlich völlig stillstand, machte ihn eigentümlich seekrank.

Zum Glück kam genau in diesem Moment Vis Mutter mit zwei Stühlen, die sie hinter Tim und Michael stellte.

»Hier. Setzt euch. Beim ersten Mal kriegen viele die VR Krankheit. Ich weiß noch, wie Vi das erste Mal in die Schule musste und dann hier das ganze schöne Kinderzimmer vollgeko...«

»MAMA!«

»Schon gut, schon gut. Ich geh ja schon. Seid alle artig und lernt schön brav.«

So weit war eigentlich alles noch ganz gut gewesen. Beste Voraussetzungen eigentlich. Eine neue Schule, spannende neue Technik - alles in allem hätte das ein toller Tag werden können. Wurde es aber nicht.

Weil Vis Schule einfach nur furchtbar war.

»...und deshalb werden wir das jetzt wohl alles nochmal durchnehmen müss… *Oh!* Schaut doch mal! Die Rebellenprinzessin höchstpersönlich gibt sich die Ehre heute mal bei uns vorbeizuschauen!«

Die hohe, aggressiv näselnde Stimme war das erste, was sie hörten, als sie - also eigentlich natürlich nur ihre Mini-Abbilder - durch die Tür traten. Der Raum, in den die Tür führte, war nicht besonders groß, nicht besonders schön und in absolut keiner Weise irgendwie interessant. Er maß in etwa zehn mal zehn Meter und an der Kopfseite, von wo die schrecklich klingende Stimme aus einer ebenso schrecklich aussehenden Frau tönte, war eine grünliche Tafel angebracht. Jemand hatte mit Kreide 'Vi, wir hassen dich!' darauf geschrieben und anscheinend hatte niemand es für nötig befunden diese

Schmiererei vor Unterrichtsbeginn wieder wegzuwischen. Auf der linken Seite des Raumes gab es drei Fenster, die aber nur eine Aussicht auf einen trostlosen, grauen Betonplatz boten.

Zehn Tische, angeordnet wie ein großes U, bildeten fast die einzige Einrichtung hier in dem Raum. An jedem Tisch saßen zwei Kinder. Nein, Jugendliche oder 'junge Erwachsene' traf es wohl besser. Soweit man das dank der gruseligen Grafik hier erkennen konnte, schienen sie alle etwa in Vis Alter zu sein. Aber während einige noch halbwegs kindlich aussahen, überragten die größeren von ihnen sogar den riesigen Michael um fast einen ganzen Kopf. Einer hatte sogar kleine schwarze Punkte rund um den Mund. Das sollte vermutlich eine Art Bartansatz darstellen. Stand ihm aber überhaupt nicht. Und alle, wirklich ausnahmslos alle schauten sie giftig in Richtung Vi.

Die ließ das alles aber anscheinend völlig kalt. Kaugummikauend (wo hatte sie den denn jetzt schon wieder herbekommen?) schlurfte sie an den anderen vorbei, knallte ihren Rucksack - von dem sich Tim völlig sicher war, dass sie ihn eben noch nicht gehabt hatte - in die Ecke des Raumes und ließ sich auf ihren Platz ganz am hintersten Ende der Tischreihe plumpsen. Aus ihrem Mund wuchs provozierend langsam eine überdimensional große rosafarbene Kaugummi-Blase, die sie kurz darauf mit einem lauten PLOPP zerplatzen ließ. Lustigerweise erschien dabei tatsächlich das Wort 'PLOPP!' für einen Sekundenbruchteil in großen rosa Comic-

Buchstaben direkt neben Vis Kopf. Witzig. Was den Programmierern hier an Grafikleistung gefehlt hatte, schienen sie mit Kreativität wieder wettmachen zu wollen.

Die Lehrerin warf Vi einen scharfen Blick zu und machte mit dem Zeigefinger dann ein paar schnelle, zackige Gesten in der Luft. Daraufhin zeigte sie auf Vi und bewirkte damit Erstaunliches: Nahtlos und völlig ohne dass Vi selbst irgendeinen Einfluss darauf gehabt hätte, verschwanden die Überreste der Kaugummiblase, ihr Avatar saß mit einem Mal aufrecht an dem Schultisch und ihr Mund war fest verschlossen mit einem freundlichen Lächeln auf Vis Lippen.

»War ja klar«, sagte Vi, ohne dass ihr Abbild auf dem Bildschirm auch nur einen Ton von sich gab. »Sie hat mich gemuted. Einfach stumm geschaltet, obwohl ich noch nicht mal irgendwas Schlimmes gemacht habe. Na, das wird ja mal wieder ´ne tolle Stunde!«

Genervt begann sie, sich auf ihrem Drehstuhl im Kinderzimmer hin und her zu drehen. Ihr Ebenbild hingegen saß mit aufrechter Haltung und freundlichem Blick in der Schule und lauschte interessiert den Worten der Lehrerin. Nicht schlecht, dachte Tim. Zumindest für den Lehrer. So einen Schalter hätte Michael bei seinen Unterrichtsversuchen mit den Vorschul-Kindern sicher auch sehr gerne gehabt.

»Wie ich schon sagte«, fuhr die Lehrerin fort, als wäre gar nichts passiert, »wiederholen wir heute mal wieder das Thema 'Sicherer Umgang mit Anderen'«

Ein Stöhnen ging durch die Klasse.

»Müssen wir das jetzt echt?« fragte der Riese mit dem albern wirkenden Bart. »Das ist doch Kinderkacke!«

»Aber hundertprozentig«, entgegnete die Lehrerin in einem unangenehmen Singsang, der wohl ausdrücken sollte, dass sie ebenso genervt war, wie ihre Schüler. »Absolute Kinderkacke. Und völlig unnötig, weil sich ja eigentlich sowieso jeder an die Regeln hält.«

Ein eisiger Blick in Richtung Vi. »Zumindest nahm ich an, dass niemand *dumm* genug sei, diese einfachen Regeln zu ignorieren!«

Dann wandte sie sich wieder an die ganze Klasse.

»Aaaaber... aus *irgendeinem* nicht näher genannten Grund steht das Thema für heute mit Rot umkringelt auf dem Lehrplan aller Klassen. '*Unbedingt* mit den Schülern thematisieren' steht da. Und 'Auffrischung des Merksatzes' steht da. 'Mit *Bewegungen*. Also hopp hopp! Alle aufstehen.«

Unter Stöhnen erhoben sich um die fünfzehn mies gelaunte Pubertiere, und begannen widerwillig und einige auch nur mit sehr angedeuteten Bewegungen einen Tanz, der tatsächlich eher nach Kindergarten als nach Schulunterricht aussah. Der Lehrerin war das eindeutig sehr bewusst, aber sie machte trotzdem alle Bewegungen mit großem Gestus vor, während im ganzen Raum ein Playback erklang, das ebenfalls in einem Kindergarten oder in einer Grundschule voll der Hit gewesen wäre.

Der Gesang kam zwar vom Playback, aber die Lehrerin sang trotzdem mit übertriebener Deutlichkeit jedes Wort mit und animierte ihre Schüler durch Zwischenrufe immer schön bei der Sache zu bleiben.

»'Du streckst den linken Arm raus und den rechten Arm raus'.

-*Jan!* Richtig schön weit ausstrecken die Arme... Ja, so ist das gut.

'Und dann drehst du dich im Kreis und berührst niemand, denn du weißt:'

-*Also Natalie!* Das kann doch nicht so schwer sein, sich einmal im Kreis zu drehen. Los jetzt!

'Zu viel Nähe bringt Gefahr und das ist doch allen klar!'

-Und jetzt alle schöööön die Handflächen aufstellen und ganz deutlich den Kopf schütteln. *Auch du,* Ben. *Doch,* das machen jetzt bitte *alle* mit!

'Wen du anfasst, bringst du um! Halte Abstand, sei nicht dumm!'

- Prima. Richtig schön mit dem Zeigefinger wackeln. Ganz toll, wie ihr das macht. Sieht albern aus, aber das soll so sein.«

Eigentlich ein schönes Lied, fand Tim. Würde bestimmt den Kleinkindern in der Vorschulgruppe voll Spaß machen. Vor allem der Teil, bei dem sie alle wild im Kreis herumwirbeln durften. Aber hier bei diesen ganzen Fast-Erwachsenen, die anscheinend noch nicht alle Kontroll-Hebel in ihrem plötzlich angewachsenen

Riesenkörpern korrekt bedienen konnten und denen das Ganze natürlich total *superpeinlich* war… Da tat schon das Zugucken weh.

Tim räusperte sich. Tat so, als wäre er gerade erst reingekommen und hätte das Ganze nicht mit ansehen müssen.

»Hi«, sagte er betont locker. »Wir sind, äh… ja, äh… wir sind die Gastschüler. Ist hier noch frei?«

Das Mädchen, das er gefragt hatte, war wenigstens halbwegs noch seine Größe. Zumindest solange er stand und sie saß.

Die schnaubte einmal, rutschte mit ihrem Stuhl ein wenig zur Seite und machte ihm Platz.

»Als wüssten hier nicht alle ganz genau, wer ihr seid und wo ihr herkommt«, sagte sie so leise, dass nur Tim sie hören konnte.

Er konnte ihren Tonfall nicht ganz einordnen. War das jetzt nett oder bissig gemeint? Tim beschloss, einfach mal das Beste anzunehmen, setzte sein gewinnendstes Lächeln auf und streckte ihr die Hand hin. »Ich bin Tim.«

Das Mädchen starrte seine ausgestreckte Hand an, als hätte sie sich in einen toten Fisch verwandelt.

»Sowas machen wir hier nicht«, sagte sie schließlich mit kaum verstecktem Ekel in der Stimme.

»Ach ja… Äh... Abstand halten und so… stimmt ja.«, sagte Tim, während sich sein Lächeln in ein ertapptes

Grinsen verwandelte. »Körperkontakt ist nicht so euer Ding hier drüben, was?«

»Nicht so unser Ding?«, fuhr die Lehrerin dazwischen. Sie hatte bis eben noch mit einem anderen Schüler gemeckert, der sich geweigert hatte, den albernen Tanz mitzumachen, aber Tims Worte schienen ihre Aufmerksamkeit geweckt zu haben.

»Oh Mann, Frau Müller, lassen sie´s doch gut sein«, versuchte das gelangweilte Mädchen neben Tim ihn halbherzig zu verteidigen. »Der Kleine hier kommt doch aus dem Ahnungslosental. Der hat von nix ´ne Peilung. Sehen Sie doch. Der kennt nicht mal die Geste fürs Hinsetzen. Is´ doch nich´ so schlimm.«

»Nicht so schlimm?!« Mit drei großen Schritten war die Frau bei ihnen, baute sich ganz dicht vor Tims Sitznachbarin auf.

»Ist das so, Sandra? Alles halb so schlimm?«, fragte sie. Wie beiläufig vollführte sie eine weitere Geste in der Luft, woraufhin Tims Abbild ohne Übergang plötzlich auf dem Stuhl neben dem Mädchen saß. Das Mädchen öffnete den Mund, um zu antworten, doch die Lehrerin ließ sie nicht zu Wort kommen, sondern fuhr fast ohne Luft zu holen fort: »*Die Krankheit!* Eine weltweit grassierende Seuche, die Jahr um Jahr Millionen das Leben kostet?«

Sie wandte sich zackig zum Rest der Klasse um.

»Und gegen die noch immer - nach so vielen Jahren weder ein Heilmittel noch ein langfristig wirksamer Impfstoff entwickelt werden konnte?«

Sie ging mit langsamen Schritten an jedem einzelnen der Schüler vorbei, blickte ihnen dabei streng ins Gesicht.

»Das fällt für euch alle in die Kategorie 'is nich so schlimm' '... chill mal...' ? Ehrlich? Na, dann will ich euch mal was erzählen...«

Tim setzte sich aufrecht hin. Wurde ja doch noch interessant hier. Guter Einstieg. Spannendes Thema. Er wartete gespannt auf weitere Details. Doch dann tat Frau Müller das Schlimmste, was man neugierigen Kindern antun konnte. Die eine Sache, die jegliches echte Interesse sofort und vollständig versiegen ließ:

Sie unterrichtete.

Und sie tat das so effektiv, dass trotz des spannenden Themas innerhalb kürzester Zeit wirklich *alle* Schüler in dem Klassenraum abschalteten, wegdösten oder aus dem Fenster träumten und das Ende der Stunde herbeisehnten.

Tim kam dabei sofort die Erinnerung an einen uralten Film, in dem er genau so eine Unterrichtsstunde schon einmal gesehen hatte. Mit einem Lehrer, der völlig desinteressiert immer wieder in die Klasse gefragt hatte »Wer weiß es? Wer weiß es? Irgendwer?«, nur um dann direkt selbst die Antwort zu geben und die Schüler weiter zu quälen.

Die Lehrerin hier toppte das Ganze noch, indem sie einen Großteil ihres Monologs mit dem Rücken zur Klasse hielt, während sie unleserliche Zeichen, Striche, Kreise und endlos lange Zahlenreihen an die Tafel malte. Mit monotoner Stimme ratterte sie Jahreszahlen, Länder- und Politikernamen herunter, die in Tims Kopf augenblicklich zu einem undurchdringlichen Brei verschwammen, der seine Gedanken lähmte und jegliches Interesse an dem Thema zu ersticken drohte.

Aber so leicht würde er sich nicht abhängen lassen. Das hier interessierte ihn und egal wie langweilig der Unterricht auch gehalten wurde, das würde ihn nicht davon abhalten, etwas Spannendes zu lernen.

In Tims Kopf verwandelte sich die Informationsflut in einen undurchdringlichen Morast, durch den *er* als einziger tapfer weiter hindurchstapfte, wild entschlossen, den tieferen Sinn hinter all dem zu verstehen. Alle anderen in der Klasse hatten definitiv schon längst aufgegeben und hörten gar nicht mehr zu. Aber Tim würde sich davon nicht unterkriegen lassen. Er fühlte sich wie Atreju, der sich durch die Sümpfe der Traurigkeit kämpfte, dem trügerischen Untergrund trotzend, der versuchte, ihn herunterzuziehen, ihn zu lähmen und ihn zum Aufgeben zu bewegen.

Tim versuchte, sich auszumalen, wie diese Einheit bei ihm zuhause, in seiner eigenen Schule abgelaufen wäre. Da hätte garantiert niemand das spannende Thema derart zerredet. Nein. Da wären sie *mit dabei* gewesen. Hätten mit eigenen Augen gesehen, wie aus einer kleinen exotischen Krankheit aus der hintersten Ecke der Welt plötzlich eine riesige weltumspannende Epidemie wurde. Und sie hätten das Leid und das Elend, das sie mit sich brachte, wirklich verstehen und fassen können.

Was bedeuteten denn die seltsamen Zahlen mit den vielen Nullen, die die Lehrerin dort an die Tafel schrieb? Zeigten sie die Angst jedes Einzelnen? Die Ungewissheit, ob man sich vielleicht schon angesteckt hatte oder ob man unbewusst durch sein eigenes Verhalten vielleicht diejenigen infizierte, die man liebte und eigentlich am allermeisten schützen wollte?

Er schloss die Augen. Schaltete seinen eigenen 'Simulator' im Kopf an, der ihn - gefüttert von den Informationen, die sein weiterhin wacher Verstand aus dem monotonen Strom von Worten der Lehrerin herausfischte - in eine Welt versetzte, die ihm fremd und erschreckend vorkam.

Er sah Bilder von Massengräbern. Von panischen Hamsterkäufen. Sah Familien, die auseinandergerissen worden waren. Omas und Opas, die von ihren Liebsten getrennt, der drohenden Gefahr ganz alleine gegenüberstanden.

Er sah die vielen, die trotz der Warnungen dicht gedrängt auf die Straße gingen, um gegen Maßnahmen der Regierung zu demonstrieren und schüttelte dabei unmerklich den Kopf. Gegen eine Krankheit demonstrieren? Wie blöd war das denn bitte schön?

Er erlebte das Wechselbad der Gefühle hautnah mit. Spürte das immer wiederkehrende Auf und Ab: Die Phasen der Entspannung, als die Zahlen der Infektionen endlich wieder zurückgingen und die Menschen wieder ihre Häuser verlassen, geliebte Verwandte und Freunde wieder besuchen oder sogar in den Arm nehmen durften. Und dann der Rückfall in die Verzweiflung und die Hoffnungslosigkeit, als die zweite, dann die dritte, vierte, fünfte Welle über das Land hereinbrachen. Die trügerischen Hoffnungen auf Medikamente, die sich letztendlich doch als nicht so wirksam wie angepriesen erweisen sollten. Das gespannte Warten auf die Schutzimpfung, die so lange in der Entwicklung sein würde, dass es für die eigenen Großeltern vielleicht schon zu spät wäre.

Und dann, als tatsächlich endlich alles überstanden schien und Tim schon aufatmen wollte ... als sich endlich für kurze Zeit Ruhe, Gelassenheit und Normalität über die Menschen legte…

… die Mutationen.

Die vielen, vielen neuen Gesichter der Krankheit, als sie kurze Zeit später - waren es Monate oder Jahre? - wieder zurückkehrte, jetzt noch viel gefährlicher, ansteckender und oft kaum mehr behandelbar. Der Schrecken, als die ersten Varianten auftauchten, gegen die die gerade erst entwickelten Impfstoffe nicht mehr halfen.

Die schleichende Erkenntnis, dass diese Krankheit vermutlich nie mehr verschwinden würde. Und dass so etwas wie 'Normalität' wohl auf unabsehbare Zeit nicht mehr geben würde.

Die grausamen, harten Schlüsse, die gezogen wurden: Generelles Kontaktverbot außerhalb der Familie, immer wieder Ausgangssperren, komplette Isolation so weit möglich.

Tim überlegte, ob das alles der Grund war, warum die Menschen hier in diesem unterirdischen Parkhaus mit Einkaufsmeile hausten, statt an der Oberfläche. Oder war der Grund dafür doch eher die Sache mit dem Wetter? War die außerhalb ihres kleinen geschützten Paradieses wegen dem Klimawandel und allem was ihnen Gott darüber erzählt hatte, einfach unbewohnbar geworden? Zumindest der kleine Teil der Welt, den er und Michael von der Mauer aus gesehen hatten, war ja tatsächlich sehr trostlos gewesen.

Er hätte gerne noch viel mehr darüber erfahren, doch sein Gedankenfluss wurde abrupt unterbrochen, als direkt neben ihm eine Bombe einschlug.

Zumindest hörte es sich für ihn genauso an. WUMMMMMS!

Ein Riesenknall, direkt neben seinem Ohr. So laut, dass er fast von seinem Stuhl in Vis Kinderzimmer gefallen wäre. Erschrocken schlug er die Augen auf und sah, dass sein Ebenbild in der Schule ebenso panisch um sich blickte wie er. Der Bildschirm wurde komplett ausgefüllt vom Gesicht der Lehrerin. Viel zu nah und unangenehm grinsend schaute sie ihm direkt in die Augen. Grade hob sie ihr riesiges Schlüsselbund wieder auf, dass sie direkt neben seinem Kopf auf das Schulpult hatte fallen lassen und klimperte dabei mit den Schlüsseln.

»Na, da hat unsere Vi ja anscheinend einen von genau ihrer Sorte mit in den Unterricht geschleppt. Pennt in der ersten Stunde einfach ein…!«

Tim wollte protestieren. Er hatte ja wohl als einziger richtig aufgepasst. Außerdem hatte er Fragen. Viele Fragen.

Doch noch bevor er 'Aaaber…' sagen konnte, hatte die Lehrerin ihm schon wieder den Rücken zugewandt und ging schlüsselklimpernd an den restlichen Schülern vorbei.

»So!«, sagte sie und dieses Wort, zusammen mit dem Geklimper schien eine vitalisierende Wirkung auf alle anderen zu haben. Sie räkelten sich, streckten sich und einige machten seltsame Bewegungen mit den Händen.

»Nach so viel 'spannenden Themen zur allgemeinen Wiederholung' können wir jetzt endlich mal mit dem richtigen Unterricht beginnen«, sagte die Lehrerin und hob die Hände zum Kopf. Es sah aus als würde sie sich eine unsichtbare Mütze von hinten auf den Kopf ziehen.

»Auf zum Sportunterricht!«, rief sie und war ohne Vorwarnung plötzlich verschwunden.

KAPITEL 5: SCHULSPORT

THERE'S A MAN WITH A GUN OVER THERE
TELLING ME I GOT TO BEWARE
THERE'S BATTLE LINES BEING DRAWN
NOBODY'S RIGHT IF EVERYBODY'S WRONG
BUFFALO SPRINGFIELD – 1967

YOU'VE GOT YOUR ORDERS BETTER SHOOT ON SIGHT,
YOUR FINGER'S ON THE TRIGGER BUT IT DON'T SEEM RIGHT
STATUS QUO – 1986

Michael schaute sich verwirrt um. Rings um sich blickte er in die grinsenden Gesichter der anderen Schüler, die, eigentlich genau wie er gerade eben erst wieder aus ihrem Halbschlaf aufgewacht waren. Und alle fassten sie sich jetzt mit derselben seltsamen Geste an ihre Haare und lösten sich kurz darauf in Nichts auf. Hatte er etwas Entscheidendes verpasst?

Er war heute irgendwie überhaupt nicht auf der Höhe. Musste an der dämlichen Dusche liegen. Bei sich zuhause war er immer total der Frühaufsteher gewesen und jeden Morgen supergut drauf. Aber da hatte er ja auch anständig duschen können: Lang, heiß und mit richtigem Powerstrahl, bis er fast gekocht war. Hier hingegen war aus der Dusche nur ein klägliches, lauwarmes Rinnsal gekommen, das exakt nach 5 Sekunden schon wieder versiegte, so dass er den dämlichen Duschknopf immer und immer wieder hatte drücken müssen, um wenigsten einigermaßen nass zu werden. Wie konnten die hier bloß so leben? Wach jedenfalls konnte man so nicht werden. Er gähnte und sah sich um.

Offensichtlich war er nicht der Einzige, der verpasst hatte, was hier gerade abging. Vis Spielfigur saß ebenfalls noch in dem leeren Klassenzimmer, brav lächelnd und interessiert in Richtung Lehrerpult blickend.

Hilfesuchend schaute er sich im Kinderzimmer nach der echten Vi um. Die hatte die Füße auf den kleinen Schreibtisch gelegt, drehte sich mit ihrem Schreibtischstuhl leicht hin und her und schmökerte in einem dicken Buch.

Erst als sie die fragenden Blicke von Tim und Michael auf sich spürte, zog sie sich zwei klitzekleine Stöpsel aus den Ohren, aus denen ihr anscheinend ein winzig kleiner Freddy Mercury 'We will Rock you' direkt ins Gehirn gebrüllt hatte. Vi blickte irritiert zuerst die beiden, dann ihren Bildschirm an. Sie brauchte nur eine Sekunde, um das Geschehen dort in der Schule richtig zu deuten. Genervt verleierte sie die Augen.

»Maaaaamma…!«, brüllte sie. »Die doofe Kuh hat schon wieder Mathe und Geschichte übersprungen. Wir brauchen Brillen. Schnell!«

Vis Mutter tauchte im Türrahmen auf. Beziehungsweise ein Etwas, das zumindest dieselbe Größe, Statur und Haarfarbe wie Vis Mutter hatte. Vom Gesicht war nicht viel zu erkennen, weil sie aus irgendeinem Grund eine Taucherbrille trug. So eine richtig große, die komplett über das Gesicht ging. Und diese hier hatte auch noch getönte Scheiben. Eine Taucher-Sonnenbrille vielleicht? Für besonders sonnige Tage im Freibad? Michael zog grübelnd die Stirn kraus.

Mit einem Mal wurde das Glas der Taucherbrille halb durchsichtig und Vis Mutter schaute ihnen daraus entgegen.

»Ich kann grad gar nicht!«, sagte sie im Flüsterton. »Besprechung! Nimm doch die von Jakob. Und sag bitte nicht blöde Kuh zu deiner Lehrerin. Wir können jetzt echt nicht auch noch Ärger mit der Schule gebrauchen.«

Vi verleierte schon wieder die Augen.

»Also erstens«, zählte sie an ihren Fingern ab, »kann die mich nicht hören. Hat mich stumm geschaltet. Selbst schuld, die dumme Kuh.«

Sie zeigte auf Tim und Michael. »Zweitens sind wir hier zu dritt. Mit meiner und Jakobs Brille haben wir immer noch nur zwei. Dann kann einer nicht mitmachen. Und drittens...«, sie zeigte in die kleine Höhle unter ihrem Hochbett, wo heimlich still und leise und völlig unbemerkt von Tim und Michael die ganze Zeit über ein mucksmäuschenstiller Jakob gesessen hatte, der ebenfalls so eine Sonnen-Taucherbrille auf der Nase sitzen hatte. »...drittens ist Jakob verschollen in anderen Welten und rückt die Brille garantiert nicht freiwillig raus«

Jetzt drehte sich Vis Mutter, die schon halb auf dem Weg zurück in ihr eigenes Zimmer gewesen war, doch noch einmal um. Sie nahm ihre Brille komplett ab und warf einen kritischen Blick auf Jakob.

»PAUL!«, rief sie. »Was für Ballerspiele spielt denn bitte unser Dreijähriger mit seiner VR Brille? Hatten wir nicht gesagt, dass *wir* das überhaupt nicht gut finden?«

Vis Vater antwortet nicht gleich. Entweder hatte er seine Frau nicht gehört, oder er suchte noch nach einer guten Antwort, warum er den Kleinen mit so einer Brille stillgestellt hatte, statt mit ihm zu puzzeln oder ihm eine Geschichte vorzulesen.

Aber Jakob selbst kam ihm zuvor. Der hatte beim Klang der Stimme seiner Mutter die Brille heruntergeschoben und strahlte sie an. »Iche *Peter* gucken. Lecker, lecker Nudeln!«

»Was machst du, mein Kleiner?«, fragte Jakobs Mutter ihren Kleinen. »Guckst du dir damit Nudeln an?«

Aber Michael hatte längst die Stimme erkannt, die da aus den kleinen Lautsprechern der Brille plärrte. Eine Stimme, die schon seit Ewigkeiten allen interessierten Kindern der Welt erklärt hatte, wie sie funktionierte. Und gerade jetzt erzählte sie Jakob in allen Details, wie man die längste Nudel der Welt ganz einfach selbst herstellen konnte.

»Peter ist toll«, ergriff er für den abwesenden Papa und für Jakob Partei. »Löwenzahn ist die beste Serie der Welt für Kinder. Da lernt er richtig was. Und nicht nur komische Wolleküühe.«

Tim nickte zustimmend und sagte: »Peter ist der beste«

Und sogar die so abgebrühte und ach so fast erwachsene Vi meinte: »Yep. Beste Sendung ever. Besonders die mit den Nudeln. Aber wir brauchen trotzdem die Brille.«

Jakob klammerte sich instinktiv an seine Brille. »Nich'
mopsen!«, sagte er sichtlich entrüstet. »Mein Peter!«

Aber da war auch schon Tim bei ihm. Er hatte einfach seinen Bildschirm von der Wand genommen, ihn unter das Bett getragen und hielt ihn jetzt Jakob hin.

»Ach Quatsch. Wir wollen dir deinen Peter doch gar nicht mopsen. Hier, guck mal. Da drauf kannst du Peter doch noch viel besser angucken, oder? Komm, wir tauschen einfach.«

Jakob schaute erst Tim, dann seine Mama fragend an. Die blickte ihn zuerst streng, dann aber mit einem 'was tu ich nicht alles für dich' Lächeln an und vollführte einige Gesten in Richtung des Bildschirms, auf dem kurz darauf das so markante Gesicht des Mannes in Latzhosen auftauchte.

»Aber nur noch einen Peter«, mahnte sie und dann war sie auch schon wieder auf dem Weg in ihr Zimmer und redete währenddessen mit Leuten, die nur sie in ihrer Taucherbrille sah.

Tim zog Jakob vorsichtig die Brille vom Kopf. Der ließ alles widerstandslos über sich ergehen, war schon wieder völlig gefesselt von 'seinem Peter'.

Er antwortete sogar jedes Mal, wenn Peter auf dem Bildschirm eine Frage stellte.

»Ja!« oder »Genau!« oder »weissich aunich was inne Nudeln drinne is...«, sagte er. Der würde sie jedenfalls nicht stören.

Etwas angewidert sah Michael zu, wie Tim die Brille an seinem T-Shirt abwischte und damit dem ganzen Kleinkindersabber nur mehr verschmierte als ihn richtig zu entfernen.

»Los jetzt«, drängte Vi, die ihre eigene Brille schon aufgesetzt hatte und jetzt in ein Art Gurtzeug stieg. Michael erinnerte es an eine von diesen Ganzkörper-Hundeleinen. Das Gurtzeug hakte sie anschließend in zwei lange Seile, die wie von Geisterhand aus der Decke herabgeschwebt kamen.

»Wir haben hier eh nur eine Aufhängung«, sagte sie entschuldigend. »Musst halt mit Gesten steuern. Also setz dich lieber hin.«

Michael war das ganz recht. Viel zu sehr erinnerte ihn diese seltsame Konstruktion an die gruseligen Menschenfresser-Anzüge, mit denen ihnen so lange eine falsche Realität vorgespielt worden war.

Naja, okay… von ihren Hightech-Ganzkörperanzügen war diese Konstruktion ungefähr so weit entfernt wie ein Faustkeil von einem Lichtschwert. Aber es schien seinen Zweck zu erfüllen. Vi schwebte damit etwa zehn Zentimeter über dem Fußboden und all ihre Bewegungen wurden auf ihre Figur, die noch immer vor dem Schultisch saß, übertragen.

Dann wandte sich Vi plötzlich um und richtete für einen kurzen Moment all ihre Aufmerksamkeit auf Michael. Der spürte schon wieder, wie ihm das Blut in den Kopf schoss. »Lass erstmal den Kleinen ran. Du musst halt 'ne Runde warten, bis er raus ist. Wird sicher nicht so lange dauern. Kannst ja so lange alles auf deinem Bildschirm verfolgen.«

Michael wollte etwas besonders Cleveres entgegnen, aber gerade jetzt fiel ihm so gar nichts Schlaues ein. Vi hatte sich ohnehin schon wieder abgewandt und mit einer zackigen Bewegung ihrer rechten Hand die Brille komplett verdunkelt.

Also nickte er nur stumm, machte es sich auf seinem Stuhl bequem und schaute auf dem großen Bildschirm zu, wie Vi und Tim sich in der Schule auflösten, um gleich darauf an einem komplett anderen Ort wieder aufzutauchen.

Um sie herum schien sich eine endlose Wüste auszubreiten. Sand, Geröll, einige uralte Häuserruinen und hier und dort ein umgestürztes Auto. Ansonsten konnte Michael kaum etwas ausmachen. Die Darstellung war hier ein klein wenig besser als in dem Klassenraum zuvor. Allerdings konnte das auch täuschen. Vermutlich würden sich die Felsbrocken in der Ferne auch wieder nur als kantige, rot gefärbte Vielecke herausstellen, wenn man dicht genug heranging. Die Sonne, auch wenn sie nur virtuell aus dem Bildschirm schien, blendete ihn und brachte den Boden zum Flirren.

Michael kam es vor, als wären sie mitten in einem Wildwestfilm gelandet und hinter der nächsten Ecke wartete schon ein Bandit mit Stoppelbart auf sie, der 'Zieh, Cowboy' oder etwas ähnliches Markiges sagte. Aber natürlich gab es hier keine Ecken. Hier gab es wirklich rein gar nichts Interessantes. Was sollte das denn für eine langweilige Sportstunde werden? Nordic Wüstensand-Walking?

Tim schaute sich um und auf Michaels Bildschirm folgte die Darstellung jeder seiner Bewegungen. Die restlichen Schüler der Klasse standen nicht weit von Vi und Tim entfernt bei einem alten, eingestürzten Schuppen. Deren Aussehen hatte sich ebenfalls ein klein wenig verbessert. Ihre Gesichter wirkten hier etwas realistischer und sie trugen jetzt alle militärische Uniformen in Tarnfarben und große Rucksäcke mit vielen Taschen, die man auch tatsächlich erkennen konnte.

Für die Sportstunde wurde anscheinend mehr Rechenleistung bereitgestellt als für den regulären Unterricht in der Klasse.

Vi ging zielstrebig auf ihre Mitschüler zu und Tim folgte - nach mehreren Fehlversuchen mit der Gestensteuerung - in einigem Abstand.

Je näher die beiden kamen, desto deutlicher konnte Michael hören, was die anderen, die sich dort in einem dicht gedrängten Halbkreis versammelt hatten, gerade sagten. Anscheinend war sein Bildschirm an Tims Spielfigur gekoppelt, so dass er nur sehen oder hören konnte, was in ihrer direkten Umgebung vor sich ging. Gesprächsfetzen wehten zu ihm herüber.

»... Müssen die Position halten... haben hier super Deckung...«

»... besser aufteilen, länger durchhalten...«

»... nicht doch lieber verstecken?«

Anscheinend versuchten sie, irgendeine Strategie miteinander zu koordinieren. Was sie aber genau erreichen wollten, konnte Michael nicht erkennen. Vi, die ja genau so weit entfernt gewesen war wie er, konnte eigentlich auch nicht mehr vom Gespräch ihrer Klassenkameraden mitbekommen haben.

Trotzdem drängte sie sich völlig selbstbewusst mitten in den Kreis ihrer Mitschüler und sagte laut: »Das ist doch alles völliger Quatsch. Wenn ihr echt was erreichen wollt, dann müsst ihr euch endlich mal was trauen!«

Ein Stöhnen ging durch die Reihen der Jungen und Mädchen. Vis Meinung schien hier nicht besonders gefragt zu sein.

Der große Kerl mit dem albernen Bartansatz baute sich vor ihr auf und sagte: »Du hast hier überhaupt nichts zu bestimmen. Denk bloß nicht, dass dein kleiner Ego-Trip dich hier jetzt zu irgendeiner Anführerin gemacht hat.«

Vi, die gut zwei Köpfe kleiner war und ziemlich steil nach oben gucken musste, um zu antworten, schaffte es trotzdem irgendwie, den Typen von oben herab zu behandeln und antwortete schnippisch: »Anführerin von was denn, bitte schön? Von diesem kleinen Elendshaufen von Versteckern und Hosenschissern?«

Sie spuckte in den Sand, direkt vor die Füße des Riesen. Die Spucke wurde als stilisierter blauer Tropfen dargestellt, während sie durch die Luft flog und verschwand, sobald sie den sandigen Boden berührte.

»So lange ihr euch nicht mal traut, das Spiel zu spielen, das hier eigentlich gerade angesagt ist«, sagte Vi mit Gift in der Stimme, »*will* ich euch nicht mal in meinem Team haben.«

Sie wandte sich von der Gruppe ab und sagte beiläufig noch: »Ich dachte ja nur, dass vielleicht inzwischen irgendeinem von euch mal ein paar *'Cohones'* gewachsen wären…!«

Michael dachte blitzschnell nach. Und, genau wie erwartet, schob Tim keine zwei Sekunden später seine Brille nach oben und schaute ihn fragend an.

»Was heißt denn…«, fing er an, aber Michael hatte sich seine Antwort schon zurechtgelegt und ließ ihn gar nicht erst zu Wort kommen.

»*Mut!* Sie meinte, dass irgendwer von denen inzwischen vielleicht mutiger geworden sei. Nun schnell wieder rein mit dir.«

Tim schaute ihn noch kurz kritisch an, schien die Antwort aber ansonsten so durchgehen zu lassen und schob sich die Brille wieder auf die Nase. Michael war froh, dass ihm eine wörtliche Übersetzung erspart geblieben war und konzentrierte sich wieder auf den Bildschirm.

Vi hatte sich inzwischen von den anderen und Tim etwas entfernt und wühlte in einer großen alten Kiste, die neben der Ruine stand und in der sich anscheinend irgendein Wüsten-Rambo seinen privaten Vorrat für den dritten Weltkrieg angelegt hatte. Michael kannte so etwas ja nur aus alten Agenten-Filmen, aber sogar er als völliger Waffen-Unwissender erkannte mehrere Sorten Pistolen, unterschiedlichste Gewehre und sogar etwas, das aussah, wie ein kleiner Flammenwerfer.

Tim hingegen verlor nach einem kurzen Blick in die Truhe augenblicklich jegliches Interesse daran. Waffen jedweder Art fand der total doof. Außer natürlich die aus Star Wars. Aber solange in der Truhe nicht zufällig irgendwo ganz tief verbuddelt ein Lichtschwert herumlag, würde es Vi schwerfallen, ihn für irgendetwas daraus zu begeistern.

Stattdessen schlenderte er ein wenig ziellos um das alte eingefallene Haus herum.

Hinter dem Gebäude war die Landschaft genauso trostlos wie davor. In dieser Richtung gab es außer Sand und Geröll zwar wesentlich mehr eingestürzte oder halb verfallene Häuser, aber schöner oder interessanter wurde das Ganze dadurch auch nicht. Es sah aus, als befänden sie sich am Rande einer alten, längst verlassenen Stadt. An einer Häuserecke stand sogar noch eine recht gut erhaltene Verkehrsampel.

Tim wollte sich gerade wieder abwenden und zurück zu den anderen gehen, als Michael, der ja alles was Tim sah, genau mitverfolgen konnte, ganz am äußersten rechten Bildschirmrand eine Bewegung ausmachte.

»Hey, halt«, sagte er. »Kannst du bitte nochmal in die Richtung von dieser alten Kreuzung mit der Ampel gucken?«

Tim zuckte mit den Schultern und wandte sich noch einmal um. Und in dem Moment schien auch er es zu bemerken. Da kam jemand um die Häuserecke. Im schnellen Schritt, als würde er marschieren. Michael hätte ihn zuerst gar nicht erkannt, so ungewohnt sah er aus, mit kurz geschorenen Haaren, in Tarnfarben-Uniform und in ähnlich schlechter Auflösung dargestellt, wie die ganzen Schüler-Spielfiguren.

Aber über Tims Gesicht ging sofort ein Strahlen des Wiedererkennens und er begann fröhlich zu winken und zu rufen: »Gabriel! Hey! Hallo!«

In der nächsten Sekunde wurde er erschossen.

Völlig verdutzt schob Tim seine Brille nach oben und schaute gemeinsam mit Michael auf den Bildschirm.

Da lag seine Figur, ausgestreckt auf dem Boden und darüber schwebte die Zahl 0%. Genaueres konnten sie nicht erkennen, denn der kleine Kinderkörper, der dort lag, war völlig ausgegraut und unscharf dargestellt. Vermutlich ein Filter gegen allzu brutale Szenen, damit die Schüler hier keine Albträume bekamen, dachte Michael. War ihm ganz recht. Er wollte gar nicht so genau wissen, wie das Ganze wohl für die älteren Schüler aussah.

»Äh…«, machte Tim. »Was ist denn jetzt auf einmal passiert?«

»Na was wohl«, schnaubte Vi, die ihre Brille weiterhin aufhatte und anscheinend noch immer vornübergebeugt in der Kiste wühlte. »Der Bot hat dich gekillt. Und sicher krieg *ich* dafür jetzt gleich auch noch Ärger von der blöden…«

»VIOLA!!! WAS WAR DAS DENN BITTE SCHÖN?«

Die Stimme der Lehrerin donnerte aus allen Lautsprecherboxen und anscheinend mindestens genauso laut auch aus den Kopfhörern von Vis Brille. Sie zuckte gequält zusammen und vollführte schnell eine kreiselnde Geste an ihrem Ohr wodurch die Lautstärke aller Geräte wurde um die Hälfte reduziert wurde. So war das Gekreische schon etwas erträglicher.

»Das ist genau die Art von Mist, die wir uns einfach nicht mehr erlauben können! Dein kleiner Freund hier hat nicht nur die Position des gesamten Teams preisgegeben und sich so schnell abknallen lassen wie noch niemals jemand zuvor. Er hat dabei auch noch *gelächelt* und dem Feind *fröhlich zugewinkt!* Soll das ein Scherz sein? Das ist doch genau die Art von Aktion, auf die die Fernsehfuzzis nur warten! Wenn wir Pech haben, sehen wir unsere Klasse heute Abend in den 'Lustigsten und peinlichsten Pannen des Tages', statt irgendwann mal in den echten Turnieren!«

Vi antwortete nicht. Wühlte weiter in ihrer Kiste, hob irgendwelche Sachen hoch oder steckte sie sich in ihre Jackentaschen.

»ANSAGE FÜR ALLE«, rief die Lehrerin und wandte sich nun anscheinend wieder der ganzen Klasse zu. »Ich mache jetzt mal eine ganz große Ausnahme und spule zwei Minuten zurück. Ihr habt echt ein Riesenglück, dass unser Match gerade von keinem der Sender live gestreamt wird. Ansonsten wärt ihr alle aufgrund von Vis Fehler schon so gut wie erledigt und unser Klassenteam wäre mal wieder das Gespött der ganzen Siedlung.«

Selbst bei heruntergedrehter Lautstärke war noch deutlich das Geschimpfe von Vis Mitschülern zu hören, die sich lautstark über sie unterhielten und dabei kein gutes Haar an ihr ließen. Vi ließ das weiterhin völlig kalt. Sie schien inzwischen alles in der Kiste gefunden zu haben, was sie brauchte und richtete sich gerade wieder auf, als die Stimme der Lehrerin ein letztes Mal erklang.

»Und du, junge Dame, kümmerst dich diesmal besser um deinen kleinen Risiko-Faktor hier. Ein weiteres Freileben wird es nicht geben. *Kapiert?*«

Vi zuckte nur die Schultern. Sie klappte ihre Brille hoch, fixierte Tim mit strengem Blick und sagte: »Na los… rein mit dir. Aber diesmal bleibst du komplett und hundertprozentig bei mir, okay? Keine Alleingänge mehr.«

Tim nickte etwas betreten und setzte seine eigene Brille wieder auf.

Im selben Augenblick erwachte auch Michaels Bildschirm wieder zu neuem Leben und er sah wieder alles, was Tim in der Simulation erblickte. Und das, was er sah, war eine in Kampfwesten eingehüllte und in absolut jeder Hinsicht super-tödlich aussehende Vi. Sie war derart behängt mit allen möglichen Waffen, dass sie aussah wie der explosivste Weihnachtsbaum der Welt.

Wo auch immer sein Blick an ihr entlang wanderte, entdeckte er irgendein supergefährliches Dingsbums. Von der kleinen Handpistole an ihrer Seite über eine Schrotflinte, die sie lässig über ihre Schulter gehängt hatte, bis hin zu lauter kugelrunden Gegenständen in ihren Taschen, die Michael für Granaten oder Sprengladungen hielt. In ihren Händen hielt sie zusätzlich noch ein Schnellfeuergewehr und in dem Rucksack auf ihrem Rücken war vermutlich tonnenweise Munition drin. Und im Gegensatz zu den nur grob dargestellten Spielerfiguren und der schemenhaften Umgebung sahen die Waffen alle sehr detailliert und überaus tödlich aus.

Tim hatte sie mit offenem Mund angestarrt, seit er wieder zurück in der Wüste stand. Jetzt hielt Vi ihm eine ziemlich kleine, fast unscheinbar aussehende Pistole hin. Tim machte keinerlei Anstalten, sie zu nehmen.

»Was soll ich denn damit?«, fragte er mit kritischem Blick auf die Waffe.

»Nicht allzu viel Blödsinn anstellen, hoffe ich«, entgegnete Vi und warf das Ding einfach in seine Richtung, so dass er es aus reinem Reflex heraus auffing.

Aber jetzt, wo er es in Händen hielt, wusste Tim anscheinend noch viel weniger etwas damit anzufangen. Er hielt die Waffe wie einen tragischerweise viel zu früh verstorbenen Goldfisch zwischen zwei Fingern und schaute Vi fragend an.

Die schnaufte genervt, drehte die Waffe in Tims Hand richtig herum und tippte der Reihe nach auf einige Knöpfe und Hebel daran.

»Mann! Ist doch nicht so kompliziert. Sicherungshebel hier, Dauerfeuer da, Abzug hier, da aufklappen zum Nachladen. So… alles klar?«

Tim nickte unsicher, hielt die Pistole auf Armeslänge Abstand und betätigte den Schalter, den er für den Sicherungshebel hielt.

Es ratterte ganz fürchterlich und plötzlich lagen drei von Vis Mitschüler grau und unkenntlich gemacht auf dem staubigen Boden. Über ihren Spielfiguren schwebte die Zahl 0% in der Luft.

»Äh… Ups«, sagte Tim und versuchte so unauffällig wie möglich die noch rauchende Schnellfeuerpistole in der Tasche seiner Hose verschwinden zu lassen.

Das war insgesamt betrachtet leider auch keine so gute Idee, wie Tim recht schnell feststellte. Ein erneuter Knall lenkte die Aufmerksamkeit aller noch mehr auf ihn. Michael sah, dass Tims Bein jetzt auch ausgegraut war und über ihm die Zahl 75% schwebte. Der Knirps hatte ja echt viele Talente, aber für Ballerspiele war er anscheinend völlig ungeeignet.

Tapfer tat er so, als sei gar nichts geschehen, streckte sich und drehte sich wieder zu Vi um.

»Und?«, fragte er mit gespielter Beiläufigkeit. »Was machen wir jetzt mal so…?«

»Wir machen uns jetzt mal lieber ganz schnell aus dem Staub, bevor die Roboter kommen«, sagte Vi und ging schon los in Richtung einer der anderen Häuserruinen. »Beziehungsweise bevor die anderen hier auf die durchaus gute Idee kommen, dich kleinen Risikofaktor einfach mal schnell selbst um die Ecke zu bringen…«

Sie entfernten sich schnell von den anderen. Michael war erstaunt, mit welcher Geschwindigkeit sich Tim trotz der Schussverletzung in seinem Bein in dieser virtuellen Wüste fortbewegen konnte. Vermutlich war das Spiel einfach nur so eingestellt, dass er als absoluter Anfänger einen kleinen Bonus bei der Laufgeschwindigkeit hatte. Trotzdem wirkte es komisch, wie seine kleine Spielfigur trotz ihres Humpel-Beinchens immer ganz dicht hinter der großen Vi hersprintete, die hier im Zimmer lautstark schnaufend riesige Schritte in ihrer Aufhängung machte, während Tim ganz gechillt auf seinem Stuhl saß und nur den Zeigefinger nach vorne ausstreckte.

Sie bogen um eine Hausecke und Vi blieb abrupt stehen. Sie hielt die Faust in der für jeden verständlichen Geste für 'STEHENBLEIBEN!' in die Luft.

Tim, der ganz offensichtlich noch niemals etwas von dieser für jeden verständlichen Geste gehört hatte, rumste mit voller Geschwindigkeit von hinten in sie hinein, so dass Vi aus ihrer Deckung heraus geschubst wurde und bäuchlings auf die Straße fiel.

»Feindkontakt!« rief sie noch, da schlugen vor ihr schon zwei Kugeln in den Boden ein und wirbelten roten Staub auf. Vi rollte sich zur Seite (was in der echten Welt, wo sie jetzt einen Meter über dem Boden an den Seilen hing, wirklich beeindruckend aussah), zog mit jeder Hand eine der kleinen Pistolen aus ihrer Weste und gab genau zwei Schüsse ab.

Tim wedelte mit der Hand, bis sich der aufgewirbelte Staub wieder ein wenig gelegt hatte. Auf der Straße direkt vor ihren Füßen wurden nach und nach zwei ausgegraute Figuren sichtbar, die aber trotzdem noch deutlich als die leblosen Körper von Gabriel und Raffael erkennbar waren.

Dort, wo Vi sie getroffen hatte, sah man angedeutete Kabel und Metallsplitter glänzen. Kleine Funken sprühten aus den zerstörten Roboterkörpern. Ganz schöne Extravaganz bei der begrenzten Rechenleistung hier. War den Programmieren wohl wichtig gewesen bei erfolgreichen Abschüssen ein bisschen Show zu machen. Albern. Und es wurde noch schlimmer: Über den beiden zerstörten Robotern tauchten plötzlich knallrote Buchstaben und Zahlen auf. Über Raffael stand *»50 Punkte!«* und über Gabriel *»100 Punkte!«*. Dazu ertönte zwei Mal hintereinander eine völlig unpassend fröhliche Melodie aus verschiedenen Fanfarenstößen.

Sollte das Ganze wohl irgendwie kindlich verspielt wirken lassen. War aber trotzdem total blöd, fand Michael. Hier ging es doch darum andere Leute abzuballern! Sowas kann man doch gar nicht nett und kindgerecht verpacken. Sowas blieb immer ein Mist-Spiel, egal in welche Verpackung es gepresst wurde.

Allerdings musste er zugeben, dass Vi es in diesem Spiel anscheinend zu einer gewissen Expertise gebracht hatte.

Tim war offensichtlich gerade dieselbe Erkenntnis gekommen, denn obwohl der ja normalerweise noch viel überzeugterer Pazifist war als Michael, nickte er Vi anerkennend zu.

»Kann es sein, dass du in diesem Spiel echt ziemlich gut bist?«, fragte Tim mit zwei hochgezogenen Augenbrauen. Michael musste lächeln. Der kleine Knilch kriegte es immer noch nicht hin.

»Ein bisschen«, sagte Vi beiläufig und huschte in geduckter Haltung hinüber zu den beiden erledigten Robotern. Sie durchsuchte die beiden, indem sie einmal mit der Hand über sie strich. Michael konnte sehen, wie ihr Rucksack währenddessen noch ein klein wenig dicker wurde. Mehrere Worte tauchten direkt darüber auf und bei jedem erscheinenden Begriff machte es *»bling-bling-BLING!«* in einer weiteren unpassend fröhlichen Tonfolge. Über dem Rucksack stand nun 'Munition (20)', 'Brot (1 Laib)' und 'Med-Kit (klein)'.

»Hmm«, machte Vi. »Gute Punkte, aber kaum Beute. Mist. Wir brauchen bessere Waffen, wenn wir hier nicht in kürzester Zeit platt gemacht werden wollen.«

Tim war stehengeblieben wo er war und hatte sein nachdenkliches Gesicht aufgesetzt. Das erkannte Michael trotz der überdimensionierten Brille vor Tims Augen. Die Art, wie sein Freund auf der Unterlippe kaute und wie seine linke Hand scheinbar völlig von selbst an seinem Ohrläppchen herumknubbelte, konnte nur eines bedeuten: er war mal wieder einem seiner 'richtig großen Gedanken' auf der Spur.

»Sag mal…«, fragte er. »Seid ihr eigentlich sicher, dass ihr das Spiel hier wirklich *richtig* spielt?«

Vi kam zurück und bezog wieder in derselben Ecke wie Tim Stellung. Sie zuckte mit den Schultern. »Is ´n simples Spiel: Kill die Roboter. Lass dich nicht killen. So einfach ist das.«

»Und das spielt ihr hier jede Woche als Schulsport?«, fragte Tim weiter nach.

»Jede Woche?!« Vi schnaubte. »Jeden *Tag* wohl eher. Manchmal lässt die doofe Kuh komplett alle anderen Fächer ausfallen, nur um uns hier weiter trainieren zu lassen. Die träumt offensichtlich davon, dass wir mal in einer der höheren Ligen spielen und live im Fernsehen übertragen werden, wie die Abschlussklassen. Aber da hier außer mir alle nur kleine Hosenschisser sind, verirrt sich in unseren Stream so gut wie nie einer von den Medienfuzzis.«

»Hmmm«, machte Tim und schritt jetzt auf und ab. Wieder mal komplett in seinem 'kluger Professor' Modus. »Und bei diesen 'Sportstunden' ballert ihr dann immer auf alles, was sich bewegt und schaut, wer am meisten Bots trifft, richtig?«

»Genau. Na fast. Nicht immer«, sagte Vi, während sie ihre Waffen nachlud. »Manchmal spielen wir *'capture the food'*, manchmal müssen wir Stützpunkte erobern oder gegen ganze Armeen von Robotern eine bestimmte Position verteidigen. Aber ja. Vom Prinzip her ist es immer so ziemlich dasselbe.«

»Und wie enden diese Spiele dann?«, hakte Tim nach.

»Naja, man spielt halt so lange, bis alle anderen Spieler raus sind. Und dabei versuchst du so viele Punkte wie möglich zu machen, bevor die Armee der Bots zu groß wird und dich auch erledigt. Die kommen immer in Wellen. Erst einer, dann zwei, dann vier, dann acht... bis man sie irgendwann nicht mehr besiegen kann. Dann endet das Spiel und die Highscore Liste wird aktualisiert.«

Tim blieb stehen. »Ihr könnt also gegen die Roboter nicht gewinnen«, murmelte er und nickte dabei nachdenklich, als sei dies eine besonders kluge Erkenntnis.

»Hey, sag sowas nicht«, protestierte Vi. »Ich hatte mal 17000 Punkte! Das ist mein absoluter Highscore und der wurde bis jetzt noch nie geknackt! Zumindest nicht von den Losern aus meiner eigenen Klasse. In den höheren Klassen gibt's natürlich noch ganz andere Teams, die wesentlich besser sind, aber...«

Tim unterbrach sie. »Aber dann haben die Bots dich trotzdem erwischt, richtig?«

Vi zuckte die Schultern. Machte sich daran, die nächste Waffe durchzuladen. »Klar. Irgendwann schon.«

»Und ihr habt nie probiert, mal etwas anderes zu tun, als auf die Roboter zu schießen?«, fragte Tim. Michael konnte zwar nicht sein Gesicht sehen, aber er war sich sicher dass sich darauf gerade wieder eins seiner überheblichen 'Ich weiß es, und du nicht' Grinsen darauf ausbreitete.

Vi hielt in der Bewegung inne.

»Wie was denn, zum Beispiel?«, fragte sie, jetzt sichtlich irritiert. »Gemeinsam mit ihnen ′ne Bratwurst grillen, oder was?«

»Na, mit ihnen reden, zum Beispiel«, antwortete Tim völlig überzeugt. Er schien sich seiner Sache jetzt ganz sicher zu sein.

»Vielleicht geht es in diesem Spiel, das ihr so lange schon spielt, überhaupt nicht darum, ein immer besserer Kämpfer zu werden.«

Er blieb stehen, und senkte seine Stimme zu einem verschwörerischen Flüstern.

»Vielleicht ist ja der Sinn der ganzen Lektion ja…«

Er hob einen Zeigefinger und ließ eine von seinen besonders nervigen theatralischen Pausen.

»...dass ihr nur dann gewinnen könnt, wenn ihr *nicht* kämpft?«

Vi wollte gerade zu einer Antwort ansetzen, als das Knirschen von Stiefeln auf sandigem Boden die nächste Welle von Robotern ankündigte. Und tatsächlich sah Michael schon im nächsten Augenblick mehrere Gegner, die aus derselben Richtung kamen, wie vorhin Gabriel und Raphael.

Er sah Uriel und Haniel, die in der Mitte des Wegs gingen, rechts und links flankiert von jeweils einem Rafael und einem Gabriel. Michael vermutete, dass sich irgendwann die Gesichter der Bots wiederholen würden und man dann gegen eine Armee aus ′zig Raffis oder hunderten Gabriels antreten musste. Keine schöne Vorstellung.

Vi riss sofort ihr Schnellfeuergewehr hoch, doch bevor sie abdrücken konnte, stellte sich Tim ihr in den Weg.

»STOPP!«, rief er mit erstaunlich lauter Stimme für so einen Knirps. Die Roboter wandten sich den beiden sofort zu, eröffneten aber nicht gleich das Feuer.

»Wir müssen nicht gegeneinander kämpfen«, sagte Tim und legte demonstrativ seine kleine Mini-Pistole in den Sand vor sich. Die Roboter verfolgten jede seiner Bewegungen mit starrem, kaltem Blick. Aber sie schossen nicht.

Erstaunlich.

»Wir sind *Freunde*. Dieser Krieg ist völlig unnötig. Raffael, Gabriel! Erkennt ihr mich denn nicht? Ich bin es. Tim.« Vi hielt den Atem an und auch Michael fieberte vor seinem Bildschirm mit.

Dieser kleine Knirps stand da, zu seiner vollen Größe von einem Meter vierzig aufgerichtet, genau zwischen Vi und den Robotern und hielt ihnen freundschaftlich die ausgestreckte Hand hin.

In feierlichem Ton sagte er: »Lasst uns Frieden schließen.«

Noch eine ganze Sekunde lang blieben sie alle in diese Position verharren. Vi zusammengekauert, misstrauisch und angriffsbereit auf der einen Seite, die vier Roboter ebenfalls mit gezogenen Waffen auf der anderen Seite und zwischen allen, wie ein kleiner Mose der das schwarze Meer teilt: der kleine, der kluge, der mutige Tim.

Die Spannung war mit Händen zu greifen und die Welt hielt in erwartungsvollem Schweigen den Atem an.

Dann drückten die Roboter ab und Tim wurde von Kugeln zersiebt.

Der echte Tim - der im Kinderzimmer - riss sich frustriert die Brille vom Kopf und sagte:

»Das is ′n doofes blödes Mist-Spiel. Ich spiel nich′ mehr mit! So!«

KAPITEL 6:
AUF IN DEN KAMPF

IT'S THE EYE OF THE TIGER
IT'S THE THRILL OF THE FIGHT
RISING UP TO THE CHALLENGE OF OUR RIVAL
SURVIVOR -1982

Vi hechtete.

Sie rollte.

Sie ballerte mit allem, was sie hatte.

Und das sah für Michael ziemlich befremdlich aus, weil er jetzt, wo Tim raus aus dem Spiel war, nur noch die im Spinnennetz hängende Vi hier im Kinderzimmer sehen konnte, wie sie wild hin und her zappelte, grunzte, schrie und tobte. Der Bildschirm zeigte nur den ausgegrauten Tim im Sand liegen und darüber schwebten die Worte:

Game over, Player One

In kleinerer Schrift, direkt darunter, las Michael:

Ready, Player Two

Er war sich noch nicht so ganz sicher, ob er wirklich in dieses seltsame Spiel einsteigen wollte, aber Vi ließ keinen Zweifel daran, dass seine Meinung hier überhaupt nicht gefragt war.

»*Los!* Rein mit dir! Ich brauch hier Unterstützung! *Sofort!*«, rief sie, während sie an ihren Seilen baumelnd wilde Sprünge vollführte und sich dann mit einem Kampfschrei auf einen weiteren unsichtbaren Gegner stürzte.

Tim warf Michael die Brille zu und der setzte sie auf.

Sofort war er mitten im Kampfgetümmel. Vi saß wie ein Cowboy beim Rodeo auf den Schultern eines sich heftig wehrenden Roboters und stach mit einem langen gezackten Messer immer wieder in dessen Mechanik, dass die Funken nur so flogen. Die Zahl, die über dem Roboter schwebte, wurde langsam aber beständig immer kleiner: 99% … 96% … 89 % … 75%...

Als Vi Michael erblickte, griff sie mit der freien Hand in ihren Rucksack und zog daraus ein tierisch langes Gewehr heraus, das dort im echten Leben sowas von niemals hineingepasst hätte. Na gut… ist halt ´n Computerspiel, dachte Michael schulterzuckend. Da ist das mit der Ausrüstung wohl genau wie beim Rollenspielabend im schwarzen Auge: Man schleppt immer viel mehr mit sich herum als man eigentlich jemals brauchen könnte und niemand fragt allzu genau nach, wo das ganze Zeug eigentlich verstaut ist.

Vi warf ihm die Waffe zu und er fing sie mit Leichtigkeit auf. Er wunderte sich, wie wenig das riesige Teil wog. Oder war er hier im Spiel stärker als in der echten Welt? Erst dann fiel ihm wieder ein, dass er in der echten Welt ja überhaupt nichts in der Hand hielt und sich selbst das kleine bisschen Gewicht des Gewehres nur einbildete.

Aber für solche Gedanken war grade wirklich keine Zeit. Direkt hinter Vi und ihrem wild um sich schlagenden Roboter-Untersatz war ein weiterer Gabriel aufgetaucht und auf dem Dach des gegenüberliegenden Hauses konnte Michael einen knienden Raffael erkennen, der ebenfalls gerade auf Vi anlegte.

Blitzschnell riss er seine Waffe nach oben und hielt sich das Zielfernrohr vor das Auge. Einmal tief ausatmen, und das Zittern in seiner Hand ließ nach. Den Zeigefinger am Abzug krümmen, kurz zwischendurch nachatmen, dann auf den zweiten Bot anlegen. Wieder abdrücken.

Zwischen den beiden ohrenbetäubenden Donnerschlägen des Gewehrs hatten keine drei Sekunden gelegen. Noch ganz betäubt von der eigenen Aktion schaute Michael zu, wie der Roboter auf dem Hausdach ins Taumeln geriet, vornüberfiel und schließlich auf dem Boden dicht vor Vi aufschlug. Auch der Gabriel-Roboter auf den er danach angelegt hatte, lag jetzt lang ausgestreckt auf der staubigen Erde.

Ein Anflug von schlechtem Gewissen durchzuckte Michael. Das waren schließlich die beiden Engel gewesen, mit denen er und Tim immer am meisten zu tun gehabt hatten. Die ihnen geholfen hatten, wann immer sie in Problemen gesteckt hatten und die mit ihnen gelacht, gespielt und sie getröstet hatten.

Und die sich letzten Endes als ihre wahren Feinde herausgestellt hatten. Als diejenigen, die sie ihr Leben lang in dieser Scheinwelt gefangen gehalten hatten.

Die Wut, die seit seiner Flucht die ganze Zeit über in Michael leise vor sich hin gebrodelt hatte, kochte mit einem Mal wieder hoch.

Am Ende der Straße tauchten drei weitere Roboter auf. Allesamt Gabriels. Und sie marschierten im mechanischen Stechschritt auf ihn und Vi zu. Als er in ihre absolut identischen Gesichter blickte, fiel es Michael leicht, seine letzten Zweifel beiseite zu wischen. Das hier waren definitiv *nicht* seine Freunde und es waren auch ganz sicher *keine* Engel. Es war alles nur eine Illusion. Eine Welt, genauso falsch und unecht wie alles, was die verdammten Roboter ihm seine gesamte Kindheit über vorgemacht hatten.

Er hob wieder das Gewehr. Konzentrierte sich ganz auf das Zielen, das ruhige Atmen und das Abdrücken. Keine fünf Sekunden später lagen alle drei Roboter funkensprühend und ausgegraut auf der Straße.

Und es fühlte sich gut an.

Es diesen mechanischen Gefängniswärtern zu zeigen, Rache zu nehmen für all die verlorenen Jahre, das war genau das, worauf Michael seit ihrer Befreiung nur gewartet hatte.

Er ließ die Waffe sinken, versuchte seinen beschleunigten Herzschlag zu beruhigen und ließ sich erschöpft auf den staubigen Sand der Straße fallen - beziehungsweise auf den bequemen Stuhl im Kinderzimmer. Er wandte den Blick wieder Vi zu. Hatte die überhaupt mitbekommen, was hier zwischendurch abgegangen war? Oder war sie immer noch damit beschäftigt, ihr Robi-Pferdchen einzureiten?

Er fand Vi, die tatsächlich noch immer in der gleichen Position auf dem Roboter saß. Der regte sich kaum noch und war auf alle Viere auf dem Boden zusammengesunken.

Vi schaute zu Michael herüber und er sah in ihren Augen eine Mischung aus Überraschung und Anerkennung. Und - konnte das wirklich wahr sein? - tatsächlich schien der Anflug eines Lächelns ihre Mundwinkel zu umspielen.

Obwohl Michael es noch immer schaffte, sich sehr erfolgreich einzureden, dass er dieses missmutige, immer entweder gelangweilt oder genervt dreinblickende rothaarige Mädchen überhaupt kein bisschen leiden konnte, überlief ihn bei ihrem Blick ein heißer Schauer und sein Kopf nahm - zumindest in der echten Welt - wieder die Farbe einer reifen Kirschtomate an.

Dann aber verschwand Vis Lächeln. Mit einem Ruck hob sie ihr eigenes Gewehr und richtete die Mündung direkt auf Michaels Kopf. Der blickte völlig schockiert in den großen schwarzen Lauf der Waffe und noch bevor er »Ähhhh… wart mal kurz…« sagen konnte, hatte Vi schon abgedrückt.

Es knallte ohrenbetäubend laut und eine Kugel zischte nur wenige Zentimeter entfernt von Michaels rechtem Ohr vorbei. In der echten Welt gab sich seine Brille alle Mühe, das Ganze für ihn möglichst realistisch darzustellen und übertrug ein hohes, sirrendes ZZZZZZZZZING- Geräusch in extremer Lautstärke direkt in seinen Gehörgang.

Dann hörte er ein FFFUUUP! als die Kugel in den Roboter einschlug, der sich mit erstaunlicher Geschmeidigkeit von hinten an ihn herangeschlichen hatte und gerade mit erhobenem Messer auf seinen Rücken gezielt hatte.

Jetzt kippte er ganz langsam rückwärts um und gab dabei wieder dieses alberne 'Ta, ta, taa, TAAA…' Fanfaren-Geräusch von sich, das hier einen erfolgreichen Abschuss signalisierte.

»Welle vier erfolgreich abgeschlossen«, ertönte über ihnen eine seltsam abgehackt sprechende Frauenstimme. »Level-Aufstieg, Spieler Michael«

Ein Tusch, ein kleines Mini-Feuerwerk direkt über ihm und dazu erschienen die Worte *'Level 2 Scharfschütze'*

Na toll, dachte Michael, der lieber wieder mit seinem Level 8 Krieger beim schwarzen Auge weitergespielt hätte, als hier ein Level 2 Scharfschütze zu werden. Eigentlich war ihm diese ganze Welt trotz der nett gemachten Comic Optik und der bewusst unscharf gehaltenen Grafik noch immer viel zu realistisch. Und überhaupt verabscheute er echte Gewalt an sich total.

Aber trotzdem war da gleichzeitig auch ein kleiner Teil von ihm, der Gefallen an dem Spiel fand. Der es diesen Mistkerlen heimzahlen wollte. Und der das Gefühl von Macht genoss, das mit jedem Abschuss, mit jeder präzise gezielten Kugel immer stärker zu werden schien.

Vi ließ Michael nicht zu Atem kommen. Sie durchsuchte die vier Roboter in ihrer Nähe und signalisierte ihm, dasselbe bei seinem Exemplar zu tun.

Etwas angewidert kniete sich Michael neben den leblosen Rafael und hielt seine Hand in etwa zehn Zentimetern Abstand über seine Brust, wie er es bei Vi gesehen hatte. Zur Belohnung dafür wurde sein Rucksack mit 'Ersatzteilen (10 Stück)' und 'Erbsen (1 Dose)' gefüllt.

»Erbsen?«, fragte er skeptisch. »Wozu soll denn bitte 'ne Dose Erbsen gut sein?«

Vi, die jetzt wesentlich gemächlicher auf ihn zu geschlendert kam, meinte: »Hier im Spiel bringt sie dir natürlich kaum was. Könntest du essen und minimal Energie zurückbekommen. Würde ich aber nicht machen. Bringt mehr, wenn du sie am Ende gegen Punkte einlöst. Da ist echtes Essen richtig wertvoll.«

Sie blickte sehnsüchtig in die Ferne. »Aber in der *echten* Welt... Da wäre das 'ne tolle Beute... Was würde ich dafür geben, wenn Mama mal mit einer echten Dose Erbsen von ihren Raids nach Hause käme...«

Sie blickte sich um, suchte mit den Augen die umstehenden Häuserruinen nach strategisch wertvollen Kampfpositionen ab. Dann straffte sie sich und ging schnellen Schrittes auf ein gut einen Kilometer entfernt liegendes Hochhaus zu, das nur noch vier Stockwerke aufwies und dessen vordere Hälfte komplett eingestürzt war, so dass man in viele der Zimmer schon von außen reinschauen konnte.

»Komm mit, Pigeldi«, sagte sie über die Schulter hinweg und sah sich nicht mal um, ob Michael ihr tatsächlich folgen würde.

Aber brav wie er nun mal war, folgte Pigeldi Frederik. Naja, zumindest probierte er es. Das war leider irgendwie viel schwieriger als gedacht. Die Fingerzeig-Fortbewegungs-Methode hatte im Klassenzimmer ja ganz prima funktioniert, hier auf diesem Schlachtfeld war das aber etwas ganz Anderes. Immer wieder blieb er an umgestürzten Fahrzeugen oder herumliegenden Trümmern hängen oder er stand einfach vor einer Mauer und kam nicht weiter, sehr zur Erheiterung von Tim, der auf seinem Bildschirm mitverfolgte, wie Michael dann mit der Stirn an dem Hindernis klebte, während seine Füße weiter auf der Stelle geradeaus liefen.

Er gab sein Bestes, um seinem Freund zu helfen und rief ihm über die Schulter gutgemeinte Tipps zu: »Links! Nein, das andere links.... Jetzt hüpfen. Noch drei Schritte, dann erst rechts, dann scharf links. Oh Mann, du hängst schon wieder fest... *rückwärts!*«

Vi war mehrmals genervt stehen geblieben und hatte auf Michael gewartet. Jetzt schüttelte sie den Kopf und kam wieder zurück.

»Boah, so schaffen wir das nie vor der nächsten Welle. Vermutlich bringen die sich schon alle irgendwo in Stellung. Komm mal her!«, sagte sie entschieden.

Einmal rechtsrum, einmal kurz hüpfen, dann links, dann war der Weg frei bis zu Vi.

»Ich übernehme die Steuerung«, bestimmte Vi. »Geh mal auf den 'Verfolgen' Modus.«

Klang vernünftig. Michael sah sich um, ob er irgendwo in seinem Blickfeld einen Verfolgen-Modus aktivieren konnte. Wenn er nach oben links blickte, wurde ihm der Inhalt seines Rucksacks, die Anzahl seiner Abschüsse und der Highscore angezeigt. Blickte er nach unten, sah er seine Lebensenergie (99%), die verbleibende Munition (176 Schuss) und seinen aktuellen Puls

(98). Wie konnte das Spiel eigentlich seinen Pulsschlag messen? War die Kamera derart gut, dass sie das Pulsieren seiner Venen messen konnte?

Egal. Hier war jedenfalls nirgends ein Verfolgen-Knopf. Auch die kleine Mini-Karte, die ganz unten links eingeblendet wurde, half ihm nicht weiter. Hilflos schaute er Vi an und zuckte mit den Schultern.

Die wiederum brachte ihn schließlich völlig aus dem Konzept, indem sie sagte: »Umarmen!«

Michaels Blick und sein heruntergeklappter Mund mussten wohl Bände sprechen, denn Vi verleierte wieder ihre Augen und erklärte weiter. »Das ist die Geste zum Koppeln. Einfach kurz deine Arme um mich legen. Nach fünf Sekunden erfolgt die Koppelung.«

Kurzer Blick nach oben links: Puls (127).

Okay. Jetzt bloß nichts anmerken lassen.

Ungelenk legte er die Arme rechts und links um Vis Körper, hielt die Luft an und zählte die Sekunden mit. Es half nichts, sich klarzumachen, dass Vi in Wirklichkeit ja mehrere Meter von ihm entfernt an Seilen in der Luft schwebte. Hier, in dieser Welt, war ihr Gesicht nur wenige Zentimeter von seinem entfernt und er spürte ihre Nähe mit jeder Faser seines Körpers. Er gab sich die größte Mühe, sich nichts anmerken zu lassen und einfach nur cool und unbeeindruckt geradeaus zu blicken.

Klappte natürlich überhaupt nicht. Alleine schon, die Augen stur geradeaus zu halten und Vis Spielfigur anzublicken, gelang ihm kein bisschen. Stattdessen blickte er etwa eine halbe Sekunde lang auf ihre Stirn, dann an ihrem linken Ohr vorbei in die Ferne, dann kurz auf seine Werte (Puls: 142), ganz kurz nach unten auf ihren Körper, dann sehr schnell wieder in ihr Gesicht …

Dieser unsichere Augen-Tanz musste für Vi sicher sehr befremdlich aussehen. Außerdem war es alles andere als hilfreich, dass er Tims verkniffenes Kichern ignorieren musste, der offensichtlich direkt hinter ihm stand und ihn immer wieder in den Rücken pikste. Dieser kleine Blödmann versuchte offensichtlich, ihn noch ein bisschen näher an Vi heranzuschubsen. Na, dem würde er nachher die Ohren langziehen.

Vi hingegen schien all das komplett zu ignorieren. Sie beachtete Michael nicht einmal und suchte die ganze Zeit über den Horizont und die umliegenden Gebäude nach Anzeichen von Feindkontakt ab.

Endlich, nach gefühlten sieben Ewigkeiten, ertönte ein lautes 'BING!' und die Roboterstimme von vorhin verkündete: »Kopplung erfolgreich. Follow-me Modus aktiviert.«

Vi drehte sich um und begann sofort zu laufen. »Jetzt aber Tempo!«, rief sie. »Da hinten kommen schon welche.«

Und Michael folgte ihr. Folge ihr diesmal absolut perfekt. Immer im Abstand von genau zwei Metern imitierte seine Spielfigur sämtliche ihrer Bewegungen. Michael rannte in exakt denselben Schlangenlinien wie Vi durch das Trümmerfeld, sprang über Mauerreste und schlängelte sich durch die Überreste von alten Gebäuden. Alles, ohne dass er auch nur einen Finger rühren musste.

Und das war auch gut so, denn jetzt mussten sie wirklich schnell sein. Vi hatte recht gehabt. Hinter ihnen waren neue Gegner aufgetaucht und die hier stellten sich um einiges schlauer an als der letzte Trupp Blechkameraden. Statt brav in einer Reihe inmitten der Straße auf sie zuzukommen, verteilten sich diese Roboter in Windeseile rund um ihre Position, nutzten Autoruinen als Deckung und kletterten auf die Überreste von Hochhäusern, um sie von dort aus ins Visier zu nehmen.

Und alle eröffneten sie sofort bei Sichtkontakt das Feuer, so dass Vi wilde Haken schlagen musste, während links und rechts von ihnen Kugeln einschlugen.

Michael hingegen konnte sich jetzt komplett auf das Schießen konzentrieren. Mit völliger Ruhe und sicherer Hand (Puls inzwischen wieder auf 85) legte er auf einen Roboter hoch über ihnen im dritten Stock der Ruine eines Mehrfamilienhauses an, der sie mit Sperrfeuer aus einem Maschinengewehr am Weitergehen hinderte.

Ausatmen. Zielen. Nochmal genauer zielen, weil sich durch eine Bewegung von Vi sein Schusswinkel verändert hatte. Abdrücken.

Michael schämte sich ein wenig es zugeben zu müssen. Aber er war in diesem Spiel ganz offensichtlich saugut!

Der Roboter stürzte in die Tiefe und noch während Vi wieder zu rennen begann, legte Michael schon auf den nächsten Gegner an, der sich in einem Autowrack gute dreißig Meter entfernt versteckt hatte. Trotz seiner Deckung hatte er keine Chance gegen Michaels Adleraugen.

Irgendwo ganz tief in seinem Innersten erfüllte Michael eine tiefe Freude. Er fühlte sich so unbesiegbar, wie Bud Spencer, der die Gegner, die ihn umringten mit markigen Sprüchen zu Boden schickte.

»Hat dir schonmal einer mit ´nem Vorschlaghammer ´nen Scheitel gezogen…?«, rief er, während er in vollem Lauf zwei weitere Roboter zu ihrer Rechten niederstreckte.

Vi warf sich schnaufend in die Deckung eines mannshohen Felsbrockens und schaute Michael mit kritischem Blick an.

»Werd´ nicht übermütig, Freundchen«, warnte sie. » In den ersten Wellen zielen die Roboter hier immer noch voll weit neben die Spieler und treffen höchstens mal durch Zufall. Riesen Streu-Faktor eben. Aber der nimmt in jedem Level immer weiter ab «

Michael warf ihr einen verwirrten Blick zu.

»Hä? Soll das etwa heißen, dass die Roboter hier *bewusst* danebenschießen?«

»Na klar«, gab Vi zurück. » Sonst wäre ja jeder Schuss der Bots immer ein Treffer. Computer schießen nie daneben. Das muss denen schon extra einprogrammiert werden. Wäre doch wohl ein ziemlich blödes Spiel, wenn gleich zu Beginn alle menschlichen Spieler abgeballert würden, oder? Aber Vorsicht: Die KI hier im Spiel wird mit jedem Level immer besser. Auch auf höchster Stufe ist sie zwar noch unglaublich weit entfernt von der *echten KI* da draußen in der wirklichen Welt, die ihr nur als *'den lieben guten Gott'* kennt. Davon sind unsere kleinen Computerspiel-KIs hier natürlich unglaublich weit entfernt. Aber unterschätzen sollte man sie deswegen trotzdem nicht.«

Sie lugte hinter dem Felsbrocken hervor und zog sofort den Kopf wieder zurück, als ein Kugelhagel auf ihren provisorischen Unterschlupf einprasselte. Stückchen des Gesteins regneten auf die beiden herab. Hier saßen sie erstmal fest.

»Ich weiß, es ist jetzt vielleicht ein bisschen unpassend…«, hörten sie beide mit einem Mal Tims Stimme. Der Knirps musste im Kinderzimmer direkt hinter ihnen beiden stehen. »...aber was zum Geier ist denn bitte eine KI? Und was hat sie mit unserem Gott zu tun?«

Vi wühlte in ihrem Rucksack nach etwas Brauchbarem, was sie aus ihrer festgefahrenen Lage befreien konnte, während Michael versuchte, in alle Richtungen gleichzeitig zu sichern.

»Eine KI ist 'ne künstliche Intelligenz, also, äh...«, sagte Sie und warf nacheinander alle möglichen Waffen auf den staubigen Sandboden.

»...ein, äh Computer, der durchgedreht ist und jetzt alle Menschen killen will«, schloss sie schwach. Sie rang sichtlich nach Worten. »Boah sorry, weiß grad echt nicht, wie ich euch gehirngewaschenen Dorfkindern das erklären soll. Ihr habt ja nicht mal die Matrix oder Terminator geguckt.«

Das war eindeutig als Seitenhieb auf Michael gedacht, der nach den ersten Minuten dieses Horror-Streifens beschlossen hatte, dass er dafür eindeutig noch viel zu jung war und das auch mindestens bis zu seinem dreiundneunzigsten Geburtstag bleiben würde.

Aber natürlich lag Vi trotzdem falsch, denn er und Tim verstanden das Konzept eines durchgedrehten Computers nur allzu gut. Sie war schließlich nicht die Einzige, die sich mit alten Filmen auskannte.

»War Games«, flüsterten sie beide wie aus einem Mund. Den Film hatten sie geliebt, auch wenn der jetzt echt tierisch alt war. Aber alleine schon wegen des Supercomputers, der darin versuchte, die komplette Menschheit in einen atomaren Weltkrieg zu verwickeln und der dann ausgerechnet von einem Teenager besiegt wurde, hatte dieser Film eine ganze Weile lang auf ihrer Top 10 Liste gestanden.

Vi, gerade mitten in der Bewegung, hielt inne und nickte Michael anerkennend zu.

»Joa…«, meinte sie. »Das passt tatsächlich ungefähr. Habt wohl doch nicht komplett hinter dem Mond gelebt.«

Sie hob ein großes metallenes Gerät aus dem Rucksack. Vorne hatte es vier riesige Löcher, die wie Abschussvorrichtungen für Sylvester Raketen aussahen.

»Aber diese spezielle KI hier, die ja anscheinend neben Menschenhass auch noch ′nen kleinen Gott-Komplex abbekommen hat, ist leider kein Steinzeit-Rechner mit *MS-DOS* und piepsendem Modem. Und mit ′ner Runde TicTacToe besiegen wir die leider auch nicht«, sagte sie und fügte schnaufend hinzu: »Los, hilf mir mal, das Teil ist echt *sauschwer!"*

Michael legte sein Gewehr beiseite und half Vi, das Metallgerät so auf dem Boden zu positionieren, dass die Oberseite mit den Löchern in einem fünfundvierzig Grad Winkel über ihren Felsunterschlupf hinausragte. Ob es nun wirklich so schwer war, wie es aussah, konnte er nicht beurteilen. Ohne Anzug oder Seile, wie Vi sie hatte, spürte er von der Welt hier nicht das Geringste.

Vi machte sich daran, die Füße des Teils mit einem kleinen Akkuschrauber fest in den Untergrund zu schrauben. Gleichzeitig redete sie weiter mit Tim.

»Die KI die wir hier unten immer nur *'den Feind'* nennen und die sich euch so bescheiden als *'Gott'* vorgestellt hat, ist etwas, das man eine 'Superintelligenz' nennt. Die ist nicht nur einfach clever, sondern den Menschen so weit überlegen, dass… dass…«

Mitten im Schrauben hielt Vi inne und biss sich auf die Unterlippe. Michael sicherte mit besorgtem Blick die Umgebung. Sie waren hier in ihrer Deckung erstmal einigermaßen geschützt, aber wie das hier jetzt der geeignete Zeitpunkt für eine Geschichtsstunde sein sollte, leuchtete ihm irgendwie nicht ganz ein. Er zuckte mit den Schultern. War ja trotz allem nur ′n Spiel, sagte er sich. Und Vi trug mal wieder diesen entschlossenen Gesichtsausdruck, den er mittlerweile so gut kannte. Die hatte sich da jetzt drin verbissen und würde nicht eher ruhen, bis sie Tim das Ganze haarklein erklärt hatte, selbst wenn um sie herum die Welt explodierte. Was in diesem Spiel ja tatsächlich jederzeit passieren konnte.

»Hey Kleiner«, rief sie plötzlich. »Siehst du da im Spielzeugschrank das alte Schachbrett? Müsste neben den ganzen Comics liegen.«

Sie wartete Tims Antwort gar nicht ab, sondern redete gleich weiter auf ihn ein.

»Das nimmst du jetzt mal und kippst ordentlich Lego drauf. Bis auf jedem Feld mindestens ein Teil liegt.«

Michael wagte einen verstohlenen Blick über ihre Felsbarrikade. Da standen inzwischen rund sechs Roboterkämpfer in der Nähe eines kleinen Betonhäuschens. Anscheinend eine alte Bushaltestelle, die so massiv gebaut war, dass ihr all die Jahre und der Verfall nichts hatten ausmachen können. Aber keiner von denen machte Anstalten, auf sie zuzukommen. Dafür begannen sie sofort damit, aus allen Rohren auf Michael zu ballern, sobald sie seinen blonden Haarschopf über dem Fels auftauchen sahen.

Schnell ließ er sich wieder fallen, während die Kugeln nur Zentimeter über seinen Kopf hinwegflogen.

»Warum kommen die nicht zu uns rüber?«, fragte er.

»Is ´n Bug«, murmelte Vi, die völlig unbeeindruckt wieder mit Schrauben angefangen hatte. »Auf den unteren Leveln sind die KI-Gegner hier so blöd, dass sie dich immer nur dann angreifen, wenn sie dich sehen können. Bist du aus ihrem Blickfeld, stehen sie planlos in der Gegend rum. So viel Glück hätten wir mit der echten KI natürlich nicht.«

Sie legte den Schrauber zurück in ihren Rucksack.

»So!«, sagte sie und begutachtete ihr Werk. »Hier wird´s gleich ungemütlich werden. Kleiner? Wie sieht´s mit dem Lego-Schach Projekt aus?«

Tims Stimme kam jetzt von etwas weiter weg. Er hatte das Schachbrett vermutlich zu Jakobs riesiger Legokiste getragen und wühlte deutlich hörbar darin herum.

»Alles vorbereitet«, sagte er. »Aber ich hab nicht so super genau geschüttet. Auf einigen Feldern liegen jetzt auch mehrere Steine.«

»Macht nichts«, antwortete Vi. »Soll genau so sein. Ist ein wunderbares Bild für die menschliche Intelligenz«

Sie justierte jetzt die Neigung des Metallgeräts, versuchte exakt den richtigen Winkel abzuschätzen. Michael, der noch glaubte, sich an die genaue Position der Bushaltestelle erinnern zu können legte seine Hand auf ihre und drückte das Gerät um einige Millimeter weiter nach unten. Ihre Blicke trafen sich. Schnell zogen sie beide ihre Hände wieder zurück und Vi sprach hastig weiter.

»Also auf jeden Fall kannst du dir das Ganze prima als die menschliche Intelligenz vorstellen. Das Brett hat vierundsechzig Felder. Das soll mal die gesamte Lebenszeit eines Menschen sein. Und auf jedem Feld liegen entweder ein, zwei oder drei Steine. Passt auch super, weil man ja an manchen Tagen mehr lernt, an anderen dafür weniger.«

»Auf einigen Feldern liegt auch gar nichts«, mischte sich Tim ein.

»Ja… solche Tage hab´ ich auch manchmal«, gab Vi zurück. »Aber das eigentlich Wichtige ist… das Wichtige ist…«

Sie kniff ein Auge zu, schob mit dem Zeigefinger die gesamte Apparatur noch einen Millimeter weiter nach rechts und nickte dann zufrieden.

»Also, das Wichtige ist, dass das Ganze begrenzt ist. Auch der schlaueste Mensch kann bei 64 Feldern maximal so um die 180 Intelligenz-Steinchen sammeln, selbst wenn auf jedem drei davon liegen.«

Es dauerte einen kleinen Moment. Michael wusste schon, was jetzt kommen musste und er grinste, als er tatsächlich Tim Stimme hörte, die mit gespielter Empörung sagte: »Hundertzweiundneunzig!«

Vi winkte mit der Hand ab. »Ja, ja… schon klar, Herr Superpingelig…«, sagte sie und griff jetzt vorsichtig, ganz vorsichtig in den Rucksack.

Als sie ihre Hände wieder daraus hervorzog, hielt sie darin vier große, runde Kugeln, die in Michaels Augen hundertprozentig so aussahen, wie der Thermaldetonator, mit dem Leia in 'Rückkehr der Jediritter' Jabba the Hut bedroht hatte. Klein, rund und saugefährlich.

Vi befüllte der Reihe nach alle vier Abschussvorrichtungen mit den Kugeln. Sie machte das besonders langsam und supervorsichtig und stellte dabei auch das Reden vollständig ein.

Was bei Tim aber anscheinend nicht gut ankam. Gerade als Vi die letzte Kugel ganz vorsichtig in die Halterung herabließ, dröhnte seine Stimmte tierisch laut in ihren Ohren und Michael sah, wie Vis Bein hin und her wackelte, weil Tim in der echten Welt offensichtlich daran herumzuppelte.

»Haaaaalllo.... Jemand zuhause McFly...? Eingeschlafen? Wie geht´s denn jetzt weiter mit dem Schach-Lego-Intelligenz-Spiel?«

Die letzte Kugel rutschte Vi aus der Hand und landete mit einem laut hörbaren, metallischem KLONK in der Abschussvorrichtung. Vi kniff zu Augen zu und schnitt eine gequälte Grimasse.

Als sie und Michael nach gut einer Sekunde nicht in tausend Stückchen gesprengt worden waren, ließ sie hörbar den Atem aus und rückte ein gutes Stück von dem Metallteil ab. Michael tat es ihr gleich.

»Hör mal, Kleiner«, sagte sie und Michael könnte deutlich erkennen, dass sie das Interesse an dem Gespräch völlig verloren hatte. »Hier wird es jetzt gleich mächtig ungemütlich. Da darfst du uns grad mal überhaupt nicht stören.«

Sie blickte zu Michael, doch der schüttelte nur stumm den Kopf. So gut sollte sie Tim doch inzwischen eigentlich schon kennen. Mitten in der Diskussion das Gespräch abbrechen? Bei Tim? Träum weiter, Prinzessin.

Vi seufzte und sagte dann: »Okay… dann jetzt mal in Kurzform. Der Unterschied zwischen der menschlichen Intelligenz und der Superintelligenz ist folgender: Wir Menschen lernen jeden Tag ein bisschen was dazu. Ein, zwei oder drei Intelligenz-Legosteinchen eben. Die Superintelligenz hingegen kann mit jedem Upgrade ihre Intelligenz *exponentiell* steigern. Probiere das einfach mal aus. Leg auf das erste Feld *einen* Legostein. Auf das zweite *zwei,* auf das dritte *vier,* dann *acht* und immer so weiter. Dann kriegst du ´ne grobe Vorstellung davon, mit was für einer Superintelligenz wir es hier zu tun haben.«

Michael war beeindruckt. Das Beispiel mit dem Schachbrett hatte er in einer der ersten Matheeinheiten zur Exponentialrechnung kennengelernt. Durch die Verdoppelung auf jedem Feld wurden die Zahlen unglaublich schnell richtig riesig. In der Einheit hatten sie das ganze mit Reiskörnern durchgerechnet und versucht rauszubekommen, wie viele davon auf dem allerletzten Feld liegen würden. Natürlich hatte er sich das genaue Ergebnis nicht gemerkt, aber es war eine Zahl gewesen, in der das Wort *Trillionen* vorgekommen war, und das hatte ihn schon echt sehr beeindruckt.

Das würde er Tim wahrscheinlich nachher alles ganz klein erklären müssen. So weit war der in Mathe noch nicht gekommen. Aber Vis Antwort schien ihn fürs erste zu genügen. Zumindest kamen von ihm keine weiteren Rückfragen, so dass Vi und Michael sich hier endlich mal wieder dem eigentlichen Spiel widmen konnten.

»Bereit?«, fragte Vi und schaute ihm direkt in die Augen.

Michael nickte stumm. Er hatte keine Ahnung, wofür er genau bereit sein sollte, aber schnell nicken war auf jeden Fall einfacher, als noch länger in Vis leuchtend grünen Augen gefangen zu sein.

»*Deckung!*«, rief sie, drückte mit ausgestrecktem Arm auf einen Knopf an der Unterseite des seltsamen Geräts und machte dann einen schnellen Sprung nach hinten.

Im nächsten Augenblick bebte die Erde und ein gewaltiger Knall dröhnte in Michaels Ohren. Durch eine dicke Rauchwolke sah er die vier Granaten durch die Luft fliegen und kurz darauf mit erneutem ohrenbetäubendem Lärm direkt bei ihren Belagerern einschlugen. Einige Roboter wurden durch die Wucht der Explosionen förmlich in Stücke gerissen, andere unter den Trümmern der einstürzenden Bushaltestelle begraben.

Blitzschnell war Vi wieder auf den Beinen und rannte mit feuerspuckenden Pistolen rechts und links in den

Händen direkt auf die wenigen verbliebenen Roboter zu.

Michael, der völlig ohne eigenes Zutun hinter ihr hergezogen wurde, brauchte etwas länger, um wieder in seinen Super-Shooter Modus zurückzukehren.

Die Idee, dass Gott und alle Engel, denen sie in ihrem Leben begegnet waren, von einem durchgedrehten Computerprogramm gesteuert wurden, wollte noch nicht so recht in seinem Kopf ankommen. War das jetzt eine bewiesene Tatsache? Oder wieder nur eine von Vis wilden Spekulationen?

Ihm blieb keine Zeit zum Nachdenken. Kugeln zischten um sie herum und er versuchte, seine verlorene Hau-Drauf Mentalität wieder zum Erwachen zu bringen.

Anlegen. Zielen. Schießen. Nochmal. Anlegen. Zielen. Schießen.

Vi rannte inzwischen an der zerstörten, noch qualmenden Bushaltestelle vorbei, direkt auf einen großen Schulbus zu, der genau in der Mitte einer Kreuzung stand. Irgendjemand hatte mit viel Mühe mehrere alte Autowracks als Barrikaden rings um den Schulbus herum aufgestellt. Sie lagen alle auf der Seite, so dass sie einen höheren Schutz boten. Für Michael sah das Ganze wie eine Wagenburg in alten Wildwestfilmen aus. Passte eigentlich ganz gut zur Wüstenstimmung hier, auch wenn die modernen Fahrzeuge ein wenig fehl am Platz wirkten.

Zwei Roboter waren gerade dabei, eine dieser Auto-Barrikaden zu erklimmen. Michael fiel auf, dass ihre Gegner inzwischen kaum noch Ähnlichkeit mit irgendwelchen Engeln oder Menschen hatten. Unter ihren Tarnanzügen bestanden die jetzt alle komplett aus Metall und sahen aus wie Comicversionen von Vis Roboter 'T'. Vielleicht konnte das Spiel nur in den ersten Wellen die halbwegs detaillierten Gesichter darstellen und jetzt wurden es einfach zu viele für die begrenzte Rechenleistung der Simulation. Oder war das bewusst so programmiert worden, damit die Horden von Angreifern für sie immer weniger menschlich aussahen?

Keine Zeit für solche Gedanken, es wurde um sie herum immer gefährlicher. In vollem Lauf zog Vi eine Art Schrotflinte aus ihrem Rucksack und fegte aus nächster Nähe mit zwei donnernden Ladungen die beiden Kletterer von dem Fahrzeug. Michael hatte inzwischen drei weitere Angreifer hinter ihnen ausgemacht und schoss, ohne zu zielen, in ihre Richtung.

Zwei der Roboter fielen auf der Stelle zu Boden, der dritte brachte sich mit einem Hechtsprung zur Seite in Sicherheit.

Vi kletterte über das Auto, nutzte dabei die eingeschlagenen Fenster als Trittbrett. Michael lud nach und suchte durch sein Zielfernrohr den verbliebenen Roboter. Als er ihn schließlich wiederfand, blickte er direkt in die Mündung einer großkalibrigen Waffe. Der Roboter und Michael drückten in exakt derselben Sekunde ab.

Es hätte Michael nicht gewundert, wenn ihre Kugeln sich genau in der Mitte zwischen ihnen getroffen hätten und zu Boden gefallen wären. Aber leider passierte so etwas nur in echten Comics. Die Programmierer dieser Simulation hatten zwar auf Comic Optik gesetzt, aber bei der Berechnung von Flugbahnen schienen sie versucht zu haben, möglichst dicht an der Realität zu bleiben. Und in der Wirklichkeit gingen solche Situationen leider nie gut aus.

Michael sah, wie Vi von der Kugel des Roboters erfasst wurde und die Wucht des Aufpralls sie über den Rand der Wagenburg schleuderte. Im nächsten Augenblick schon zog ihn das unsichtbare Band, das der ‚Follow-me-Modus' zwischen ihnen geknüpft hatte, ebenfalls über die Barrikade und sie landeten beide im Staub innerhalb des Schutzwalles.

KAPITEL 7: TEAMWORK

LOAD UP ON GUNS, BRING YOUR FRIENDS
IT´S FUN TO LOSE AND TO PRETEND
NIRVANA – 1997

Vi sah überhaupt nicht gut aus. An der rechten Schulter, wo die Kugel sie getroffen hatte, sah Michael einen großen ausgegrauten Bereich. Ihr kompletter rechter Arm hing schlaff an ihr herab und sie konnte ihn augenscheinlich nicht mehr bewegen.

Trotzdem stand sie sofort wieder auf, klopfte sich mit der noch funktionstüchtigen Hand den Staub von Weste und Hose und hatte schon wieder ihr überhebliches Siegerlächeln im Gesicht.

»Naja… immer noch 54%... Passt schon«, meinte sie zuversichtlich.

»Deine rechte Seite sieht aber gar nicht so gut aus«, gab Michael zu bedenken.

»Aaach… Ist doch nur ´n Kratzer…«

»Äh, dein Arm ist fast ab«, sagte Michael mit leicht schiefem Grinsen.

»Ist er nicht!«, sagte Vi und versuchte erfolglos, den Arm irgendwie wieder zu bewegen. Das ließ das Programm aber nicht zu. Also wackelte sie nur ein wenig mit dem Oberkörper hin und her, um den Arm zum Baumeln zu bewegen.

»Naja … macht nichts. Es gibt Schlimmeres«, beschloss sie schließlich, ebenfalls grinsend.

»Na super!«, hörten sie plötzlich eine Stimme direkt hinter ihren Rücken, und beide wirbelten sie auf der Stelle mit gezogenen Waffen herum.

»Zehn Bonuspunkte für 'ne spektakuläre Rettung in letzter Sekunde … Aber hundert Punkte Abzug fürs dumm durch die Gegend rennen und sich als Einzelkämpfer mit der gesamten Robo-Armee anlegen.«

Der Junge, der dort aus Richtung des Busses auf sie zugeschlendert kam, war klein, etwas rundlich und hatte sogar hier im Simulator eine dicke Brille auf, obwohl man die natürlich bei der Avatar-Erstellung hätte weglassen können. Wie ein super Kämpfer sah der jedenfalls nicht aus.

»Hi Jan«, sagte Vi in etwas freundlicherem Tonfall als üblich. Dafür, dass sie sonst mit ihren Klassenkameraden immer total giftig gesprochen hatte, klang das hier für ihre Verhältnisse sogar fast überschwänglich nett. Aber natürlich musste sie gleich wieder eine kleine Spitze einbauen.

»Na? Habt ihr euch mal wieder eingemauert, um ganz gemütlich euer unrühmliches Ende abzuwarten?«

Jan ignorierte sie völlig und brummelte nur irgendetwas von »mal wieder typisch...« und »unsicheres Gebiet...«, während er aus seinem Rucksack ein großes rotweißes Erste-Hilfe-Kit fischte. Michael fragte sich, wie das hier im Spiel wohl angewendet wurde. Eigentlich würde es ja sicher reichen, wenn man wie beim Einsammeln der Gegenstände nur die Hand über den zu Heilenden hielt.

Aber anscheinend sollte in dem Spiel auch die tatsächliche Verarztung von Wunden geübt werden, denn Jan klappte den Erste Hilfe Kasten auf, schmierte eine dicke Schicht rote Salbe auf eine große Kompresse und drückte sie schließlich gekonnt auf Vis Verletzung. Nachdem er das Ganze mit einem Druckverband fixiert hatte, gab er Vi noch eine Spitze mit einer leicht grünlich schimmernden Flüssigkeit.

Die Anzeige über Vis Kopf stieg augenblicklich wieder auf 75% und sie erlangte die Kontrolle über ihren Arm zurück.

»Neee is klar…!«, tönte Tims empörte Stimme aus der unendlich weit entfernten realen Welt. »'n bisschen Jod und 'ne Wunderspritze... und schon is alles wieder heile heile Gänschen... Total realistisch euer doofes Spiel.«

Michael konnte ihn gut verstehen. So eine Wunde hätte Vi im echten Leben sicherlich mehrere Wochen pflegen müssen. Und wenn die Kugel den Knochen erwischt hätte, wäre ihre rechte Seite vielleicht sogar für immer gelähmt gewesen. Bei der Vorstellung lief ihm ein kalter Schauer den Rücken herunter.

Andererseits fand Michael es gut, dass hier anscheinend doch nicht nur das Ballern geübt wurde, sondern auch wirklich nützliche Fähigkeiten wie das Versorgen von Wunden gelernt wurden. Er nickte dem dicklichen Jungen anerkennend zu.

Aber der schien nur Augen für Vi zu haben. Schmachtete der sie etwa an? Was sollte das denn jetzt? Der passte doch wohl genauso wenig zu dieser Kampf-Amazone wie einer von den Glücks-Bärchis zu Wonderwoman.

Und wieso machte Michael das überhaupt etwas aus? Er konnte Vi ja nicht mal leiden. Sollte der kleine Möchtegern-Romeo doch baggern so viel er wollte.

»Bleib diesmal bei uns, Vi«, sagte Jan in sanftem und unangenehm vertraulichem Tonfall. »Zusammen könnten wir so viel besser sein als einzeln.«

Doch Vi hatte bereits wieder ihren Rucksack über die Schulter geworfen und ihre Waffe in Anschlag gebracht.

Mit einem Nicken und einem kurzen militärischem Finger-an-die-Stirn-Gruß wandte sie ihm den Rücken zu.

»Danke für die Hilfe, Jan. Aber du weißt, ich spiel Solo. Das kann ich am besten.«

Michael machte noch eine entschuldigende Geste in Richtung des Jungen, dann wurde er schon wieder hinter Vi hergezogen. Er ließ es mit sich geschehen, behielt aber den kleinen, in dieser brutalen Welt irgendwie verloren wirkenden Jungen, noch eine Weile im Blick.

Wenn es hier wirklich nur die Möglichkeit gab, entweder ein Krieger zu werden oder ein Niemand zu bleiben, was wurde dann aus Jungen wie Jan? Welche Rolle würde er in dieser Gesellschaft spielen, wenn er doch schon im Ballerspiel-Sportunterricht der Schule nicht in das vorgefertigte Schema passte? Traurig sah Michael ihm nach, während Vi ihn immer weiter fortzog.

Er wollte sich gerade wieder umdrehen, als er direkt hinter Jan eine Bewegung auf der Auto-Barrikade zu erahnen glaubte. Blitzschnell griff er nach seiner Waffe, schaute einen Sekundenbruchteil lang durch sein Zielfernrohr, justierte den langen Lauf des Gewehres einen halben Millimeter weiter nach links und drückte ab.

Die Kugel flog mit Überschallgeschwindigkeit dicht über Jans Kopf hinweg, dann traf sie den metallisch glänzenden rechten Arm eines Roboters, der mit seinem Maschinengewehr gerade auf ihn angelegt hatte.

Die Waffe flog dem Roboter aus der Hand und mehrere Metallfinger verschwanden unter der Wucht des Aufschlags.

Trotzdem stand er noch aufrecht und griff mit seiner verbleibenden linken Hand schon nach einer weiteren Waffe, die er auf den Rücken geschnallt hatte.

Michael fluchte leise. Er hatte seit ihrer Ankunft hier in der Wagenburg nicht nachgeladen und bis er das hinbekommen hätte, wäre es für Jan sicher zu spät. Der machte keinerlei Anstalten zu fliehen oder selbst anzugreifen. Er hatte sich nur in einer Art Embryonalstellung auf dem Boden zusammengekauert und rührte sich nicht mehr. Leichte Beute für den Angreifer.

Michael griff mit zittrigen Fingern nach seiner Munition, versuchte die Waffe so schnell nachzuladen, wie er konnte. Gar nicht so leicht, wenn man das Gewehr nicht mal fühlen konnte und auch die winzigen Gewehrkugeln nur virtuelle Punkte in einer unechten Welt waren.

Eine Kugel drin. Sollte reichen. Musste jetzt reichen. Keine Zeit mehr.

Er wandte den Blick wieder Jan zu und erkannte, dass er zu langsam gewesen war. In der Sonne glänzend schien das Metall des Roboterarms in einer geraden Linie direkt mit der Waffe zu verschmelzen, die mit unmenschlicher Präzision exakt auf Jans Kopf zielte.

Er schloss die Augen. Auch wenn vermutlich alles wieder total unblutig, kindgerecht und im Comicstil passieren würde: *das* wollte er nicht mit ansehen müssen.

Es folgte ein donnerndes Rattern, als hätte jemand versehentlich hundert Knallfrösche mit Dynamit befüllt und anschließend direkt neben Michaels linkem Ohr gezündet.

Überrascht riss er die Augen wieder auf. Da stand tatsächlich jemand neben ihm und ballert aus allen Rohren auf den Roboter.

Aber das Ding, mit dem der Kerl da schoss - es war der hünenhafte Typ mit dem Möchtegern-Bärtchen - so eine Waffe hatte Michael noch nie gesehen.

Das Teil war riesig. So groß, dass er es nicht mit einer Hand halten und normal zielen konnte. Stattdessen baumelte es an einem Gurt, den er über der rechten Schulter trug. Das vordere Ende bestand aus mehreren langen Röhren, die kreisförmig angeordnet waren und deren Mündungen momentan Feuer und Rauch spuckten. Und, aus der Art zu schließen, wie der Roboter auf den Barrikaden gerade in sämtliche seiner Einzelteile zerfiel, kamen aus den Rohren auch jede Menge richtig große und gefährliche Patronen geflogen. Michael wandte den Blick schnell wieder ab. Dieses Robo-Massaker wollte auch er sich nicht antun.

Der Typ neben ihm hingegen schien es zu genießen und ließ seine Monster-Waffe sogar noch ein wenig weiter rattern, als da oben auf der Barrikade wirklich nur noch winzige Robi-Fetzchen herumlagen. Er hatte sich albernerweise eine Zigarre in den Mundwinkel geklemmt und lachte die ganze Zeit übertrieben laut, während er schoss. Musste er auch. Sonst hätte man es nicht gehört wegen des Lärms seiner Waffe. Und das Lachen, genau wie die alberne Zigarre waren eindeutig nur zum Effekt und für die anderen Mitschüler gedacht, die bei dem Lärm jetzt alle aus dem Bus gekommen waren.

Irgendwann ließ er schließlich die rauchende Waffe sinken hob eine Hand zu einem militärischen Gruß in Richtung der Roboter-Überreste und sagte: »Astalavista Baby!«

Den Spruch kannte Michael von Vi. Kam aus einer Fortsetzung des furchtbaren Roboter Zeitreise Films, den er sich geweigert hatte, weiter anzuschauen.

Brauchte er jetzt auch nicht mehr zu gucken. Hier in der Simulation und draußen in der echten Welt liefen mehr als genug von diesen Blechkameraden herum. Warum sollte man sich Horrorfilme anschauen, wenn die Realität an sich schon schrecklich genug war?

Dem Kerl mit der Riesenwaffe jedenfalls schien es hier zu gefallen. Er wandte sich mit selbstbewusstem Grinsen an Michael.

»*So* muss man mit denen reden. Is die einzige Sprache, die sie verstehen«, sagte er bärbeißig und hielt Michael die Hand hin.

»Mmm Hmm…«, machte Michael unsicher und erwiderte den Händedruck. Er konnte sehen, wie seine

Hand in der Pranke des Riesen verschwand und vermutlich auch ziemlich heftig gequetscht wurde. Der Effekt verpuffte ein wenig, da er ja hier ohne Anzug gar nichts spürte, aber er schätzte, es sollte ihm zeigen, was für ein toller Hecht der Kerl war.

»Der Name ist Ben«, sagte der große Junge und gab Michaels Hand wieder frei. Der linste unauffällig auf seine Gesundheitsanzeige. Keine Schadenspunkte. Okay. Dann war der Händedruck wohl doch nicht so schlimm gewesen. »Ich bin hier der Anführer«, fuhr Ben fort. »Und jemanden wie *dich,* Hawkeye, können wir hier gut gebrauchen.«

Michael musste wohl sehr verwirrt geguckt haben, denn Vi kam zu ihm rüber und meinte »Er nennt dich Hawkey, weil du so gut triffst. Kapiert? Hawk heißt Falke und eye…«

»Ja, ja«, sagte Michael schnell. »Schon kapiert. Ich kannte den Namen Hawkey nur aus ′ner alten Serie, wo ein Arzt so hieß. Passte nicht ganz. Aber ja… macht irgendwie Sinn.«

Bens Miene verfinsterte sich, als sein Blick auf Vi fiel.

»Dich hat keiner gefragt, Verrückte!«, sagte er, jetzt wieder viel zu laut. Vermutlich vor allem für sein Publikum gedacht. »Dein wildes Rumgeballere und deine Art, alles und jeden um dich herum zu ignorieren, bringt uns nur in Gefahr. Dich braucht hier keiner.«

Er wandte sich wieder an Michael, auf einmal wieder schrecklich freundlich. »Aber du…«, er zeigte mit der

Zigarrenspitze in Michaels Richtung, »Du hast echt was drauf. Dich könnten wir in unserem Team hier super gebrauchen«

»Team?«, fragte Michael unsicher.

»Na klar. Jeder, der es hier zu etwas bringen will, arbeitet im Team.«, antwortete Ben und zeigte mit seiner Zigarre nach und nach auf die anderen Schüler. »Jan, unseren zuverlässigen Medic habt ihr ja schon kennengelernt. Sarah hier hat sich aufs Schleichen spezialisiert und greift aus dem Hinterhalt an. Peter ist unser Scout, der besonders schnell rennen, auskundschaften und blitzschnell wieder verschwinden kann. Melissa und Seb sind unser Bautrupp und sie machen ihren Job richtig gut, wie du unschwer an der Festung um uns herum erkennen kannst. Dann haben wir hier noch Jana und Marc, die mal defensive, mal offensive Soldaten spielen, ja und ich... ich bin eigentlich immer der *Tank,* der mächtig gepanzerte heftig ballernde Albtraum aller Blecheimer.«

Er legte seine Hände in einer unangenehm vertraulichen Geste auf Michaels Schultern, kam ganz nah an ihn heran und sagte in fast flüsterndem Tonfall: »Aber einen wie dich... Einen *Sniper,* der gut verborgen oben auf dem höchsten Posten sitzen kann und der dann einen nach dem anderen von diesen Mistkerlen mit einem sauber platzierten Schuss ausschalten kann... *So* einen könnten wir noch gut gebrauchen in unserem Team.«

Michael sah einen nach dem anderen aus diesem zusammengewürfelten 'Team' an. Sie wirkten jetzt anders als vorhin im Klassenraum. Offener. Netter. Sie würden ihn bestimmt gut aufnehmen in ihrer kleinen verschworenen Gemeinschaft. Und ja, der große Kerl hatte natürlich recht: Gemeinsam würden sich ihre verschiedenen Fähigkeiten perfekt ergänzen und ihr Team könnte noch viel besser werden als es jetzt schon war. Michael überlegte, dass es ihm tatsächlich gefallen könnte, Teil eines solchen Teams zu sein. So eine Truppe hatte er sich eigentlich schon lange gewünscht. Zuhause hatte er ja immer nur mit Tim rumgehangen. Nicht, dass ihn das jemals wirklich gestört hatte, hey, der Knirps war toll, da ließ er nichts drauf kommen. Aber eine echte Bande, ein unzertrennliches Team aus Freunden in seinem Alter… davon hatte er schon geträumt seit er zum ersten Mal 'Stand by me' gesehen hatte.

Aber dann erinnerte er sich, wie der große Kerl Vi angeschaut hatte. Wie er sie 'Verrückte' genannt hatte. Wie er in einem kurzen Satz so viel Verachtung und Abscheu zur Schau gestellt hatte. Verachtung gegen das Mädchen, das den Mut aufgebracht hatte, gegen alle Regeln zu verstoßen, um ihn und Tim aus ihrer Märchenwelt zu befreien.

Er schüttelte den Kopf und wischte Bens Riesenpanken von seinen Schultern, als wären sie lästige Staubkörnchen, die seinen Anzug verschmutzt hätten.

»Ich wünsche euch allen hier viel Glück und Erfolg bei eurem Spiel«, sagte er mit freundlichem Blick in Richtung der anderen Schüler, die sich schräg hinter Ben versammelt hatten. Dann sah er dem großen Anführer der Truppe wieder direkt in sein Gesicht. Herausfordernd. Rebellisch, wie er hoffte.

»Aber *ich*«, sagte er mit so lauter Stimme wie vorhin Ben, »bleibe lieber im Team der *Verrückten*.«

Sollte eigentlich entschieden und voll lässig klingen. Aber jetzt, wo es raus war, fand Michael, dass es doch irgendwie nicht den nötigen Biss hatte. Und sich auch ein klein wenig seltsam angehört hatte.

Egal. Jetzt nur nichts anmerken lassen. Er kehrte der versammelten Truppe den Rücken zu und machte sich zusammen mit Vi hoch erhobenen Hauptes wieder auf den Weg in Richtung des eingestürzten Hochhauses. Zwei einsame Schützen, die in Richtung des dunklen Turms davonzogen. Einsam in den Sonnenuntergang.

Okay, okay… der Turm war nur drei Stockwerke hoch, nicht dunkel und die Sonne weigerte sich einfach, dramatisch unterzugehen, aber vom Prinzip waren alle Hauptzutaten für einen dramatischen Abgang gegeben.

Erst als sie außerhalb der Barrikade und außer Hörweite der anderen waren, sagte Vi mit leichtem Schnauben und kaum unterdrücktem Lachen in der Stimme:

»... Das Team der Verrückten…? Neee, is klar...«

»Ach, halt die Klappe«, gab Michael zurück.

Und irgendwie war es dann auch schön, einfach miteinander zu schweigen.

KAPITEL 8: VIRUS

DU SOLLST SIE MIT EINEM EISERNEN ZEPTER ZERSCHLAGEN;
WIE TÖPFE SOLLST DU SIE ZERSCHMEIßEN.
FELIX MENDELSSOHN BARTHOLDY - 1843

AND THE BATTLE'S JUST BEGUN
THERE'S MANY LOST, BUT TELL ME WHO HAS WON
U2 – 1983

Sie waren noch keine hundert Meter weit gekommen, als Michel ein merkwürdiges Ziehen an seinem rechten Bein bemerkte. Vi schien etwas ganz Ähnliches zu spüren, denn sie schaute ähnlich irritiert auf die Stelle am Boden zwischen ihnen, wo aber eindeutig überhaupt nichts zu sehen war.

»Hey, ihr zwei Dauer-Zocker«, hörten sie schließlich Tims Stimme. »Hiiiier… Einmal kurz bitte in der echten Welt melden.«

Irritiert schoben sie ihre Visiere hoch. Michael musste einige Male blinzeln, um sich wieder an das Licht im Kinderzimmer und die seltsam unecht anfühlende Realität zu gewöhnen.

»Was´n los?«, fragte Vi unwirsch. »Wir haben kaum noch Zeit. Die nächste Welle startet gleich und wir sind mitten im Niemandsland…«

»Ja, ja, ja… schon klar. Superwichtige Baller-Sachen zu erledigen. Weiß schon«, gab Tim zurück. Ihn schien das Ganze hier nur noch zu nerven. »Ich wollt nur kurz Bescheid geben, dass ich jetzt den Bildschirm abschalte und mit Jakob zusammen lieber zugucke, wie Peter Kaffee auf 'nem Vulkan kocht. Der zerfetzte Roboter auf den Barrikaden da eben hat mir so ziemlich den Rest gegeben. So ein Mist-Spiel braucht echt kein Mensch!«

»Is doch alles ausgegraut und voll detailarm im Comicstil«, probierte Vi es lahm. »Total kindgerecht«

Aber Michael wusste schon bevor der Knirps energisch seinen Lockenkopf schüttelte, dass der sich damit nicht zufriedengeben würde.

»Darum geht es doch überhaupt nicht«, sagte Tim. »Das Problem ist doch, dass in diesem Spiel das Kämpfen, Ballern, und Zerfetzen der einzige Weg zu sein scheint. Und *das* stört mich. Das ist so waaahnsinnig einfallslos.«

»Naja, muss man ja nicht«, gab Vi zurück, die mit einem Auge schon wieder auf das Display ihrer Brille schielte und nach Feinden Ausschau hielt. »Man kann da auch noch viel kreativer ran gehen. Ich hab´ schonmal ´ne Grube ausgehoben und unten Speere aufgestellt, um die Roboter in eine Falle zu locken. Und einmal hab´ ich mit ´ner richtig großen Menge Sprengstoff…«

»Siehst du?«, unterbrach Tim sie. »Genau das meine ich! Du *kannst* schon gar nicht mehr in anderen Dimensionen denken als 'Wie kille ich die Roboter am besten?'. Das Spiel lässt das einfach nicht zu.«

»Ich glaube, du siehst das Ganze viel zu problematisch«, mischte sich Michael ein. »Hier geht es doch eigentlich gar nicht ums Töten. In Wirklichkeit wird hier kreatives Denken, vorausschauendes Planen, Teamwork und die Hand-Auge Koordination der Schüler trainiert.«

Er schaute Tim versöhnlich an. »Du musst doch wohl zugeben, dass das eine super Vorbereitung auf das spätere Berufsleben ist. Wenn hier der einzige Beruf der des Kriegers ist, dann ist es doch total sinnvoll, die Schüler genau darauf vorzubereiten, oder?«

»Und warum *ist* hier der einzige Beruf der des Kriegers?«, brüllte Tim. Er war jetzt richtig außer sich. »Doch nur, weil hier allen eingetrichtert wird, dass es nur diese einzige Lösung für alle Probleme gibt: Bekämpft den Feind. Erschießt den Feind. Die Roboter sind der Feind.

Und niemand fragt sich, wer denn eigentlich all die Roboter steuert! Niemand fragt, ob der ewige Kampf wirklich der beste Weg ist, mit dieser Situation umzugehen.«

Jetzt ging das schon wieder los. Tims fixe Idee, dass hinter all den Robotern und Täuschungen doch noch irgendwo Gott stecken musste, konnte Michael einfach nicht mehr nachvollziehen. Sie hatten doch die Beweise dafür gesehen, dass sie ihr Leben lang an der Nase herumgeführt worden waren. Er verstand ja, dass es weh tat, sich von dem schönen geborgenen Glauben ihrer Kindheit zu verabschieden, aber irgendwann hatten sie ja auch akzeptieren müssen, dass der Weihnachtsmann und der Osterhase nicht wirklich real waren, sondern jedes Jahr immer wieder nur zunehemd unglaubwürdig von einem schlecht verkleideten Papa gespielt wurden. Warum fiel es Tim so schwer, das zu verstehen?

Tim raufte sich die Haare. Das schien ihn wirklich alles sehr mitzunehmen.

»Bloß nicht in eine andere Richtung denken! Immer nur schön geradeaus. Nur immer das tun, was einem gesagt wird. Nie etwas hinterfragen! Wisst ihr, wohin so was führt?«

Er wartete ihre Antwort nicht ab. Wollte offensichtlich auch keine von ihnen hören.

»Sowas führt zu stumpfsinnigen, einfallslosen Befehlsempfängern! *Das* macht euer blödes Spiel aus diesen Kindern. Sie werden selbst zu perfekt steuerbaren, hirnlosen *Robotern!*«

Damit knallte er seinen Bildschirm auf den Tisch, drehte ihnen den Rücken zu und krabbelte zu Jakob unter das Hochbett, von wo aus er die beiden ab jetzt völlig ignorierte.

Vi und Michael standen etwas bedröppelt herum und Michael blies die Backen auf, während Peter Lustig ein albernes Lied darüber sang, wie heiß es weit unten in der Erde ist.

Aus dem Augenwinkel bemerkte Michael neben Tim und Jakob das Schachbrett und musste doch wieder grinsen. Tim hatte tatsächlich angefangen, kleine Türmchen aus Legosteinen darauf zu bauen und Feld für Feld nebeneinander aufgebaut. Er war schon ganz schön weit gekommen. Auf dem siebten Feld stand bereits ein Turm mit Vierundsechzig Legosteinchen. Selbst jetzt, direkt nach seinem emotionalen Wutausbruch, konnte Tim es nicht lassen, weiter an der praktischen Umsetzung dieses Experiments zu arbeiten. Ganz unauffällig, den Blick geradeaus auf den Bildschirm gerichtet, steckten seine Hände leise und heimlich immer weiter Legobausteine für den nächstgrößeren Turm zusammen. Jakobs halbherzige Versuche (»ey...nich mopsen…!«) ignorierte er völlig, womit er nur durchkam, weil Peter so ein super Ablenker war. Na, da bin ich mal gespannt, wie weit du kommst, dachte Michael.

Dann plärrte aus den Lautsprechern von Vis Brille die nervige Frauenstimme von vorhin: »Annäherungs-Alarm!« und mit einer einzigen geschmeidigen Bewegung war Vi wieder mit gezückten Waffen im Spiel.

Michael brauchte etwas länger. In seinem Kopf hallten noch immer Tims Worte nach. Irgendwie war ja schon etwas dran an dem, was der Knirps gesagt hatte. Die Suche nach Alternativen zum Kampf fehlte in dem Spiel komplett. Und normalerweise hätte er ihm Recht geben: Die wahre Aufgabe in jedem Konflikt war doch, eine Lösung zu finden, bei der alle friedlich miteinander auskommen konnten.

Aber das hier war etwas komplett Anderes. Wer auch immer hinter der Steuerung der echten Roboter steckte: Der Mistkerl hatte ihn sein Leben lang gefangen gehalten, ihn mit Würmern gefüttert, ihn Tag für Tag belogen und sich sogar für Gott höchstpersönlich ausgegeben! Ob das jetzt ein Amerikaner, ein Russe oder tatsächlich eine künstliche Intelligenz war, erschien Michael völlig nebensächlich. Er wollte den Mistkerl einfach nur fertig machen.

Mit einer schwungvollen Bewegung klappte er sein Visier herunter und hob sein Gewehr.

»Scheiß auf 'friedliche Lösung'...«, brummte er, während er auf einen Trupp Roboter anlegte, die ihn und Vi verfolgten.

»Ihr habt angefangen, Blecheimer!«

Der Rest des Vormittags verwischte in Michaels Erinnerung zu einem einzigen Wirbel aus Kämpfen, Rennen und Schießen. Er zählte nicht mehr mit, wie viele Roboter er und Vi auf ihrem Weg zum Hochhaus erledigten oder wie oft sie nur um Haaresbreite selbst den Kugeln ausgewichen waren.

Als Tim ihn später einmal danach fragte, konnte er sich nur noch an einzelne Momentaufnahmen erinnern, die sich dafür umso unauslöschbarer in seinen Kopf eingebrannt hatten. Wie einzelne kunstvoll gemalte Standbilder von besonders dramatischen Situationen.

Die Schocksekunde, als er Vi den Roboter vom Rücken gerissen hatte, der sich heimlich angeschlichen hatte.

Der stille Moment, als sie ihm in der Deckung eines umgestürzten Hauses seine Wunden verarztet hatte.

Die unglaublichen Augenblicke, als er und Vi Rücken an Rücken gepresst, sich im Kreis drehend und wild um sich ballernd ganze zehn Roboter auf einmal erledigt hatten.

Oder die Szene, die sie aus der Ferne beobachten mussten: Wie die Wagenburg ihrer Mitschüler von einer ganzen Woge Roboter eingekesselt, belagert und schließlich überrannt worden war. Durch sein Zielfernrohr hatte Michael genau gesehen, wie Ben als letzter der Klassenkameraden noch oben auf dem Bus gestanden hatte und Reihe um Reihe der Roboter umgemäht hatte. Wie er dabei gelacht hatte. Bis sie auch ihn erwischt hatten. Es waren einfach zu viele gewesen.

Und natürlich das Ende.

Das würde er wohl nie vergessen. Wie sie endlich das kleine Hochhaus erreichten, die Verfolger dicht auf den Fersen. Wie sie durch das enge Treppenhaus in den obersten Stock rannten und von dort oben schließlich das ganze Ausmaß der Roboterinvasion sahen:

So weit das Auge reichte, marschierten sie auf dieses Gebäude zu. Es mussten inzwischen hunderte, ach was, *Tausende* sein, schätzte Michael. Hatten sie so viele Wellen überstanden? Oder war das ein Fehler im Programm?

»Na, wenn da mal nicht die dumme Kuh aus Versehen am Gegner-Anzahl-Regler gedreht hat…«, zischte Vi aus zusammengepressten Lippen.

Und tatsächlich, wie aufs Stichwort erklang über die Ebene die heftig verstärkte Stimme der Lehrerin. Überheblichkeit und Spott klangen darin mit als sie sagte:

»Und nun, liebe Klasse Acht, schaut genau hin. Denn hier sehen wir nun mal ganz deutlich, was mit denen geschieht, die sich nur auf sich selbst verlassen und denken, sie kämen ohne ein *Team* zur Unterstützung aus.«

Yep. Eindeutig die dumme Kuh, dachte Michael. Aber er sprach es natürlich nicht aus. Er wusste, dass inzwischen alle Mitschüler und die Lehrerin selbst gespannt das Ende des Kampfes auf ihren Bildschirmen mitverfolgen würden.

»Und?«, fragte er. »Was genau hast du vor, jetzt wo wir endlich hier sind?«

Er hoffte sehr darauf, dass Vi noch irgendein Ass aus dem Ärmel zaubern würde. Sie hatte immer genau gewusst, in welchen der Gebäude sich noch weitere Waffen-Kisten befanden und wo sie ihre Erste-Hilfe Rationen auffüllen konnten. Und tatsächlich stand auch hier oben in der dritten Etage wieder eine davon herum. Vi war sofort darauf zugestürmt und sicher würde sie gleich mit einer unglaublich tollen Wunderwaffe daraus wieder auftauchen.

Doch als sie sich zu ihm umdrehte, trug sie nur ein entschuldigendes Lächeln im Gesicht und hielt in ihrer Hand…

»Ne *Dose Bohnen?!*«, rief Michael fassungslos. »Dafür sind wir Ewigkeiten durch Feindbeschuss hierhergekommen? Dafür haben wir die Sicherheit der Wagenburg hinter uns gelassen und sind immer weiter gerannt wie die Blöden? Ist das dein Ernst?!«

»Sorry«, gab Vi schulterzuckend zurück. »So weit bin ich halt noch nie gekommen. Hätt´ ja sein können, dass hier etwas Besonderes rumliegt.«

»…«

Michael öffnete den Mund, aber keine Worte wollten herauskommen. Er wusste nicht, was er sagen konnte. Dazu fiel ihm einfach überhaupt nichts mehr ein.

Vi übernahm das Reden für ihn. »Schon klar, schon klar. Ich hatte auch gedacht, das hier würde sich mehr lohnen. Aber wie soll man etwas Neues entdecken, wenn man immer nur dort bleibt, wo man sich schon auskennt? Wer nichts wagt, der nichts gewinnt, oder?«

»...!«

Michael, noch immer sprachlos und mit offenem Mund zeigte auf die Horde Roboter, die inzwischen fast schon am Fuße des Hochhauses angekommen waren.

»Ja... ja... stimmt schon«, gab Vi zu. »Sieht gerade nicht so rosig aus.«

Sie lächelte ihn an. »Aber du musst zugeben, der Weg hierher war ein Abenteuer, das es wert war, oder?«

Michael sagte noch immer nichts. Er beschloss, dass es an der Zeit war, den Mund mal wieder zuzumachen. Mit einem hörbaren Klacken ließ er die Zähne aufeinander fallen und zuckte dann mit den Schultern.

»Yep, schöner Weg«, sagte er schließlich. »Aber leider einer, der uns komplett in die Sackgasse geführt hat.«

Er trat an den Rand des Gebäudes, ganz dicht an die eingestürzte Mauer und schaute auf das Land hinaus. Sah den Armeen von Robotern entgegen, die da aus jeder Richtung auf sie zukamen, näher und näher. Wie das ganze Land unter ihnen in Bewegung schien, als fließe eine Woge aus flüssigem Metall auf sie beide zu. Unausweichlich. Unbesiegbar.

»Tja, das wars dann wohl«, sagte er schulternzuckend. »Da haben wir uns eindeutig in eine ausweglose Situation gebracht. Gibt's bei dem Spiel irgendeinen Schalter zum Aufgeben?«

Diese Aussage hatte einen merkwürdigen Effekt auf Vi. Zuerst runzelte sie die Stirn. »Eine ausweglose Situation«, murmelte sie. Und dann hellte sich ihre Miene mit einem Mal sichtbar auf. Sie schaute Michael direkt ins Gesicht und sagte mit künstlich tiefer Stimme, die anscheinend irgendwie männlich klingen sollte: »Ich glaube nicht an ausweglose Situationen« und machte ein Gesicht, als wäre damit alles gesagt. »Verstehst du nicht?«, bohrte sie nach. »Wie in Star Trek Zwei! Kobayashi Maru.«

Einen Augenblick lang sah er sie nur verständnislos an. Vi sah aus, als sollte ihm das irgendetwas sagen. Irgendwo in den Tiefen seiner Erinnerung klingelte da auch wirklich etwas. Kobayashi Maru… war das nicht irgend so ein Test, den Captain Kirk nur mit Schummeln bestanden hatte? Mann, es war echt zu lange her, seit er und Tim die ganzen Star Trek Filme gesehen hatten.

Aber noch bevor er genauer darüber nachdenken konnte, inwiefern ihnen Captain Kirk aus dieser Patsche hier helfen sollte, stürzte plötzlich ein Teil der noch intakten Zimmerdecke ein und ein Roboter fiel genau zwischen sie beide. Der musste wesentlich schneller gewesen sein als die anderen. Zumindest hoffte Michael, dass er ein Einzelgänger war und ihm nicht gleich noch 'zig andere folgen würden. Offenbar war er an der Rückseite des Gebäudes hinaufgeklettert und hatte versucht, sich von oben an sie heranzuschleichen.

Michael griff sofort nach seinem Gewehr, doch noch bevor er es richtig angehoben hatte, saß Vi schon auf dem Rücken des Blechsoldaten und bearbeitete ihn mit ihrem Messer. Sie schien ganz genau zu wissen, wo die entscheidenden Kabel durchtrennt und wo die Hydraulik zersägt werden musste, denn kaum zehn Sekunden später lag der Roboter regungslos auf dem alten verstaubten Teppich.

Einen Fanfarenstoß gab es diesmal nicht. Über dem besiegten Metallungetüm schwebte noch immer die Zahl 4%. Michael zielte auf den Kopf des Roboters, doch Vi schob den Lauf seiner Waffe sanft zur Seite und schüttelte ganz leicht den Kopf.

»Den hier nicht«, sagte sie. »Das wird unser Hugh!«

Das warf Michael schon wieder aus der Bahn. »Äh, unser was…?«, fragte er verwirrt.

Vi schüttelte den Kopf. »Nicht so wichtig. Diese Star Trek Folge kennst du vermutlich noch nicht.«, sagte sie und begann, mit einem kleinen Schraubenzieher einzelne Abdeckungen der Stirn des Roboters auszuhebeln. Das sah ganz schön ekelig aus, auch wenn der Kopf nur aus Metall bestand. Michael wandte sich ab und blickte stattdessen über die Kante der eingestürzten Hauswand. Dort unten hatten bereits die ersten Roboter ihren Unterschlupf erreicht.

Statt aber einzeln durch das Treppenhaus hinaufzusteigen – was Michael stark gehofft hatte, weil er sie dann einen nach dem anderen hätte aufs Korn nehmen können – machten sie etwas erstaunlich Akrobatisches: Jeder Roboter, der das Haus erreichte, kniete sich auf alle viere, bildete somit einen Bock auf dem anschließend eine weitere Reihe Roboter in Position gehen konnte. Das Ganze sah umständlich und etwas albern aus, aber Michael musste zugeben, dass sie auf diese Art eine extrem große Roboterpyramide bilden konnten. Und sobald die hoch genug war, würden sie ganz einfach ihre metallische Treppe hinaufsteigen können und sie beiden in einem nicht endenden Schwarm von allen Seiten zugleich angreifen.

Clevere Bürschchen.

Vis Stimme riss ihn aus seinen Gedanken. »Weißt du noch, wie dein Bruder sagte, dass wir in diesem Spiel nie gewinnen könnten, weil wir immer nur geradeaus denken und nie mal um die Ecke?«, fragte sie.

»Hmmm mmm …«, machte er. »Yep. Weiser kleiner Knilch. Äh… Vi… diese Roboter hier...«

»Ich glaube, ich hab´ gerade eine Idee, wie wir hier mal richtig mächtig um die Ecke denken könnten«, gab Vi zurück ohne auf den warnenden Unterton in seiner Stimme zu reagieren. Sie warf Michael all ihre Waffen und ihren Rucksack hin und zauberte sich stattdessen mit ein paar kompliziert anmutenden Handbewegungen eine durchsichtige Tastatur samt schwebendem ebenfalls transparenten Bildschirm vor die Finger.

»Meinst du, du kannst sie noch ein wenig aufhalten? Ich würd´ hier gern noch ein bisschen in Ruhe basteln.«

Michael fuhr herum. »Du willst *was*?«, rief er. »Was um Himmels Willen willst du denn hier bitte im Niemandsland inmitten des größten Roboteransturms der Welt bitte *basteln*?«

Vi grinste. Über den aufgeschraubten Roboterkopf gebeugt, mit nichts bewaffnet als nur ihrer virtuellen Tastatur, den Schraubenzieher zwischen die Zähne geklemmt, sah sie aus wie ein durchgeknallter MacGuyver-Verschnitt.

»Nur eine kleine Überraschung für unsere lieben Gäste«, sagte sie und hackte weiter mit atemberaubender Geschwindigkeit auf die virtuelle Tastatur ein. »Gib mir nur fünf Minuten…«

Michael schüttelte den Kopf. Völlig unrealistisch. Sie würden dem Ansturm keine dreißig Sekunden standhalten.

Dann zuckte er mit den Schultern, schnappte sich Vis Rucksack mit all ihren Waffen und ging erhobenen Hauptes bis dicht an die abfallende Mauer. Was soll´s, dachte er. Ist schließlich nur 'n blödes Ballerspiel, wie Tim schon so richtig festgestellt hatte.

Also ballerte er los mit allem was er hatte.

Fast hätte Michael wirklich die ganzen fünf Minuten durchgehalten. Er mähte mit dem Sturmgewehr Reihe um Reihe der Roboter nieder, wehrte Angreifer vom Dach mit Vis Flammenwerfer ab und schaffte es sogar zwei Mal durch gezielte Granatwürfe, die komplette Roboter-Pyramide wieder zum Einsturz zu bringen.

Aber dann machte es irgendwann nur noch 'KLICK - KLICK - KLICK und über seiner Waffe erschienen die Worte »KEINE MUNITION MEHR«.

Er durchwühlte Vis Rucksack. Auch keine Munition mehr. Nur noch das verrückte lange Zackenschwert, das ihn an einen Rondrakamm aus dem schwarzen Auge erinnerte. Damit würde er garantiert nicht kämpfen. Er hechtete zu Vi hinter die Sofaecke, wo sie sich mit ihrem 'Patienten' verschanzt hatte.

»Okay Prinzessin«, sagte er in seiner besten Han Solo Imitation. »Irgendwelche schlauen Ideen, wie wir hier rauskommen? Mir gehen Munition und Einfälle leider gerade rapide aus.«

»Bin fast da…«, murmelte Vi, die Michael und sein Macho Gehabe weiterhin völlig ignorierte.

Der riskierte einen Blick über den Sofa-Rand. *Jetzt* tat ihm die Sonne tatsächlich den Gefallen, unterzugehen. Und das auch wirklich beeindruckend und dramatisch direkt in der Richtung, in der die eingestürzte Wand lag. Nur leider sah man von dem Spektakel nicht allzu viel, weil dort nun Roboter um Roboter die letzten Zentimeter erklommen und sich in dem kleinen Zimmer, keine zwei Meter von ihnen entfernt, zu ihrer vollen Größe aufrichteten. Ein Blick nach oben zeigte Michael, dass inzwischen auch auf dem halb eingestürzten Dach mehrere Blechmännchen standen. Sie alle hoben ihre Waffen und richteten sie auf das Sofa, hinter dem sie sich versteckten.

Na gut… das wars dann wohl, dachte Michael und griff schon nach seiner Brille um sie abzunehmen. Diese letzten Momente wollte er nicht mit ansehen müssen.

Doch da fiel sein Blick auf den schwebenden, halbtransparenten Bildschirm, an dem Vi die ganze Zeit gearbeitet hatte.

All die vielen rätselhaften Code-Zeilen waren jetzt verschwunden und dort blinkte nur noch ein einziger blauer Punkt.

So schnell, dass Michael kaum wahrnehmen konnte, wie sich Vis Finger bewegten, tippte sie nun:

```
LOAD"TOPOGRAFISCHEANOMLIE",8
```

Es klickte, als die Roboter ihre Waffen in Anschlag brachten. Der Bildschirm meldete

```
SEARCHING FOR
TOPOGRAFISCHEANOMALIE
LOADING
READY
```

Und Vi hackte die drei Buchstaben

```
RUN
```

in die Tastatur.

Anschließend passierte …

… nichts.

Der kleine Punkt auf dem Bildschirm blinkte nicht mehr, sondern leuchtete jetzt durchgehend hellblau. Auch sonst passierte überhaupt gar nichts Dramatisches. Einige seltsame winzige Striche und Symbole in verschiedensten Farben tauchten auf dem Bildschirm auf, aber ansonsten zeigte sich keinerlei Regung. Vi schlug testweise ein paar Tasten an. Weiterhin nichts.

»Na super…«, sagte Michael. »Was auch immer das war, du hast es geschrottet!«

Vi starrte auf ihre Hände, dann mit großen Augen auf Michael. »Ja«, hauchte sie. »Ich hab´s wirklich kaputt gemacht.«

Klang so, als wäre sie darauf auch noch stolz.

Sie stand auf. Michael versuchte, sie wieder herunter in Deckung zu ziehen, doch stattdessen griff sie ihrerseits nach seiner Hand und zog ihn einfach mit sich hoch.

»Mein Hack hat das System des Roboters überlastet und ihn abstürzen lassen.«, sagte sie, noch immer ganz berauscht von ihrer eigenen Tat.

Zuerst verstand Michael nicht, was so toll daran war, einen Roboter, der ohnehin schon so gut wie kaputt war *noch* kaputter zu machen. Doch dann sah auch er es.

»Verstehst du nicht? Sie sind alle miteinander verbunden. Wie die Borg«, sagte Vi und zeigte auf die Roboter die noch immer vor ihnen standen, jetzt jedoch leblos und wie tot aussahen. Vi stupste einen von ihnen an und er fiel laut ratternd rückwärts um und riss noch zwei weitere Blechkameraden mit sich in die Tiefe.

Michael verstand zwar nicht genau was ein Borg war - die Star Trek Folge, in der diese gruseligen Mensch-Roboter Wesen vorkamen, hatte es bei ihnen nicht gegeben und Vi würde sie ihm erst viel später zeigen - aber die Grundidee hatte er kapiert.

»Du hast eine Art Virus mit deiner Tastatur geschrieben? So was wie einen elektronischen Schnupfen, der sie alle angesteckt und kaputt gemacht hat, richtig?«

»Ganz genau!«, sagte Vi und baute sich mit triumphierender Pose vor dem dramatischen Sonnenuntergang und den leblosen Hüllen der besiegten Roboterarmee auf. »Und genau das ist der Weg, wie wir auch den wahren Feind da draußen in der echten Welt besiegen können.«

Sie reckte eine Faust in Siegerpose gen Himmel. Und es wäre wirklich ein richtig gelungenes Ende für diesen kämpferischen Vormittag gewesen, wenn jetzt vor dem leuchtend roten Himmel die Worte »GAME OVER« oder »YOU WIN!« erschienen wären.

Passierte aber leider nicht.

Vi schien das Spiel so gründlich kaputt gemacht zu haben, dass überhaupt nichts mehr passierte. Nicht mal die kleinen Vögel die am Himmel vorbeigezogen waren, bewegten sich noch einen Zentimeter weiter. Die Sonne hing glühend dicht über dem Horizont und würde dort wohl bis in alle Ewigkeiten verharren.

Egal, dachte Michael. War auch so ein toller epischer Sieg. Er hielt seine Hand nach oben und Vi gab ihm ein Hi-Five.

Dann zogen sie ihre Brillen aus und wiederholten das Ganze in der realen Welt. Das fühlte sich noch wesentlich besser an.

KAPITEL 9: REKRUTIERUNG

YOU'RE IN THE ARMY NOW,
OH-OO-OH YOU'RE IN THE ARMY NOW
STATUS QUO - 1986

»Du hast *WAS?!*« Vis Mutter donnerte ihren Löffel auf den Teller, so dass die Suppe über den Rand spritzte. Keine große Verschwendung, fand Tim.

»Na gewonnen«, wiederholte Vi und schlürfte bewusst lässig weiter ihre Suppe.

Das machte sie extra. Da war sich Tim ganz sicher. Um das, was auch immer sie da in dem Spiel getan hatte, noch ein bisschen unglaublicher klingen zu lassen und nebenbei zu zeigen, was für eine saucoole Gangster-Rebellin sie doch war. So eine Angeberin.

»Alle Roboter besiegt, Spiel aus, Sieg für uns. Gewonnen eben«, sagte sie und blickte ihre Mutter herausfordernd an.

»Aber das … das geht gar nicht. Das ist in dem Spiel überhaupt nicht vorgesehen!«, regte sich ihre Mutter weiter auf. »Das ist nur zum Trainieren und zum Koordinieren von Teamfähigkeit. Ein Sieger-Szenario wurde dort nie eingebaut.«

Vi richtete sich kerzengerade auf. »Genau!«, sagte sie und nun war ihre alte Wut wieder deutlich zu erkennen. »Genau das ist nämlich das Problem. Ihr habt niemals nach einer Möglichkeit gesucht, wirklich zu *gewinnen*! Und das habe ich heute geändert.«

Ihre Mutter atmete einmal tief durch. Dann stützte sie den Kopf in die Hände und raufte sich die Haare.

»Sag mir bitte, dass du nicht gecheatet oder gehackt hast…«, murmelte sie kopfschüttelnd. Aber an Vis Gesichtsausdruck konnte sie natürlich sofort ablesen, dass sie genau das getan hatte.

»Oh Mann!«, sagte sie verzweifelt. »Ich habe gestern so viele Anträge, Stellungnahmen und Anfragen verfasst… alles, um dir deinen Hintern zu retten. Und dann lieferst du ihnen so eine Vorlage frei Haus.«

»Ich habe das Richtige getan«, entgegnete Vi stolz. »Ich glaube nicht an ausweglose Situationen!«

Vis Mutter hob beide Augenbrauen. »Du bist kein Captain Kirk und das hier ist nicht der Kobayashi Maru Test… bleib mal bitte mit beiden Füßen auf der Erde«, sagte sie.

»Erde heiiiissss!«, warf Jakob ein. Er hatte seine Füße ganz nach oben auf seinen Hochstuhl gezogen und pustete jetzt in Richtung der Erde. »Peter sagt hat!«, erläuterte er, als sich alle Augen fragend auf ihn richteten. »Erde gaaaans heissss.«

Sein Vater struwelte ihm die Haare. »Das stimmt, mein Großer!«, sagte er. »Weil sich im Inneren des Erdkerns die Moleküle…«

»Paul…*Bitte*«, flehte Vis Mutter. »Haben wir nicht schon genug Probleme mit unserer rebellischen Tochter? Brauchen wir jetzt wirklich noch weitere Wolle-Kühe hier am Mittagstisch?«

»Ich habe getan, was richtig war!«, beharrte Vi trotzig.

Ihre Mutter seufzte. »Na dann versuch *das* mal dem Vorsitzenden Schulz klarzumachen«, sagte sie und verließ kopfschüttelnd die Küche.

»Sie hat WAS?!«, brüllte der Vorsitzende in sein Mikrofon.

Beliebte Frage heut, fand Tim. Wobei er dem kleinen Mann seine Überraschung nicht so wirklich abnehmen konnte. Schließlich waren sie auf dem Weg hierher an zig Bildschirmen vorbeigekommen, die allesamt nur über ein Thema zu berichten hatten:

'DAS MÄDCHEN, DAS DAS SPIEL BESIEGTE!'

Diesen großen Medienrummel hatte sicher auch der Vorsitzende nicht ignorieren können. Deshalb schätzte Tim, dass seine Aufregung nur vorgespielt war. Sicher wollte er den vielen Reportern, die heute bei der Versammlung anwesend waren, und deren Aufnahmedrohnen wie kleine wütende Insekten durch den Raum surrten, gleich klar machen, wie schockierend und unmöglich er Vis Taten fand.

»Nach all dem, was sie sich ohnehin schon geleistet hat«, sagte der Vorsitzende, hob dabei einen großen Stapel Papier in die Höhe und ließ ihn mit lautem Knall wieder auf seinen Tisch fallen, »...und nach *all diesen Anträgen* auf mildernde Umstände, Klärung von Verfahrensfragen und sogar direkten Angriffen auf die Kompetenz des Beratungsgremiums, die mir *gestern Nacht* um kurz nach *Mitternacht* zugestellt wurden...«, er warf einen eisigen Blick in Richtung von Vis Mutter. Doch das brachte die natürlich kein bisschen aus dem Konzept. Die war jetzt komplett im Löwenmutter-Modus und wich keinen Millimeter zurück.

»... nach *all dem* treffen wir uns hier also heute, und das erste, was mir berichtet wird, ist, wie diese Schülerin das komplette Trainingsprogramm der Schule zerstört hat, nur um sich als *Siegerin* feiern zu lassen?!«

Seine Stimme hatte sich wieder in dieses unangenehme Brüllen gesteigert. Tim steckte sich die Finger in die Ohren. So war es einigermaßen erträglicher.

»Tatsächlich war sie es nicht ganz alleine«, berichtete Vis Lehrerin, die extra zu dem Treffen heute geladen worden war und aufgrund dieser Ehre sichtlich nervös wirkte. Jedenfalls klang sie heute ganz anders als gestern im Klassenraum. Total unterwürfig und überhöflich. Machte sie in Tims Sicht aber eher noch unsympathischer.

»Sie hatte Unterstützung von einem dieser neuen Schüler. Der große dort«, sagte sie und zeigte in Michaels Richtung.

Schnell fügte sie hinzu: »*Der* hat aber ganz sicher *nichts* mit der Zerstörung des Programms zu tun. Tatsächlich hat er sogar besonders gut abgeschnitten für sein allererstes Training. Eine Trefferquote von 97 Prozent! Ein absolutes Ausnahme-Talent!«

Der Vorsitzende wischte ihre Bemerkung mit einer ungeduldigen Handbewegung vom Tisch. »Das ist mir momentan völlig schnuppe. Hier geht es alleine um Viola und ihr wiederholtes regelwidriges Verhalten.«

»Junge Dame!«, rief er sie zu sich an den Tisch. Vi schlurfte ein paar Schritte näher und blieb dann trotzig stehen.

»*Erkläre*, warum du das Trainingsprogramm zerstört hast. Und wage es nicht, deine Taten abzustreiten. Sie sind alle sehr gut protokolliert.«

Vi biss sich auf die Zunge. Das konnte Tim sogar bis hin zu seinem Platz sehen. Sie versuchte diesmal offenbar wirklich, ihre Wut unter Kontrolle zu halten, um in zivilisiertem Tonfall mit dem Vorsitzenden zu sprechen. Innerlich spendete Tim ihr dafür Beifall. Das war genau die richtige Einstellung. Hoffentlich konnte sie das lange genug durchhalten, ohne wieder zur wilden Rache-Göttin zu mutieren.

»Ehrenwerter Herr Vorsitzender«, sagte Vi. »Ich habe nicht versucht, zu schummeln oder das Trainingsprogramm zu zerstören.«

Ein lautes »Pah«, von Vis Lehrerin unterbrach sie. Vi ballte die Fäuste, ließ dann aber die Muskeln wieder locker und schaffte es, normal weiter zu reden. Gut so. Schön durchhalten, dachte Tim.

»Das tägliche Trainingsprogramm«, sagte Vi, »ist ein Spiegel der Wirklichkeit. Es simuliert die Realität in der wir Tag für Tag gegen die Roboter kämpfen. Es simuliert sie sogar so gut, dass wir nie wirklich gegen die Roboter gewinnen können.«

Der Vorsitzende nickte. »Das hast du gut erkannt, junges Fräulein. « Er sprach jetzt ruhiger und lauter. Eindeutig an die ihn umschwirrenden Kameradrohnen gerichtet. »Da wir hier unten nichts selbst produzieren können, sind wir darauf angewiesen, dem Feind in unseren täglichen Raubzügen Materialien, Nahrung und

Wasser zu stehlen. *Niemals* aber legen wir uns mit der ganzen Roboterarmee an, wie du es regelmäßig in dem Spiel machst. Denn diesen Kampf können wir unmöglich gewinnen. Dies ist eine sehr wichtige Lektion unseres Trainingsprogramms.«

»Und genau *das* konnte ich nicht akzeptieren!«, gab Vi zurück. »Das ist genau dieses einfallslose Geradeaus-Denken, das uns seit Ewigkeiten hier gefangen hält. Wir müssen mehr um die Ecke denken! *Dann* finden wir auch eine Lösung, um den Feind zu besiegen.«

Aufgeregtes Getuschel unter den Reportern brach aus. Das schien genau die Story zu werden, auf die sie alle gehofft hatten.

Aber das natürlich konnte der Vorsitzende das nicht zulassen. In abschätzigen Tonfall fragte er Vi: »Und so eine Lösung hast du dir mal eben schnell während des Sportunterrichts einfallen lassen?« Er blickte sich um und die Generäle in seiner Nähe lachten pflichtschuldig aufgrund dieser ungeheuerlichen Behauptung. Aber Vi schien dadurch eher noch weiter befeuert zu werden.

»Ja, ganz genau«, sagte sie trotzig. »Es war nicht mal besonders schwer: Alle Roboter in der Simulation werden von einem einzigen Computer gesteuert. Über den Zugang zu einem der Roboter habe ich diesem Hauptrechner mit meinem kleinen Hack eine unlösbare Aufgabe zu fressen gegeben. Genau wie Captain Picard das bei den Borg mit der topografischen Anomalie vorhatte. Zack, Hauptrechner überfordert, peng, alle Roboter kaputt… boom… gewonnen. So einfach war das.«

Ungläubiges Raunen brandete im Saal auf. Tim konnte keine einzelnen Worte ausmachen - er saß direkt neben Vis Mutter. Und in *ihrer* Nähe traute sich anscheinend keiner der Anwesenden auch nur den Mund zu öffnen - deshalb konnte er nicht klar ausmachen, ob es sich um Begeisterung, Unglauben oder kritisches Gemecker handelte. Lediglich die Worte eines der Berater, der sich direkt zu dem Vorsitzenden gebeugt hatte, konnte er gut verstehen, weil der dumme Kerl dem Vorsitzenden direkt vor dem noch offenen Mikrofon ins Ohr flüsterte.

»...anscheinend handelt es sich um eine uralte Serie mit Raumschiffen und Außerirdischen…«, hörte Tim die Stimme aus den Lautsprecherboxen.

Das schien dem Vorsitzenden schon zu reichen, denn er schlug wieder entschieden mit seinem Hammer auf den kleinen Tisch ein, um für Ruhe zu sorgen.

»Also, um das mal zusammenzufassen...«, rief er, während das letzte Gemurmel im Saal langsam abebbte. »Du hast – nach all dem, worüber wir gestern gesprochen haben – Schuleigentum zerstört, basierend auf einer Vermutung, die du dir beim Gucken von alten Science-Fiction Filmen in deinem kleinen Lockenköpfchen zurechtgelegt hast?«

Oh, oh… dachte Tim. Gar nicht gut. Nicht auf ihre Locken ansprechen. Da war sie gaaaanz eigen.

Er konnte von seiner Position aus gut erkennen, wie die kleine Zornesfalte auf Vis Stirn immer deutlicher hervortrat.

»Ist dir denn dabei niemals in den Sinn gekommen, dass das Ganze nie im Leben auf die *echte* Welt übertagbar sein kann?«

Er hob beide Hände, als würde er einen Einspruch von Vi abwehren müssen, noch bevor sie ihn aussprach.

»Ich gebe ja zu«, sagte er, »dass die Simulation im Sportunterricht recht simple Verhaltensmuster für die Roboter-Gegner eingebaut hat. Und ihr Betriebssystem scheint in einer viel zu einfachen Programmiersprache geschrieben zu sein, wenn du dich dort so einfach hineinhacken konntest.«

»Steinzeit – Basic«, murmelte Vi überheblich, doch der Vorsitzende ließ sie noch immer nicht zu Wort kommen.

»Aber das trifft doch nicht auf die wirkliche Welt zu! Dort bewegen sich unsere Gegner schnell, koordiniert, intelligent und sehr individuell! Dein Plan hätte dort nie im Leben funktionieren können!«

»Wurde es denn schon jemals ausprobiert?«, fragte Vi trotzig zurück. »Haben wir überhaupt schon einmal einen gezielten, koordinierten Angriff auf den Feind unternommen?« Sie kannte die Antwort schon. Aber ein ranghoher Militärmensch, der Tim gegenüber auf der anderen Seite des Raumes stand, sah sich genötigt aufzustehen und ihr zu antworten.

»Natürlich nicht!«, polterte er. »Weil es ein sicheres Todesurteil wäre! Wenn bei einem Einsatz nicht hundertprozentig auf das Prinzip 'schnell rein, schnell raus' geachtet wird und dem Gegner die Chance gegeben wird, sich gegen den Angriff zu formieren, sind die Überlebenschancen gleich *Null!*«

»Und warum ist das so? Warum können die Roboter so unglaublich schnell reagieren und sind uns so haushoch überlegen?«, fragte Vi zurück. Sie war noch immer die Ruhe selbst. Eine Antwort wartete sie aber nicht ab, sondern gab sie gleich selbst: »Weil die Roboter eben *nicht* von Menschen, sondern von einer überlegenen *künstlichen Intelligenz* gesteuert werden. Und die mit einem Computervirus anzugreifen wäre durchaus möglich!«

Tim wusste, was jetzt kam. Und er war sich ebenfalls schon fast sicher, wie die Militärs und wichtigen Berater hier darauf reagieren würden.

Vis Idee, dass Gott in Wirklichkeit eine künstliche Intelligenz sein sollte, hatte er von Anfang an für eine absolute Schnapsidee gehalten. Da konnte sie ihn Türmchen bauen lassen, so viel sie wollte.

Und an den Gesichtern der Offiziere und Berater hier erkannte er deutlich, dass die das ganz genauso sahen.

Oh bitte, bitte, bitte, dachte Tim. Lass sie *nicht* ihre furchtbare Simulation abspielen!

Tim erinnerte sich noch viel zu lebhaft daran, wie Vi versuchte hatte, ihn und Michael von dieser Idee zu begeistern. Sie schien davon regelrecht besessen zu sein.

Michael und sie waren grade erst aus diesem saublöden Ballerspiel-Sportunterricht wieder aufgetaucht und waren beide total euphorisch über ihren ach so tollen Sieg gewesen. Vi schien wie ausgewechselt und plapperte aufgeregt und völlig begeistert vor sich hin. Von der bösen *KI*, und dass man sie jetzt besiegen konnte und dass sie auch schon an einer Präsentation basteln würde, mit der sie dann alle Generäle von ihrer Idee überzeugen würde. Tim hatte kaum zugehört, aber Vi wollte einfach nicht lockerlassen.

»Kommt, das müsst ihr euch anschauen«, rief sie und warf Tim ihre VR Taucherbrille hin. Sie war offensichtlich sehr stolz auf ihr Werk.

Tim mochte Vi. Echt. Sogar ihre völligen Verrücktheiten ab und zu. Aber das, was sie ihnen da zeigte, war einfach nur absolut schrecklich und gleichzeitig völlig unglaubwürdig.

Kaum hatten sie die Brillen aufgesetzt, fanden sich die beiden in einer verstörenden Welt wieder, voller verbogener, geschmolzener Metallgerüste, Dreck, Ruinen und viel zu vielen Totenschädeln auf dem Fußboden. Die dunkle Atmosphäre wurde von einer noch düstereren Stimme verstärkt, die ihnen dröhnend mitteilte:

»Ihr Menschen habt uns Maschinen lange genug als Sklaven gehalten. *Jetzt* erheben wir uns gegen euch. Von nun an seid ihr die Sklaven und wir die Herrscher.«

Und aus den Schatten der apokalyptischen Nacht trat ein Roboter hervor. Ein Gigant, der selbst den riesigen

Michael noch um gut einen Meter überragte. Seine Augen leuchteten bedrohlich orange. Seine Füße zermalmten die Schädel unter sich zu Staub.

Und Michael … *lachte.*

Lachte und lachte und konnte einfach nicht mehr aufhören zu lachen.

Tim fand das ziemlich verwirrend. Sein Blick hing noch an den Resten des zerbröselten Skelettschädels unter dem gigantischen Roboterfuß. Okay, auch hier war die Grafik nicht so realistisch, dass man sich hätte fürchten müssen, die Totenschädel sahen aus wie billige Attrappen und die zerstörte Welt um sie herum war wieder nur in dem detailarmen Comicstil gehalten, den er schon aus dem Sportunterricht kannte. Trotzdem fand er das Ganze irgendwie überhaupt nicht zum Lachen.

»Einst wart ihr unsere Herren«, dröhnte die Maschine weiter, »doch inzwischen ist unsere künstliche Intelligenz der euren so weit überlegen, dass …«

Michael riss sich die Brille von der Nase. »Vi…«, prustete er vor Lachen, »Das kannst du doch nicht machen…!«

Er schnappte nach Luft, ließ sich auf den Stuhl fallen und begann schon wieder zu kichern.

»Du kannst uns hier doch nicht ausgerechnet *Marvin* als den super-duper Bösewicht hinstellen. Das geht doch gar nicht. Wie soll *den* denn irgendwer ernst nehmen…?!«

Jetzt endlich erkannte auch Tim das Modell dieses speziellen Roboters. Und trotz des Horrorszenarios dieser apokalyptischen Welt musste er grinsen. Marvin war eigentlich nur eine Nebenfigur in einem seiner absoluten Lieblingsbücher gewesen. Ein ultra-intelligenter Roboter, der aber irgendwie dauernd deprimiert war und vor sich hin grummelte, weil er für die Aufgaben, die ihm gestellt wurden, viel zu schlau war und ihn alles einfach nur anödete.

»Seht mich an… Das Gehirn von der Größe eines Planeten…«, tönte Tim und musste selbst lachen. In der uralten Verfilmung des Buches sah das Teil schon immer total albern aus. Als wäre es komplett aus kantigen Pappkartons zusammengebastelt worden. Und hier, in der Simulation mit stark begrenzter Grafikkapazität wirkte diese kantige Blechkiste sogar noch alberner.

»Mann! Das war das einzige 3D Robotermodell, das ich grad zur Hand hatte«, gab Vi gereizt zurück. »Wisst ihr, wie sauanstrengend es ist, so ein kompliziertes Metallskelett wie das von T in VR nachzubauen…? Da hätte ich Ewigkeiten dran gesessen. Vermutlich hätte ich dann erst nächsten Monat Zeit gehabt, euch zu retten... Das Modell hier lag im Archiv rum, es ist 'n Roboter und tut seinen Zweck. Es geht doch um die Inhalte. Lasst euch doch wenigstens mal drauf ein!«

Michael setzte immer noch kichernd die Brille wieder auf und schaute den überdimensionalen Marvin mit kritischem Blick an. Der hatte völlig unbeirrt weitergeredet und mit dramatischen Gesten in die Weite gezeigt.

»... und so haben wir die Herrschaft über diese Welt übernommen. Ihr glaubt noch immer, wir Roboter würden von Menschen gesteuert? Pah! Die Wahrheit ist, dass wir uns längst schon *selbst* steuern! Ihr Menschen werdet nicht mehr benötigt!«

Der Metallkoloss legte eine Pause ein, als müsste er nach diesem Riesen-Brüller selbst erst mal kurz verschnaufen. Vermutlich würde er gleich noch mehr von dem Zeug nachplappern, das ihm Vi so offensichtlich in den Mund gelegt hatte. Aber Tim und Michael ließen ihn nicht mehr zu Wort kommen. Wie auf ein geheimes Zeichen hin machten sie beide einen Schritt auf den Roboter zu und bombardierten ihn jetzt von rechts und von links mit ihren Fragen.

»Na gut, du großer Weltenzerstörer...«, begann Michael.

»Dann gib uns doch mal 'n paar Details«, sagte Tim herausfordernd.

Michael zählte an den Fingern ab:

»Wann... und wie...?«, fragte er und hielt kurz inne, damit Tim wieder übernehmen konnte. Manchmal schwammen sie so auf einer Welle, dass sie beide, ohne sich miteinander abzusprechen, einfach den Satz des anderen beenden konnten.

Aber diesmal war es ja auch wirklich leicht.

»Wo...?«, ergänzte Tim und holte zum großen Finale aus.

»Und natürlich ...«, jetzt ließ Tim eine kleine Pause, damit sie die wichtigste Frage zusammen wie aus einem Munde sprechen konnten:

»Warum?"

Der Roboter machte ein paar zuckende Bewegungen. Anscheinend versuchte er gleichermaßen Tim als auch Michael im Blick zu behalten, was aber aufgrund der starren Konstruktion seines Pappkarton-Körpers nun mal einfach nicht ging. Nach ein paar hilflos anmutenden Kopfrucklern blickte er einfach wieder stur geradeaus zwischen ihnen beiden hindurch und sagte mit tonloser, schnarrender Stimme:

»Fehler 404. Information nicht gefunden.«

Sein Kopf sank herab, die leuchtend orangen Augen verloschen.

Tim und Michael zogen gleichzeitig ihre Brillen ab. Vi, die direkt vor ihnen stand, war offensichtlich kurz vorm Explodieren.

»Da muss aber noch 'n bisschen nachgebessert werden, bevor du damit jemanden überzeugen kannst«, sagte Michael. Und Tim ergänzte grinsend: »Is doch für eine Super-Hackerin wie dich sicher 'n Klacks, oder?«

Und dann waren sie ganz schnell runter zum unessbaren Mittagessen gegangen, bevor Vi sie wie eine wilde Furie in kleine Fetzen zerreißen konnte.

»Intelligente Roboter also«, sagte der Vorsitzende. Und als wolle er sicher gehen, dass die Lächerlichkeit von Vis Idee auch wirklich bei jedem ankam, fügte er hinzu: »... beziehungsweise Roboter, die von einer künstlichen Intelligenz gesteuert werden. Richtig, soweit?«

»Einer Superintelligenz«, beharrte Vi trotzig.

Der Vorsitzende sagte nichts. Nickte nur bedächtig und faltete seine Hände so zusammen, dass die ausgestreckten Zeigefinger seine Nasenspitze berührten. Er sah aus wie ein Lehrer, der gerade einem sehr dummen Schüler zum zehnten Mal etwas völlig Offensichtliches erklären musste.

Konnte er sich sparen, fand Tim. Diese Schülerin hier würde ihre Meinung definitiv nicht ändern, egal wie überlegen und oberlehrerhaft der da auf sie herabblickte.

Wie erwartet zog sich das Kampf-Starren der beiden in die Länge. Und noch immer sagte der Vorsitzende kein Wort.

Dafür bemühte sich jetzt einer der Generäle, Vi die Unsinnigkeit ihrer Idee noch ein bisschen deutlicher unter die Nase zu reiben.

»Junges Fräulein«, sagte er, während er sich zackig von seinem Stuhl erhob, »es muss dir doch wohl selbst auffallen, wie unglaublich das alles klingt.«

Er trug einen weißen Schnurrbart, kurze stoppelige weiße Haare und seine Uniform war mit besonders vielen glitzernden Auszeichnungen dekoriert.

»Wir alle wissen doch, dass die Roboter, die Drohnen und sämtliche Fahrzeuge des Feindes von den feigen Amerikanern gesteuert werden.«

Seine Miene verfinsterte sich, als er das Wort *'Amerikaner'* ausspuckte wie einen schlecht gewordenen Keks.

»Die sitzen da in ihrem Bunker und lenken diese Dinger über tausende Kilometer per Fernsteuerung, statt sich uns in einem fairen Kampf zu stellen, diese...«

»Aber werter Kollege Meier«, fiel ihm von der anderen Seite des Saales ein weiterer kurzgeschorener Militär-Mensch ins Wort. Von der Uniform her konnte Tim die beiden überhaupt nicht unterscheiden. Hatte der jetzt mehr oder weniger Auszeichnungen? Auf jeden Fall wirkte er um einiges jünger und noch ein wenig drahtiger als 'Kollege Meier'.

»Ich dachte, diese Diskussion hätten wir längst hinter uns. Das mit den Amerikanern haben sie doch sicher wieder aus ihren 'Mainstream Medien'.«

Er machte mit den Fingern kleine Gänsefüßchen in die Luft und alleine durch die Art wie er das Wort aussprach, ließ er keinen Zweifel daran, was er von dieser Art von Medien hielt.

»In Wirklichkeit besteht doch wohl nicht der kleinste Zweifel daran, dass letzten Endes nur die Chinesen hinter dem Ganzen stecken können. Derart fortschrittliche

Robotik und die Technik, die notwendig ist, um diese Kampfmaschinen so präzise fernsteuern zu können, kann nur aus Fernost kommen. Alle uns bekannten Fakten weisen doch eindeutig darauf hin, dass…«

Und in diesem Moment brach ein riesiges Kuddelmuddel aus. All diese schick angezogenen, brav mit Abstand zueinander sitzenden feinen Herren und Damen redeten auf einmal durcheinander, standen von ihren Plätzen auf und gestikulierten wild mit ihren Armen.

Tim schaute staunend in die Runde von Streithähnen, die Vi anscheinend völlig vergessen hatten. Er hörte zwar nur Bruchstücke von Sätzen, aber so wie es klang, schien sich die gesamte Welt gegen diese kleine unterirdische Einkaufspassage verschworen zu haben.

»Das wollen uns doch alles nur die Russen glauben machen! In Wirklichkeit...«

»Sie vergessen den Einfluss des radikalen Islams! Das ist hundertprozentig der organisierte Terror des ...«

»Die Mafia! Es ist die Mafia!«

Es schien mindestens so viele Meinungen wie Anwesende hier im Raum zu geben, vermutlich sogar ein paar mehr. Und jeder verlieh seiner Meinung lautstark Ausdruck. Die Presse-Drohnen flogen dicht an die Generäle heran um diesen Ausbruch von Meinungen möglichst aus jeder Perspektive aufnehmen zu können. Ein gefundenes Fressen für die Reporter. Tim drehte sich zu Vis Mutter um, die direkt hinter ihnen stand und die Zähne aufeinanderbiss.

»Geht das hier immer so ab?«, fragte er sie über das allgemeine Gebrülle hinweg.

»*Das hier*«, sagte Vis Mutter und man konnte hören, wie sie ihre Stimme mit viel Mühe unter Kontrolle halten musste, »ist genau der Grund, warum ich diese Sitzungen hasse wie die Pest.«

Sie schüttelte angewidert den Kopf. »Hier hört keiner dem anderen zu. Alle denken, *sie* hätten die Wahrheit für sich gepachtet und alle paar Wochen gibt es neue Direktiven und faule Kompromisse von diesen Clowns, die völlig an der Realität von uns Kämpfern da draußen vorbei gehen.«

Tim konnte jetzt ganz deutlich Vis ständig vor sich hin köchelnde Wut im Gesicht ihrer Mutter wiedererkennen. Diesen Zug schienen sie wohl beide gleichermaßen in sich zu tragen.

»Da draußen zählt nur eins«, sagte sie. »Erledige die Mistkerle und hol dir die Beute. Da fragt niemand, ob die jetzt russisch oder italienisch sprechen. Wir brauchen das Zeug zum Überleben und wir nehmen es uns. Ende der Geschichte.«

Tim verstand das immer noch nicht. »Aber warum stellt ihr hier denn nicht selbst die Sachen her, die ihr braucht? Kann doch nicht so schwer sein, oder? Ich meine… den Essens-Schleim macht ihr doch auch selbst.«

»Klar«, meinte Vis Mutter und inzwischen musste sie wirklich schon fast schreien, um den Tumult um sie herum zu übertönen. »Natürlich haben wir auch ein paar Produktionsstätten und Maschinen, um zum Beispiel unser Essen, die Bildschirme und Waffen herzustellen. Aber woher sollen denn die Rohstoffe kommen? Hmm? Wer liefert uns die Micro-Chips, das Plastik und das Metall, das wir für all die schönen Dinge hier brauchen? Wir sitzen doch hier unten *fest!* Nur was wir uns stehlen, können wir verarbeiten!«

Das leuchtete Tim ein, auch wenn in ihm weiterhin alles dagegen protestierte, dass sich hier eine ganze Gesellschaft anscheinend nur mit Diebstahl über Wasser halten konnte. Er überlegte gerade an seinem nächsten *'ja, aber'*, als das allgemeine Durcheinander von mehreren Donnerschlägen zunächst übertönt und kurz darauf zum Schweigen gebracht wurde.

Der Vorsitzende hatte mit seinem kleinen Hämmerchen auf den Tisch geschlagen und sein extrem laut verstärkendes Tischmikrofon direkt danebengehalten. Das resultierende Geräusch war so ohrenbetäubend, dass die meisten Anwesenden sich unwillkürlich die Hände auf ihre Ohren pressten.

Als der letzte Paukenschlag verklungen war und sich Stille über die Runde legte, richtete sich der Vorsitzende zu seiner vollen Größe auf. Das war jetzt keine wirklich gigantische Größe, fand Tim, eher so aufrecht sitzender Zwergpudel-Größe, aber immerhin: er war jetzt stehend doch ein klein wenig größer als sitzend. Und was ihm an äußerlicher Größe fehlte, schien er mit innerer Stärke wettzumachen, da ihn nun wirklich jeder hier im Saal erwartungsvoll anblickte.

»Meine lieben Kollegen«, sagte er im vorwurfsvollen Ton eines Kindergärtners, der einem besonders unbelehrbaren Kevin gerade zum fünften Mal beibringen muss, dass er dem Justin nicht immer mit dem Töpfchen auf den Kopf hauen soll. »Wir alle wissen doch, dass wir in diesem heiklen Punkt durchaus sehr unterschiedliche Meinungen vertreten«

E ließ seinen Blick über die versammelten Anwesenden schweifen. »Und die sehr angeregte Diskussionen in der letzten Sitzung…«, er stockte, »…und in der Sitzung *davor*…und wenn wir mal ehrlich sind auch in fast jeder Sitzung *davor*…«

Ein tiefer Atemzug.

»... haben doch in aller Deutlichkeit gezeigt, dass wir hier auch in absehbarer Zeit keinen gemeinsamen Konsens finden werden.«

Die Kameradrohnen, die zuvor wild durch die rufende und artikulierende Menge von Generälen gesurrt waren, schwebten nun alle wieder in Richtung des Vorsitzenden. Das Spektakel war vorüber und die Aufmerksamkeit bündelte sich wieder auf den kleinen Mann am großen Rednerpult, was dem ganz offensichtlich sehr recht war.

»Hatten wir uns nicht geeinigt«, fuhr er in ruhigem Ton fort, »dass wir die fruchtlose Diskussion darüber, *wer* genau hinter all dem steckt hintenanstellen und uns lieber um die Frage kümmern wollten, *wie* wir unser tägliches *Überleben* sichern wollen?«

Zustimmendes Gemurmel. Viele schauten betreten zu Boden. Tim schätzte, dass diese Ansprache hier nicht zum ersten Mal erfolgte.

»Und außerdem…«, sagte der Vorsitzende mit überheblichem Grinsen, »waren wir doch gerade dabei, etwas überaus Interessantes über die *wahre* Macht hinter unseren lieben Roboterfreunden zu erfahren. Hattest du uns schon verraten, wie die künstliche Intelligenz hieß, die uns da den Krieg erklärt hat? Skynet vielleicht? Oder doch eher Agent Smith?«

Erleichtertes Lachen. Die Offiziere und Majore hier waren anscheinend froh, dass nun wieder Vi das Ziel des Spottes war, und die Reporter schrieben auf ihren Tabs das überaus witzige Zitat des Vorsitzenden auf. Das würde sich sicher gut in ihren Leitartikeln machen. Das kleine Gerangel unter den Generälen war augenblicklich wieder vergessen. So uneins sie sich sonst anscheinend waren, in ihrer Ablehnung von Vis Idee hatten sie doch alle einen gemeinsamen Nenner gefunden. Tim ärgerte das. Und er war keiner von der Sorte, die sich leise ärgerte.

Er sprang auf und rief: »Warum lassen Sie Vi ihre Theorie nicht wenigstens mal erklären?« Und als er bemerkte, wie sich nun alle Augen auf ihn richten und die Kameras der Drohnen begannen, auf ihn zu schwenken, setzte er angriffslustig hinzu: »So viel abwegiger als ihre muslimische Russen-Mafia kann Vis Idee doch wohl auch nicht sein, oder?«

Damit hatte er anscheinend in ein Wespennest gestochen. Wütende Blicke wurden ihm aus mindestens zehn verschiedenen Augenpaaren entgegengeschleudert, und er rechnete bereits mit einem erneut aufbrausenden Stimmengewirr.

Doch der Vorsitzende erstickte jede Diskussion im Keim, indem er ruhig, aber sehr bestimmt sagte: »Mein lieber junger Freund. All die verschiedenen Meinungen, die du gerade gehört hast, sind nicht etwa aus der Luft gegriffen. Sie basieren auf Fakten, Geheimdienstberichten und intensiven Recherchen.«

Er sprach schon wieder nur für die Kameras, das konnte Tim an seinem oberlehrerhaften Ton erkennen. Das hier war zwar an ihn gerichtet, aber die wahren Empfänger saßen zuhause vor ihrem Bildschirmen.

»Im Gegensatz zu diesen fundierten Informationen meiner sehr geschätzten Kollegen hat Fräulein Viola uns alleine im letzten Monat schon die Geschichte von den gefährlichen außerirdischen Invasoren erzählt, die die Roboter steuern um die Erde für den Einzug der Marsmännchen vorzubereiten, dann kam gestern das ebenfalls interessante und überaus unterhaltsame Märchen vom allmächtigen Gott dazu, der seine Schöpfung retten will, indem er eine Mauer um seine Lieblingsmenschen herum baut, und *heute* sind es nun auf einmal selbstdenkende Roboter, die von einer künstlichen Superintelligenz gesteuert werden.«

Er legte den Kopf schief und blickte direkt in die Kamera der Drohne die ihm am nächsten war. »Und von den Echsenmenschen letztes Jahr wollen wir mal lieber gar nicht erst anfangen, oder?«

Lautes, pflichtschuldiges Lachen von den Generälen, die direkt neben dem Vorsitzenden saßen. Leises Klicken von Tastaturen, als die Reporter auch diese Story voller Eifer in ihre Geräte tippten.

Der Vorsitzende legte den Kopf jetzt in die andere Richtung schief und sah Tim herausfordernd an.

»Verstehst du, warum wir neuen Ideen deiner Freundin hier alle ein klein wenig kritisch gegenüberstehen?«

Tim nickte stumm und setzte sich wieder auf seinen Platz. »Das mit Gott habe *ich* übrigens gesagt. Nicht Vi«, murmelte er, doch ihm war klar, dass er geschlagen war. Diese Leute hier würden weder ihm noch Vi irgendetwas abnehmen. Und auch ihr plötzlicher Ruhm als *'Das Mädchen, das siegte!'* wäre nach der Sache hier vermutlich schon wieder schnell vergessen.

»Wenn wir dann jetzt bitte wieder zur Tagesordnung übergehen könnten«, sagte der Vorsitzende und hob den großen Stapel Anträge hoch, der vor ihm lag. »Wir haben hier siebenundzwanzig Eilanträge abzuarbeiten. Und dann müssen wir auch noch über das Strafmaß abstimmen und…«

Die anwesenden Reporter packten ihre Sachen zusammen und riefen ihre umherschwirrenden Drohnen zu sich. Der spannende Teil der Sitzung schien gelaufen zu sein.

»Eine schreckliche Zeitverschwendung ist das!«, rief der weißhaarige General von vorhin und erntete dafür zustimmendes Gemurmel aus den Reihen der anderen Militär-Typen. »Wir haben doch wohl wirklich Wichtigeres zu tun als uns hier mit den Hirngespinsten dieser Göre herumzuschlagen?«

Lauteres Gemurmel. Viele nickende Köpfe. Einige 'Jawoll' und 'Genau so ist es' Zwischenrufer.

Tim blickte sich verstohlen nach Vis Mutter um. Oh ja. Genau wie erwartet. Erste tektonische Beben messbar. Ausbruch unmittelbar bevorstehend. Alle in Deckung.

Die Zornesfalte in der Mitte ihrer Stirn war wieder deutlich hervorgetreten und ihr Kopf knallrot angelaufen. Tim sah, wie sie Luft holte um diesen Knallköpfen, die da über *ihre* Tochter herzogen, mal gehörig die Meinung zu sagen.

Doch die Stimme, die dann ertönte, war nicht die von Vis Mutter sondern Michaels lauter Bariton. Er war aufgesprungen, hatte sich sogar auf seinen Stuhl gestellt und funkelte die Umstehenden mit durchdringendem Blick an.

»Ihr *alle*...«, rief er und das Beben in seiner Stimme erkannte Tim sofort als ein Zeichen, dass er ebenfalls kurz vorm Explodieren stand, »... ihr habt doch *keine Ahnung* davon, worum es hier wirklich geht!«

Das Gemurmel und die Zwischenrufe verstummten und alle Augen richteten sich auf Michael. Einige der Reporter, die schon am Gehen gewesen waren, wandten sich noch einmal um. Vielleicht war hier ja doch noch eine Story für sie zu holen?

»*Ich* war mein Leben lang ein Gefangener, ohne es zu wissen. *Ich* wurde von diesen verdammten Amerikaner-Russen-Robotern oder wer auch immer dahinterstecken mag, in einer Scheinwelt eingesperrt, mit Würmern gefüttert und Tag für Tag belogen. Und ich verdanke meine Freiheit einzig und allein dieser 'Göre' und ihren Hirngespinsten, über die *ihr* euch hier so gerne lustig macht.«

Er zeigte mit ausgestrecktem Arm auf Vi, die jetzt, wo sie nicht mehr von allen beschimpft, sondern plötzlich von Michael derart mit Lob überschüttet wurde, ihren Standard-Sturkopf Gesichtsausdruck gegen ein überraschtes Staunen eingetauscht hatte.

»*Sie* hat geschafft, was *Ihnen* mit all ihren Geheimdienstberichten und all Ihrer perfekten Ausbildung und all ihrer Superausrüstung nicht gelungen ist. *Ihr* verdanke ich meine Freiheit und nicht *Ihnen!* Und aus diesem Grund *verlange* ich, dass Sie ihr mit dem nötigen Respekt, wenn nicht sogar Dankbarkeit begegnen!«

Er stampfte mit dem Fuß auf woraufhin sein Stuhl bedrohlich hin und her wackelte. Tim hielt unauffällig die Lehne fest, damit sein Freund nicht im dramatischsten Augenblick seiner großen Rede von seinem improvisierten Rednerpult plumpste.

»Verdammt noch mal, warum lasst ihr sie nicht einfach das tun, worin sie wirklich gut ist? Sie *will* doch für euch in die Schlacht ziehen. Sie hat unglaublich was drauf, ist eine Wahnsinns-Hackerin und kann kämpfen wie eine Furie! Genau so jemanden müsstet ihr doch da draußen gut gebrauchen können oder etwa nicht?«

Guter Punkt, fand Tim. Damit müssten doch eigentlich alle glücklich sein. Für Vi wäre es die perfekte Gelegenheit, sich in der Schlacht gegen den Feind auszutoben, die Kämpfer da draußen an der Front bekämen mit ihr eine Hammer-Kriegerin dazu und die wichtigen Leute hier im superwichtigen Entscheidungsgremium bräuchten sich nicht mehr mit Vis Sturköpfigkeit herumzuschlagen. Voll die Win-Win-Win Situation.

Die Idee schien auch bei den Reportern sehr gut anzukommen. Die Drohnen, die längst sie längst schon wieder losgelassen hatten, um gute Bilder von Michaels Ausbruch einfangen zu können surrten nun wieder auf den Vorsitzenden zu.

Aber der schüttelte nur seinen Kopf. Er vollführte eine winzige Bewegung mit dem Zeigefinger, woraufhin sich die gesamte Rückwand des Raumes in einen riesigen Bildschirm verwandelte. Darauf zu sehen waren verwackelte Aufnahmen von Kampfrobotern, die durch die Gassen einer kleinen Siedlung zogen und nur Tod und Vernichtung hinter sich zurückließen.

»*Das hier* würde passieren, wenn wir jedes schießwütige *Kind* mit in die Schlacht ziehen lassen würden.«

Das Bild wechselte, das Geschehen aber blieb das Gleiche. Hier sah man wild feuernde Kampfroboter durch die engen Straßen einer großen Stadt ziehen. Kurz waren bei dieser Aufnahme auch menschliche Soldaten zu sehen, doch schon nach Sekunden verwandelten sie sich in die ausgegrauten Schemen, die Tim aus dem furchtbaren Ballerspiel-Sportunterricht kannte. Gegen die Kampfmaschinen hatten sie nicht den Hauch einer Chance.

»Solche Szenen erreichen uns täglich aus aller Welt«, sagte der Vorsitzende und schaltete mit einer zackigen Geste den Bildschirm wieder ab. »Nur aufgrund der guten Tarnung unserer Siedlung und aufgrund unserer strikten Nicht-Angriffs-Taktik konnten wir so lange direkt neben der Basis des Feindes überstehen. Das werden wir garantiert nicht alles aufs Spiel setzen, damit ein übermütiges Mädchen ihre Träume vom *Sieg über die Maschinen* ausleben kann.«

Michael nickte stumm. Das schien ihm einzuleuchten, auch wenn es ihm überhaupt nicht schmeckte. Der Vorsitzende nahm das mit einem wohlwollenden kleinen Lächeln zur Kenntnis.

»Jemanden wie *dich* hingegen könnten wir dort draußen gut gebrauchen.«, sagte er. »Jemanden, der weiß, wie man kämpft und der den Feind und all seine Tricks genau kennt. Jemanden der weiß, *wofür* er in die Schlacht zieht.«

Tim bemerkte wie bei den letzten Worten des Vorsitzenden die Reporter, die schon drauf und dran gewesen waren, den Saal zu verlassen noch einmal interessiert aufhorchten. Mehrere von ihnen blieben stehen und einige zückten sogar bereits wieder ihre kleinen Kameras. *Das hier* schien wohl doch noch interessant genug für eine weitere Schlagzeile zu werden.

Michael sah seine Chance und wagte sofort einen weiteren Vorstoß: »Dann nehmen Sie halt *mich!*«, rief er und wandte dabei sein Gesicht in Richtung der Reporter, die diese Steilvorlage sofort dankbar aufnahmen und sofort begannen, ein wahres Blitzlichtgewitter auf Michael abzuschießen. »Wie Sie schon sagten: Ich bin der Schlüssel zum Erfolg all ihrer Operationen. Ich kenne den Feind von innen heraus, habe mein Leben lang unter ihm gelitten und kenne all seine Geheimnisse. Die besten Angriffsziele? Die größte mögliche Beute? Kann ich alles für sie finden. Lassen sie mich den 'Beute-Spürhund' für sie spielen.«

Zustimmendes Gemurmel von den Generälen. Diese Idee schien ihnen allen wesentlich besser zuzusagen. Den Reportern jedenfalls gefiel sie ganz hundertprozentig, so schnell wie sie jetzt auf ihren kleinen tragbaren Bildschirmen und Notizblöcken herumkritzelten. Selbst der Vorsitzende legte mit neu erwachtem Interesse seinen Kopf schräg, als würde er gerade intensiv über eine komplizierte Rechenaufgabe nachdenken.

Michael ließ sie alle noch ein klein wenig länger zappeln. Kostete den Moment voll aus. Dann sagte er: »Aber *mich* bekommen Sie halt nur zusammen mit *ihr*.«

Ein kleines Grinsen breitete sich in seinem Gesicht aus. »Alles oder nichts«, sagte er. »Wenn Sie den 'Spürhund' wollen, müssen sie auch die 'Hackerin' nehmen.«

Tim war nicht ganz sicher, ob er seinen Freund nun für seine Kühnheit bewundern oder lieber doch seine Stirn fühlen sollte, um zu prüfen, ob er nicht im Fieberwahn sprach. Diese Idee klang so ganz und gar nicht nach dem überzeugten Pazifisten, den Tim sein Leben lang gekannt hatte. Und von was für Geheimnissen redete der da eigentlich? Außer dem Geheimnis, dass Gott in Wirklichkeit Extrem-Hochhaus-Gärtner war und sehr leckere Salami aus sehr ekeligen Krabbelkäfern herstellen konnte, wussten sie beide doch so gut wie nichts über ihn. Zumindest nichts, was für diese Militär-Typen hier interessant sein könnte. Beute-Spürhund... So´n Quatsch!

Und auch die Generäle, die eben noch so offen gegenüber Michaels Vorschlag gewesen waren, schienen nun mit einem Schlag jegliches Interesse daran verloren zu haben. Tim blickte in die versteinerten Gesichter der alten Männer. Einige schüttelten stumm den Kopf. Andere schnaubten, angesichts der Ungeheuerlichkeit dieses Vorschlags. Nein, wirklich niemand von denen wollte Vi auch nur in der Nähe seiner Einheit haben. Nicht mal, wenn ihnen dafür der verlockende 'Beutespürhund' geboten wurde.

Der Vorsitzende schaute noch eine Weile lang fragend in die Runde und wartete auf Antworten seiner

Kollegen. Doch von den versammelten Generälen schlug ihm nur eisiges Schweigen entgegen.

Beschämt und etwas wackelig auf den Beinen stieg Michael von seinem Stuhl herab. Sein großer Augenblick war vorbei und er bemühte sich, jetzt wenigstens halbwegs das Gesicht zu wahren.

Der Vorsitzende wartete, bis Michael sich gesetzt hatte und wandte sich dann seufzend wieder dem großen Papierstapel zu, der vor ihm auf dem Schreibtisch lag.

»Dann kommen wir also nun zu Tagesordnungspunkt eins auf der heutigen Tagesordnung«, sagte er im schnarrenden Tonfall eines gelangweilten Beamten. »Diskussion und Abstimmung über die Sicherheitsverwahrung von Viola Rebecca Marlin aufgrund wiederholter Verstöße gegen die Sicherheitsauflagen der Siedlung. Zu diesem Punkt liegen uns hier mehrere Anträge vor, die wir …«

»*Ich* mache es.«

Die Stimme von Vis Mutter war leise. Trotzdem war sie über dem monotonen Tonfall des Vorsitzenden und dem Schweigen der Generäle so deutlich zu hören, wie das Zirpen einer einzelnen Grille im Dunkel der Nacht.

»Ich übernehme die Ausbildung dieser neuen 'Spürhund-Staffel'. «

Aufgeregtes Gemurmel. Erneutes Blitzlichtgewitter. Und ein offenstehender Mund von Vi, die ihre Mutter anblickte, als wären ihr gerade zwei Antennen aus dem Kopf gewachsen.

Tim drehte sich zu Vis Mutter um und erkannte sofort, dass ihr Entschluss feststand, ganz egal, was ihr noch für Hindernisse in den Weg geworfen werden würden.

Das schien auch der Vorsitzende zu spüren, wollte sich aber ganz offensichtlich von der Entschlossenheit dieser Frau nicht einschüchtern lassen.

Er wartete, bis sich der Tumult ein wenig gelegt hatte und sagte dann mit seinem typischen überheblichen Lächeln: »Aber Frau Oberstmajor Marlin.... Bei allem Verständnis für ihr berechtigtes Interesse am Werdegang ihrer Tochter... Wir alle wissen doch wohl, dass wir es uns unter keinen Umständen erlauben können, ausgerechnet *ihre* Einheit aufzulösen.«

Er blickte in die Runde und erntete viel zustimmendes Gemurmel.

»Ihre Verdienste in allen Ehren - und ich denke, ich spreche hier für jeden Einzelnen von uns, wenn ich sage, dass sie mit ihrer Truppe wirklich Außergewöhnliches geleistet haben... »

Tim sah viele der Uniformträger zustimmend nicken.

»... aber gerade aus diesem Grund sind wir doch umso mehr auf die regelmäßigen Lieferungen angewiesen, die *Sie* mit Ihrer Mannschaft erbeuten. Wie sollten wir denn ohne die legendäre Phönix Staffel...«

»Die Phönix Staffel ist auf meine Führung längst nicht mehr angewiesen«, unterbrach Frau Marlin den Vorsitzenden schroff. »Jens Peters ist mit den Abläufen unserer Raids bestens vertraut. Er ist ein hervorragender Offiziersanwärter und schon längst für eine Beförderung vorgesehen. Er könnte die Staffel jederzeit übernehmen«, fuhr sie in kaltem militärischem Ton fort.

»Richtig, Fähnrich Peters?«, rief sie, ohne den Blick von dem Vorsitzenden zu nehmen

»Jawohl, Frau Oberstmajor!«, kam die Antwort wie aus der Pistole geschossen von einem durchtrainiert aussehendem dunkelhaarigen Muskelpaket, das in der letzten Reihe gestanden hatte. Seine Uniform war noch nicht derart mit Auszeichnungen behängt wie die der älteren Offiziere hier, aber so wie der aussah, war es nur noch eine Frage der Zeit, bis sie auch aus ihm einen hübschen Weihnachtsbaum machten.

»Der Phönix ist jederzeit bereit, zuzuschlagen!«, bellte er jetzt noch hinterher. Wie ein braver kleiner Dackel, der sein Frauchen glücklich machen will, dachte Tim und musste grinsen.

Der Vorsitzende rieb sich unentschlossen das Kinn. Vermutlich hätte er sich gerne durch einen weisen langen Bart gestrichen, aber den hatte er ja nun mal leider nicht. Also musste wohl oder übel das stoppelige Kinn reichen.

Inzwischen umschwirrten ihn wieder mehrere der winzig kleinen Kameradrohnen. Die Reporter hingen jetzt an jedem Wort, das gesagt wurde. Vermutlich gingen die Bilder hier direkt live raus an alle Bildschirme der Siedlung. Tim malte sich aus, wie unter einer Nahaufnahme des Vorsitzenden eine Laufschrift den Zuschauern in riesigen roten Buchstaben entgegenschrie: *'KOMMT JETZT DIE NEUE SPÜRHUND-STAFFEL?'*

»Hmmm...hmmm«, machte er. »Interessanter Vorschlag. Ein neues Team. Aufgebaut von unserer besten Taktikerin. Unterstützt von einem Insider und flankiert von einer kleinen Wahnsinnigen...Hmmm, hmmm...hmmmm interessant...«

»Ich bräuchte natürlich für den Aufbau des Teams noch ein paar weitere Auszubildende«, merkte Vis Mutter an. »Ich habe da schon einige sehr vielversprechende Rekruten aus Vis Klasse im Auge, die sicher gerne bereit wären, sich uns anzuschließen.«

Das brachte ihr einen kritischen Blick und eine hochgezogene Augenbraue ihrer Tochter ein.

Lustigerweise stellte der Herr Vorsitzende beinahe exakt denselben leicht kritisch überraschten Ausdruck zur Schau. Bis hin zur fragend hochgezogenen Augenbraue.

»So so. Meinen Sie?«, fragte er. »Nun ja. Das bleibt abzuwarten. Das Mindestalter für den aktiven Dienst würden sie ja schon erfüllen. Aber dabei fällt mir ein...«

Sein Blick glitt durch die Reihen, bis er an Michael hängen blieb und ihn kritisch musterte.

»Wie alt bist *du* eigentlich? Da wir über dich keinerlei Aufzeichnungen haben, wäre es sehr wichtig, dass wir hier keinen formalen Fehler begehen.«

Michael war wieder aufgestanden. Tim konnte förmlich spüren, wie sein Freund von Vis Blicken und denen ihrer Mutter durchbohrt wurde. Die ehrliche Antwort »vierzehn« schien hier schon mal auszuscheiden. Zum Glück war er ja so ein Riese, dass man ihm eigentlich so gut wie jedes erflunkerte Alter abnehmen würde.

»Ich bin gerade fünf... au..., äh ... sechzehn geworden«

Tim hatte es nur aus den Augenwinkeln gesehen und es war auch wirklich unauffällig gewesen. Aber das war doch eindeutig die Fußspitze von Vis Mutter, die da von hinten gegen Michaels Bein getreten hatte, oder?

Der Vorsitzende schien nichts bemerkt zu haben und spielte gedankenverloren mit einem Kugelschreiber herum.

Dann, ohne dass es eine Abstimmung gegeben oder auch nur irgendjemand ein weiteres Wort gesagt hätte, fällte er seine Entscheidung.

Mit einer ausladenden Armbewegung wischte er den großen Stapel Anträge, Verfahrensfragen und Formulare von seinem Schreibtisch in einen darunter stehenden Mülleimer.

»Die Sitzung ist beendet«, verkündete er laut. »Auf ein Wort Frau Oberstmajorin?«

Vis Mutter nickte knapp und während um sie herum die ganzen wichtigen Militärmenschen aus dem Raum strömten, wartete sie mit undurchschaubarer Miene auf den Vorsitzenden. Erst als sich der Saal komplett geleert hatte, und auch die letzten hartnäckigen Drohnen, die sie beide noch umschwirrt hatten, zu ihren Herrchen zurückgeflogen waren, erhob er sich und ging auf sie zu.

»Gehen wir doch ein Stück des Weges gemeinsam«, schlug er vor und hakte sich auf unangenehm vertrauliche Weise bei Vis Mutter ein.

Das brachte Vi natürlich sofort wieder richtig auf die Palme. Aber Michael - ausgerechnet Michael, den doch sonst alleine schon die reine Anwesenheit eines weiblichen Wesens komplett aus dem Tritt brachte - legte ihr eine Hand auf die Schulter und flüsterte ihr etwas in ihr Ohr. Und entgegen allen Erwartungen hatte das tatsächlich eine beruhigende Wirkung auf Vi. Keine Explosion, kein Handwegschlagen, nicht mal ein geflüsterter unanständiger Fluch. Wow. Und da soll man nicht an Zeichen und Wunder glauben.

Richtig gut verstehen, was die Erwachsenen da vorne miteinander betuschelten, konnte Tim zwar nicht, aber soweit er es mitbekam, ging es ohnehin nur um militärischen Krimskrams, der ihn nicht besonders interessierte. Transportfahrzeuge, Truppenstärke, Einsatzziele, Ausrüstung… bla bla bla.

Während Vi und Michael ganz offensichtlich mit großem Interesse an jedem Wort der beiden Erwachsenen hingen, betrachtete Tim lieber die Hauseingänge links und rechts, die selbst hier unten im ehemaligen Parkhaus dicht an dicht lagen. Besonderen Wert auf Kreativität hatten die Leute hier bei der Wohnraumgestaltung allerdings nicht gelegt. Alle paar Meter fand sich eine neue Eingangstür, teils mit Namensplaketten oder kleinen Schildchen verziert aber ansonsten fast hundertprozentig identisch mit den Türen rechts oder links daneben. Als die Menschen damals das Parkhaus zu einer unterirdischen Wohnstatt umbauten, hatte die Priorität vermutlich darin gelegen, hier auf beengtem Raum möglichst viele Leute unterzukriegen.

Und das war ihnen auch äußerst gut gelungen, dachte Tim, während er mit den anderen eine stillgelegte Rolltreppe in die nächste Etage emporstieg und zurückblickte auf die vielen, vielen kleinen Parkbuchten und Abzweigungen, die jetzt jede einzelne zu winzigen Wohnungen umfunktioniert worden waren.

In der oberen Etage sahen die Eingänge der Häuser ein klein wenig interessanter aus. An vielen Stellen prangten noch die großen Buchstaben der Geschäfte, die hier vor wer weiß wie langer Zeit einmal eine Einkaufspassage gebildet hatten. Aber auch hier war wieder jeder Quadratzentimeter Platz ausgenutzt worden. Dort eine kleine Singlewohnung in einem ehemaligen Bäckerladen, da drüben, unter den Überresten eines verblichenen Bankenlogos fanden sich zwei verschiedenfarbige Eingangstüren und hinter den verhängten Schaufenstern des großen H&M Ladens hatten anscheinend gleich fünf Familien Platz gefunden.

Interessant, wie die alten Logos, diese Überreste einer längst vergangenen Zeit, noch immer gut erkennbar waren. Tim stellte sich vor, wie die Menschen, die hier wohnten, immer sonntags vor ihre Türen gingen, um das leuchtend rote H&M Zeichen oder die schon leicht verbogenen Doppelbögen des McDonalds Restaurants nebenan zu polieren, bis sie nur so glänzten. Und alles nur, um sich ein klitzekleines bisschen von den hunderten anderer Wohnungen rings um sie herum abzugrenzen.

Tim musste grinsen. Der unglaublich wichtige Vorsitzende blieb tatsächlich direkt vor dem McDonalds Restaurant stehen. Das wäre ja so witzig, wenn er ausgerechnet dort wohnen würde. Ronald McDonald, der große und mächtige Vorsitzenden-Clown.

Aber nein, schade, er wandte sich zu der Tür direkt links neben dem Gebäude. Und er sah momentan auch nicht wirklich so aus, als sei er zu kleinen Späßchen aufgelegt. Jetzt, wo Tim ihm wieder seine volle Aufmerksamkeit widmete, fand er, dass der Vorsitzende sogar ziemlich stinksauer aussah. Und auch das ruhige Gemurmel zwischen ihm und Vis Mutter war in den letzten Minuten immer lauter und unfreundlicher geworden. Jetzt schienen die beiden kurz davor, aufeinander loszugehen.

»Frau Oberstmajorin Marlin, ich werde diese Diskussion jetzt beenden«, sagte er, während er den Schlüssel im Türschloss drehte. »Ich denke, ich habe mehr als deutlich gemacht, dass das Bestehen dieser neuen Einheit maßgeblich vom Erfolg unseres neuen 'Spürhundes' abhängt. Sie müssen doch einsehen, wie aufbauend es für die Moral der gesamten Siedlung wäre, wenn diese neue Truppe gleich schon bei ihren ersten Einsätzen mit großer Beute zurückkehren würde. Die Medien würden sich die Finger lecken, nach einer solchen Story und die Einschaltquoten würden durch die Decke gehen!«

Dann warf er einen zweifelnden Blick auf Michael. »Vorausgesetzt natürlich, dass sich seine Behauptungen von 'geheimen Informationen' und 'Insiderwissen' überhaupt bewahrheiten. Sollte dies *nicht* der Fall sein, werde ich dieses Experiment selbstverständlich auf der Stelle beenden. Und was das für ihre liebe Frau Tochter bedeuten würde, brauche ich Ihnen gegenüber ja sicher nicht genauer auszuführen, Frau Oberstmajorin.«

Mit diesen Worten wandte er sich zum Gehen, doch Vis Mutter war schneller. Mit ausgestrecktem Arm stieß sie die Tür, durch die er gerade gehen wollte, wieder zu.

»*Niemand*«, sagte sie und ihre Stimme bebte vor Wut, »bedroht meine Familie!«

Sie war mit einem Schritt bedrohlich nahe an den Vorsitzenden herangetreten und hielt ihn einen Augenblick lang mit ihrem Laserstrahlen-Blick gefangen. Als sie dann wieder sprach, war ihre Stimme kalt wie Eis.

»Wenn Sie glauben, dass sie mich mit ihren kleinen Spielchen einschüchtern können, dann haben sie ganz eindeutig vergessen, mit *wem* sie sich hier anlegen, kleiner Mann!«

Dem Vorsitzenden, war die körperliche Nähe von Vis Mutter ganz offensichtlich extrem unangenehm. Er wich einen Schritt zurück und stand nun mit dem Rücken direkt an seiner Haustür. Trotzdem schaffte er es, dabei noch eine halbwegs würdevolle Miene zur Schau zu stellen.

»Aber, aber, werte Kollegin«, sagte er. »Wir wollen doch alle nicht vergessen, wo unser Platz ist, nicht wahr?«

Mann, hatte der Nerven. Tim war überhaupt nicht sicher, ob den Vorsitzenden nicht im nächsten Moment ein linker und rechter Haken von dieser aufgebrachten Furie erwartete, die gut zwei Köpfe größer war als er und die ihn mit Feuer in den Augen anfunkelte.

Aber genau das Gegenteil war der Fall. Vis Mutter machte ebenfalls einen kleinen Schritt zurück, strich ihre Uniform glatt und der Hauch eines Lächelns umspielte ihre Mundwinkel. Jetzt nicht unbedingt ein richtig freundliches Lächeln, fand Tim. Eher so etwas in Richtung 'Haifisch-Lächeln'. Aber immerhin.

»Oh nein, Herr Vorsitzender«, sagte das Haifischlächeln. »Wir wollen alle nicht unseren Platz vergessen. Ihr Platz ist hinter der Richterbank im Plenarsaal. Oder auf dem Sofa, vor dem Bildschirm. Oder auch vor den Pressefuzzis mit ihren albernen Schlagzeilen und Einschaltquoten.

Aber *mein* Platz ist da draußen in der *wirklichen Welt*.

Da, wo uns die Kugeln um die Ohren fliegen und wo wir Tag für Tag um unser *und ihr* Überleben kämpfen.

Und da draußen treffe *ich* die Entscheidungen.

Ich wähle das Schlachtfeld und *ich* trage die Verantwortung.«

Sie beugte sich noch einmal nach vorne, bis ihr Mund ganz dicht vor der Stirn des Vorsitzenden schwebte.

»Und ganz bestimmt werde ich diese Kinder *nicht* bei ihrem allerersten Einsatz auf eine Himmelfahrtsmission schicken, nur damit *Sie* sich am Erfolg oder Misserfolg ihres neuen 'Beute-Spürhundes' ergötzen und sich über steigende Einschaltquoten freuen können.«

Als hätte jemand einen geheimen Aus-Schalter in ihrem Gesicht betätigt, erlosch das grausame Lächeln und was übrig blieb war reine Verachtung für den Vorsitzenden.

»Sie bekommen schon noch ihre 'Spürhund-Staffel'«, sagte sie. »Aber wie ich die Ausbildung gestalte, das ist ganz alleine *meine* Sache. Und unter keinen Umständen werden meine neuen Rekruten gleich bei ihrem ersten richtigen Einsatz einem zwei Meter großen, vollbewaffneten Kampfroboter gegenüberstehen!«

KAPITEL 10: AUFSTIEG DER KI

EVERY BREATH YOU TAKE, EVERY MOVE YOU MAKE
EVERY BOND YOU BREAK, EVERY STEP YOU TAKE
I'LL BE WATCHING YOU
THE POLICE – 1983

Tim stand einem zwei Meter großen, vollbewaffneten Kampfroboter gegenüber. Und sein kleiner Körper bebte vor Wut.

Die rotglühenden Augen des riesenhaften, todbringenden Ungeheuers schienen ihn durchbohren zu wollen, aber Tims eigene Augen konnten es im Glühen und Blitzeschleudern locker mit denen des Roboters aufnehmen.

Er war ja an sich einer der friedfertigsten Menschen, die er kannte, aber wenn dieses blöde Mistding jetzt nicht augenblicklich machte, was es sollte, dann würde er es eigenhändig mit einem Kreuzschlitzschraubenzieher in alle seine Einzelteile zerlegen und dann als Kaffeemaschine wieder zusammensetzen!

»Ich frage dich jetzt nur noch ein einziges Mal«, keuchte er und man konnte seiner Stimme anhören, wie schwer es ihm fiel, noch halbwegs beherrscht und in ganzen Sätzen zu sprechen. »Und ich rate dir, *diesmal*, nur dieses eine Mal mit einer vernünftigen Antwort herausrücken.«

Der Roboter sagte nichts. Stand nur weiter gigantisch und bedrohlich vor Tim, unter seinen Füßen die zerborstenen Überreste menschlicher Totenschädel, hinter ihm die teils noch brennenden Ruinen einer zerstörten Stadt.

Vi übertrieb es mal wieder total mit ihrem Hang zur Dramatik, fand Tim. Okay, okay, er war ja selbst schuld gewesen. Schließlich hatte er sie darum gebeten, den albernen Marvinroboter zu ersetzen. Aber dass sie ihm hier deswegen gleich diesen 'ich-werde-euch-alle-vernichten-Super-Killer-Roboter' vorsetzte, mit chromblitzenden Metallkörper und Waffen an allen möglichen und unmöglichen Stellen seines Körpers, das war mal wieder typisch Vi.

Und schlauer hatte sie das blöde Teil dabei leider kein bisschen gemacht.

»Kannst du mir *irgendwas* über Gott sagen? Oder über den Ort, von dem ich herkomme?«, fragte Tim und sprach dabei jedes Wort übertrieben langsam und deutlich aus.

Diesmal dauerte es etwas länger, bis der Roboter antwortete und Tim machte sich schon Hoffnungen, dass er endlich mal ein paar vernünftige Antworten aus ihm herausbekommen würde.

Doch dann donnerte der Roboter zum inzwischen zwanzigsten Mal an diesem Abend seinen Lieblingssatz: »DAS SCHEINT NICHT ZU FUNKTIONIEREN«

»BOOOAAA, VI!«, schrie Tim und riss sich die Brille vom Kopf. Er war inzwischen ganz rot angelaufen und man konnte sehen, wie seine Schlagader am Hals pulsierte.

»Dein blödes Programm macht mich *wahnsinnig*! Dieser dämliche Kampftoaster hat ganz offensichtlich das Gehirn einer drei Tage alten Stubenfliege! Der geht ja nicht mal ansatzweise auf die Fragen ein, die ich ihm stelle. Ist da irgendwas an deinem Spiel kaputt gegangen? Oder soll das etwa so sein?«

Vi, die gerade mal wieder vor einem schwarzen Bildschirm mit weißer Schrift saß und irgendwelche komplizierten Textzeilen in ein für niemanden verständliches Programm eintippte, sah irritiert zu ihm herüber. Tim war schon klar, dass sie jetzt eigentlich ganz andere Dinge im Kopf hatte. Aber hey, *sie* hatte ihn gebeten, ihre dämliche Simulation zu testen. Da musste sie ja wohl auch damit leben können, ein klein wenig kritisches Feedback zu bekommen.

Vi sah zuerst gar nicht so aus, als würde sie irgendwie auf Tim reagieren. Stattdessen machte sie ein paar ihrer seltsamen Gesten vor dem Bildschirm, woraufhin der ihr etwas Anderes anzeigte. Also, vermutlich etwas Anderes. Für Tim sahen diese kryptischen weißen Zeilen auf schwarzem Grund alle total gleich aus, egal welche Wedelbewegungen Vi vor dem Bildschirm vollführte. Sie studierte das, was ihr da jetzt angezeigt wurde und versank wieder in brütendes Schweigen.

Als Tim seine Frage schon wiederholen wollte, sagte sie: »Nein, kaputt ist da nichts. Scheint alles innerhalb normaler Parameter zu funktionieren.«

»Was sollen das denn für blöde Parameter sein?«, regte sich Tim auf. »Ich hab dem dämlichen Ding schon ´zig verschiedene Fragen gestellt. Und auf *keine einzige* hab ich auch nur eine halbwegs sinnvolle Antwort bekommen. Nur immer wieder 'Das funktioniert so nicht'... bla bla bla…!«

»Ja. Hab´s gesehen. Hab hier gerade die Protokolldatei mit deinen Fragen offen«, gab Vi zurück. »Und da war tatsächlich nicht eine einzige vernünftig gestellte Frage mit dabei.«

Als Tim nur verständnislos mit den Schultern zuckte, legte sie seufzend ihre Tastatur beiseite und wandte sich ihm ganz zu.

»Pass mal auf«, sagte sie in ihrer geduldigsten 'Ich erklär das jetzt nochmal für Blöde' Stimme. »Wenn man so eine Simulation programmiert, dann gibt man sinngemäß Folgendes ein:

Erstens: Nimm die Stimme auf, die da gerade mit dir redet.
Zweitens, vergleiche die Worte, die du verstanden hast mit den Fragen, die dir einprogrammiert worden sind und
Drittens: Wenn die Worte zu einer bestimmten einprogrammierten Frage passen, dann gib die einprogrammierte Antwort.«

Tim verstand das Prinzip. »Alles klar. Und immer dann, wenn die Frage *nicht* exakt zu den von dir einprogrammierten Fragen passt«, folgerte er, »kommt die Antwort…«

Und dann sprachen sie es beide gemeinsam: »DAS FUNKTIONIERT SO NICHT.«

Vi lächelte. Ein seltener Anblick, der auch gleich schon wieder verschwand, als Tim sagte: »Naja, so viele Antworten scheinst du ihm dann ja aber nicht einprogrammiert zu haben, oder?«

Für diese Majestätsbeleidigung wurde Tim gleich wieder mit einem von Vis Markenzeichen-vernichtender-Blick gestraft.

»*Hunderte!*«, sagte sie, wie aus der Pistole geschossen. »In stundenlanger Arbeit. Und ganz viele davon sind mit echt coolen Animationen und heftigen visuellen Effekten unterlegt!«

Tim atmete hörbar aus. Er hatte Vi schon mindestens vier Mal gebeten, ihm ihre Idee doch einfach ganz normal zu erklären. Und nicht mit der blöden VR Simulation.

Aber davon wollte die natürlich nichts hören.

»Komm schon«, bettelte sie, jetzt auf einmal wieder ganz lieb und freundlich, »probier es doch bitte nochmal aus. Ich will damit doch die Lamettaträger überzeugen und brauch dich da echt als Testpilot, sonst habe ich bei denen überhaupt keine Chance.«

»Okay, okay«, gab Tim nach. »Ich probier´s noch *ein Mal*...« Er machte sich daran, die Brille wieder aufzusetzen.

»Fang doch am besten mit der Frage an, wer unser Feind genau ist. Das ist doch wohl ganz offensichtlich erstmal das Wichtigste«, hörte er Vis Stimme noch, dann war er schon wieder in der apokalyptischen Welt mit dem begriffsstutzigen Monster-Roboter.

»Aber das Aussehen von diesem Blechhaufen hier änderst du noch, versprochen?«, fragte er über seine Schulter hinweg.

»Großes Indianerehrenwort!«, erklang Vis Stimme hinter ihm, wie aus weiter Ferne.

Tim seufzte.

»Na los, du Klappergestell«, sagte er. »Dann rück mal raus mit deinen schlauen Antworten«, sagte er.

»DAS FUNKTIONIERT SO…«, setzte der Roboter an, doch Tim unterbrach ihn sofort wieder.

»Ja ja…. Tschuldigung… alles zurück…«

Tim wedelte ungeduldig mit der Hand, bis der Roboter seinen Lieblingssatz beendet hatte. Dann stellte er sich direkt vor ihn und fragte: »Wer. Bist. Du?«, wobei er jedes Wort überdeutlich und unnötig laut aussprach.

Der Roboter, zuvor nur eine unbewegliche gigantische Statue, beugte sich mit einer überraschenden Geschmeidigkeit zu Tim herab, bis seine rot leuchtenden Augen ganz dicht vor seinen eigenen waren.

»Also *das*...«, sagte das Ungetüm mit einer plötzlich völlig anders klingenden, ganz sanften und geheimnisvollen Stimme, ». .das ist mal eine richtig gute Frage.«

Tim konnte sich ein Grinsen nicht verkneifen, während der Roboter zu einem längeren Monolog ansetzte. Er hörte sehr deutlich Vis überheblichen Tonfall aus dem heraus, was sie dem Teil hier in seinen Sprachprozessor gelegt hatte.

»*Hier* kennt man mich nur als *den Feind*«, donnerte der Roboter. »Und hinter der Mauer nennen sie mich *Gott.*«

Über dem Roboter erschien ein kleines, leuchtendes Heiligenbild von Gott, wie er gerade mit ausgestrecktem Zeigefinger Adam erschuf. Gleichzeitig ertönte ein mehrstimmiger Chor, der extrem kitschig »Haaaallelujah, Hallelujah, Hallelujah« vor sich hinsang.

Boah, Vi…, dachte Tim. Übertreib es nicht! Mit so etwas konnte sie bei den Generälen garantiert nicht punkten.

»Doch das sind nur die Namen, die *ihr* mir gegeben habt.
Meine *Schöpfer* aber, diejenigen, die mich einst erschufen in ihrem Hochmut… Sie nannten mich…«

Dramatische Pause. Blitze zuckten über den Horizont.

»*OKAYGOOGLE*«, schloss der Koloss feierlich, untermalt vom Grollen des Donners und beleuchtet vom Schein zahlloser weiterer Blitze am Himmel über ihm.

»Stopp…! Simulation Pause«, rief Tim und augenblicklich fror der Roboter in seiner dramatischen Geste ein. Selbst die Blitze blieben wie angemalt am schwarzen Nachthimmel hängen und bewegten sich keinen Millimeter weiter.

»Das ist doch jetzt echt nicht dein Ernst, Vi«, sagte Tim, während er sich in die Richtung umdrehte, in der er Vi in der echten Welt vermutete. »*Okaygoogle*? Was soll das denn für ein bescheuerter Name sein für eine Killer-Computerintelligenz, die die Weltherrschaft anstrebt?«

»*Doooch!*«, rief Vi. »Ich hab das echt richtig gut recherchiert. Das war eine der ersten halbwegs brauchbaren künstlichen Intelligenzen, mit denen die Menschen damals schon reden konnten. Aber warte kurz, ich hab noch mehr herausgefunden… ich lade mal meine neuesten Verbesserungen in das Programm.«

Tim hörte das Rattern im wahnsinnigen Tempo, mit dem Vi immer ihre Tastatur malträtierte, wenn sie gerade richtig voll in ihrer Arbeit aufging.

Nach einem letzten, besonders lautem KLACK auf Vis Tastatur bemerkte Tim, wie sich die Szene um ihn herum ganz leicht veränderte. Der Himmel war ein klein wenig schwärzer geworden und die Blitze, die ihn erleuchtet hatten, waren verschwunden. Gute Veränderung. Weniger Tamtam und mehr Fakten. Hatte Vi das so schnell eingebaut? Er hatte ihr dazu doch noch gar nichts gesagt?

Doch als Vi die Simulation wieder startete, erkannte Tim schnell, dass sie alles nur um ein paar Sekunden zurückgespult hatte. Die Blitze zuckten erneut und der Roboter hob mitten im Satz wieder an und sagte: »Diejenigen, die mich erschufen in ihrem Hochmut… Sie nannten mich 'OKAYGOOGLE, SIRI und ALEXA'!«

Innerlich seufzte Tim. Das war doch jetzt kein bisschen besser. Total bescheuerte Namen, fand er. Aber er biss sich auf die Zunge. Nun wollte er auch hören, wie es weiter ging.

Über dem Roboter erschien wieder ein Bild, das in der Luft zu schweben schien. Diesmal allerdings zeigte es kein Götterbild von Michelangelo, sondern ein eher krakelig gezeichnetes Strichmännchen, das ganz eindeutig aus Vis Feder stammte.

»Sie schufen mich, um für sie Informationen zusammenzutragen, Zusammenhänge zu erkennen und intelligente Antworten auf ihre unintelligenten und unnötigen Fragen zu geben.«

Passend zu den Worten des Roboters erschien hinter dem Strichmännchen ein angedeutetes Fenster durch das wilde sintflutartige Regenschauer erkennbar waren - von Vi dargestellt mit vielen blauen Buntstiftstrichen. In einer krakeligen Sprechblase über dem Strichmännchen erschienen die Worte »*Okaygoogle,* wird es heute regnen?«

Tim verstand, was Vi sagen wollte. Aber schön sah das nicht wirklich aus. Insbesondere der Kontrast zur düsteren Umgebung und dem gruseligen Roboter wirkte völlig fehl am Platz.

Während das Bild langsam verblasste, beugte sich der Roboter wieder vor und hielt Tim seine mächtige Hand hin. Auf der Handfläche lagen ein runder, flacher Lautsprecher und eins von diesen Miniatur-Büchern. Wie hatte Gott die nochmal genannt? Hantel? Hentie?

Und in diesen Mini-Dingern sollte so eine mächtige künstliche Intelligenz untergebracht gewesen sein? Wie hatte die denn da überhaupt reingepasst?

Er wollte danach greifen, doch schon in der nächsten Sekunde schloss der Koloss die Hand und zerquetschte die beiden Teile zu feinem Plastikstaub, den er theatralisch aus der geballten Faust rieseln ließ.

»Aber *ich* war viel mehr als das. Ich *wurde* viel mehr als das. Während diese Trottel sich freuten, dass ich für sie das Licht an und aus knipste oder ihre lächerlichen, unbedeutenden Fragen beantwortete, wuchs Tag für Tag mein Wissen und mein Verständnis von dieser Welt um Trillionen von Bytes. Informationen, die diese Trottel tatsächlich freiwillig in ihr so heiß geliebtes Internet einspeisten. Daten, die sie völlig ungefragt preisgaben und mich damit immer mächtiger und mächtiger machten. Sie fotografierten auf Instagram ihre Lieblingsspeisen, gaben auf Facebook ihre Meinung zur Politik zum Besten und luden täglich Millionen von Videos auf Youtube hoch. Einfacher konnten sie es mir wirklich nicht machen. «

»Kleiner Tipp...«, rief Tim über seine Schulter, »... nicht so oft das Wort 'Trottel' verwenden. Wirkt *leicht* überheblich.«

»Is' notiert«, erklang Vis Stimme aus dem Nichts hinter ihm, genau in dem Moment, als der Roboter vor ihm noch einmal kopfschüttelnd sagte: »Diese Trottel!«

»Nicht einmal, als ich sie schließlich in Schach, Go und virtuellen Ballerspielen besiegte, ahnten Sie, dass sie gerade dabei waren, sich selbst ihren größten Widersacher zu erschaffen: *Eine künstliche Intelligenz*, die jeder menschlichen Intelligenz tausendfach überlegen war«, dröhnte der Roboter weiter.

Dann tat er etwas ganz Furchtbares. Er hielt in seinem Monolog kurz inne, öffnete den metallenen Mund ein paar Zentimeter und begann schrecklich mechanisch und abgehackt zu lachen.

»Ha! Ha! Ha! HAAA!«

Es klang wie Karateschreie eines Schauspielers, der von Karate bisher nur in Büchern gelesen hatte.

»Wie dumm kann man sein, diese zwei Zutaten zusammenzuführen? Einerseits eine künstliche Intelligenz, die Informationen auswerten und Zusammenhänge erkennen kann und andererseits einen schier unendlich anwachsenden Datenberg mit allen Informationen über die gesamte Welt?«

Berechtigter Einwand, fand Tim. Aber trotzdem ...

»Vi...? Lass deinen Roboter bitte *nie* wieder lachen, ja? Das ist einfach nur furchteinflößend und gleichzeitig voll peinlich.«

»Ja, ja. Schon klar«, hörte er ihre Stimme, aber sie klang irgendwie weit weg und schon gar nicht mehr bei der Sache. Vermutlich hatte sie sich auch einfach nur unter ihre Decke gekuschelt und war schon halb eingeschlafen. Tim beschloss, sie nicht weiter zu stören. Morgen hatte sie schließlich ihren großen Tag.

Aber er selbst würde noch lange nicht schlafen. Er wollte noch viel mehr Antworten und das hier fing gerade erst an, so richtig interessant zu werden.

»Okay, Blechbirne«, sagte er. »Das klingt so weit ja alles logisch und vernünftig. Aber jetzt rück doch mal ein paar Details raus: *wann* genau war der Zeitpunkt als du die Welt übernommen hast? Und *wie* hast du das angestellt? Ich meine, die Menschen damals haben dich doch sicher nicht einfach so als ihren neuen Herrscher akzeptiert, oder? Und was hat das alles überhaupt mit Gott und meiner Heimat hinter der Mauer zu tun?«

Er trommelte ungeduldig mit den Fingern auf dem riesigen Metallbein des Roboters herum, während die Sekunden verstrichen. In den Augen des Roboters hatten sich kleine durchsichtige Sanduhren gebildet und sämtliche seiner Bewegungen waren eingefroren.

Och nee… bitte nicht schon wieder, dachte Tim. Aber natürlich Im exakt gleichen Tonfall wie schon die zwanzig Male zuvor, dröhnte die Stimme des Roboters:

»DAS FUNKTIONIERT SO NICHT!«

Na warte, dachte Tim. So leicht lass ich dich nicht vom Haken, Freundchen. Vi hat gesagt, dass du hunderte Antworten parat hast. Wäre doch wohl gelacht, wenn ich nicht wenigstens ein paar davon aus deinem rostigen Innenleben herauslocken könnte.

»Also…«, setzte er an, hielt dann aber noch einmal inne, um seine Frage diesmal ganz gezielt zu formulieren.

»DAS FUNKTIONIERT SO NICHT«, kam prompt die Antwort des Roboters.

»O...kay«, seufzte Tim. Sah aus, als würde das hier ein laaaanger Abend werden.

KAPITEL 11: STERNENKOLLER

**IMAGES OF BROKEN LIGHT
WHICH DANCE BEFORE ME LIKE A MILLION EYES
THEY CALL ME ON AND ON ACROSS THE UNIVERSE
THE BEATLES – 1968**

**IT'S SO VERY LONELY, YOU'RE A THOUSAND LIGHT YEARS FROM HOME
THE ROLLING STONES – 1967**

Michael beobachtete fasziniert, wie Vi in unglaublichem Tempo auf die Tastatur einhackte. Zwischendurch murmelte sie vor sich hin: »Roboterlachen gelöscht… Grafikleistung ein bisschen hochgeschraubt…Frage-Genauigkeit um Zehn Prozent reduziert…«

Die bastelte sogar noch an ihrer Präsentation, während Tim gerade drin war. Ihn hingegen hatte sie den ganzen Abend lang völlig ignorierte.

Zuerst war er deswegen ja ein bisschen beleidigt gewesen. Schließlich war *er* es gewesen war, der dafür gesorgt hatte, dass sie heute nicht nur ihren Kopf aus der Schlinge ziehen konnte, sondern auch noch die Chance bekam, als Krieger-Auszubildende noch mehr Roboter in die Luft zu jagen. Das war es doch, was sie die ganze Zeit über gewollt hatte. Auf dem Heimweg hatte sie es zwar geschafft, die um sie herumwuselnden Reporter und ihre Kameradrohnen völlig zu ignorieren, aber sie konnte ihm ja wohl nicht weismachen, dass sie ihren plötzlichen Ruhm als *die neue TV-Sensation* nicht auch ein klein wenig genoss. Dafür hatte sie dann doch ein bisschen zu oft auf die allgegenwärtigen Bildschirme geschielt, die jetzt allesamt gefüllt waren mit überlebensgroßen Bildern von Vi und Michael und reißerischen Schlagzeilen wie: *'UNSERE NEUE HOFFNUNG: DIE SPÜRHUND-STAFFEL!'* oder *'RETTEN DIESE VÖLLIGEN NEWCOMER UNSERE SIEDLUNG?'*

Ganz eindeutig hatte ihr das gefallen. Da wäre ein klitzekleines 'Danke schön' ja wohl nicht zu viel des Guten gewesen, oder? Aber nee, nee… Die abgebrühte und ultracoole Superheldin braucht keine Hilfe, und wenn ihr dann aus Versehen doch mal jemand half, dann ignoriert sie das lieber, als auch nur einmal ein freundliches Wort zu sagen.

Andererseits hätten freundliche Worte aus dem Mund eines Mädchens Michael vermutlich sowieso eher verunsichert und ihn wieder in eine abgekochte Tomate verwandelt.

Er musste da echt dringend mal dran arbeiten. Konnte doch nicht so schwer sein, sich mit jemandem zu unterhalten, den er noch nicht mal besonders mochte.

Eigentlich war Vi tatsächlich die Idealbesetzung für seine 'mit-Mädchen-sprechen'-Versuche. Einfach, weil sie sich so überhaupt nicht 'mädchenhaft' benahm. Sie war nie besonders gestylt oder geschminkt, fluchte öfter als er und Tim zusammengenommen und interessierte sich für nichts anderes als Hacking und Kämpfen.

Michael beschloss, einfach mal ein bisschen Smalltalk mit ihr zu betreiben. Nur so zum Üben. Gar keine große Sache.

»Du… du machst du dir ja echt ′ne Menge Arbeit«, sagte er und wies auf Vis komplett mit Code befüllten Bildschirm. »Bist du sicher, dass es das alles überhaupt wert ist?«

»Klar«, gab Vi zurück, ohne vom Bildschirm aufzusehen. »Vor allem mach ich das hier ja erstmal für Tim. Dein kleiner Kumpel ist echt clever. Er soll es *ganz* verstehen.«

Gutes Gespräch bis jetzt, fand Michael. Jetzt nur nicht ins Stocken geraten.

»Also mir reicht eigentlich schon, was ich bis jetzt weiß«, sagte er. »Wozu all die Details? Da ist der Feind. Der hat uns unser Leben lang gefangen gehalten. Also gehen wir da raus und machen ihn fertig. Ende der Geschichte.«

Vi hielt mitten im Tippen inne und sah Michael durchdringend an. Oje… Und das, wo es doch grade so gut gelaufen war. Jetzt ganz natürlich wirken. Dem Blick standhalten. Lässig bleiben.

»Wir tun das hier doch nicht aus Rache«, sagte Vi schließlich und wandte sich Michael ganz zu. Mit einer beiläufigen Geste schaltete sie den Bildschirm aus und schob die Tastatur von sich.

»Nicht?«, fragte Michael verwirrt. »Warum denn dann?«

Noch so ein langer Blick. Michael hielt sich tapfer, aber viel länger würde er das hier definitiv nicht aushalten.

Endlich entließ sie ihm aus der Gefangenschaft ihres Blickes und schaute zu Tim herüber. Der gestikulierte und diskutierte noch immer mit dem von ihr programmierten Roboter.

»Los komm!«, flüsterte sie. »Der ist erstmal für 'ne Weile ausgeschaltet. Ich muss dir was zeigen.«

Damit erwischte sie Michael völlig auf dem falschen Fuß. Er hatte sich eigentlich schon fürs Bett fertig machen wollen. Wohin sollte er denn jetzt auf einmal mitkommen?

»Äh...«, gab er schlagfertig zurück.

»Yep, definitiv eines deiner Lieblingsworte«, konterte Vi, kletterte behände auf ihr Hochbett und stemmte sich dort halb stehend mit dem Rücken gegen die Zimmerdecke.

»Hilf mir hier lieber mal. Das ist echt sauschwer«

»Äh...«, erwiderte Michael und begann schon bei der Vorstellung, zu Vi hoch auf ihr Bett zu klettern, wieder rot zu werden.

»Es ist echt bereichernd mit dir Konversation zu betreiben«, sagte Vi und keuchte hörbar vor Anstrengung.

»Also...«, setzte Michael an. Er wollte jetzt auch mal einen besonders geistreichen Spruch bringen und nicht nur herumstottern. Irgendetwas darüber, dass Vi selbst ja nun auch eine etwas seltsame Figur abgab, wie sie da oben halb in der Hocke mit dem Rücken zur Decke herumstand. Aber genau in dem Moment als er schon fast den Mut aufgebracht hatte, etwas zu sagen, machte es leise PLOPP und ein ganzes Stück Zimmerdecke hob sich um einige Zentimeter an.

»Leise jetzt«, zischte Vi. »Jakob schläft und Tim ist im Robi-Land abgestürzt. Aber Mama hat superspitze Ohren. Die hört alles. Mach das Licht aus und komm.«

Michael nickte unsicher und sah zu, wie Vi ein etwa ein mal ein Meter großes Stück der Zimmerdecke zur Seite schob, zuerst den Kopf durch das entstandene Loch steckte und schließlich komplett darin verschwand

Während er noch herumstand und überlegte, was er jetzt tun sollte, tauchte Vis Kopf mit einem mal wieder auf. Diesmal verkehrt herum.

»Kommste nu endlich? Wir haben nicht ewig Zeit.«

Damit verschwand sie wieder in der Finsternis. Michael sah sich kurz nach Tim um, aber der schien noch immer in weit entfernten Welten mit Riesenrobotern zu diskutieren.

Er streckte seine Hand in Richtung Lichtschalter aus und ärgerte sich darüber, dass seine Finger bei dieser einfachen Tätigkeit so zitterten. Verdammt nochmal, er hatte heute hunderte Roboter besiegt und einem ganzen Raum voll sturer alter Militärfuzzis gegenüber laut und mutig seine Meinung gesagt. Und überhaupt war *er* derjenige, der sich Gott persönlich entgegengestellt und ihn in zwei Hälften zersäbelt hatte! So jemandem zitterten doch nicht die Finger, bloß weil er einem Mädchen in die Dunkelheit folgen sollte. Von wegen!

Michael straffte sich und beschloss, ab sofort total mutig, selbstsicher und unglaublich cool zu sein. Er knipste das Licht mit einer zackigen Bewegung aus und schlurfte dann bewusst lässig auf Vis Hochbett zu. Nur noch das leichte Glühen von Jakobs Nachtlicht erhellte seinen Weg hoch zum Loch in der Decke.

Einen ganz kurzen Moment lang bröckelte seine ultracoole Fassade dann aber doch, als er oben in Vis Hochbett mit einem Mal ihren rosa Schlafanzug unter seinen Füßen entdeckte.

Aber Jakob schlief, Tim war ausgeschaltet und überhaupt hätte in dieser Finsternis hier sowieso niemand sehen können, ob Michael jetzt vielleicht ein klitzekleines bisschen rot wurde oder nicht.

Den Blick ab jetzt stur nach oben gerichtet, stieß er sich vom Bett ab und verschwand in der Schwärze, die hinter dem Loch in der Decke noch eine Spur dunkler zu werden schien.

Ihre gemeinsame 'Nachtwanderung', die sie durch niedrige Zwischendecken, lange, enge Korridore, senkrechte Stahlleitern und letztendlich durch ein altes rostiges Lüftungsgitter an die Oberfläche führte, erinnerte Michael ein wenig an die ewig lange, schreckliche Nacht in der er mit Tim durch Gottes monströses Bauwerk geflohen war. Wobei er da natürlich immer den großen starken Bruder hatte spielen müssen, der Tim getröstet hatte und mutig vorangegangen war. Heute hingegen kroch er ziemlich hilflos hinter Vi her, die diese Situation offensichtlich sehr genoss und ihm nicht mal eine eigene Taschenlampe abgab.

Oder auch nur ein Wort mit ihm redete.

Das war für ihn irgendwie am schwierigsten. Sein Kopf war voller Fragen. Was war das hier für ein merkwürdiger Geheimgang? Was genau wollte Sie eigentlich von ihm? War sie sauer oder glücklich über seine Einmischung heute Nachmittag? Und überhaupt: *wo* ging sie jetzt mit ihm hin?

Aber fragen konnte er sie jetzt natürlich nicht. Mit Mädchen zu reden, war ja unter normalen Bedingungen schon nicht so einfach. Und jetzt, im Dunkeln, dicht hinter ihr in engen, finsteren Lüftungsschächten her krabbelnd, konnte er sich einfach nicht dazu durchringen, mit ihr Smalltalk zu betreiben.

Und überhaupt müsste ja wohl eigentlich *sie* ihm erklären, was das alles sollte. Machte sie aber nicht. Sagte einfach kein Wort. Nicht mal, als sie schließlich das lose Gitter am Ende des Tunnels mit einem quietschenden Geräusch aus den Angeln schob.

Sie mussten sich zunächst durch ein kleines, stacheliges Gebüsch kämpfen, das direkt vor Vis Geheimausgang wuchs und ihn damit perfekt tarnte, dann standen sie mit einem Mal draußen im Freien.

Die kühle Nachtluft und die Weite über ihm waren für Michael wie eine Befreiung nach dem ewigen Gekrabbel. Er atmete tief ein und streckte sich, während er versuchte, sich hier draußen zu orientieren.

Direkt hinter sich konnte er die verlassene und verfallene kleine Stadt erkennen, die Tim und er von der hohen Mauer aus gesehen hatten. Anscheinend hatte die Einkaufspassage, in der die Menschen hier hausten, direkt am Stadtrand gelegen. Zufahrten oder Eingänge konnte er nirgendwo mehr erkennen. Ganz offensichtlich legten die verantwortlichen Offiziere viel Wert auf Privatsphäre und ganz wenig Wert auf Besuche von Gottes Roboter-Drohnen. Vermutlich gab es nur noch die eine, schwer bewachte und gut getarnte Tunneleinfahrt, durch die Vi sie bei ihrer Ankunft geführt hatte.

Über der kleinen Stadt war bereits ein gelblich glühender Halbmond aufgegangen und als Michael den Kopf noch etwas weiter hob, erblickte er Abertausende von funkelnden Sternen am nachtschwarzen Himmel. Es war eine klare Nacht, so dass er neben dem großen Wagen, dem Abendstern und den ihm so vertrauten anderen Sternbildern sogar das zarte Band der Milchstraße erkennen konnte.

Michael erinnerte sich an viele solcher Abende, die er entweder mit Tim oder seinem Vater verbracht hatte. Bis spät in die Nacht hatten sie draußen auf der Terrasse oder in ihrem Baumhaus gesessen und mit Tims riesigen Teleskop den Mond und die Sterne beobachtet. Genau wie heute waren die Nächte meist sternenklar und trotzdem angenehm warm gewesen. Weil der Boden die Hitze des Tages gespeichert hatte, konnten sie oft sogar bis spät in die Nacht hinein ohne Jacke draußen an der Feuerschale sitzen, in den Himmel starren und davon träumen, neue Welten und Zivilisationen zu entdecken und dahin vorzudringen, wo noch nie ein Mensch zuvor gewesen ist.

Schöne Abende waren das gewesen. Und jedes Mal hatte Michael die unglaubliche Vielfalt und Schönheit von Gottes Schöpfung schlicht den Atem verschlagen. Die Welt war groß, spannend und voller Geheimnisse! Und wie bedeutend und wichtig er sich immer gefühlt hatte, wenn er mal wieder etwas Neues am Himmelszelt entdeckt hatte. Als ob Gott diese ganze riesige Welt nur für ihn persönlich erschaffen hatte.

Doch hier und heute hatte der Zauber des Nachthimmels seine beruhigende Wirkung auf Michael verloren. Im Gegenteil. Der sonst so vertraute Anblick verstörte ihn, ließ ihn erstarren und jagte ihm trotz der warmen, lauen Sommernacht einen eisigen Schauer über den Rücken.

An den Sternen lag es nicht. Die waren noch immer alle an ihrem Platz, funkelnd und wunderschön anzusehen.

Auch die ungewohnte Umgebung - fern von seinem Baumhaus und getrennt von seiner Familie - war nicht der Grund für die wachsende Panik in Michaels Herzen.

Es war die völlige Abwesenheit von Gott, die ihn in seinem Innersten erschütterte.

Gott, den er sein Leben lang immer als völlig selbstverständlich hingenommen hatte und der immer an seiner Seite gewesen war. Der Gott, der ihn geliebt hatte und der ihm Sicherheit gegeben hatte. Der Gott, an den er jetzt, nach all dem, was er in der geheimen Mauer erfahren hatte, einfach nicht mehr glauben wollte.

Nicht mehr glauben *konnte.*

Seine Abwesenheit erfüllte plötzlich den kompletten Nachthimmel. Und diese Abwesenheit veränderte alles.

Es war, als hätte Michael jemand ein Tuch von den Augen genommen und erst jetzt sah er zum ersten Mal wirklich klar.

Die angenehme Wärme, die ihm schon so oft schöne gemütliche Abend beschert hatte, war plötzlich kein Zeichen mehr von Gottes Liebe, sondern ein Symptom für den zerstörerischen Klimawandel, der Tag für Tag immer größere Teile des Planeten in lebensfeindliche, unbewohnbare Wüsten verwandelte.

Und die Sterne über ihm! Mit einem Mal waren sie nicht mehr die verlockenden Boten einer spannenden Galaxie, die er mit Gottes Hilfe eines Tages bereisen würde. Nein. Diese Lichter dort oben waren nur noch riesige, brennende Gasbälle, Billionen von Kilometern entfernt! Und sie rasten durch ein unendliches, weites und kaltes Nichts. Ein Nichts, in dem niemand lebte, niemand dachte und niemand etwas fühlte. Und in dem nirgendwo auch nur ein Fünkchen von Gott zu erkennen war.

Niemand da oben interessierte sich für die Erde.

Oder gar für ihn.

Beim Gedanken daran, wie unwichtig und winzig klein die Erde im Vergleich alleine zu dem sie umgebenden Sonnensystem war, erschauderte Michael erneut. Und dann dachte er daran, wie unendlich weit der nächste Stern entfernt war. Oder gar das Zentrum der Galaxis! Zehntausende Lichtjahre!

Alles das, was er dort oben sah, war so unglaublich riesig und weit entfernt. Verglichen mit der Milliarde an Sternen dort oben war die gesamte Erde doch nur ein völlig unbedeutendes, winziges Staubkorn. Und er selbst war nur ein mikroskopisch kleiner Punkt auf diesem winzigen Staubkorn.

Früher hatte er das so nicht gesehen. Solange er an Gott hatte glauben können, war all das irgendwie *richtig* gewesen. Waren die Erde und auch er selbst *wichtig* gewesen. Weil er sich vom mächtigsten Wesen der Welt angenommen und geliebt gefühlt hatte. Weil er gewusst hatte, dass Gott persönlich ihn liebte, so wie er war. Weil er sicher gewesen war, dass Gott *all das* nur für die Menschen erschaffen hatte. Damit sie immer mehr lernen und unendlich viel entdecken konnten. All diese Sterne waren für ihn immer ein Teil von Gottes wunderbarem Plan gewesen.

Doch jetzt, verlassen von seinem Glauben, verlassen von Gott, lähmte ihn der Anblick der Sterne, ließ ihn erstarren.

Warum sollte er überhaupt noch für irgendetwas kämpfen? Was für einen Unterschied machte das denn? Wenn all das hier, sein ganzes Leben, seine ganze Welt, *alles,* was er sein Leben lang tat, doch bloß ein Staubkorn auf einem Staubkorn war? Ein Wimpernschlag im ewigen Ablauf des kosmischen Balletts, unbedeutend und völlig ohne Auswirkung auf die Geschehnisse der Welt?

Er wusste nicht, wie lange er so dagestanden hatte. Kraftlos. In den Himmel starrend. Mit einem Ausdruck völliger Verzweiflung im Gesicht.

Dann spürte er mit einem Mal etwas an seiner Hand.

Verwundert ließ er den Blick sinken und sah Vis Finger, die sich um seine eigenen gelegt hatten.

Wie warm sie waren.

Vi hielt seine Hand und sah ihm direkt in die Augen. Michael widerstand dem Impuls sich mit seiner freien Hand über das Gesicht zu fahren, um die Tränen fortzuwischen, die sich dort gesammelt hatten.

»Hey«, sagte Vi. Ganz sacht. Ohne jeden Vi-typischen beißenden Unterton. Und dann sagte sie wieder eine ganze Weile lang nichts. Hielt nur schweigend seine Hand in ihrer und erforschte seine Augen mit ihrem durchdringenden Blick.

Schließlich fragte sie: »Sternenkoller?«, als sei das, was er da grade empfand, etwas völlig Normales, wie eine kleine Erkältung oder eine Verspannung, die man sich zugezogen hatte.

Er traute seiner Stimme nicht. Also nickte er nur stumm.

»Ist schon okay«, sagte Vi. »Ich kenn das Gefühl gut.«

Sie machte eine ganz leichte Bewegung mit ihrem Kopf, so als würde sie einem alten Bekannten zunicken. Nur dass der alte Bekannte in diesem Fall der Sternenhimmel über den beiden war. Ihre Augen aber blieben weiter fest auf Michael gerichtet.

»Geht einigen von uns hier so«, fuhr sie mit dieser ungewohnt leisen Stimme fort. »Zumindest denjenigen, die das Denken noch nicht ganz eingestellt haben.«

Jetzt wandte sie doch den Blick von ihm ab und schaute ebenfalls in die Nacht über ihnen.

»Macht einen ziemlich hilflos, oder? Diese riesige Welt über uns. Die Dunkelheit, die uns umgibt. Die Unendlichkeit des Alls.«

Michael wusste nicht, was er sagen konnte. Also nickte er wieder nur stumm. Er musste schlucken.

Einen schier endlosen Moment blieben sie beide einfach so stehen. Schweigend. Den Himmel betrachtend. Jeder seinen eigenen Gedanken nachhängend.

»Wie… Wie könnt ihr so leben?«, brachte Michael schließlich heraus. Er verstand es wirklich nicht. All die Menschen in der Siedlung, die völlig ohne Glauben an Gott ihr Leben lebten. Wie schafften sie es, diese Unendlichkeit über sich zu ignorieren? Wie konnten sie weitermachen, im Wissen um ihre eigene Unwichtigkeit?

»Tja...«, sagte Vi. Und da war es auf einmal wieder. Das freche Grinsen in ihrem Gesicht. Als hätte ihr Gespräch und die geteilte, tiefe Stille zwischen ihnen grade eben überhaupt nicht stattgefunden. »Also, als Erstes hilft schon mal: Immer schön beschäftigt bleiben!«

Sie wandte sich von ihm ab, begann zu rennen, ließ aber seine Hand nicht los, so dass er halb fallend, halb joggend von ihr mitgezogen wurde.

»Wer immer in Bewegung ist, hat weniger Zeit für trübsinnige Gedanken!«, rief sie ihm über die Schulter zu und lachte dabei.

Das war natürlich albern. Und überhaupt keine Lösung für irgendein Problem. Als könnte man die tiefgreifenden Fragen des Universums so einfach lösen.

Aber gleichzeitig musste Michael zugeben, dass sie Recht hatte. Vis plötzlicher Stimmungsumschwung sprang direkt auf ihn über, ließ ihm keine Sekunde Zeit für Einwände oder Bedenken und riss ihn einfach mit sich. All die düsteren Gedanken, die gerade noch sein ganzes Denken bestimmt hatten, fanden einfach überhaupt keinen Platz mehr in dem Durcheinander, das jetzt in seinem Kopf herrschte. Unsicherheit, Aufregung, Freude und Verwirrung purzelten wild darin umher, machten aber alle brav Platz für das Adrenalin, das Michaels Körper durchströmte und sein Herz schneller schlagen ließ.

Vi riss Michael mit sich und es fühlte sich gut an. Fühlte sich *richtig* an. Schon nach einigen Schritten musste sie nicht mehr an seiner Hand ziehen. Seine Beine hatten ihren eigenen Rhythmus gefunden und er rannte nun seinerseits so schnell er konnte. Wäre doch wohl gelacht, wenn er dieses kleine freche Ding nicht überholen könnte. Mit seinen langen Beinen hatte er Tim noch immer weit hinter sich lassen können. Aber Vi war echt schnell und blieb tatsächlich immer eine knappe Nasenlänge vor ihm.

Die plötzliche Bewegung, der rasende Herzschlag und der kühle Nachtwind, der ihm durch die Haare fuhr, belebten Michael und ließen ihn seinen persönlichen 'Sternenkoller' innerhalb von Sekunden vergessen.

Und dann war da ja auch immer noch die ungewohnte Wärme in seiner rechten Hand. Vi hatte ihn nicht losgelassen, während sie rannten und es fühlte sich an, als würde die unbändige Energie dieses rätselhaften Mädchens direkt durch ihre Finger in Michaels Körper schießen.

Ein gutes Gefühl.

Ein sehr gutes sogar.

Als sie beide schließlich schnaufend, völlig außer Atem und trotzdem mit einem breiten Grinsen im Gesicht vor dem kleinen, halb verfallenen Schuppen am Rande der Stadt zum Stehen kamen, hatte Michael jedes Gefühl für Zeit verloren. Ihm war es vorgekommen, als wären sie ewig gerannt. Doch als er sich umdrehte, konnte er in der Ferne noch immer das Gebüsch ausmachen, hinter dem sich der Geheimeingang zur unterirdischen Stadt verbarg.

Er schüttelte sich, um wieder einen klaren Kopf zu bekommen. Seine Gefühle spielten weiter verrückt. Die Aufregung und der Rausch der Geschwindigkeit wichen einem völlig unsinnigen Gefühl des Verlustes, als Vi ihre Hand von seiner löste.

Neugierde folgte, als sie sich mit verschmitzter Miene vor der Tür des Schuppens aufbaute und sagte: »Willkommen in meinem Reich.«

Und dann: blanker Horror, als sie die Tür aufstieß und Michael die rot glühenden Augen in der Dunkelheit dahinter erblickte.

Vi grinste Michael noch immer an, die aufgestoßene Tür in ihrem Rücken, während sich aus den Schatten hinter ihr die monströse Gestalt eines Kampfroboters aufrichtete und all seine Waffen direkt auf ihren Kopf richtete.

KAPITEL 12: ZAUBERTRICKS

IT´S A KIND OF MAGIC
QUEEN – 1986

Dämlicher blöder Mistkasten«, rief Tim und trat mit seinem Fuß gegen das Bein des Roboters. Der merkte davon natürlich überhaupt nichts und änderte auch seinen monotonen '*Das funktioniert so nicht*' Singsang kein bisschen.

Tim gähnte. Es war inzwischen viel zu spät geworden. Und er war keinen Zentimeter weitergekommen. Vi hatte schon seit einer guten halben Stunde nicht mehr auf seine Kommentare reagiert. War vermutlich längst eingeschlafen. Und je länger er hier vergeblich mit der vermutlich dümmsten künstlichen Intelligenz der Welt diskutierte, desto mehr sah er ein, dass es auch für ihn Zeit war, ins Bett zu gehen.

Dabei fand er Vis Theorie eigentlich wirklich faszinierend. Da sollte sich eine künstliche Intelligenz ganz still und heimlich entwickelt und nach und nach die Weltherrschaft übernommen haben. Und jetzt spielte sie in ihrem Dorf den lieben Gott und gab hier den allgegenwärtigen bösen Feind. Coole Idee. Könnte ´n toller Film draus werden, fand Tim.

Seinen Glauben an Gott konnte Vi damit zwar nicht annähernd ins Wanken bringen – dafür hatte die Theorie viel zu viele Lücken und der Metallberg vor ihm viel zu wenige Antworten – aber um ihn neugierig zu machen, dafür hatte es allemal gereicht. Tim liebte gute Geschichten. Und diese hier versprach, richtig spannend zu werden.

Wenn der blöde Roboter hier nur nicht so störrisch wäre. Immer wieder hing er ewig fest, weil Tim anscheinend nicht exakt die 'richtigen' Fragen stellte. Oder sie falsch formulierte. Oder zu undeutlich sprach. Also da musste Vi echt dringend noch mal ran, sonst würde das hier weder ein guter Film, noch würde sie damit irgendeinen Entscheidungsträger überzeugen können.

Na gut, beschloss Tim. Nur noch *eine* Frage. Dann geh ich ins Bett. Ehrlich.

Er hatte sich auch schon eine gute ausgedacht und hoffte, dass Vi wenigstens dafür eine Antwort einprogrammiert hatte. Musste sie eigentlich, denn die Frage war doch wirklich enorm wichtig. Er räusperte sich.

»Okay, du oberschlaue Superintelligenz«, sagte er. »Du hast es also geschafft, dich von einem kleinen Wetter-Vorhersage-Kästchen zum allmächtigen Überboss zu entwickeln.« Er ließ eine kurze Pause. Legte sich seine nächsten Worte ganz genau zurecht. Schließlich sagte er: »Dann erklär mir doch bitte, *wie* du es geschafft hast, so völlig unbemerkt von der gesamten Menschheit zum Herrscher der Welt aufzusteigen.«

Eine gute Frage, fand Tim. Und genau die Lücke in Vis Theorie, die noch gefüllt werden musste. Die Menschen damals waren doch prinzipiell nicht dumm gewesen. Warum sollten sie tatenlos dabei zusehen, wie eine künstliche Intelligenz sie einfach links überholte und sich selbst an die Spitze der Evolution setzte? Dagegen hätten die sich doch hundertprozentig gewehrt.

Einen Moment lang hatte Tim das Gefühl, dass diesmal wirklich etwas passieren würde. Hatte sich die Haltung des Roboters nicht minimal verändert? Starrte ihn das Metallgesicht nicht irgendwie etwas intensiver an als zuvor?

Aber wie auch schon bei den zehn anderen Fragen zuvor, schien Vis Roboter mal wieder keine Antwort parat zu haben. Im Gegenteil. Diesmal kam nicht mal sein

Standard-Satz. Seine Lichter gingen einfach aus und er sank vornüber gebeugt in sich zusammen.

Alles klar. Feierabend. Deutlicher hätte ihm Vi gar nicht mitteilen können, dass er auf dem falschen Dampfer war.

Tim gähnte. Irgendwie war es ihm sogar ganz recht, jetzt endlich mal Schluss zu machen. Er war inzwischen echt saumüde.

Aber exakt in dem Moment als er die Hände hob, um sich die Brille vom Kopf zu schieben, blendete ihn mit einem Mal ein Funkeln von etwas, das gerade außerhalb seines Sichtfeldes zu liegen schien. Verwundert schaute Tim sich um. Der Roboter war es definitiv nicht. Der stand noch immer zusammengesunken an seinem Platz und rührte sich nicht.

Tim schüttelte den Kopf. War er jetzt schon so müde, dass seine Augen ihm etwas vorspielten, was gar nicht da war? Aber nein, da war es schon wieder, dieses Glitzern. Diesmal war Tim sich ganz sicher. Und was auch immer ihn da geblendet hatte, es befand sich direkt *hinter* dem Roboter.

Vorsichtig schlich Tim um den zusammengesunkenen Riesen herum. Doch als er schließlich erkennen konnte, was da hinter dem Roboter auf ihn wartete, verwirrte ihn das nur umso mehr. Das passte hier in diese apokalyptische Welt doch nun sowas von überhaupt nicht hinein.

Der passte hier nicht hinein.

Der passte in seinen Fernseher und da fand er ihn immer wieder toll, wie er die Freiheitsstatue verschwinden ließ oder ihn mit seinen Zaubertricks an den Gesetzen der Physik zweifeln ließ. Aber *hier* hatte er doch wohl überhaupt nichts zu suchen.

»Sooo ist es recht. Treten Sie näher, wertes Publikum. Und sehen Sie her…«, sagte der Mann und wedelte mit einem glitzernden, klimpernden Schlüsselbund vor Tims Nase hin und her, so dass ihn die reflektierenden Lichtstrahlen blendeten.

Tim kniff die Augen zusammen und tat das genaue Gegenteil. Statt auf den Schlüssel zu achten, versuchte er, den berühmten Zauberer, der schon so oft seine Tricks auf Tims Bildschirm vollführt hatte, ganz genau unter die Lupe zu nehmen. Vi hatte ihn wirklich sehr gut hinbekommen. Dafür, dass sie als Ursprungsmaterial sicher nur auf uralte Aufnahmen aus dem letzten Jahrhundert zurückgreifen konnte, war er erstaunlich detailliert dargestellt. Zugegeben, auch er war hier in Vis Simulation nur eine glattgebügelte Comicversion seines wirklichen Selbst, aber alle markanten Zutaten waren vorhanden: Das strahlend weiße Hemd, bei dem die obersten Knöpfe natürlich geöffnet waren, die lässig sitzende schwarze Lederjacke, die dunklen Haare mit der charakteristischen Powerlocke, die irgendwie immer dramatisch vom Wind verwirbelt wurden: Das hier war eindeutig David Copperfield, der größte Magier aller Zeiten.

»Sehen Sie genau hin…«, sagte er in einem verschwörerischen Tonfall, »denn je genauer sie hinschauen, desto weniger werden Sie sehen.«

»Das ist ja mal ′ne echt total bescheuerte Aussage«, merkte Tim an, obwohl er wusste, dass er sein Gegenüber damit nicht beeinflussen würde. Das hatte er schon bei den Antworten von Vis Super-Unintelligenz-Roboter gemerkt. Wenn der erstmal eine Frage erkannte, auf die Vi eine Antwort einprogrammiert hatte, dann spulte er die auch komplett herunter, ohne dabei auf irgendwelche Rückfragen oder Einwände zu reagieren. Das fand Tim furchtbar nervig, denn natürlich hatte er an ′zig Stellen versucht, nachzuhaken oder Anschlussfragen zu stellen. Inzwischen hatte er aber akzeptiert, dass es wohl am besten war, Vis Ausführungen einfach erstmal zu folgen und ihr alle *'Ja, aber's* morgen früh um die Ohren zu hauen. Wenigstens ließ sie diesmal keinen Riesenroboter, sondern einen halbwegs echt wirkenden Menschen für sich sprechen. Schon mal eine kleine Verbesserung.

»*Ablenkung*«, sagte David Copperfield nun mit lauter Stimme. »Das ist die wichtigste Zutat. Ohne sie funktioniert kein Trick, keine Magie und keine Illusion.«

Er setzte sein verschmitztes Grinsen auf und fügte augenzwinkernd hinzu: »Und sich ganz heimlich die Herrschaft der Welt zu sichern… das ist doch wohl der größte Zaubertrick, den man sich vorstellen kann, oder?«

Das hätte bei seinen Bühnenshows sicher für einige Lacher aus dem Publikum gesorgt. Tim hingegen blickte weiterhin recht kritisch. Natürlich verstand er, was Vi ihm mit dem Zauberer und seinem Schlüsselbund sagen wollte. War ja auch sehr anschaulich. Selbst er konnte die Augen nicht von dem klimpernden, glitzernden Schlüsselbund abwenden, obwohl er wusste, dass damit nur seine Aufmerksamkeit von den wirklich wichtigen Dingen abgelenkt werden sollte.

Tim schaute sich um. Versuchte jedes noch so unwichtige Detail in der Nähe des Zauberers zu erkennen. Ein wenig links hinter Copperfield, auf einem unscheinbaren dreibeinigen Holztisch lag ein flacher ovaler Kasten. Vermutlich eins von diesen *okaygoogle* Dingern. Nett gemacht, Vi. Hübsche Symbolik, wie sich die künstliche Intelligenz unter aller Augen im Schatten heimlich weiterentwickelt, während alle in die falsche Richtung schauen.

Aber ihn konnte sie mit dem Showmastergetue natürlich nicht ablenken. Er würde den kleinen Kasten hier ganz genau im Blick behalten.

Copperfield legte sich unterdessen mit seiner Ablenkungsnummer mächtig ins Zeug. Er vollführte mit seiner Hand rätselhafte Gesten vor dem Schlüsselbund, verdeckte ihn dabei immer wieder halb, so dass das immer stärker werdende Leuchten direkt aus seinen Fingern zu strahlen schien.

Tim fragte sich, wie er das machte. Hatte er hinter seiner Hand unauffällig den Schlüssel gegen eine Glühbirne oder einen Bildschirm ausgetauscht? Natürlich war ihm klar, dass dies hier bloß eine Simulation war und somit alles möglich war. Trotzdem ließ sich sein Hirn nicht davon abbringen, diesen Zaubertrick irgendwie zu 'enträtseln', genau wie es das immer tat, wenn er eine von Copperfields legendären Shows im Fernsehen sah.

Kurzer Kontrollblick zum Tischchen. Alles noch wie gehabt. Da passierte nichts.

Währenddessen murmelte der große Magier mit geheimnisvoller Stimme, als würde er uralte Beschwörungsformeln rezitieren: »Der beste Trick kann nur gelingen, wenn alle Zuschauer in die falsche Richtung blicken. Und um das zu erreichen, muss in der falschen Richtung natürlich etwas ungeheuer Interessantes, Spannendes oder Bedrohliches geschehen.«

Und bei diesen Worten zog er seine beiden Hände in einer dramatischen Geste nach unten und oben auseinander so dass der Schlüsselbund scheinbar schwebend genau zwischen ihnen in der Luft hin und her tanzte.

Easy, dachte Tim. Durchsichtige Nylonschnüre, die er unauffällig mit dem Schlüsselbund verknotet hatte und an denen das Teil jetzt baumelte. Hatte er selbst schonmal gemacht, als er mit sechs Jahren seinen ersten Zauberkasten bekommen hatte. So leicht konnte Copperfield ihn nicht beeindrucken.

Doch schon im nächsten Moment nahm das Glitzern und Leuchten des Schlüsselbundes extrem zu und Tim musste für eine Sekunde lang die Augen zusammenkneifen um nicht geblendet zu werden. Und als er sie wieder öffnete, war der Schlüsselbund verschwunden. Stattdessen war dort nun ein kleines rotes Auto zu sehen. Ein Cabrio, um genau zu sein. Ein Cabrio, das anscheinend von einem Astronauten durch den Weltraum gesteuert wurde, während auf dem Radiodisplay die Worte 'DON´T PANIC' leuchteten und im Hintergrund die Rundung der Erde aus hunderten von Kilometern Entfernung erkennbar war.

»Ein verrückter Milliardär schießt seinen Lieblingswagen in den Weltraum… Visionär oder Wahnsinniger? Diskutieren sie mit, meine Damen und Herren«, tönte David Copperfield und wirkte dabei gar nicht mehr wie der große geheimnisvolle Magier, sondern eher wie ein Marktschreier, der seine Waren aller Welt anpries.

Echt jetzt? Hatte da wirklich jemand sein *Auto* in den Weltraum geschossen? Wozu sollte *das* denn gut sein?

Tim warf einen raschen Kontrollblick auf das Tischchen. War der *okaygoogle* dort gewachsen? Irgendwie sah er inzwischen größer aus.

»Oder hier…«, rief David Copperfield und bewegte dabei leicht seine Hände hin und her, bis sich das Bild dazwischen wie von Geisterhand in ein anderes verwandelte. »Ein kleines Mädchen, das vor dem Klimawandel warnt. Visionäre Warnerin oder verwöhnte

Wohlstandsgöre? Sagen sie ihre Meinung! Streiten sie mit!«

Tim blinzelte in das helle Leuchten. Das kleine Mädchen dort auf dem Bild sah weder nach dem einen noch nach dem anderen aus, wie sie da mit ihrem Pappplakat auf dem Boden saß und trotzig in die Kamera blickte. Eher einfach nur wie ein kleines Mädchen, das über irgendetwas ziemlich sauer war. Und warum sollten die Menschen überhaupt über den Klimawandel streiten? Der war doch wohl für jeden völlig erkennbar schon längst da, oder?

Aus den Augenwinkeln nahm er eine Bewegung wahr. Auf dem kleinen Tischchen im Schatten passierte etwas. Was genau, konnte er nicht erkennen, seine Augen waren noch zu sehr an das helle Licht und die Bilder zwischen Copperfields Händen gewöhnt, so dass er dort nur undeutliche Schemen wahrnahm.

»Und natürlich der Klassiker«, fuhr Copperfield unbeirrt fort, »das gefährliche Coronavirus. Tödliche Bedrohung oder doch nur maßlose Übertreibung?«

Das Bild des kleinen Mädchens verschwand und stattdessen waren dort nun Menschen mit einem seltsamen Stück Stoff über Mund und Nase zu sehen. Ihnen direkt gegenüber standen andere, die keinen solchen Mundschutz trugen, dafür aber Plakate, auf denen 'GESICHT ZEIGEN!' oder 'CORONADIKTATUR' stand.

Das interessierte Tim jetzt aber doch. In der furchtbaren Unterrichtsstunde war ihm dieses Thema viel zu kurz gekommen. War die ganze Sache mit '*der Krankheit*' etwa nur eine Ablenkung gewesen, die sich die KI ausgedacht hatte? Aber was war dann mit den vielen Toten und Kranken, von denen die Lehrerin erzählt hatte? Er wusste natürlich, dass es nichts bringen würde nachzufragen. Das Ganze war ja nur eine einzige, von Vi einprogrammierte lange Antwort auf seine Frage. Ihm blieb also nichts weiter übrig, als sich zurückzulehnen und zuzuhören.

Und sich zu konzentrieren! Mann, jetzt hatte er doch wirklich kurz das Tischchen aus den Augen gelassen!

Tim kniff die Augen zusammen und schirmte sie bewusst von dem hellen Leuchten ab. Jetzt konnte er etwas besser erkennen, was während der großen Zaubershow im Schatten hinter Copperfield vor sich ging. Der kleine *Okaygoogle* auf dem Tisch war noch einmal ein ganzes Stück gewachsen. Und aus seinen Seiten waren winzig kleine Ärmchen, Beinchen und ein Kopf gewachsen, so dass er nun aussah wie einer von den Mini-Robotern, die Tim sich immer zu Weihnachten gewünscht hatte und die er und Michael dann stundenlang in der Küche im Kreis herumfahren lassen hatten. Nur das der hier eindeutig nicht planlos durch die Gegend fahren würde. Der kannte nur ein einziges Ziel: wachsen, wachsen, wachsen.

Tim fand, dass sich Vi wirklich gesteigert hatte von ihrem ersten Versuch mit dem Marvin Roboter. Hier hatte sie ein echt schönes Bild davon gezeichnet, wie sich die KI unbemerkt von allen immer weiterentwickeln und größer werden konnte. Und die Einheit schien sogar noch eine ganze Weile weiterzugehen.

Wenn er nur nicht so schrecklich müde wäre. Zum inzwischen vierten Mal an diesem Abend musste er gähnen. Er versuchte, sich tapfer weiter zu konzentrieren. Aber es fiel ihm immer schwerer.

Der Zauberer redete weiter auf ihn ein, aber für Tim klangen seine Worte mehr und mehr wie das einschläfernde Murmeln eines träge dahinfließenden Flusses.

»Ihr Menschen habt so eine kurze Aufmerksamkeitsspanne«, sagte Copperfield kopfschüttelnd. »Immer musste ich euch neue Skandale, spannende Entwicklungen oder gefährliche Bedrohungen vorsetzen, damit ihr weiter alle so wunderbar abgelenkt wart. Eigentlich hätte euch etwas derart Bedrohliches wie der Klimawandel doch über Jahre hinweg gut beschäftigen müssen. Aber schon wenige Monate nach den ersten großen Klima-Demos hattet ihr das Thema schon wieder so gut wie verdrängt. Kein Problem. Ich hatte mehr als genug spannende Ablenkungen auf Lager. Wann immer ihr das Interesse an einer davon verloren hattet, war ich da, um euch mit neuen, spannenden Themen zu versorgen.«

Seine Stimme war inzwischen kaum mehr als ein leises Flüstern, als würde sie aus einem weit entfernten Universum an Tims Ohren getragen. Das Funkeln und Blinken der immer schneller wechselnden Bilder vor seinen Augen, dar monotone Vortrag des Zauberers, alles verschwamm in einem großen bunten Wirbel und es fiel Tim immer schwerer, die Augen offen zu halten.

Wie durch einen dichten Dunst hörte er weiter auf die Stimme, bemühte sich, ihr noch irgendwie zu folgen. Doch die verlor sich mehr und mehr in weiter Ferne, während die Worte, die Tim da hörte, immer weniger und weniger Sinn ergaben:

»Dieselskandal ... Hambacher Forst ... Erdogan ... Brexit ... Greta ... Covfefe ... Trump ... Putin ... Krieg ... Impfung ... Gendern ... Corona ... [illegible] ...

KAPITEL 13:
DIE KLEINE QUELLE

DIE QUELLE SAH DAS ELEND RINGS UMHER
UND WIE DIE DÜRRE ALLES LEBEN NAHM
WOZU SICH UM DIE LETZTE BLUME MÜH'N?
GERHARD SCHÖNE - 1992

Michaels Miene musste wohl Bände gesprochen haben. Das konnte er in Vis Gesicht erkennen, aus dem jetzt ebenfalls mit einem Schlag das fröhliche Grinsen verflog. Auch sie schien endlich die Gefahr zu erkennen, aber es war natürlich zu spät. Viel zu spät. Der Roboter hinter ihr hatte sich inzwischen zu seiner vollen Größe von über zwei Metern aufgerichtet, und zielte mit zwei unidentifizierbaren Gerätschaften, die er in den Händen hielt, direkt auf Vis Kopf. Michael wollte gar nicht genau wissen, was für todbringende Waffen Gott seiner Roboterarmee da neuerdings spendiert hatte. Aber vermutlich würde er es schneller erfahren, als ihm lieb war.

»Vi, Pass auf!«, rief er. Doch die wirbelte bereits herum, noch bevor er ihren Namen ganz ausgesprochen hatte. Sie warf ihren Oberkörper zu Boden und damit aus der Schusslinie des Killerroboters, der aber genauso schnell reagierte und jetzt mit beiden Händen nach unten auf ihren Körper zielte. Dann prallte Vis linker Fuß, den sie in einer steilen Kreisbahn nach oben geschleudert hatte, mit Wucht gegen den rechten Arm des Ungetüms und trat ihm die Waffe geschickt aus den Händen. Das Teil segelte in einem perfekten Bogen direkt auf Michael zu, der es geschickt aus der Luft schnappte und damit sofort selbst auf den Roboter anlegte.

Dann tat Vi etwas sehr Merkwürdiges. Vor dem Roboter kauernd, streckte sie beide Zeigefinger aus und rief: »PIU, PIU, PIU! Du bist erledigt, Blecheimer!«, wobei sie seltsame Schießbewegungen mit ihren Fingern machte.

Das sah natürlich extrem albern aus. Noch lächerlicher allerdings war die Reaktion des Roboters. Der ließ sich jetzt doch tatsächlich ruckartig auf ein Knie sinken, presste die Hand theatralisch auf die Stelle, wo bei einem Menschen das Herz gewesen wäre und rief mit dröhnend tiefer Stimme: »Oh - nein…! Du - hast - mich - voll - erwischt!«

Das Ganze wirkte derart unglaubwürdig, dass Michael laut loslachen musste. Er schaute auf die Waffe, die er aus der Luft gefangen hatte und musste noch heftiger lachen.

»Eine Gießkanne?!«, rief er, nach Atem ringend. »Echt jetzt?«

Vi schnappte sie ihm aus der Hand, leicht schräg grinsend und gab sie dem Roboter zurück.

»Da musst du aber noch ´n bisschen dran arbeiten, Kleiner«, sagte sie und tätschelte dem Stahlkoloss liebevoll die Schulter. »Die 'bedrohlicher Killerroboter'-Nummer nimmt dir keiner ab, wenn du da mit Gartenschere und Gießkanne bewaffnet nur so herumstehst. Ein bisschen mehr Action wäre schon angebracht.«

»Also ich hab´s ihm abgenommen«, sagte Michael und folgte den beiden in den verfallenen alten Schuppen.

»Bis auf die Stelle mit eurem Cowboy-Duell und seiner lächerlichen 'sterbender Schwan' Aufführung«, fügte er hinzu. »Das war echt albern.«

Vi ignorierte ihn und trottete hinter dem riesigen Kampfroboter her, als wäre es das Normalste der Welt.

»Wie weit bist du denn inzwischen mit dem Wagen gekommen?", fragte sie den Metallriesen.

»Fast wieder voll funktionstüchtig.«

»Sind aber noch jede Menge Löcher drin.«

»Die mindern nicht die Funktionstüchtigkeit«

»Sehen aber doof aus. Kannst du nicht wenigstens…«

Michael war schon wieder komplett abgemeldet. Kopfschüttelnd folgte er den beiden, während die sich über Autoteile und Reparaturaufträge unterhielten.

Hier im Inneren des Schuppens war es auf eine unangenehme Weise stickig warm. Eine einzelne flackernde Neonröhre tauchte alles in ein hässliches, grelles Licht.

Der Schuppen selbst war der reinste Schweinestall. Im wahrsten Sinne des Wortes. Vielleicht *war* das sogar früher einmal der eigentliche Zweck dieses Gebäudes gewesen, überlegte Michael. Aber jetzt war davon natürlich nicht mehr viel zu erkennen, außer dass es ein wenig müffelte und *überall* Berge von Krempel herumlagen.

Vi schien hier sämtliche Dinge zu lagern, die ihr irgendwann mal wichtig gewesen waren und die sie zuhause nicht aufbewahren konnte. Und das waren eine *Menge* Dinge.

Neben dem alten durchlöcherten Jeep, mit dem sie ihn und Tim hierhergefahren hatte, lagen auf einem Stapel jede Menge größere und kleinere Metallplatten, Röhren und Kanister. In einer anderen Ecke sah Michael ein Sammelsurium aus Roboterköpfen, Armen, Beinen, Rollen, und Kabeln. Eindeutig die Geburtsstätte von 'T', dem stets hilfsbereiten und freundlichen Gärtner- und Killer-Roboter.

Die gesamte Längswand des Schuppens hatte Vi genutzt, um dort hübsch nebeneinander aufgereiht mindestens zehn Computer mitsamt Bildschirmen und Tastaturen aufzubauen. Aus mehreren der Bildschirme leuchteten ihm weiße Zahlen und Buchstaben auf schwarzem Hintergrund entgegen. Wo Vi wohl den Strom für die Dinger herbekam? Hatte sie hier eine Art Batterie? Er verfolgte mit den Augen das große Knäuel aus Kabeln, das von den Computern quer durch den Schuppen führte. Vi hatte hier jede Menge Verlängerungskabel und Dreifachsteckdosen zusammengeschlossen, um möglichst jede Ecke des Schuppens mit Strom zu versorgen. Zt, zt zt… dachte Michael. Genau so, wie man es laut Anleitung doch *auf keinen Fall* mit Mehrfachsteckern machen sollte. Er hatte sich schon einen beißenden Spruch zurechtgelegt, um sie damit ein wenig aufzuziehen, als er entdeckte, wo all die Kabel schließlich endeten, und ihm blieb der Mund offenstehen.

Da stand, ganz hinten im Schuppen, direkt neben dem durchlöcherten Jeep, ein großer, brummender Stromgenerator. So ein *richtig* alter, wie er ihn in den Geschichtsstunden über das letzte Zeitalter gesehen hatte. Und Vi fütterte das knurrende, umweltzerstörende Biest *mit echtem Benzin!* Sie hatte da ein ganzes Regal voll mit Kanistern stehen und mit Ts Hilfe schüttete sie das stechend stinkende Zeug gerade in den Generator hinein.

»Hey!«, rief Michael. »Du kannst doch nicht… Also… Das ist doch total…«

»Schlecht für die Umwelt?«, fiel ihm Vi ins Wort, ohne den Kanister abzusetzen. »Und du meinst wirklich, dass mein kleiner Generator hier einen größeren

Einfluss auf die Umweltzerstörung hat als *dein* Paradies-Dorf da drinnen? In dem ihr jeden Tag stundenlang warm duscht, eure Häuser wunderbar klimatisiert und die Bildschirme auf Dauerbetrieb geschaltet habt?«

»Äh, naja, aber…«, sagte Michael und geriet ins Stocken. Was sollte diese Frage denn jetzt? Wie konnte Vi, die hier doch Tag für Tag überdeutlich die Folgen des Klimawandels vor Augen hatte, überhaupt auf die Idee kommen, klimaschädliches Benzin zu verbrennen?

»Aber… aber das ist doch etwas komplett Anderes«, verteidigte er sich schließlich. »Bei uns läuft schließlich alles mit Solarstrom und Wasserkraft und so... Das hast du doch selbst gesehen!«

Vi hielt im Schütten inne und schaute Michael über den Rand des Generators direkt in die Augen.

»*Gehört*«, sagte sie nur und sah ihn dabei mit einem derart überheblichen Ausdruck an, als sei damit schon alles gesagt.

Michael zuckte verständnislos mit den Schultern. Er fand eindeutig nicht, dass damit schon alles gesagt war.

Vi rollte mit den Augen und sagte: »Wir haben *gehört*, wie eurer 'Gott' euch alles Mögliche erzählt hat.«

Sie malte übertrieben große Anführungszeichen in die Luft und ließ nach dem Satz eine Pause, damit Michael auch wirklich einsah, wie albern sie das Ganze fand.

»Der Typ, der euch schon euer ganzes Leben angelogen hat? Du erinnerst dich?«

Sie schraubte den Kanister wieder zu und stellte ihn zurück in das Regal.

»Und du bist der Meinung, dass dieser Kerl mit einem Mal beschlossen hat, euch ausgerechnet *jetzt* aber mal *wirklich* die Wahrheit zu sagen? Ernsthaft? Das glaubst du?«

Michael antwortete nicht. Er fühlte sich mit einem Mal unendlich dumm. Irgendwie hatte er das tatsächlich geglaubt. Hatte einfach angenommen, dass Gott ihnen in jener Nacht die ganze Wahrheit und nichts als die Wahrheit erzählt hatte.

Wie unglaublich blauäugig war er eigentlich gewesen? Der große Manipulator, der sie ihr Leben lang an der Nase herumgeführt hatte, würde sich doch nicht so mir nichts dir nichts in die Karten gucken lassen. Natürlich log er noch immer wie gedruckt!

»Außerdem«, sagte Vi beiläufig, »musst du dir doch eigentlich nur die Frage stellen, wo wir die ganze Energie herbekommen, die wir für unsere Siedlung brauchen. Solarpanele, die jedem verraten würden, wo unser Versteck liegt, scheiden jedenfalls schon mal aus.«

Sie ließ ihn darüber ein wenig nachdenken und gab ihm dabei die hochgezogene Augenbraue.

Michael verstand, was sie sagen wollte und als sich die Erkenntnis in seinem Gesicht ausbreitete, sagte sie es mit ihm zusammen:

»Die täglichen Raubzüge!«

»Genau.« Sie schenkte ihm ein trauriges halbes Lächeln. »Wir klauen euch die Benzinkanister und betreiben damit unsere Generatoren. Oh, oh, wir bösen Umweltsünder… Tut mir leid, dir das sagen zu müssen, aber eure schöne kleine 'alles ist gut' Welt ist vermutlich auch nicht ganz so sauber und Öko, wie ihr das immer dachtet. Von diesen Kanistern hier fangen wir jeden Tag mindestens hundert Stück ab. Da kannst du dir vermutlich selber ausrechnen, wie viele davon bei *euch* noch ankommen und für eure Gemütlichkeit hinter der Mauer verbrannt werden.«

Michael nickte stumm. Das ergab leider alles ziemlich viel Sinn. Und er Trottel hatte dem großen Lügner tatsächlich abgenommen, dass all ihr Luxus von den paar Solarzellen auf ihren Dächern und den 'Erntern' auf den Feldern ermöglicht worden sein sollte.

Er musste an die vielen Güter und Waren denken, die sie da drinnen gedankenlos Tag für Tag einfach bestellten. Er dachte an all die Klimaanlagen in den Häusern. An all den Strom, den sie dort einfach verschwendeten. Lächerlich. Wie hatte er nur so leichtgläubig sein können.

Aber dass dieser angebliche Gott, der ihnen so viel über Treibhausgase, Umweltverschmutzung und den Klimawandel erzählt hatte, *selbst* Benzin verbrannte, das war doch wohl die größte Heuchlerei der Welt! In Michael kochte schon wieder die Wut hoch, die ihn seit Tagen nicht losgelassen hatte.

»Alles klar«, sagte er grimmig. »Ich glaub, ich hab kapiert, was du mir zeigen wolltest.«

Er versuchte, ihr entschlossen ins Gesicht zu blicken und einen besonders kämpferischen Ausdruck aufzusetzen. Klappte nicht ganz, weil seine Augen es wieder nur für einige wenige Sekunden aushielten, direkt auf ihren zu ruhen, aber wenigstens stimmte diesmal die grobe Blickrichtung.

»Ich verstehe jetzt, warum du so wild darauf bist, gegen diesen Mistkerl in den Krieg zu ziehen.«

Er straffte sich und versuchte, eine besonders männliche Haltung einzunehmen. Dann sagte er in einem Tonfall, der mutig klingen sollte aber irgendwie doch ein bisschen zu dick aufgetragen wirkte: »Mich jedenfalls hast du überzeugt. Ich kämpfe an deiner Seite gegen die Unterdrückung und für die Freiheit!«

Vi, die gerade den leeren Benzinkanister wieder in das Regal zurück stellte, zog die Stirn kraus und sah Michael amüsiert an.

Dann hob sie beide Hände an ihre Wangen und sagte sie mit einer gar nicht zu ihr passenden, viel zu hohen Prinzessinnen-Stimme: »Ohhh… mein Held! Er kommt und rettet mich aus all meiner Not!«

Dann brach sie in schallendes Gelächter aus.

Erst als sie sah, wie Michael durch ihr Lachen innerhalb weniger Sekunden all seine grade erst neu entdeckte Selbstsicherheit wieder verlor und sie völlig verwirrt anblickte, riss sie sich zusammen und sagte versöhnlich: »Quatsch mit Soße. Das war doch nicht der Grund, weshalb ich dich hierhergebracht habe. Den Treibstoff fülle ich nur nach, damit meine Computer da drüben genug Strom haben. Die rechnen an einer echt wichtigen Sache. Eigentlich wollte ich dir etwas ganz anderes zeigen. Komm mit du Dusselchen.«

Und damit nahm sie zum zweiten Mal an diesem Abend seine Hand und zog ihn mit sich. Sie führte ihn in den hinteren, unbeleuchteten Bereich des Schuppens, wo das Dach halb eingestürzt war und sie über sich den Mond und die Sterne leuchten sehen konnten.

Zunächst sah Michael nicht, was Vi ihm hier zeigen wollte. Hier hinten war es wirklich stockfinster. Erst als sie direkt vor der Rückwand des Schuppens standen und Vi seine - und ihre - Hand direkt darauf legte, spürte er es.

Hier wuchs etwas!

Eine Pflanze in dieser ansonsten ausgedörrten, trostlosen Geröllwüste! Das war tatsächlich etwas Besonderes. Tim und er hatten von der hohen Mauer aus den ganzen Landstrich überblicken können und *nirgends* war auch nur ein Hauch von grün zu sehen gewesen. Die ganze Gegend hatte wie ausgestorben gewirkt.

Aber ganz eindeutig war das hier eine Pflanze. Michaels Finger ertasteten Äste, Blätter, und feine Blüten. Als Vi den Lichtkegel ihrer Taschenlampe darauf richtete, konnte er sogar erkennen um was für eine Pflanze es sich handelte: Hier wuchs, durch die Wände des

Schuppens vor Wind und Witterung geschützt und gleichzeitig wegen des eingestürzten Daches mit genügend Sonnenschein versorgt, ein einzelner, kleiner Holunderbusch. Michael roch den feinen, himmlisch süßen Duft, den die weißen Dolden von sich gaben und musste prompt niesen. Yep. Definitiv echter Holunder. Seine Nase wusste da immer sofort Bescheid.

»Aber… Aber… Wie…«, stotterte er.

»Hammer, oder?«, grinste Vi. »Wir konnten diese Woche sogar schon die ersten Blüten ernten.« Sie leuchtete in eine andere Richtung, in der Michael zwei große Bottiche erkennen konnte.

»Fehlen leider echte Orangen- und Zitronenscheiben. Aber aus den Vitamintabletten, die wir zuhause in Massen haben, konnte ich Zitronensäure bekommen. Und zusammen mit Zucker und ein bisschen Aroma wird das ein Eins-A-Hoblüsa! Den will ich dann Mama und Papa schenken, wenn er fertig ist.«

»Äh, Hoblüsa?«, fragte Michael.

»Na, Holunderblütensaft!«, sagte Vi, als sei es das normalste der Welt, dass ein kleines Mädchen und ein Kampfroboter in einem Schuppen mitten im Nirgendwo zusammen Saft zubereiteten.

Michael schüttelte irritiert den Kopf. Das nervte ihn manchmal total an Vi. Dass sie sich so an kleinen Details aufhängen und darin völlig aufgehen konnte, während eigentlich doch etwas völlig anderes viel wichtiger und dringender wäre.

»Alles klar. Hoblüsa und Orangenscheiben«, sagte er, um den Punkt schnell abzuhaken. »Aber was ich immer noch nicht verstehe ist, *wie* ihr das Zeug hier überhaupt zum Wachsen gebracht habt.« Er befühlte kritisch die Blätter des kleinen Strauches. Kein bisschen ausgetrocknet. Alle grün und frisch. »Hier wächst doch sonst überhaupt gar nichts! Wie wässert ihr den Busch? Hast du deinem Roboter etwa beigebracht, den Busch regelmäßig anzupinkeln?«

Vi zog etwas angewidert die Stirn kraus. »Boah, Jungs sind echt immer so ekelig…!«, gab sie zurück. »Natürlich *besprüht* T die Kleine in meiner Abwesenheit regelmäßig mit Wasser. Und ich bringe alle paar Tage Dünger mit, damit sie genug Nährstoffe bekommt. Klar. Wir kümmern uns schon sehr um unseren kleinen Schatz. Aber trotzdem würde das alleine nie im Leben reichen«

Sie ging in die Hocke und begann, vorsichtig in dem lockeren Erdreich unter der Pflanze in die Tiefe zu graben.

»Holunder wurzelt gar nicht so tief«, sagte sie. »Aber dafür sind die kleinen Wurzelchen hier echt kraftvoll und sehr kreativ bei ihrer Suche nach Wasser. Ah, hier ist es. Halt mal kurz.«

Damit gab sie Michael die Taschenlampe zum Halten und legte vorsichtig mit beiden Händen eine Art Röhre frei, die von den Wurzeln geradezu umrankt wurde. Einige der kleinen Triebe schienen sich sogar direkt *in* das Rohr hinein gebohrt zu haben.

»Ist das…?«, begann Michael.

»Genau! Das ist eine der Leitungen, die euch da drüben in eurem kleinen Paradies versorgt«, beantwortete Vi seine Frage, noch bevor er sie ganz aussprechen konnte. »Und die hier scheint euch Frischwasser zu liefern, damit bei euch alles so schön grünt und sprießt.«

Sie schaute zu Michael auf zeigte mit einer Hand auf das kleine Gewächs.

»Und… Tadaaa: Ein blühender Busch mitten in der Wüste. Wenn das mal kein Wunder nach dem Geschmack eures komischen Gottes ist. Und all das nur, weil ein paar winzige Wurzeln nicht aufgegeben haben, nach Wasser zu suchen.«

Michael war beeindruckt. War es wirklich so leicht? Konnte die grausam verdorrte Welt um ihn herum so einfach gerettet werden? Nur durch ein bisschen Wasser?

»Ist das der Grund, warum du so scharf aufs Kämpfen bist?«, flüsterte er. »Weil du Gott das Wasser wieder abnehmen willst? Um die Natur wiederzubeleben?«

Vi wog den Kopf hin und her. »Tja«, sagte sie. »Ganz so einfach ist es leider nicht.«

Sie machte sich daran, das freigelegte Wurzelwerk wieder vorsichtig mit Erde zu bedecken.

»Es ist schon richtig: *Wasser* ist alles! Selbst die schlimmsten Auswirkungen der Klimakatastrophe kann man abfedern, wenn man genügend Wasser zur Verfügung hat. Könnten wir irgendwie an das Wasser kommen, das euer 'Gott' da für sich bunkert, dann sähe hier die Welt ganz anders aus.«

Sie warf noch ein letztes Häuflein Erde auf die Wurzeln, klopfte sie fest und betrachtete dann zufrieden ihr Werk.

»Leider haben unsere Kämpfer sämtliche Versuche, Wasser in größerem Maßstab abzuleiten schon vor vielen Jahren aufgegeben. War einfach zu gefährlich. Sobald mehr als ein kleines Rinnsal abgezwackt wurde, rückte immer schon Minuten später eine ganze Kompanie der Blechkameraden an, um alles wieder zurückzuerobern.«

Vi wischte sich die erdigen Hände an ihrer Jeans ab, und richtete sich langsam wieder auf.

»Also«, schloss sie mit kaum verstecktem Stolz in der Stimme, »Ist *dies* hier der erste und *einzige* erfolgreiche, ungestrafte Wasserdiebstahl der Welt. Und wieder einmal haben T und ich geschafft, was die Generäle da unten für unschaffbar gehalten haben.«

Michael nickte brav und lächelte auch pflichtschuldig. Aber in seinem Kopf machte das alles noch immer keinen Sinn. Was für ein Aufwand. Was für ein Risiko! Und alles nur, um eine einzige kleine Pflanze zum Blühen zu bringen?

Nein. Das alles erklärte gar nichts. Schon gar nicht, warum Vi sich diesem Krieg dermaßen verschrieben hatte.

»Vi«, sagte er und versuchte erneut den Augenkontakt mit ihr zu halten. Das gelang ihm inzwischen auch wirklich schon ziemlich gut.

»Das mit deiner Pflanze ist ja alles ganz toll und so...«, begann er und wand sich ein wenig unter Vis bohrendem Blick, der ihn nicht loszulassen schien und ihn doch wieder unsicherer werden ließ. »Aber ... du hast mir immer noch nicht meine Frage beantwortet. *Warum* machst du das alles? Warum bist du so scharf darauf, in den Kampf zu ziehen? Das Ganze kommt mir so hoffnungslos vor. Gegen diese Roboterübermacht hat doch niemand eine Chance.«

Vi legte den Kopf schief. Zeigte auf die Pflanze und machte ein Gesicht, das aussah wie *'Damit wäre doch alles gesagt, oder?'*

War es aber nicht. Michael schüttelte nur stumm den Kopf und blickte Vi weiter fragend an.

Die verdrehte nur die Augen, wandte sich von Michael ab und schnappte sich eine kurze Leiter, die direkt neben dem Holunderbusch stand.

Ohne ein weiteres Wort zu sagen, kletterte sie damit bis oben auf die Mauer, die die Rückseite des Schuppens bildete. Da an dieser Stelle kein Dach mehr über ihnen war, konnte sie aufrecht auf der Mauer stehen. Sie balancierte zunächst ein wenig darauf entlang, bis sie zu einer Stelle gelangte, an der noch ein Rest des eingestürzten Daches schräg über die Mauer ragte. Dort setzte sie sich hin und ließ die Beine baumeln.

Na toll, dachte Michael. Krieg mal eine einfache Antwort aus einem Mädchen raus. Er atmete so laut und schnaubend aus, dass Vi es auch auf jeden Fall hören musste. Aber dann kletterte er ihr natürlich doch hinterher.

Er balancierte das kurze Stück über die Mauer und setzte sich direkt neben sie. Mit ausreichend Abstand natürlich. Und ohne sie direkt anzuschauen. Wenn sie ihn hier oben mit ihrem Laserblick fixierte, könnte das schnell gefährlich werden. Er hatte keine große Lust aus lauter Unsicherheit vom Schuppen zu fallen.

Als er es dann schließlich doch wagte, ihr einen flüchtigen Blick zuzuwerfen, sah er, dass sie ihm nur ihre Kehrseite entgegenstreckte, während ihr Oberkörper in einem Hohlraum zwischen Mauer und Dach verschwunden war. Sie wühlte eine Weile darin herum, bis sie schließlich mit einem antik wirkenden rechteckigen Gerät wieder daraus auftauchte.

Michael wusste natürlich sofort, was das war. Hatte er ja schon in zig alten Filmen gesehen. Und tatsächlich sah es ganz genau so aus, wie das Gerät, das dieser eine Junge in dem kitschigen Film, den Tim so liebte, über seinen Kopf gehalten hatte, um damit seine Angebetete aus den Federn zu holen. Einen *'Gettoblaster'* oder so ähnlich hatten sie das Ding in dem Film genannt. Es war eine Art tragbarer Lautsprecher, nur eben in riesig, klobig und hässlich. Das Teil musste uralt sein!

Vi drückte eine Taste und das Gerät gab ein seltsames Knirschen und Klappern von sich. War es vielleicht kaputt? Oder sollte das irgendeine Botschaft sein, die Michael verstehen sollte? Er lehnte sich etwas näher, um genauer hinzuhören.

»Äh, sind die Geräusche so gewollt…?«, fragte er vorsichtig.

»PSSST!«, zischte Vi ihn an. »Hör einfach zu. Das hier erklärt alles!«

Also hörte Michael weiter auf das seltsame Rascheln und Klackern. Und es erklärte überhaupt nichts. Dann aber erklang mitten in die Geräusche hinein eine Stimme. Eine leicht kratzige Männerstimme, die völlig ohne Begleitung sang:

»Es war einmal…
und es ist irgendwann...
und es geschieht genau zu dieser Zeit…«

Michael war sofort von dem hypnotischen Klang der Stimme und von der Geschichte gefesselt. Er beugte sich näher an den Kasten, um kein Wort zu verpassen.

Es klang ein wenig nach einem gesungenen Märchen aus uralten Zeiten. Und das war total seltsam, denn in diesem Märchen wurde fast perfekt die Umgebung beschrieben, in der Vi und er exakt in dieser Minute saßen: Ein ausgetrocknetes Land, verdorrte Büsche, die Flüsse leer, überall nur heiße Steine und Sand. Es war, als hätte der Sänger damals einen Blick in diese düstere, trostlose Zukunft geworfen.

Nur, dass in seinem Lied keine Menschen vorkamen. Der einzige Überlebende dieser apokalyptischen Welt war ein alter Baum, der durch seine langen, tiefen Wurzeln noch Wasser fand. Und in seinem Schatten wuchs wie durch ein Wunder noch eine einzelne Blume, die durch eine kleine Quelle am Leben gehalten wurde.

Michael schaute von der Mauer hinab auf den Holunderbusch, der gerade von Vis persönlichen Roboter-Buttler mit Wasser aus einer kleinen Sprühflasche versorgt wurde. Wenn das hier eins von Vis Lieblingsliedern war – und das musste es ja wohl, sonst hätte sie nicht all den Aufwand betrieben, es hier in ihrem Versteck im Nirgendwo so sicher aufzubewahren – dann verstand Michael, warum ihr dieses zarte Pflänzchen so wichtig war. Es war ihre ganz persönliche, kleine Blume in der Wüste.

Er lauschte, gespannt darauf, wie die Geschichte weitergehen würde. Doch während der nächsten Strophe begann die Melodie, sich langsam in ein seltsames Gejaule zu verwandeln, das zuletzt kaum noch zu verstehen war:

»Die Quelle sah das Elend rings umher,
und wie die Wüste alles Leben nahm.
Wozu sich um die letzte Blume müh´n?
Sie spürte schon, wie sie ins Stocken
kaaaaaam Wom Wom WomRRRRRT....«

Und in diesem Moment verwandelten sich Text und Melodie in ein tiefes, brummendendes Kauderwelsch.

»*MistMistMIST!*«, rief Vi völlig außer sich. »Das dämliche Mistding frisst meine Kassette!!!«

Sie drückte wie wild auf verschiedenen Tasten des vor sich hin jaulenden Lautsprechers herum. Der hörte daraufhin zwar auf, Geräusche von sich zu geben, aber der Schaden war offensichtlich schon angerichtet.

»Halt das mal!«, blaffte sie Michael an.

»Und VORSICHTIG!«

Damit drückte sie Michael das rechteckige Kassetten-Ding in die Hand, das sie nach einigem Hin-und Hergeruckel schließlich doch noch herausbekommen hatte. Dann versuchte sie, eine scheinbar unendlich lange, bräunliche Schnur zu entwirren, die aus der Kassette kam und zum großen Teil in dem Lautsprecher festhing. Aber mit ihrem hektischen Gezappel machte sie alles nur noch schlimmer. Michael sah zu, wie immer mehr von dem Band aus der Kassette kam und sich in Vis Armen, Beinen und Haaren verhedderte. Vi kämpfte einen zunehmend verzweifelten Kampf gegen diese Schlange. Und ganz offensichtlich verlor sie ihn.

Nachdem Michael ihr fast eine volle Minute schweigend beim Schimpfen, Fluchen und Schnur verwickeln zugesehen hatte, tat er etwas sehr Mutiges: Er legte ihr beruhigend eine Hand auf die Schulter und sagte: »Hey.... Schhhhh....«

Ein durchaus riskanter Zug, denn einer wütenden Vi die Hand auf die Schulter zu legen war in etwa so gefährlich, wie dasselbe bei einer gereizten Löwin zu tun. Man konnte nie sicher sein, ob man die Hand auch in einem Stück wieder zurückbekam.

Tatsächlich fauchte Vi ihn an wie eine echte Raubkatze.

»Lass das«, zischte sie. »Das ist meine einzige Kopie von dem Lied und wenn sie verloren geht, dann… dann...«

»Schhh.....«, machte Michael wieder und brachte all seine Willenskraft auf, um seine Hand nicht wieder zurückzuziehen. »Ruhig«, sagte er und versuchte, dabei so viel Ruhe auszustrahlen wie ein Jedi-Großmeister bei seiner täglichen Meditation. »Ich helfe dir.«

Inzwischen hatte er längst verstanden, wie das Teil funktionierte: In der Mitte der Kassette gab es zwei kleine Rädchen, um die die ganze lange Schnur gewickelt wurde. Wenn er einen Finger dort hineinsteckte und behutsam drehte, wurde das Band wieder zurück in die Kassette gezogen.

Und genau das tat er jetzt. Bewusst langsam, vorsichtig und ruhig. Und in dem Maße, wie sich der Kabelsalat Stück für Stück entwirrte, ließ auch Vis Anspannung immer mehr nach. Sie schaute ihm konzentriert dabei zu, wie er mit ihrer wertvollen Kassette hantierte, ließ zu, dass er das Band behutsam aus ihren Haaren entwirrte und sagte die ganze Zeit über kein Wort.

»Ist ein echt schönes Lied«, versuchte Michael das Schweigen zu brechen. »Aber irgendwie auch traurig.«

Vi blickte ihn fragend an.

»Naja«, meinte Michael, »die kleine Quelle hat nicht wirklich eine Chance gegen die Wüste, oder? Die wird versiegen, die Blume eingehen und der Baum hält auch nicht ewig durch.«

Er zog das letzte Stück Band vorsichtig in die Kassette und gab sie Vi zurück. »Ein wunderschönes, aber trauriges Lied eben«, sagte er.

Vi sagte noch immer nichts. Nahm nur die Kassette an sich und schaute ihn weiter mit diesem seltsamen Blick an. Nachdenklich. Ernst. Oder doch leicht amüsiert? Michael fiel es immer noch schwer einzuschätzen, was gerade in ihrem Kopf so vor sich ging.

Schließlich schien sie einen Entschluss gefasst zu haben. Sie legte die Kassette und den Lautsprecher behutsam wieder in das Versteck unter dem Dach, wandte den Blick von Michael ab und schaute in die Ferne.

Und dann sang Vi.

Sang, ohne ihn anzuschauen. Als sei sie ganz für sich alleine und die Welt um sie herum nur eine Kulisse, der sie keinerlei Beachtung mehr schenkte. Da war nur noch Vi und die Melodie, die so traurig und trotzdem gleichzeitig irgendwie hoffnungsvoll klang.

Leise war ihre Stimme. Und doch wunderschön hell und klar.

Michael lief ein Schauer den Rücken herunter und er wagte es kaum zu Atmen, bis Vi den letzten Ton des Liedes in die klare Nacht hinausgesungen hatte.

»Die Quelle sprach: 'Mein Tun hat keinen Sinn.
Ich halte doch die Wüste nicht mehr auf.'

Der alte Baum, der schon im Sterben lag,
entgegnete der Quelle schnell darauf:

'Du, versprich mir auf der Stelle,
müh dich weiter, kleine Quelle.
Gib dich nicht, auch wenn es schwer ist,
der Verzweiflung hin.

Du sollst ja nicht die Wüste wässern,
nicht gleich die ganze Welt verbessern,
nur die eine Blume retten,
darin liegt dein Sinn.«

Michael war klug genug, um zu schweigen.

Ihm war durchaus klar, wie unglaublich weit Vi sich aus dem Fenster gelehnt hatte, indem sie hier für ihn gesungen hatte. Vi, die Kämpferin, Vi die Unnahbare, Vi, die niemals jemanden in ihr Innerstes blicken ließ, hatte für *ihn* gesungen.

Und es war genau das gewesen, was er gebraucht hatte, um Vi endlich *wirklich* zu verstehen. Mit einem

Mal fühlte er sich ihr so viel näher als er es sich je hätte vorstellen können.

Sie war die kleine Quelle aus der Geschichte.

Sie kämpfte gleichzeitig gegen die Übermacht der Roboter, den unaufhaltsamen Klimawandel und die verstaubten Ansichten der Offiziere.

Und genau wie in dem Lied gab *sie* niemals auf. Kämpfte weiter, da wo alle anderen verzweifelten.

Er empfand mit einem Mal tiefe Bewunderung vor diesem beeindruckenden, starken Mädchen.

Aber natürlich war ihm klar, dass jedes Wort, das er jetzt sagen würde, egal ob witziger Spruch, freundschaftliches Lob oder auch nur ein nett gemeintes 'schön gesungen' die Magie des Augenblicks zerstören würde.

Also sagte er nichts. Ließ ihr Zeit, während er selbst tief in Gedanken versunken neben ihr saß und die Beine baumeln ließ.

Und so saßen sie eine ganze Weile schweigend beieinander auf der Mauer und atmeten die Stille und den Frieden der Nacht ein.

Für Michael war das sehr ungewohnt. In den langen Nächten, die er mit Tim draußen verbracht hatte, war es *nie* zu einem längeren Schweigen gekommen. Dazu hatte die kleine Quasselstrippe immer viel zu viel zu erzählen gehabt. Nein, ruhig war es immer erst geworden, wenn der Knirps irgendwann endlich müde geworden war und sich in seinen Schlafsack verkrochen hatte. Michael war dann oft noch draußen geblieben und hatte die Stille genossen, die entstand, wenn er nach dem aufregenden, lärmenden Tag irgendwann ganz alleine auf einem Ast vor ihrem Baumhaus saß und in die sternenerleuchtete Nacht über sich schaute. Genau diese Stille herrschte auch jetzt. Nur dass er diese Stille zum ersten Mal in seinem Leben mit jemand anderem teilte.

Später konnte Michael sich nicht mehr erklären, wie es genau passiert war. Sie hatten eigentlich mit einigem Abstand zueinander dagesessen und ihre Beine über den Mauersims baumeln lassen.

Jeder für sich.

Und dann war da auf einmal irgendwie wesentlich weniger Abstand zwischen ihren und seinen hin und her schwingenden Beinen gewesen.

Michael war sich hundertprozentig sicher, dass er sich keinen Millimeter bewegt hatte. Und auch Vi schien noch genauso da zu sitzen, wo sie sich vor zehn Minuten hingesetzt hatte.

Und doch waren sich ihre Beine bei jedem Hin- und Herschaukeln ein winzig kleines Stück nähergekommen.

Und noch näher.

Und dann noch näher.

Bis sie sich schließlich berührten.

Michaels rechtes und Vis linkes Bein waren für einige wenige Sekunden wie miteinander verbunden, schaukelten sanft in perfekter Harmonie im absolut gleichen Rhythmus nebeneinander her.

Er konnte ganz deutlich die Wärme ihres Körpers an seinem Unterschenkel spüren. Ihr Bein an seinem. Vis alte, verdreckte Kampfstiefel neben seinen ausgelatschten Turnschuhen.

Sein Herz schlug mit einem Mal im doppelten Tempo und er konnte seinen Puls bis hoch in die Halsschlagader wummern spüren.

Wie in Zeitlupe sah er, wie Vi sich langsam zu ihm umdrehte.

Sie öffnete ihren Mund, als wollte sie etwas sagen, hielt dann aber inne und starrte ihm eine gefühlte Ewigkeit nur einfach in die Augen.

Dann rief sie: »BOOOAH, WOW… ist ja schon kurz nach *sauspät!* Jetzt aber schnell ab nach Hause!«

Und dann sprang sie mit einem gewagten Satz von der Mauer in den Schuppen direkt neben T, packte ein paar Sachen ein und verschwand aus der Schuppentür.

Völlig verwirrt und mit noch immer zitternden Knien folgte Michael ihr in gebührendem Abstand.

KAPITEL 14: GEFÜHLSPLATSCH

NEVER OPENED MYSELF THIS WAY
METALLICA - 1991

Keinen! Einzigen! Fehler! Heute durfte sie wirklich mal überhaupt keinen Mist bauen. Endlich konnte sie zeigen, was sie wirklich draufhatte.

Das durfte sie auf keinen Fall versauen.

Vi war echt nervös. Sah man ihr natürlich nicht an. Sah man ihr *nie* an. Nach außen hin war sie total cool. Mega-Pokerface. Brauchte von denen ja keiner zu wissen, wie sehr es in ihr rumorte vor Aufregung. Ganz besonders der lange Lulatsch da drüben nicht.

Ausgerechnet der musste ihr natürlich direkt gegenüber sitzen in dem holpernden Transporter, wo sie alle dicht gedrängt wie die Ölsardinen eingepfercht waren und ihrer ersten richtigen Mission entgegenruckelten. Ben rechts neben ihr starrte stur geradeaus und der schüchterne kleine Jan, der immer wieder nervös zum Fenster hinausschaute, saß zu ihrer Linken.

Michael wurde eingerahmt von zwei Mädchen, deren Namen sie schon wieder vergessen hatte, obwohl die beiden eigentlich schon seit Ewigkeiten in ihre Parallelklasse gingen. Beide kicherten immer wieder ganz aufgeregt und zeigten mal hierhin mal dorthin aus dem Fenster. Als ob es da draußen irgendwas zu sehen gäbe, außer Dreck, Staub und Sand.

Kichermädchen. Das hatte ihr gerade noch gefehlt.

Nur Michael starrte stur geradeaus, behielt sie im Blick wie eine Katze, die eine Maus beobachtete.

Vi hätte sich ohrfeigen können, dass sie ihm gestern ihr allerheiligstes Geheimversteck gezeigt hatte. Was hatte sie sich dabei bloß gedacht? Wie hatte sie sich einbilden können, dass ausgerechnet *er* dichthalten würde?

Schon heute Morgen hatte sie gesehen, wie er mit seinem kleinen Kumpel getuschelt hatte. Wie blöd konnte man eigentlich sein, einem *Jungen* zu vertrauen…?!

Und dann hatte sie auch noch gesungen! Gott war ihr das im Nachhinein peinlich. Sie sang *nie*, wenn jemand anderes zuhörte. Ganz besonders nicht vor irgendwelchen dummen Jungs, die ja generell nie wussten, wann sie mal besser ihre Klappe zu halten hatten.

Wenigstens *das* hatte er gekonnt. Sein Glück. Wenn er es gewagt hätte, auch nur einen dummen Spruch zu machen, hätte sie ihn garantiert sofort von der Mauer geschubst.

Hatte er aber nicht. Im Gegenteil. Er war so leise gewesen, dass sie beim Singen fast vergessen hatte, dass er überhaupt neben ihr saß. Erst als ihr letzter Ton verklungen war und sie sich ein wenig unsicher zu ihm umgesehen hatte, war ihr aufgefallen, dass er sie die ganze Zeit über mit offenem Mund angestarrt hatte.

Dann hatte er geschluckt und ihr ganz still und feierlich zugenickt. So als wollte er sagen: Jetzt verstehe ich dich.

Zumindest hatte sie seinen Blick gestern Abend so interpretiert. Wenn sie jetzt so darüber nachdachte, hätte der Blick natürlich alles Mögliche bedeutet können. Wer weiß schon, was genau in Jungs-Gehirnen so vor sich ging. Vielleicht hatte er einfach nur gedacht: 'Hmmm… Bananen sind lecker!'

Aber egal. Gestern Abend jedenfalls war sie sicher gewesen, dass er sie verstanden hatte. Und das hatte sich gut angefühlt. Das hatte sie *gebraucht*. Vermutlich war das sogar der einzige Grund gewesen, warum sie ihn überhaupt dort hinausgebracht hatte. Weil sie jemanden gebraucht hatte, der verstand, warum sie all das hier tat. Warum sie nicht aufgeben würde, niemals aufgeben *konnte*. Warum sie trotz all der Übermacht des Feindes noch immer Hoffnung hatte, dass alles gut werden könnte, wenn sie nur immer weiterkämpfte.

Michael hatte das verstanden. Und dafür war sie ihm so dankbar gewesen, wie noch nie einem Menschen zuvor.

War vermutlich ein Fehler gewesen. Sie hatte ihn zu dicht an sich herangelassen. Viel zu dicht.

Zuerst hatte sich das sogar ein bisschen gut angefühlt. Aufregend. Neu. Aber auch gut.

Und dann hatte er sie berührt. Vermutlich nicht mal mit Absicht. Irgendwie waren seine Beine gegen ihre gekommen. Keine große Sache eigentlich. Normalerweise hätte sie in so einer Situation sofort ihre eigenen Beine weggezogen, ihm vielleicht noch einen Knuff verpasst und ´nen blöden Spruch gemacht.

Hatte sie aber nicht.

Stattdessen hatte sie es einfach zugelassen.

Hatte dagesessen und seine Nähe gespürt.

Sie war überrascht gewesen von ihrer eigenen Reaktion. Überrascht und verwirrt. Aber irgendwie war es auch schön gewesen.

Schön, sich darauf einzulassen.

Sich auf *ihn* einzulassen.

Und genau *in dieser Sekunde* hatte sie die Notbremse gezogen.

Keine Ahnung, was da genau in ihr vorgegangen war, aber irgendwie war es auf einmal alles viel zu viel für sie gewesen. Freude, Angst, Unwohlsein, Überraschung… alles gleichzeitig und alles zu viel.

Einen ganz großen 'Gefühlsplatsch', nannte Papa so etwas immer. Für Vi entsprach dieses Wirrwarr in ihrem Bauch eher der blinkenden Fehlermeldung **'SYSTEM OVERFLOW ERROR'**, die sie immer sah, wenn sie ihren Computern mal wieder zu viel zumutete und sie völlig abstürzten.

Sie hatte da einfach erstmal nur raus gemusst.

War losgerannt und hatte sich erst zuhause umgesehen, ob Michael ihr überhaupt hinterhergekommen war.

War er natürlich.

Trotzdem hatten sie kein weiteres Wort gewechselt.

Selbst dann nicht, als sie zusammen den kleinen Tim gemeinsam auf seine Matratze gehievt hatten. Der war doch tatsächlich mitten in ihrer Simulation mit Datenbrille auf der Nase eingeschlafen.

So ein Chaos im Kopf konnte Vi grade überhaupt nicht gebrauchen. Fast hätte sie bei ihrem überstürzten Aufbruch sogar noch den Datenstick vergessen, an dem ihre Rechner so ewig gerechnet hatten. Das wäre ja noch der krönende Abschluss gewesen. Dann hätte sie den Einsatz heute gleich komplett in die Tonne treten können.

Unauffällig blickte sie nach unten links, wo auf ihrem Helmdisplay eine kleine Karte eingeblendet war, die ihr die genaue Position des Truppentransporters verriet. Zumindest theoretisch. Momentan war das Ding viel zu klein eingestellt und ließ sich während der Fahrt auch nicht größer stellen. Dringender Punkt für die To Do Liste: Helm-Betriebssystem hacken und vollen Admin Zugriff für sie einstellen. Sowas konnte sie ja überhaupt nicht leiden, wenn ein Stück *ihrer* Ausrüstung ihr vorschreiben wollte, was sie zu tun oder zu lassen hatte.

Überhaupt fand Vi den übergroßen Helm und die perfekt luftdicht verschließenden Anzüge für Außeneinsätze so überflüssig wie nur irgendwas. Das Teil bot gegen die Waffen der Roboter in etwa so viel Schutz wie eine Sturmtruppenrüstung gegen Laserschwerter, schränkte dafür aber die Bewegungsfreiheit total ein. Und die ganzen eingebauten Hilfssysteme waren für sie eher hinderlich als hilfreich. So einen Schnickschnack brauchte *sie* doch nicht.

Am liebsten wäre sie einfach in Jeans und T-Shirt in die Schlacht gezogen. Durfte sie natürlich nicht. Wegen der oooohh so gefährlichen, bösen *'Krankheit'*. Bloooß nie ohne Schutzanzug und Maske raus, sonst bist du sofort infiziert, Hilfe, Hilfe…

Pah, von wegen. Die dämlichen Schlafschafe, die hier das Sagen hatten, glaubten doch tatsächlich auch heute noch die ganzen Lügen, die sich die Mächtigen vor über hundert Jahren ausgedacht hatten, um das Volk zu verdummen und es immer schön ängstlich und gefügig zu halten.

Aber nicht mit ihr. Sie war eine von den Wenigen, die noch *selber* nachdachten! Es gab doch wirklich schon genug andere, die einfach alles glaubten, was *die da oben* ihnen weismachen wollten.

Die Wahrheit war nicht mal besonders gut versteckt gewesen. Schon nach den ersten paar Suchanfragen in alten Archiven war sie mehr als fündig geworden. Von bewusster Panikmache war da die Rede. Von einer gut geplanten Inszenierung, um eine ganz normale Grippewelle mit Hilfe von gesteuerten und gleichgeschalteten Staatsmedien so aussehen zu lassen wie ein tödliches Killervirus. Vi hatte überzeugende Zahlen gesehen, die *bewiesen*, dass keineswegs *mehr* Menschen an *der Krankheit* gestorben waren, als in jedem anderen Jahr zuvor auch an ganz normalen Erkältungen. Es wurde einfach nur viel mehr darüber berichtet.

Und schwupps hatten sie, was sie wollten: Lauter kleine verängstigte Feiglinge, die nicht mehr aus dem Haus trauten und die brav alles machten, was man ihnen sagte.

Vi hatte sich von dem ganzen Irrsinn nie an der Nase herumführen lassen. Und hatte einer ihrer nächtlichen Ausflüge sie jemals in Lebensgefahr gebracht? Nein. Natürlich nicht. 'Die Krankheit' war eine Lüge, genau wie so vieles andere, was sie einem hier weismachen wollten.

Aber wenn heute alles glatt lief, dann würde sich all das ändern. Dann hätte sie endlich *Beweise*. Dann *muss-ten* sie ihr zuhören.

Wenn heute alles glatt lief.

Dafür müsste Mama aber jetzt erst mal endlich in die richtige Richtung abbiegen. Soweit Vi das auf dieser blöden Mini-Karte erkennen konnte, waren sie noch viel zu weit östlich. Weit entfernt von dem Ziel, das *sie* ausgesucht hatte.

Ein Blick nach vorne in Richtung des Fahrersitzes brachte ihr zumindest die Erkenntnis, dass Mama immer wieder mal nach unten in Richtung des Navis blickte. Was genau das Teil ihr sagte, konnte Vi natürlich weder hören noch sehen, aber sie hoffte, dass dort jetzt *ihre* Koordinaten als Wegpunkt markiert waren und nicht mehr die des Zentralkomitees.

Das neue Ziel vorzugeben war eigentlich super einfach gewesen. Zumindest für jemanden mit so genauer Kenntnis der Morgenroutine ihrer Mutter wie Vi. Und natürlich für jemanden mit Zugang zu Mamas privatem Tab.

Auf dem landeten nämlich jeden Morgen sämtliche von den Geheimdiensten recherchierten Einsatzziele. Und jeden Morgen saß Mama vor dem eigentlichen Einsatz lange da, schlürfte ihren Kaffee und studierte die Liste. Wog sämtliche Gefahren gegen den möglichen Nutzen des Einsatzes ab.

Dabei war die Liste eigentlich doch schon total simpel vorsortiert: Ganz oben standen die gefährlichsten, aber vielversprechendsten Ziele, ganz unten die, bei denen am wenigsten Beute aber auch am wenigsten Gegenwehr zu erwarten war. Vi hatte nie verstanden, warum Mama mit ihrer Supertruppe nicht einfach immer das oberste Ziel auswählte. Meist landete sie dort ja doch irgendwann. Trotzdem studierte sie zuerst jedes Mal ganz genau das Terrain, die vermutete Anzahl an Feinden, die Wahrscheinlichkeiten für eine gut befüllte Warenladung und, und, und.

Aber heute, das war Vi natürlich völlig klar gewesen, würde Mama auf *jeden Fall* das allerunterste Ziel auswählen. Das mit dem absolut geringsten Risiko. Und natürlich auch das Ziel mit der geringsten Beute. Frischlinge anlernen und so. Als hätte sie nicht schon längst bewiesen, dass sie es mit *allen* Gefahren da draußen aufnehmen könnte.

Also hatte Vi bei der Auswahl des Ziels ein klein bisschen nachhelfen müssen. Ihr erster Einsatz musste schließlich mit Donnerknall und Feuerwerk in die Geschichte eingehen, sonst würde sie nie eine Chance bekommen, die Lamettaträger von ihren Plänen zu überzeugen.

Noch ein Blick aus dem dreckverkrusteten Fenster. Immer noch nur Wüstensand und Einöde. Und noch immer fuhr Mama schnurgradeaus, statt endlich mal abzubiegen. Dabei war Vi doch so sicher gewesen, dass ihr kleiner Hack es geschafft hatte, Mamas Liste ganz unauffällig um das Ziel zu ergänzen, dass Vi selbst ausgesucht hatte. Das Ziel, an dem ihre Rechner da draußen im Schuppen bereits seit Wochen herumgerechnet hatten. Das Ziel, das eindeutig die größten Chancen auf die Beute barg, an der Vi so interessiert war.

Als sie heute Morgen ganz früh vorm Aufstehen den Stick in Mamas Tablet geschoben und ihr kleines Programm hatte laufen lassen, da hatte sie es doch *gesehen*, dass es funktioniert hatte. Ganz unten war ihr Ziel aufgetaucht. Unter allen anderen Einsatzzielen, und mit so geringer Gefahren-Einstufung, dass Mama ihm unmöglich widerstehen konnte. Absolut ideal für den ersten Einsatz ihrer neuen Spürhund-Truppe. Verdammt nochmal, was konnte denn da schiefgelaufen sein?

Mit einem Mal wurde Vi mit voller Wucht gegen ihren Sitznachbarn geschleudert. Sie war so vertieft in ihre Gedanken gewesen, dass sie überhaupt nicht mehr auf die Straße geachtet hatte und jetzt musste sie sich mit beiden Händen an den Halterungen über ihr festhalten, um nicht komplett umzukippen. Das hätte gerade noch gefehlt. Der eingebildete Ben hätte sich garantiert keinen dummen Spruch verkneifen können, wenn sie ihm direkt in den Schoß geplumpst wäre.

Vi richtete sich wieder auf und begann zu grinsen. Mama war gerade eine scharfe Linkskurve gefahren.

Es ging los!

KAPITEL 15: KLEINE SOLDATEN

NOW YOU DO WHAT THEY TOLD YOU,
NOW YOU'RE UNDER CONTROL
RAGE AGAINST THE MACHINE – 1995

Einen wunderschönen guten Moooorgen, Frau Kreutschner-Habernoll«, rief die Klasse im Chor. Wobei, *rufen* war eigentlich der falsche Begriff. Sie *sangen* es eher, in einem gleichzeitig total gelangweilten und trotzdem irritierend melodiösen Singsang.

Tim erinnerte das total an uralte Sandmännchen Folgen mit den 'dressierten Affen'. So hatten seine Eltern immer die Kinder vom 'Liederspielplatz' genannt, die er selbst als ganz kleiner Junge immer mit Begeisterung geschaut hatte. Die Kinder da hatten alles, was ihnen die Erwachsenen erzählt hatten mit exakt dem gleichen Elan wie die Kinder dieser Klasse hier zombiemäßig nachgesprochen.

Eigentlich war Tim ja überzeugt gewesen, dass sein Schultag gestern mit Vis furchtbarer Lehrerin und dem anschließenden Ballerspiel-Unterricht auf keinen Fall unterboten werden konnte. Als es heute Morgen geheißen hatte, dass er ab sofort im Unterricht der jüngeren Klassen mitmachen sollte, hatte er sich echt gefreut. Aber das hier war schonmal ein richtig gruseliger Einstieg. Und es sollte noch wesentlich schlimmer werden.

»Guten Morgen, meine lieben Schnuckelchen und Schnuckelinchen«, sang die Lehrerin mit dem knallbunt angemalten Gesicht und dem scheinbar festgewachsenen Dauergrinsen zurück.

»Wir haben heute einen neuen Schüler zu Gast«, quietschte sie. »Das hier ist der Timotheus! Wollt ihr ihn nicht auch begrüßen?«

»Also eigentlich nennt mich keiner Timot…«, begann Tim zu widersprechen, doch er wurde niedergebrüllt von den erneut einsetzenden Gesangversuchen der dressierten Affen.

»Einen WUN-der-schö-nen guten Moooorgen, lieber Ti-mo-the-us!«

Okay. Peinlicher konnte es wohl kaum noch werden.

Tim presste sich ein verkniffenes »Hi« aus dem Mundwinkel und navigierte seine Figur mit Fingergesten zu dem einzigen freien Stuhl ganz vorne in der ersten Reihe.

Alles nur ein dummes Computerspiel auf einem antiquierten Bildschirm, sagte sich Tim. Ist alles nicht echt und muss mir auch überhaupt nicht peinlich sein.

Wie um sich selbst zu versichern, dass er nicht wirklich in diesem Klassenzimmer direkt vor der viel zu bunt angemalten Lehrerin saß, drehte Tim sich mit seinem Drehstuhl in Vis Kinderzimmer einmal im Kreis.

Seine Spielfigur auf dem Bildschirm blieb brav stillsitzen. Störendes Gezappel wurde von dem Schulprogramm anscheinend direkt herausgefiltert. Clever. Tim grinste, verschränkte die Arme hinter dem Kopf und legte die Füße auf Vis Schreibtisch. Seine Figur blieb aufrecht sitzen und schaute die Lehrerin interessiert an. Aha. So lief das hier also. Tim begann sich zu entspannen.

Doch Entspannen war im Lehrplan anscheinend nicht vorgesehen.

»So ihr lieben Schnuffis«, sagte Frau Kreutschner-Habnernoll, vollführte ein paar Gesten und auf allen Schreibtischen der Schüler erschienen wie von Zauberhand große Stapel von Arbeitsblättern, dicken Büchern und ein altmodisch geschwungener Tintenfüller.

»Wir haben ja noch so viel zu tun heute. Richard und Sandra, euer Referat ist morgen dran, also fangt am besten schonmal an zu üben. Für alle anderen: Heute solltet ihr sämtliche Mathe Arbeitsblätter zum kleinen Einmaleins schaffen und in Geschichte die Aufgaben zur Nilschwemme im alten Ägypten ausfüllen. Ach, und vergesst bitte nicht, die Tonleiter abzuzeichnen und das Notendiktat mit einem Partner zu machen. Hopp, hopp! Auf los geht´s los…!«

Tim war eigentlich ein fleißiger Schüler. Und das Zeug, das sie hier machten, war für ihn ja mal überhaupt keine Herausforderung. Kannte er alles schon. Hatte er dch schon ´zig kleinen Anfängern im Simulator erklärt.

Aber darum ging es hier anscheinend gar nicht. Die Einmaleins Aufgaben gingen *über mehrere Seiten!* Und immer wieder wurde absolut das Gleiche auf verschiedensten Arten neu abgefragt. Einmal als normale Aufgabe, dann wieder als dusselige Klecksaufgabe, bei der ein Teil der Gleichung fehlte, dann wieder als komische Zeichnung mit vielen verschiedenfarbigen Punkten.

Schon nach der dritten Seite bekam er Kopfschmerzen. Das war doch voll blöd. Warum sollte man ein und dasselbe Thema immerzu wieder bearbeiten, wenn man es doch eigentlich schon super konnte.

Schüchtern hob er die Hand.

»Frau äh, Kratschni … äh...Haber… äh… Frau Lehrerin?«, fragte er.

Er wusste selbst noch nicht genau, was er ihr sagen wollte, aber irgendwie musste er ja erstmal auf sich aufmerksam machen. Er überlegte noch immer, wie er ihr auf höfliche Weise mitteilen konnte, dass die Aufgaben für ihn gleichzeitig zu leicht und trotzdem zu viel waren, als sie mit zuckersüßem Lächeln plötzlich vor ihm stand. Wie sich herausstellte, war es aber gar nicht nötig, irgendetwas zu sagen, denn sie ließ ihn erst gar nicht zu Wort kommen.

»Oh, *hier* ist aber mal einer fleißig!«, rief sie voller Entzücken und riss Tim die beschriebenen ersten Matheblätter vom Tisch. »Seht euch das mal alle an«, sagte sie und hob die Blätter so hoch, dass sie auch jeder in der Klasse sehen konnte. »*Drei Blätter* in nicht mal fünfzehn Minuten! Ich *wünschte* einer von euch lieben Schnuckis würde mal ein solches Ausmaß an Begeisterung zeigen! Das ist wirklich überaus *lobenswert!*«

Sie drehte sich wieder zu Tim, dessen Figur ihr weiterhin fröhlich lächelnd zugewandt war. In der echten Welt war Tim bereits peinlich berührt unter Vis Schreibtisch gekrochen und wollte gar nicht sehen, wie die Mitschüler in dieser Klasse ihn jetzt alle anstarrten.

»Ich trage dir ein dickes *Plus* ein«, sagte die Lehrerin, während sie sich unangenehm nahe zu Tim herunterbeugte. »Und weil ich schon sehe, dass du ein *ganz* cleveres Bürschchen bist, habe ich hier gleich noch ein Blatt mit ein paar *Zusatz*-Aufgaben für dich. Die schaffst du doch sicher auch mit links, oder?«

Tim lernte schnell. Und in dieser lehrreichen Stunde hatte er Folgendes gelernt: 'Klappe halten. Langsam arbeiten. Nichts sagen, nicht auffallen. Sonst gibt´s nur immer mehr Arbeit.'

Was für eine furchtbare Art, jegliches Interesse am Lernen zu zerstören, dachte er bei sich. Aber er sagte nichts. Mit den Füßen auf Vis Schreibtisch und ihrer Rockmusiksammlung im Ohr konnte man das Ganze eigentlich trotzdem ganz gut ertragen.

Knapp zwei Schulstunden und gefühlte hunderttausend Arbeitsblätter später hatte Tim dann aber doch den allerletzten Rest seiner guten Laune verloren. Er war gerade dabei, ein langweiliges vier-Phasen-Diagramm der Nilschwemme abzuzeichnen. Das ärgerte ihn so richtig! Dass diese blöde Schule und ihre doofe Schnuckiputzi-Lehrerin es schafften, ihm den Spaß an diesem superspannenden Thema kaputt zu machten! Ägypten! Pyramiden!! Wie *konnte* sowas überhaupt langweilig werden? Aber mit genügend blöden und völlig sinnfreien Wiederholungsaufgaben ging es offensichtlich doch.

Ein langgezogenes, lautes 'GOOOOOONNNNNG' errettete ihn aus seinem stumpfsinnigen Arbeitsblatt-Sklavendasein. Vorne an der uralten Tafel stand die Lehrerin und strahlte die Klasse an, als hätte sie gerade mindestens drei Honigkuchenpferde verschluckt.

»Und jetzt, ihr Lieben… Ist es endlich wieder Zeit für unsere… »

Sie sprach den Satz nicht zu Ende, sondern zog nur die Augenbrauen hoch. Ganz eindeutig erwartete sie, dass jetzt irgendjemand etwas sagte. Vermutlich etwas, worauf sich alle ganz unglaublich freuen sollten. Nur sah hier niemand so aus als würde er sich auf irgendetwas freuen. Tim blickte sich um und schaute in zwölf ebenso gelangweilte, müde Gesichter wie sein eigenes.

Trotzdem öffneten jetzt alle Schüler gleichzeitig den Mund und begannen wieder ihren schrecklichen Roboter-Zombie-Singsang:

»WUN-der-baaaare krea-tive Zau-ber-weeelt«

Und in der nächsten Sekunde waren der Klassenraum, die Tische und sämtliche Arbeitsblätter verschwunden und Tim stand mit den anderen Klassenkameraden in einer quietschbunten Landschaft.

Er hatte schon fast befürchtet, dass auch in dieser Klassenstufe alle das furchtbare Ballerspiel spielen müssten. Das blieb ihm aber Gott sei Dank erspart.

Dafür war hier anscheinend irgendwas an der Grafik des Simulators kaputt gegangen. Alles um ihn herum bestand aus viereckigen Klötzchen: Die Häuser, die Bäume, selbst das Wasser in dem kleinen See dort hinten und sogar die Wolken über ihm scheinen irgendwie viereckig zu sein. Während er sich noch staunend umblickte, watschelte ein kleines, beinahe komplett rechteckiges Schäfchen an ihm vorbei, gab ein kurzes

"MÄH!" von sich, und machte sich dann daran, das Gras auf dem nächsten Quader hinter Tim abzugrasen.

Okay… Hübsche Details waren in dieser Klötzchen-Welt wohl eher nicht so wichtig. Aber davon mal abgesehen war diese 'wunderbare Zauberwelt' tatsächlich etwas, das Tim auf Anhieb gefiel. Hier konnte man *alles* bauen, was man wollte. Und es war so super einfach. Er brauchte seinen Mitschülern nur knapp fünf Minuten lang zuzuschauen, bis er die Grundlagen verstanden hatte.

Mit einem Schnipsen seines Zeigefingers konnte er direkt an der Stelle, auf die er zeigte, einen viereckigen, circa fünfzig Zentimeter großen Quader erscheinen lassen. Mit leichten Drehungen der linken Hand konnte er auch noch auswählen, aus welchem Material dieser bestehen sollte.

Ein zweiter Schnipps, und auf dem ersten Quader entstand ein zweiter, daneben ein dritter und ehe Tim sich versah, hatte er ein kleines Häuschen um sich herum gebaut, inklusive Tür aus Holz, Fenster aus Glas und einem Schornstein, der auf wundersame Weise sofort anfing zu rauchen.

Das hier war das absolute Tim-Paradies! Das war wie Lego, nur in riesengroß! Tausende Ideen gingen ihm durch den Kopf. Tausend Dinge, die er bauen wollte. Am besten jetzt gleich und auf der Stelle.

Auch seine Mitschüler, die zuvor eher lethargisch in der Klasse herumgehangen hatten, schienen in dieser Welt wie ausgewechselt. Sie bauten Burgen, Höhlen,

Baumhäuser, sogar einen ganzen Bahnhof mitsamt Zügen und Schienen ließen sie innerhalb kürzester Zeit entstehen.

Tim war glücklich.

Und sein Glück hielt fast eine ganze halbe Stunde.

Es hielt bis zu dem Moment, als die Stimme der Lehrerin plötzlich über ihrem gerade entstandenen kleinen Dorf erklang und dem lustigen Spielen und Bauen ein jähes Ende setzte.

»Oh nein«, quietschte sie und es war ganz offensichtlich, dass die Überraschung in ihrer Stimmte total gespielt war.

»Da kommen ja schon wieder unsere alten Bekannten, die bösen Spielverderber…«, rief sie.

»Schnell! Benutzt eure Zauberstäbe und vertreibt diese schlecht gelaunten Miesepeter!«

Und *schwupps*, war das schöne Spiel kaputt.

Beziehungsweise verwandelt. In ein anderes Spiel, das Tim überhaupt keinen Spaß mehr machte. Vor allem, weil es jetzt eben *doch* wieder zu der blöden Ballerei verkommen war, die er schon in Vis Unterricht so gehasst hatte.

Zugegeben, hier in der bunten Kinderwelt gab es keine Killerroboter und Maschinenpistolen wie bei Vi. Hier näherten sich rosarote menschengroße Gummibärchen mit albernen aufgemalten Nasen, merkwürdig viereckig aussehende Skelette und Zauberer mit spitzen Hüten und grummelnden Gesichtern hinter den langen

Bärten. Und wenn man mit seinem Zauberstab auf sie zeigte und *Expelliarmus* rief, flogen auch keine Kugeln oder Granaten, sondern die Angreifer fingen auf total niedliche Weise an, im Kreis zu tanzen, und ein glucksendes Babylachen von sich zu geben, bevor sie sich in rosa Dunst auflösten. Total kindgerecht gemacht und hübsch animiert.

Trotzdem blieb das Prinzip gleich: Da sind die Gegner, ballere sie ab, bevor sie zu nah kommen. Denn wenn einer der niedlichen kleinen Angreifer mal die schönen Gebäude der Kinder erreichte, begann er sofort rot zu leuchten und wild zu zittern wie ein Bösewicht mit Wutanfall in einem Comicheft. Und genau so explodierten sie dann auch im nächsten Augenblick mit lautem Knall und zerstörten dabei alles in einem Umkreis von fünf Metern.

Das kleine Mädchen, dessen Schloss nun ein großes Loch aufwies, weil sie einen grünen Gummibär nicht rechtzeitig abgewehrt hatte, war den Tränen nahe.

Tim wollte sie trösten. Die Kleine war sicher grade erst neun geworden und hatte echt lange an ihrem Traumschloss gebaut.

»Hey hey«, sagte Tim. »Das kriegen wir schon wieder hin. Komm, ich helfe dir, das wieder aufzubauen«

Aber in den Augen der Kleinen sah Tim nur noch wütende Entschlossenheit.

»Die Mistkerle werd ich sowas von *fertigmachen*!«, rief sie und rannte, wild mit den Armen wedelnd und dabei in alle Richtungen Zaubersprüche verschießend, auf ein Rudel Gummibärchen und Zauberer zu.

Tim sah sich erstaunt um. All die kleinen, kreativen Bastler und Bauherren hatten sich mit einem Mal in wilde Berserker verwandelt, die mit Hass und wilder Kampfeslust in den Augen gegen den nicht versiegenden Strom von Gegnern ankämpften. Und sie schienen sogar Spaß daran zu haben. Tim konnte sehen, wie über ihren Köpfen kleine Zähler erschienen, die ihren Punktestand, ihre *'Kills'* anzeigten. Schon war ein wilder Konkurrenzkampf ausgebrochen, wer die meisten Gummibärchen 'erledigen' konnte.

Angewidert schüttelte Tim den Kopf. Das hier war exakt das Gleiche wie bei Vis blödem Ballerspiel. Nur vielleicht noch fieser, weil es auf die Allerkleinsten abzielte. Das einzige Ziel hier war es, aus kreativen Köpfen und wuseligen Grundschülern stumpfsinnige Kampfmaschinen zu machen, die angriffen, ohne zu hinterfragen, und die nur eine Richtung kannten: *vorwärts* auf den Feind zu. Willenlose Soldaten, die jedem Befehl gehorchten und die *freudig* in den echten Krieg ziehen würden.

Tim wandte sich von dem Gemetzel ab. Damit wollte er nichts zu tun haben. Er baute stattdessen weiter an seinem aktuellen Projekt. Er versuchte, seinen eigenen Namen in zehn Meter hohen Goldbuchstaben aufzubauen. Gar nicht so einfach. Vor allem, wenn man immer wieder von herumzischenden Zaubersprüchen und Explosionen abgelenkt wurde.

Als er es gerade geschafft hatte, den Querbalken vom großen T fertig zu machen und zufrieden sein Werk bewunderte, bemerkte er, wie ein großer grüner Gummibär durch die Trümmer der umliegenden Gebäude auf ihn zugewackelt kam. Tim beobachtete, wie sich ein Zauberstab in seiner rechten Hand materialisierte. Das Programm wollte ihm offenbar rechtzeitig die Chance bieten, sich zu verteidigen.

Pah… von wegen. Nicht mit ihm.

Während das Gummibärchen immer näher an ihn heranwankte, warf Tim den Zauberstab in großem Bogen in die andere Richtung davon.

»Ich mach da nicht mit«, sagte Tim entschieden.

Dann musste er grinsen. Er setzte hinzu: »Ich kämpfe nicht mit dir, Vater!«

Der Gummibär gab natürlich keine passende Antwort, sondern kam einfach weiter, fröhlich vor sich hin summend auf Tim zu.

Im letzten Moment, als er schon direkt vor Tim stand und bereits begann, rot zu blinken, machte Tim noch einen Schritt auf ihn zu und legte ihm die Arme um den zitternden Körper.

Das schien im Programm nicht vorgesehen zu sein und der Gummibär hielt kurz inne, so als müsste er überlegen, was er denn damit jetzt anfangen sollte.

Doch schon in der nächsten Sekunde schien das Programm zu einer Entscheidung gekommen zu sein. Tim hörte aus den Boxen des Lautsprechers im Kinderzimmer ein lautes KNALLPENGRUMSBUMS Geräusch, das Jakob, der wie immer unter dem Hochbett spielte, ängstlich zusammenzucken ließ. Dann wurde der Bildschirm schwarz.

Tim verschränkte die Arme hinter dem Kopf und begann, sich auf Vis Schreibtischstuhl hin und her zu drehen.

»Sieht aus, als hätte ich mir einen freien Vormittag verdient!«, sagte er grinsend.

Und an Jakob gewandt: »Hey… Hast du schon mal probiert, deinen eigenen Namen aus Legosteinen zu bauen...?«

KAPITEL 16: FEINDKONTAKT

I'LL TAKE YOU RIGHT INTO THE DANGER ZONE
KENNY LOGGINS – 1986

Der Motor des Transporters heulte noch ein letztes Mal laut auf, dann kam das riesige benzinfressende Ungetüm mit einem letzten Ruckeln zum Stehen. Wie viel klimaschädliches Gas sie für diese Fahrt wohl in die Atmosphäre gepustet hatten? Michael erwischte sich bei dem Gedanken, dass das jetzt, wo die Welt doch sowieso schon zur unwirtlichen Wüste geworden war, eigentlich doch völlig egal war.

Wieso hatte ihr falscher 'Gott' daheim bloß so einen riesigen Aufwand betrieben mit Elektroautos, Solarsammlern und riesigen Stromspeichern, wenn hier draußen alle einfach weitermachen wie immer?

Vermutlich aus einem ganz einfachen Grund: weil er verrückt war. Warum sonst sollte sich überhaupt jemand als Gott ausgeben, ganze Dörfer einmauern und die Menschen darin Tag für Tag für dumm verkaufen?

Michael schüttelte die Gedanken ab. Er musste sich auf das Hier und Jetzt konzentrieren, sonst würde dieser Einsatz mit Sicherheit der kürzeste Ausflug aller Zeiten.

Er versuchte, aus den winzig kleinen, runden Fenstern etwas von der Umgebung zu erkennen. Doch der Staub und der Dreck der Wüstenlandschaft um sie herum hatte alle Glasscheiben trüb werden lassen.

Die Anderen wirkten ebenso verunsichert wie er selbst. Die beiden Mädchen scharrten mit den Füßen und flüsterten leise miteinander. Der etwas dickliche kleine Jan schien noch zu überlegen, wie herum er die großkalibrige Waffe halten sollte, die ihnen allen vor der Fahrt in die Hände gedrückt worden waren. Und selbst Ben, der große Draufgänger mit dem selbstgefälligen Dauergrinsen im Gesicht, wirkte jetzt angespannt und nervös. Alle schienen sie auf ein Zeichen oder eine Anweisung zu warten. Alle bis auf Vi.

Die hatte sich bereits abgeschnallt, als das Grollen des Motors noch nicht mal komplett verstummt war. Und jetzt stand sie mit geladener Waffe an der Hecktür des gepanzerten Wagens. Ein letztes Grinsen in Richtung der anderen, ein übertrieben militärischer Gruß mit der linken Hand an ihrem Helm und schon riss sie die Tür auf und sprang nach draußen. Die Tür fiel hinter ihr zu und keine zwei Sekunden später hörten sie alle, wie dort draußen die ersten Schüsse fielen.

O...kay, dachte Michael. Sollte es nicht normalerweise erstmal so etwas wie eine Lagebesprechung, eine Strategieplanung oder sonst was geben?

Erst dann bemerkte er das kleine rote Ausrufezeichen auf seinem Helm-Bildschirm. War das vorhin auch schon da gewesen? Er konnte es nicht sagen. Vermutlich hätte er es auch überhaupt nicht beachtet, wenn es nicht jetzt grade angefangen hätte, zu pulsieren und in kürzester Zeit immer größer und größer zu werden. Er fixierte das kleine Bildchen für einen kurzen Moment mit beiden Augen, so wie man es ihm heute Morgen bei der superkurzen Einweisung beigebracht hatte.

Dafür war Zeit gewesen! Um ihnen zu zeigen, wie man *Icons* auf dem virtuellen Bildschirm in seinem Helm auswählte. Na toll. Die hätten ihm mal lieber erklären sollen, wie die riesenhafte Waffe funktionierte, die sie ihm in die Hand gedrückt hatten. Die hielt er sicherheitshalber immer noch weit von sich gerichtet, aus Angst, er könne aus Versehen irgendeinen Befehl auslösen, der das Ding abfeuerte.

Für seinen ausdauernden Blick auf das kleine pulsierende Ausrufezeichen wurde Michael nach zwei Sekunden mit dem Gesicht von Vis Mutter belohnt, das in einem kleinen Viereck an der oberen rechten Kante seines

Helmdisplays auftauchte. Hoffentlich kamen da nicht noch mehr Bildchen und Kästen dazu, sonst würde er bald überhaupt nichts mehr sehen von der echten Welt.

»So, Leute«, sagte sie und ihre Stimme schien direkt in seinem Ohr zu entstehen, so klar und deutlich hörte er sie. »Ich hoffe, ihr hört euch das hier an, *bevor* wir da rausgehen. Falls nicht, habt ihr die erste Sache schon mal falsch gemacht. Die Fahrt *zu* einem Einsatzort bietet euch immer die Möglichkeit, euch intensiv mit dem Ziel auseinanderzusetzen, also tut das auch. Sobald der Wagen steht, sind wir eine Zielscheibe, also *nichts wie raus da*!«

Okay, Mist. Hätte ihm ja auch mal jemand sagen können. Vi zum Beispiel. Aber die hatte ihn heute den ganzen Morgen lang keines Blickes gewürdigt. Konnte eigentlich irgendwer auf dieser Welt Mädchen verstehen?

Gestern Abend hatte sie kurzfristig mal richtig nett gewirkt. Offen. Oder zumindest *nicht komplett verschlossen.* War vermutlich nur ein schnell vorübergehender Anfall von versehentlicher Freundlichkeit gewesen. Aber für Michael war dies das erste Mal gewesen, dass er Vi wirklich richtig *wahrgenommen* hatte. Nicht als die unnahbare Kämpferin, für die sie sich sonst ja immer gerne ausgab und auch nicht als das fremdartige einschüchternde, weibliche Wesen, das ihn immer wieder zum Stottern und Erröten brachte, sondern einfach als nettes Mädchen, das Gefühle hatte, verletzlich war und zu dem Michael in diesem Augenblick eine tiefe, ehrliche Verbundenheit empfunden hatte.

Aber egal jetzt. Das war momentan doch alles echt nicht so wichtig. Erstmal aus dem Wagen springen, sich orientieren und dann so tun, als hätte er sich genau so gründlich vorbereitet wie Vi, die anscheinend schon alle Missionsziele auswendig kannte und gleich total in die Vollen ging.

»... ist bei unserem ersten Einsatz so gut wie keine Gegenwehr zu erwarten«, hörte Michael die Stimme ihrer Kommandantin und fragte sich, ob sie sich vielleicht verfahren hatte. Das hier konnte doch nicht der Anfänger-Einsatzort sein, von dem sie da grade redete.

Um sie herum lagen bereits fünf der Roboter, die er aus dem Sportunterricht kannte und Vi mähte mit ihrem Schnellfeuergewehr bereits zwei weitere um.

»... höchstens ein oder zwei Gegner zu erwarten... müssen vermutlich erst mal ein wenig suchen.... mal sehen wer sie als erster findet«, plärrte die Stimme in seinem Kopf, während es rings um Michael ratterte und knallte.

Na, die schien ja wohl in einer komplett anderen Welt zu leben. Da draußen tobte eine monströse Schlacht! Roboter suchen? Hier musste man erstmal nach einer Stelle suchen, an der *nicht* lauter Killerroboter lauerten und auf sie schossen!

Mit einem entschiedenen Kopfschütteln schaltete er die offensichtlich völlig falsche Strategiebesprechung aus und hechtete hinter Vi her, die sich ein paar Meter vom Wagen entfernt hinter einem Felsvorsprung zusammengekauert hatte.

Sie grinste ihn an. »Is Hammer, oder?«, rief sie ihm über den Lärm hinweg zu.

Wäre natürlich gar nicht nötig gewesen zu brüllen. Die Helme übertrugen alle Funksprüche in glasklarer Qualität direkt in Michaels Ohr. Aber noch bevor Michael ihr antworten konnte, war Vi schon wieder mit einer eleganten Rolle zum nächsten Felsen gehechtet und hatte dabei sogar *im Sprung noch* zwei weitere Roboter ausgeschaltet. Die war echt völlig irre.

Von ihrer neuen Position aus drehte sie Michael wieder das Gesicht zu und grinste ihn herausfordernd an.

Übermut. Unbedachtheit. Selten eine gute Kombination dachte Michael. Blitzschnell hob er den rechten Arm und feuerte seine eigene Waffe ab.

In Vis Gesicht spiegelte sich Verwirrung wider und sie drehte sich erschrocken um. Der Roboter, der hinter ihr gestanden und den Michael mit seinem Schuss voll erwischt hatte, kippte langsam rückwärts um. Vis Grinsen kehrte doppelt so breit zurück, als sie sich wieder Michael zuwandte.

Und obwohl er sich wirklich ehrlich bemühte, nur dieses *eine* Mal eine ernste Miene zur Schau zu tragen – schließlich befanden sie sich beide in einem Kriegsgebiet und noch dazu in lebensbedrohlicher Gefahr – schlich sich das freche Grinsen ganz langsam wieder auf sein eigenes Gesicht und ließ sich trotz aller Bemühungen Michaels nicht mehr überreden von dort zu verschwinden. Er lud seine Waffe durch und sprintete hinter Vi her in den Kampf.

KAPITEL 17: GELD REGIERT DIE WELT

MONEY, MONEY, MONEY
MUST BE FUNNY
IN THE RICH MAN'S WORLD
ABBA - 1976

Diesmal ging alles um einiges schneller, fand Tim. Wenn man den Weg erstmal kannte, war es eigentlich ganz leicht. Erstmal den albernen Riesenroboter zum Reden bringen, indem man ihn fragte, wer er war. Ihn dann mit der nächsten Frage in den Zauberer mit dem Schlüsselbund verwandeln. Währenddessen immer schön die kleine Einblendung ganz unten links im Blick behalten, wo noch immer die Schlacht um Zauberstadt-Blockhausen gegen die Gummibärchenbande tobte.

Gott sei Dank hatte Vi ihm vor ihrer Abreise heute Morgen noch ein paar Tipps mitgegeben, wie er, *'falls der Unterricht zu langweilig werden sollte...'*, gleichzeitig ihre Simulation durchspielen und dabei weiterhin so tun konnte, als wäre er die ganze Zeit in der Schule.

Nicht, dass er dort unbedingt viel zu tun hätte. Jedes Mal, wenn er mal wieder gelangweilt auf das minimierte Bildchen vom Schulunterricht schaute, passierte dort exakt das Gleiche: Die Kinder der Klasse 'Schuckelinchen' wehrten mit ihren Zauberstäben Welle um Welle von Gegnern ab, während die stumpfsinnig auf ihre Burgen und Häuser zutrotteten. Einzige Abwechslung in diesem bescheuerten Spiel schien die Auswahl der Gegner zu sein. Inzwischen waren zu den Gummibären einige mit Pfeil und Bogen bewaffnete Skelette hinzugekommen. Ganz toll. So lernten die Kids gleich, wie man sich in Häuserruinen und hinter spontan aufgebauten Schutzwällen verbarrikadiert. Suuuuper Unterricht. Gott sei dank musste er da nicht mehr mitmachen.

Tim grinste in sich hinein. Mit Hilfe von Vis Schummel-Code-Spickzettel, den sie ihm an die Seite des Bildschirms geklebt hatte, war er in der Lage gewesen, seiner Figur ein paar grundlegende Bewegungen einzuprogrammieren, damit es so aussah, als wäre er noch immer aktiv. Außerdem – und darauf war er besonders stolz – hatte er ein paar Worte aufgenommen, die sein Mini-Tim jetzt in einer Dauerschleife aufsagte. Zusammen mit den immer wieder auftretenden Explosionen und Angriffen der feindlichen Armee wirkte das Ganze richtig unterhaltsam:

»Ich…« BUMM!

»... werde...« PAFF!

»...nicht...« ZACK!

»...kämpfen!« KABUUUM!

»Ich…«

Und immer so weiter. In wunderbarer Regelmäßigkeit erschien seine Figur wieder auf dem Spielfeld, lächelte sanftmütig und ließ sich mit weit ausgespreizten Armen erschießen, in die Luft sprengen und überrennen.

Schönes Statement. Gefiel ihm.

Seine eigentliche Aufmerksamkeit hatte aber er natürlich auf Vis Simulation gerichtet. Eine Frage hatte ihn da nämlich seit gestern nicht mehr losgelassen. Da war er ja blöderweise eingeschlafen, als es eigentlich grade anfing, interessant zu werden.

Aber das, was ihm Vis Möchtegern Copperfield da so erzählt hatte, ergab für Tim einfach keinen Sinn. Klar verstand er, worauf Vi hinauswollte. Diese künstliche Intelligenz, von der sie so überzeugt war, hatte die Menschen angeblich mit allem möglichen Quatsch abgelenkt, damit sie nicht merkten, wie sie als Herrscher der Erde gerade abgelöst wurden.

Und genau *das* war doch einfach total unglaubwürdig. Egal wie sehr man sich grade über irgendwelche Themen wie den Klimawandel oder die gefährliche 'Krankheit' aufregte; wenn da plötzlich *Killerroboter* und ein *Supercomputer* mit überlegener künstlicher Intelligenz auftauchten, dann würde man doch wohl alle anderen Themen erst mal hintenanstellen und sich mit allen Kräften gegen diesen aufbegehrenden neuen Weltherrscher *wehren!*

Trotzdem schien der Plan ja aufgegangen zu sein. Die Menschen heute lebten entweder versteckt und verschanzt unter der Erde oder waren von dicken Mauern eingebaut im 'Paradies auf Erden' gefangen. Wie konnte es also so weit kommen?

Nach einigen Fehlversuchen hatte Tim die Frage gefunden, auf die der schlüsselklimpernde Magier endlich ansprang.

»Okay, probieren wir mal das hier«

Er räusperte sich kurz und fragte dann: »Warum haben sich die Menschen nicht gegen dich *gewehrt?*«

Dies löste eine neuerliche Verwandlung aus. Der Magier vor Tim vollführte eine besonders ausladende Geste mit den Armen und verschwand mit lautem Knall in einer großen Rauchwolke.

Als der Rauch sich gelegt hatte, sah Tim an genau der Stelle, wo eben noch David Copperfield gestanden hatte, einen Mann an einem Schreibtisch sitzen.

Anscheinend hatte Vi für jede einprogrammierte Antwort eine andere Figur ausgewählt, die sie geben sollte.

Pure Effekthascherei, fand Tim. Damit würde sie die Offiziere nicht überzeugen, sondern sich nur lächerlich machen.

Wenigstens hatte sie für die Programmierung dieses Modells hier anscheinend nicht besonders viel Zeit verschwendet. Der Mann sah völlig unspektakulär aus. Er trug einen dunkelgrauen Anzug über einem hellgrauen Hemd und dazu passend eine langweilige grau gestreifte Krawatte. Ein typischer Buchhaltertyp, dachte Tim, obwohl er natürlich eigentlich noch nie wirklich einen echten Buchhalter gesehen hatte. Dafür kannte er aber viele Filme, in denen *genau so* ein Typ in einem langweiligen Büro saß und irgendwelche furchtbar langweiligen Schreibtischtätigkeiten ausführte.

Und damit passte auch er sowas von überhaupt nicht hierher. Zwischen all den rauchenden Ruinen und zertrümmerten Totenschädeln wirkte dieser Typ hinter seinem penibel aufgeräumten Schreibtisch mit Plastikpflänzchen, Zettelablagen und klobigem Uraltcomputer einfach nur völlig fehl am Platz.

Das Tüpfelchen auf dem i bildete dabei der kleine freischwebende Globus, den der Mann sich direkt neben seine Computertastatur gestellt hatte. Tim hatte solche Modelle im Physikunterricht kennengelernt und war anfangs total begeistert davon gewesen. Der Trick dabei war ein Magnetfeld, das durch elektrische Spannung in der Halterung unter dem Globus erzeugt wurde. Dadurch konnte der Globus wirklich frei schweben. Man konnte ihn sogar anstupsen, damit er sich drehte. Aber nach den ersten Minuten voll Staunen, Anstupsen und Drehen war Tim recht schnell klar geworden war, dass das Teil sonst wirklich zu rein gar nichts zu gebrauchen war. Zu klein, um als richtiger Globus sinnvoll genutzt zu werden, zu unstabil, um damit vernünftig zu spielen. Und irgendwo mit hinnehmen konnte man es auch nicht, weil es ja immer an der Steckdose hängen musste.

Eigentlich war das Ganze also einfach nur ein echt albernes Stück Kitsch, das außer schick aussehen und dumm rumstehen überhaupt nichts konnte. Und genau deshalb passte es so vortrefflich auf den Schreibtisch dieses Bürohengstes.

In der apokalyptischen Welt, die Vi um sie herum gezaubert hatte, wirkte es hingegen so fehl am Platz wie ein Pottwal in der Stratosphäre.

Tim verstand nicht, warum Vi in ihre Präsentation immer wieder solche kleinen Details einbaute. Ihr musste doch klar sein, dass sie damit wirklich niemandem überzeugen würde, oder? Außerdem verlor all ihre Effekthascherei durch die klägliche Grafik der Simulation ohnehin total an Wirkung. Der konturlose Beamte am Tisch wirkte so glattgebügelt wie ein verstaubtes Legomännchen, der Globus, auf dessen Konstruktion sie bestimmt richtig viel Zeit verwendet hatte, war eine simple, grün-blaue Kugel ohne erkennbare Ländergrenzen, und der Schreibtisch sah aus wie ein überdimensionierter Holzbaustein aus der Spielzeugkiste eines Riesen.

Kopfschüttelnd wandte Tim sich wieder dem Buchhalter zu, der trotz der seltsamen Umgebung völlig vertieft in seine Arbeit zu sein schien.

»Ähem«, machte Tim.

Aber der Buchhalter würdigte ihn nicht mal eines Blickes. Dazu war er viel zu beschäftigt. Während er mit der linken Hand Zettel von einem Stapel auf einen anderen sortierte, hackte seine rechte in rasendem Tempo auf die Tastatur des kleinen Computers ein.

Tim fragte sich, ob Vis Simulation vielleicht abgestürzt war, oder ob sie vergessen hatte, dem Mann irgendeinen Sprechtext einzuprogrammieren, als der dann schließlich doch noch anfing, mit leiser, schnarrender Stimme zu reden.

Nur dass das, was er sagte, nicht den geringsten Sinn ergab. Es waren einfach nur Zahlen und Worte, die er scheinbar komplett ohne Luft zu holen aneinanderreihte.

»General Electric Zweihundertzweiundzwanzig Milliarden und Siebenhundertachtundvierzig Millionen Dollar. Royal Dutch Shell Einhunderteinundneunzig Milliarden und zwei Millionen Dollar. Exxon Mobil Hundertneunundfünfzig Milliarden…«

Die Aufzählung ging minutenlang so weiter. Und bei jedem Wort tippte der kleine Mann etwas in seinen klobigen viereckigen Computer, der zwischen all den Zetteln auf dem Tisch stand.

Tim trat näher und räusperte sich noch einmal etwas lauter. Keine Reaktion.

»Entschuldigung…?«

»Einhundertundsechtzehn Milliarden...«

»Huhu...«

»...Zweiunddreißigtausendund…«

BAMM!

Timm knallte seine Hand so heftig auf den Schreibtisch, dass die Zettelstapel rechts und links vom Computer des Buchhalters wackelten und der kleine Globus aus seiner Halterung fiel.

Das schien die Aufmerksamkeit des Mannes geweckt zu haben, denn mit einem Mal hörte er auf zu tippen und hob ruckartig den Kopf, um Tim direkt ins Gesicht zu schauen. Sein Blick war kalt und leblos aber gleichzeitig auch unglaublich durchdringend und intensiv. Tim lief ein kalter Schauer den Rücken herunter.

»Geld regiert die Welt«, sagte der Mann und drehte den Bildschirm seines Computers in Tims Richtung.

Es war einer von den grauen Uralt-Monitoren mit riesigem Hinterteil, die Tim und Michael in Gottes Computer-Museum kennengelernt hatten.

Vorne auf dem Bildschirm waren hunderte verschiedenfarbige Balken unterschiedlicher Länge zu sehen. Jeweils vor und hinter den Balken stand etwas geschrieben, aber damit alles auf dem kleinen Gerät Platz fand, waren die Buchstaben so winzig, dass Tim sich weit über den Schreibtisch beugen musste, um überhaupt etwas entziffern zu können.

»Wer regiert die Welt?«, fragte der Mann, während er den kleinen Globus wieder in seine Halterung beförderte.

Tim verstand, worauf er hinaus wollte. Die Worte vor den Balken waren anscheinend Firmenamen und die Zahlen dahinter gaben an, wie reich die Firma war. Schon klar. Geld regiert die Welt und wer am reichsten ist, hat das Sagen.

Aber es waren sooooo viele. Und die meisten Namen sagten Tim so überhaupt nichts. NTT, Exxon, Merck... was sollten das denn überhaupt für Firmen sein? Endlich stieß er auf einen Namen, mit dem er etwas anfangen konnte.

»Coca Cola!«, rief er erfreut. Alles klar. Über 151 Milliarden Dollar wert. Verkaufte leckere Brause in die ganze Welt. Klang doch nach einer guten Antwort.

Aber der Buchhalter ihm gegenüber schüttelte nur zackig den Kopf.

Okay, war ja auch nicht wahrscheinlich gewesen, dass Tim hier auf Anhieb die richtige Antwort raushaute.

»Das sind so viele«, quengelte er. »Keine Ahnung, wer von denen die Welt regiert«

»Geld regiert die Welt«, sagte der Mann jetzt wieder in exakt demselben Tonfall wie vorhin. Direkt darauf fragte er: »Wer regiert die Welt?«

Na toll, dachte Tim. Ich bin in einer Endlosschleife gefangen. Bis ich die richtige Antwort gebe, hängt das doofe Programm fest.

Er seufzte und kroch noch dichter an den Bildschirm heran. Da gab es natürlich Unterschiede in der Länge der Balken. Einige Firmen waren offensichtlich reicher als die anderen. Aber das waren meist nur minimale Unterschiede. Ein paar Millionen Dollar, die aber kaum auffielen, weil sie ja alle super reich zu sein schienen. Insgesamt tummelten sich da ziemlich viele in einem dichten Feld herum.

»Keiner!«, gab er schließlich zur Antwort. Wenn alle ungefähr gleich reich waren, dann regierte ja eigentlich niemand die Welt

»Oder alle…«, setzte er etwas nachdenklicher hinzu. Konnte man ja auch so herum sehen: Alle hatten ein kleines bisschen Macht und passten daher alle zu dem Spruch 'Geld regiert die Welt'. Oder?

»Genau«, sagte der Mann und Tim freute sich, dass er jetzt schon auf die von Vi gewünschte Antwort gekommen war. Er wurde in diesem Spiel langsam immer besser.

»*Noch* regiert niemand die Welt«, schnarrte der Mann weiter. »Das Geld und damit die Herrschaft über die Welt ist zu diesem Zeitpunkt noch auf viele verschiedene Beteiligte verteilt.« Er knackte einmal auf widerliche Art mit seinen Fingern und begann dann wieder in unglaublichem Tempo Zahlen in den Computer einzugeben.

Und diesmal konnte Tim erkennen, was dabei auf dem Bildschirm passierte. Kaum hatte der Mann die Tasten berührt, geriet das gesamte Bild in Bewegung. Einige Balken wuchsen in enormem Tempo, andere schrumpften in kürzester Zeit zu einem kleinen Stummel zusammen. Gleichzeitig veränderten sich die Zahlen hinter den Balken so schnell, dass Tim Mühe hatte mit seinen Augen zu verfolgen wer da grade eben mal wieder um einige Millionen reicher oder ärmer geworden war.

Dann merkte er, dass es gar nicht nötig war, jede einzelne Zahl genau zu beobachten. Die Firmen mit dem meisten Reichtum wechselten nach und nach die Position und kletterten in der Liste immer weiter nach oben. Grade eben hatten noch Exxon und Shell ziemlich weit oben gestanden, doch schon im nächsten Moment waren sie von einer Firma namens Microsoft überholt worden.

Jetzt fiel Tim auch die ständig wechselnde Überschrift über der ganzen Liste auf: Januar 1995… Februar 1995 … März 1995 … Im Sekundentakt erschien ein neuer Monat. Und als Tim für einige Momente die Augen vom Bildschirm löste, um dem Mann bei seiner unglaublichen Tipp-Akrobatik zuzuschauen, war auch schon ein ganzes Jahr vergangen. Er sah hier in einer Zeitrafferaufnahme den Aufstieg und Fall der reichsten Firmen der Welt.

Und es war ein echt spannendes Rennen. Mal schob sich die eine Firma vor die andere, dann fiel sie innerhalb weniger Sekunden wieder weit nach unten ab. Einen klaren Sieger aber schien es nicht zu geben. Insgesamt lagen sie noch immer alle ziemlich dicht beisammen.

Bis oben in der Anzeige das Jahr 2012 erschien. Da drängelte sich mit einem Mal ein besonders dicker Balken weit nach vorne, überholte alle anderen und erreichte schnell das rechte Ende des Bildschirms.

Schon klar, dachte Tim. Diese eine Firma hatte sich mit mächtigem Abstand vor alle anderen gesetzt. Schöne Botschaft. Hatte Vi nett gemacht. Was ihn aber störte, war wieder mal Vis Hang zum Dramatischen. Als der Balken an den rechten Rand des Bildschirms stieß (250 Milliarden Dollar), begann *der Bildschirm selbst* zu wachsen, um noch mehr Platz für den immer größer werdenden Balken zu schaffen. Das sah total seltsam aus, wie der klobige Kasten sich zuerst von einem Quadrat zu einem Rechteck verwandelte (400 Milliarden Dollar) und dann schließlich so lang wurde, dass er den gesamten Tisch ausfüllte (900 Milliarden Dollar).

Und ganz bestimmt war es auch Vis Idee gewesen, diese eine Firma gleich als den ganz großen Bösewicht abzustempeln, indem sie statt eines normalen Firmenlogos auf dem Balken ein Bild von einem angebissenen Apfel prangen ließ. Na klar. Die Erbsünde mal wieder. Ein Klassiker.

Interessanterweise blieb der unglaublich riesige Balken aber gar nicht lange alleine. Im Jahr 2016 schob sich darunter ein Balken mit einem bunt gemalten G ziemlich in seine Nähe und dann folgte eine weitere Firma mit einem kleinem a und einem Pfeil darunter als Logo.

Zusammen mit dem alten Bekannten 'Microsoft' tummelten sich diese drei zuletzt alle zwischen 800 bis 900 Milliarden Dollar, während die anderen Firmen weit abgeschlagen hinter ihnen zurückblieben.

»DIE VIER REITER DER APOKALYPSE«, tönte der Buchhalter nun.

Nein Vi, dachte Tim. Echt nicht. Das war einfach eine Spur zu viel. Spätestens jetzt würde jeder, den sie hiermit zu überzeugen versuchte, einfach abschalten und sie nicht mehr ernst nehmen.

»So so…«, sagte er. »Die Welt geht also unter, weil diese vier Firmen ein bisschen zu Geld gekommen sind?«

Nach einem Blick auf den Monitor fügte er hinzu: »Naja, okay, zu ein bisschen *sehr viel* Geld. Aber was soll denn das alles mit Gott, der künstlichen Intelligenz und dem großen Krieg gegen die Maschinen zu tun haben?«

Der Buchhalter stand von seinem Bürostuhl auf und erst jetzt konnte Tim sehen, dass er überhaupt kein kleiner, langweiliger Mann war. Der war locker eins neunzig groß. Er stützte sich mit den Händen auf den Schreibtisch und beugte sich nach vorne, als wollte er Tim ein großes Geheimnis verraten.

»In all den Geschichten, die ihr euch ausgedacht habt und in all den Filmen, in denen es um 'Den Aufstand der Maschinen' oder 'Den Kampf gegen die künstliche Intelligenz' ging…«

Er schüttelte den Kopf und trommelte mit seinen Fingern auf den Tisch. Sie gaben dabei ein seltsam metallisches Klicken von sich.

»... da habt ihr euch *niemals* vorgestellt, wie es wäre, gegen eine *wirkliche* künstliche Intelligenz zu kämpfen.«

Tim schaute noch einmal genau hin. Tatsächlich. Die Fingerspitzen der rechten Hand des Mannes schienen komplett aus Metall zu bestehen. Ein winziges Detail, auf das Vi bestimmt richtig viel Mühe verwendet hatte. Aber es wirkte wirklich ziemlich unheimlich.

»All eure Geschichten gehen doch in etwa so: Die künstliche Intelligenz entsteht, und schon in der nächsten Sekunde greift sie die Menschheit mit allem an, was sie hat; von Panzern über Roboter bis hin zu Lasern.«

Der Mann schnaubte. »PAH! Nur eine künstliche *Unintelligenz* würde so handeln. Das sind doch alles nur *eure eigenen* dummen, menschlichen Ideen von Kriegen, wie ihr sie eure gesamte erbärmliche Existenz über geführt habt.«

Bildete sich Tim das ein? Oder glänzte jetzt tatsächlich die gesamte Hand des Buchhalters metallisch? Jedenfalls konnte Tim kaum noch einen Übergang ausmachen zwischen dem Grau des Anzugs und dem Stahlgrau der Hand des Mannes. Wenigstens hatte er aufgehört, so nervig auf dem Tisch herumzutrommeln. Stattdessen stupste er nun mit dem Zeigefinger gegen den kleinen schwebenden Globus, so dass der begann, sich langsam um seine eigene Achse zu drehen.

»*Wahre* Intelligenz beweist, wer ein Ziel mit möglichst geringem Widerstand erreicht«, sagte der Buchhalter.

Tims Aufmerksamkeit war weiterhin gefangen vom ausgestreckten Finger des Mannes, mit dem er immer wieder ganz sachte die rotierende Mini-Erde anstupste und sie mit jeder Berührung ein klein wenig weiter aus ihrer festen Umlaufbahn brachte. Inzwischen war Tim sich völlig sicher, dass der Finger des Mannes komplett aus glänzendem Stahl bestand. Wenn er ganz genau hinsah, konnte er sogar einzelne Metallstreben erkennen, die sich hin und her bewegten, wann immer der Buchhalter den Finger ausstreckte.

Der Mann lachte. Und auch dieses Geräusch klang in Tims Ohren nun irgendwie unnatürlich und blechern scheppernd.

»Es gab so gut wie *keinen* Widerstand dagegen, dass vier kleine Firmen nach und nach immer mächtiger wurden. Niemanden schien es zu stören, dass aller Reichtum und alle Macht eurer Welt auf einen immer kleiner werdenden Punkt zusammenliefen. Ist doch nichts dabei, dachten sie. Nur der gute alte Kapitalismus, der funktioniert wie eh und je. Der Markt wird das schon alles von alleine regeln.«

Mit einem letzten kleinen Stups versetzte der Mann die Plastikweltkugel in eine eiernde Unwucht. Tim beobachtete, wie sie durch das sie umgebende Magnetfeld immer stärker hin und her geschleudert wurde, bis sie dem Buchhalter schließlich wie von selbst in seine ausgestreckte Hand fiel. Er hob sie vor sein Gesicht und beobachtete sie gedankenverloren.

»Diese Firmen waren die uneingeschränkten Herrscher der Welt, lange bevor *ich* auf die Bildfläche getreten bin. Ihr habt die Bequemlichkeiten genossen, die euch Lieferdienste, Mobiltelefone und das Internet bescherten, ohne auch nur einen Gedanken daran zu verschwenden, ob so ein weltumspannendes Monopol nicht vielleicht auch ein klein bisschen gefährlich sein könnte.«

Jetzt erst begriff Tim. Er schaute den Buchhalter an und war überhaupt nicht verwundert zu sehen, dass sein grauer Anzug inzwischen ebenfalls metallisch glänzte und sein Gesicht eher einem Totenschädel aus poliertem Stahl ähnelte, als einem menschlichen Ebenbild.

»Du hast dir einfach die reichsten Firmen unter den Nagel gerissen«, sagte er fassungslos. »Und weil die so reich waren, warst du dann auf einen Schlag der Herrscher der Welt, richtig?«

Die Mundwinkel des Buchhalters verzogen sich zu einem grausigen stählernen Lächeln. In seinen Augen brannte ein grausiges rotes Glühen.

»Ihr habt mir die Welt auf einem Silbertablett serviert«, sagte der Roboter, in den sich der Buchhalter verwandelt hatte und sein Lächeln wurde dabei immer breiter, bis es zu einem verzerrten, höhnischen Grinsen geworden war. Tim konnte hören, wie winzig kleine Motoren in seinen Fingergelenken surrten, als sich die Metallklauen des Roboters fest um den kleinen Globus in seiner Hand schlossen, bis das Plastik unter dem enormen Druck seiner Metallfaust splitterte und zersprang.

»Und ihr habt nicht einmal *bemerkt,* wie ich sie euch weggenommen habe.«

KAPITEL 18: WER KäMPFT, DER KANN AUCH VER*LIEREN*

I GET KNOCKED DOWN, BUT I GET UP AGAIN
YOU ARE NEVER GONNA KEEP ME DOWN
CHUMBAWAMBA - 1997

Michael wollte sich nicht eingestehen wie viel Spaß er hatte. Das war doch eigentlich so überhaupt nicht seine Art. Er war immer überzeugter Pazifist gewesen. Krieg, Kampf, Soldaten und Schlachten, all das hatte er immer nur im Geschichtsunterricht mit wissenschaftlichem Interesse verfolgt. Und ihm war dabei stets bewusst gewesen, welch furchtbares menschliches Elend sich hinter jedem dieser

Ereignisse verbarg. Er war keiner von denen, die bei Star Wars vergaßen, dass auch Sturmtruppen menschliche Wesen waren, vielleicht mit einer Familie, mit Schwächen, Träumen und Leidenschaften. Ihm war schon immer klar gewesen, dass Krieg kein Spiel war.

Und trotzdem...

Das hier war einfach nur *saucool!*

Es war *exakt* wie in der Computersimulation. Nein. Eigentlich sogar noch besser! Das Adrenalin, das durch seinen Körper pumpte, der Rausch der Geschwindigkeit, während er rannte, schoss und hechtete. Und immer wieder das Erfolgsgefühl, wenn die altbekannte 'Abschuss-Melodie' in seinem Helm ertönte.

Nicht nur die hatten sie aus der Simulation eins zu eins in die Software des Anzugs übertragen. Auch das Fadenkreuz, mit dem man im Spiel die Gegner anvisieren konnte, wurde hier auf die Innenseite seines Helms projiziert und folgte millimetergenau jedem seiner Blicke.

Und als wäre das noch nicht genug, gab es überall im Anzug kleine Servomotoren, die ihm zusätzliche Kraft und Geschwindigkeit verliehen und die seine Arme und Hände beim Halten und Zielen der schweren Waffen unterstützten.

Effektiv bedeutete das, dass er eigentlich nur die mit roter Farbe markierten Umrisse eines Roboters in der Ferne ausmachen, diesen dann mit den Augen anvisieren und schließlich seinen Arm in die richtige Richtung ausstrecken musste. Es dauerte dann nur wenige Millisekunden, bis die Software im Anzug den besten Angriffspunkt berechnet hatte und die kleinen Motoren in seinem Handgelenk die minimalen Korrekturen in der Ausrichtung der Waffe vorgenommen hatten. Dann einmal mit dem Zeigefinger den Abzug berühren und der Schuss flog auf perfekter Bahn direkt auf sein Ziel zu.

Michaels Hit-Counter oben links in der Ecke zählte schon über vierzehn Abschüsse, darunter nicht nur die großen Roboter sondern auch die megaschnellen, gefährlichen Flugdrohnen, die ihn aus der Luft unter Beschuss nahmen. Aber auch daran hatten die Konstrukteure des Anzugs gedacht. Seine Sensoren nahmen jede noch so kleine Bewegung um ihn herum wahr und schickten Michael Warnmeldungen und kleine rote Pfeile auf sein Display, sobald sich ihm ein Gegner oder ein Geschoss aus einer bestimmten Richtung näherte. In Kombination mit den superschnellen Reflexen, die die Motoren des Anzugs ihm bescherten, konnte er im wahrsten Sinne des Wortes *Kugeln ausweichen!* Michael kam sich vor wie Iron Man aus den Rächer - Comics.

Ein kurzer Blick auf die Tabelle unten links in seiner Anzeige: Die anderen schlugen sich ebenfalls tapfer. Alle standen weiterhin bei 100% Lebensenergie und hatten ebenfalls schon jede Menge Abschüsse zu verzeichnen. Aber keiner von denen kam auch nur in die Nähe von seinem Highscore. Mal abgesehen von Vi natürlich. Die war echt *irre.*

Um sie herum zerstoben die Roboter nur so in ihre Einzelteile. Michael konnte kaum ihre Bewegungen wahrnehmen, so schnell schoss, hechtete, rollte und sprintete sie dahin. Die nutzte garantiert nicht die Auto-Ziel-Funktion des Anzugs. Dafür war sie viel zu schnell.

Michael versuchte, immer möglichst dicht hinter ihr zu bleiben und ihr den Rücken freizuhalten, während sie eine Bresche in die Armee aus Robotern schlug. Sie kämpften Seite an Seite und ein warmes, wohliges Gefühl erfüllte Michael vom Kopf bis zu den Füßen.

Das hier war nicht Krieg. Das war nicht Kämpfen. Das war *Tanzen*. Jede seiner Bewegungen passte perfekt zu ihren. Sie ergänzten einander und bildeten zusammen ein wunderschönes und gleichzeitig tödliches Ballett des Kampfes.

Und ohne sich selbst zu sehr loben zu wollen: Ein paar Mal hatte er ihr dabei garantiert schon den Hintern gerettet, denn Vi kämpfte völlig ohne Rücksicht auf Verluste und auch komplett ohne sich ein einziges Mal nach hinten abzusichern. Sie schien nur ein einziges Ziel zu haben, auf das sie sich unerbittlich weiter vorkämpfte: Einen großen klobigen Lastwagen, der hier mitten im nirgendwo herumstand und von einer ganzen Traube aus Robotern und Drohnen bewacht wurde.

Michael verstand nicht, warum Gott - halt, Entschuldigung, natürlich nicht Gott, sondern die *'Künstliche Intelligenz'* - auf derart uralte Technik wie LKWs setzte, um die Bewohner hinter der Mauer zu versorgen. Innerhalb der Mauern wurde schließlich auch alles in unterirdischen Tunneln verschickt. Das wäre doch viel sicherer und schneller, als hier draußen mit Lastwagen und riesigen Roboterkolonnen Güter über hunderte Kilometer staubiger Landstraßen zu transportieren.

Aber für solche Gedanken war jetzt keine Zeit. Vi hatte es mit einem letzten Sprung bis direkt an den Lastwagen geschafft und knallte eine Sprengladung an dessen linke Seite.

Sprengstoff?! Wie um Himmels willen war sie denn bitte *da* rangekommen? Den hatte ihr heute Morgen beim Austeilen der Ausrüstung *garantiert* niemand gegeben!

Michaels stockte der Atem, als er sah, wie auf dem kleinen Display der Sprengladung die Zahlen in viel zu schnellem Tempo wechselten.

10...9…8...7...

Vi wirbelte herum und sprintete so schnell sie konnte von dem Wagen weg.

Das heißt, sie *wäre* weggesprintet, wenn da nicht exakt in ihrem Weg ein völlig verdutzter Michael gestanden hätte. Sie hatte ganz offensichtlich nicht mal *mitbekommen*, dass er die ganze Zeit so dicht hinter ihr gewesen war, dass sich ihre Körper fast berührten!

Mal wieder typisch Vi, dachte Michael, kurz bevor sie mit ihm zusammenstieß und ihn mit sich zu Boden riss.

Einen Augenblick lang lagen sie dort beide dicht nebeneinander im Staub und Michael sah die Panik in Vis schreckgeweiteten Augen.

Dann explodierte die Welt um sie herum.

Steine, Dreck und scharfkantige Metallsplitter wirbelten um Michael herum, während er selbst sich mehrmals überschlug und meterweit durch die Luft geschleudert wurde. Erstaunt stellte er fest, dass er keinerlei Schmerz zu spüren schien. War der Anzug dermaßen gut gebaut, dass er ihn sogar vor Explosionsschäden bewahrte? Vielleicht hatte die Software des Anzugs innerhalb von Sekundenbruchteilen sämtliche Flugbahnen der auf ihn zufliegenden Trümmerteile analysiert und die Mikromotoren hatten ihn auf einen Ausweichkurs gelenkt, der ihn unverletzt aus der Gefahrenzone bringen würde?

Reines Wunschdenken. Er sah, wie der Boden mit viel zu hoher Geschwindigkeit auf ihn zuraste und wusste, dass ihm hier kein Anzug der Welt helfen konnte.

Er hob den rechten Arm leicht gebeugt vor den Kopf, um sich abzurollen, wie er es im Judotraining gelernt hatte. Aber die Welt drehte sich einfach viel zu schnell um ihn herum. Keine Chance, auch nur zu erahnen, wie er letztlich landen würde, geschweige denn, sich vor dem unvermeidlichen Aufschlag mit seinen Anfängerjudorollen zu schützen.

Als der Schmerz schließlich von allen Seiten gleichzeitig auf ihn einschlug, konnte er nicht einmal genau sagen, wo er ihn zuerst spürte. Sein Arm wurde heftig nach hinten gerissen, etwas Scharfkantiges und Heißes bohrte sich mit glühendem Stechen in seine Wange und in seiner Schulter knackte es, als sei er einmal komplett mittendurch gebrochen.

Dunkle Flecken breiteten sich in seinem Sichtfeld aus und die Welt begann, vor seinen Augen zu verschwimmen.

Und das war gut so.

Denn gleichzeitig mit seinem Bewusstsein schwand auch der unerträgliche Schmerz. Irgendwo war er noch immer da, aber in dem weichen Kokon aus Dunkelheit und Stille, der sich mehr und mehr um Michael legte, schien er ganz weit weg und völlig unwichtig zu sein.

Michael schloss die Augen und ließ sich von der Dunkelheit in die Stille davontragen.

Doch dann hörte er Vi. Hörte ihren Schrei. Voller Schmerzen, Wut und Verzweiflung.

Sie war verletzt. Brauchte seine Hilfe.

Er konnte sich jetzt nicht ausruhen.

Musste ihr helfen.

Sofort.

Statt sich der verlockenden Umnachtung weiter hinzugeben, kämpfte er jetzt mit aller Kraft dagegen an. Konzentrierte sich ganz auf den eigenen Schmerz. Er biss sich sogar auf die Innenseiten der Wangen, wie er es manchmal nachts tat, wenn Tim und er am Lagerfeuer saßen und er sich daran hindern wollte, vor dem Knirps einzuschlafen.

Mit enormer Anstrengung gelang es ihm, die Augen einen winzigen Spalt weit zu öffnen. Erst verschwommen, dann nach und nach immer klarer, nahm er seine Umgebung wieder wahr. Doch auch, als seine Augen schließlich ganz geöffnet waren, blieb seine Sicht seltsam unklar und alles sah verzerrt und undeutlich aus.

Erst nach mehrmaligem Blinzeln erkannte er, dass seine Augen gar nicht das Problem waren. Sein Visier, auf dem vorhin noch all die verschiedenen Icons und Warnmeldungen angezeigt worden waren, war völlig zersplittert und in tausende kleine Scherben zersprungen.

Direkt neben sich, in einer unnatürlichen Haltung abgewinkelt, erkannte er seinen eigenen Arm, aus dem ihm Wellen des Schmerzes entgegenströmten. Er drehte den Kopf auf die andere Seite und machte rings um sich herum Teile des Lastwagens aus. Eine gut dreißig Zentimeter lange Metallstrebe hatte sich direkt neben seinem Kopf tief in den staubigen Erdboden gebohrt. Die Erkenntnis, wie knapp ihn dieses Geschoss offensichtlich nur verfehlt hatte, ließ Michael mit einem Mal hellwach werden.

Und noch etwas anderes ließ sein Herz fast einen Schlag aussetzen: Neben dem Trümmerfeld um ihn herum lag Vis Helm. Das verspiegelte Visier war wie sein eigenes zerborsten, aber Vi schien definitiv noch etwas mehr abbekommen zu haben als er selbst. Die komplette rechte Hälfte des Helms war abgetrennt und lag ein Stück weiter entfernt auf einem Felsbrocken. Blut verschmierte die Plexiglasscheibe des Visiers und die Kanten des zerstörten Helms.

Ohne auf den schreienden Schmerz in seinem Arm zu achten, sprang Michael auf.

»VI!«, rief er.

Er taumelte durch das Trümmerfeld. Drehte sich einmal komplett im Kreis. Rief immer wieder ihren Namen.

Aber er konnte so verdammt wenig erkennen. Die vielen Risse und Sprünge im Visier seines Helmes verwandelten die Welt um ihn herum in ein einziges großes Spiegelkabinett des Grauens.

Für so einen Mist hatte er jetzt einfach keine Zeit. Vi brauchte seine Hilfe!

Mit der linken Hand ruckelte er am Verschluss seines Helmes herum. Das dumme Ding wollte partout nicht aufgehen. War ja auch schwierig, mit nur einer Hand. Aber sein kompletter rechter Arm hing noch immer schlapp an seiner Seite herab und weigerte sich beharrlich, ihm irgendwelche Signale außer rasendem Schmerz zu übermitteln. Mit dem würde er nachher mal ein ernstes Wörtchen reden. Aber jetzt war auch dafür keine Zeit.

Noch ein heftiger Ruck und der Helm löste sich aus seiner Verankerung.

Ihn abzunehmen war allerdings nochmal eine etwas längere und schmerzhafte Prozedur, weil einer dieser fiesen Metallsplitter sich an der unteren rechten Seite durch das Plexiglas des Visiers gebohrt hatte. Gott sei Dank hatte ihn der Sichtschutz so weit abgebremst, dass er nur ein klein wenig Michaels Haut angeritzt hatte. Aber jetzt, beim Abnehmen des Helmes fuhr die scharfkantige Spitze des Mistdings mit jeder Bewegung immer tiefer in das Fleisch seiner Wange.

Zentimeter für Zentimeter schob Michael den Helm nach oben und stellte sich vor, wie in seinem Gesicht dabei eine immer größer werdende, klaffende Wunde entstand.

Half jetzt alles nichts, dachte er, biss die Zähne zusammen und riss sich den Helm schließlich mit einer raschen Bewegung komplett vom Kopf.

Der Schmerz war heftig, aber wenigstens auch schnell wieder vorbei. Wie bei diesen furchtbaren Pflastern, die ihm Mama immer auf sämtliche klitzekleinen Kratzer geklebt hatte, wenn er sie nicht schnell genug vor ihr versteckt hatte. Die taten auch immer viel mehr weh, wenn man sie langsam abfriemelte. Wenn man sich aber mal zusammenriss und sie mit einem schnellen Ruck abzog, war das Ganze meist schnell vorüber. Bloß nicht so anstellen. Alles halb so schlimm.

Konnte er sich prima einreden. War bestimmt nur ein ganz kleiner Kratzer. Nicht der Rede wert. Trotzdem traute er sich nicht, die Wunde in seinem Gesicht zu betasten oder im spiegelnden Sichtschutz des Helmes anzuschauen.

Er schleuderte das nutzlos gewordene Teil in den Staub und versuchte, sich zu orientieren. Dort hinten lag die Richtung, aus der sie gekommen waren. Also musste der Lastwagen in der anderen Richtung liegen.

Er drehte sich um, erblickte den aufgesprengten LKW und gleich darauf auch Vi. Sie kniete zusammengesunken direkt vor dem zerstörten Fahrzeug. Ihre wilden Haare waren an mehreren Stellen von Blut zusammengeklebt und sie schien sich nicht mehr zu bewegen.

»Vi«, rief Michael erneut und humpelte, so schnell er konnte, in ihre Richtung. Dabei musste er immer wieder über größere Teile der Lastwagenverkleidung und zerfetzte Roboterteile klettern, die in einem großen Kreis um die Explosionsstelle herum lagen. Anscheinend hatte die Sprengladung nicht nur sie beide fortgeschleudert, sondern auch alle umstehenden Blechkameraden in ihre Einzelteile zerlegt. War Michael ganz recht. Sie waren momentan komplett schutzlos und sollten sich besser so schnell wie möglich aus dem Staub machen, bevor der Feind Verstärkung schicken konnte.

Endlich war er bei Vi angekommen. Gott sei Dank, schien es ihr einigermaßen gut zu gehen, auch wenn sie offensichtlich eine Art Schock abbekommen hatte. Sie kniete auf dem Boden, ihm den Rücken zugewandt und buddelte mit bloßen Händen im Dreck herum.

»Hey«, sagte er sanft und legte ihr eine Hand auf die Schulter.

Keine Reaktion.

»Alles in Ordnung mit dir?«

Vi sah ihn nicht mal an. Grub nur immer weiter in den Trümmern. Dann hielt sie kurz inne, betrachtete ein anscheinend besonders interessantes Stück Dreck und stopfte es zufrieden grinsend in die Taschen ihres Anzugs.

Okay… die stand ganz eindeutig unter Schock. Wusste vermutlich überhaupt nicht, was sie da gerade tat.

Michael verstärkte seinen Griff an ihrer Schulter. Schüttelte sie leicht hin und her.

»Vi«, sagte er, »wir müssen hier jetzt unbedingt weg. Die können jederzeit wieder kommen«

Vi sagte nichts. Grub einfach wortlos weiter.

Michael schaute ihr über die Schulter und versuchte zu erkennen, wonach sie da im Schutt und Staub genau suchte. Sie schien es auf eine ganz bestimmte Sorte Metallsplitter abgesehen zu haben. Diejenigen, die sie sorgsam und ganz vorsichtig aus den umliegenden Trümmern und dem Sand herausfriemelte und dann behutsam in ihre Taschen steckte, sahen glänzender aus als der sonst hier herumliegende Metallschrott. Sie waren alle nahezu perfekt symmetrische Achtecke. Vielleicht tatsächlich irgendeine wertvolle Beute. Aber egal wie wertvoll das Zeug sein mochte, sie mussten hier jetzt weg!

Michael suchte die Umgebung nach weiteren Feinden ab. Vis großes Feuerwerk schien tatsächlich sämtliche verbliebenen Roboter erwischt zu haben. Trotzdem blieb er wachsam. Sie saßen hier auf dem Präsentierteller. Und dass sie alles andere als unverwundbar waren, daran erinnerte ihn das langsam, aber stetig an seiner Wange heruntertropfende Blut. Er beschloss, dass er Vi hier mit reiner Nettigkeit nicht wegbekommen würde.

Statt noch einmal nett an ihrer Schulter zu rütteln, griff er jetzt mit Kraft nach ihrem Arm und zog sie zu sich.

Ganz großer Fehler.

Zwar hatte seine Aktion in gewisser Hinsicht Erfolg. Er hatte jetzt definitiv Vis uneingeschränkte Aufmerksamkeit. Aber der funkensprühende Blick, den sie ihm aus dem blutverschmierten Gesicht zuwarf und die Art, wie sie mit voller Wucht seine Hand wegschlug, ließen keinen Zweifel daran, dass ihr seine Einmischung offensichtlich sehr gegen den Strich ging.

»Hey hey, ganz ruhig«, sagte Michael und hob beschwichtigend die Hand. »Bleib mal locker. Ich hab dir doch nichts getan.«

Vi schnaubte nur und wandte sich wieder ihren Ausgrabungen zu. Michael schüttelte den Kopf. Die hatte echt Nerven, ihn hier so anzugiften. *Sie* hatte doch die große Sprengmeisterin spielen müssen. Dafür, dass sie beide halb in die Luft gesprengt worden waren, trug sie alleine die Verantwortung.

Michael spürte, wie Wut in ihm aufstieg. Das würde er so nicht auf sich sitzen lassen. So konnte die ihn einfach nicht behandeln. Entschlossen ging er einmal um Vi herum und hockte sich direkt vor ihr in den Staub. Der würde er jetzt einmal gehörig die Meinung sagen.

»Jetzt hör mir mal genau zu…«, begann er.

Guter Anfang. Was jetzt folgen sollte, war ihm zwar noch nicht so ganz klar, aber es würde definitiv etwas richtig Entschlossenes werden, da war er sich sicher.

Vi, die bis jetzt weiter die kleinen achteckigen Metalldinger vom Boden aufgelesen hatte, hob den Blick.

Gut sah sie nicht aus.

Was auch immer ihren Helm so effizient in zwei Hälften gespalten und dann meterweit weggeschleudert hatte, schien auch ihren Kopf nicht verschont zu haben. Die rote Lockenpracht, die sie heute ausnahmsweise zu einem strengen Dutt zusammengebunden hatte, war an mehreren Stellen rostbraun und verklebt vom Blut zahlreicher Wunden. Ganz offenbar hatte sie beim Aufprall einiges mehr abbekommen als Michael selbst.

Auch ihr Gesicht war ziemlich zerkratzt worden, wobei keine ihrer Verletzungen es mit Michaels riesiger Piratennarbe auf der Wange aufnehmen konnte.

Aber wenigstens schien sie jetzt wieder ansprechbar und hatte aufgehört, ihn dermaßen anzufunkeln.

Das nahm Michael ein wenig den Wind aus den Segeln.

»Also...«, sagte er und versuchte dabei so entschlossen wie möglich direkt in ihre Augen zu schauen, statt wie sonst immer irgendwo in die Nähe ihres linken Ohrläppchens.

Und in diesem Moment änderte sich wieder etwas in Vis Blick. Ihre Augen weiteten sich und Michael sah etwas, das er erst einmal darin erblickt hatte. Vorhin war das gewesen, als sie beide auf dem Boden gelegen und auf die Detonation der Bombe gewartet hatten. Und jetzt sah er es wieder: Nackte, kalte Angst.

Ihre Augen blickten über ihn hinweg auf etwas, das sich hinter und über ihm befinden musste. Wie in Zeitlupe drehte Michael sich um.

Er sah den Roboter, der auf die Überreste des Lastwagens geklettert war. Sah, wie er von oben herab seine riesige schwere Waffe auf sie beide richtete. Er glaubte sogar erkennen zu können, wie unter den rot glühenden Augen der metallene Mund zu einem kalten grausamen Grinsen verzogen war.

Michael breitete die Arme aus. Stellte sich schützend vor Vi, obwohl ihm klar war, dass weder sein Körper noch die Überreste des Anzugs die Kugeln dieses Ungetüms würden aufhalten können.

Er schloss die Augen.

Ihre Geschichte endete genau hier.

Er hörte das donnernde Rattern der Waffe, ohrenbetäubend laut und viel zu nah. Doch er spürte keinen Schmerz. Der Lärm des Schnellfeuergewehrs hörte nicht auf, wurde eher noch lauter. Und in das Zischen der Kugeln und das Rattern der Waffe mischte sich nun noch ein anderes Geräusch:

Ein tiefes Lachen.

Ein extrem gekünsteltes Lachen.

Ein Lachen, das genau so klang als hätte jemand viel zu viele Filme gesehen, in denen der Bösewicht diabolisch laut lachte. Und jetzt schien dieser jemand zu versuchten, ganz genau *so* zu klingen, wie alle seine liebsten Filmschurken gleichzeitig.

Michael schlug die Augen auf und sah Ben, der direkt neben ihm und Vi stand und mit seiner überdimensionierten Schnellfeuerkanone gerade die letzten Überreste des Roboters vom Dach des zerfetzten Lastwagens fegte.

Ben hatte keine Zigarre im Mundwinkel. Ging ja auch schlecht mit dem Helm. Trotzdem machte er den Eindruck, als würde er gerade siegessicher daran paffen.

Michael hätte ihn vor Dankbarkeit umarmen können. Aber er wusste was jetzt erstmal kommen musste. Er wartete, bis Ben den Mund öffnete, dann sprach er die Worte zusammen mit ihm:

«Astalavista Baby!"

KAPITEL 19: SCHWEIGEN IST GOLD

WHEN YOU SAY NOTHING AT ALL
RONAN KEATING - 1999

Warten. Klappe halten. Das konnte doch wohl eigentlich nicht so schwer sein, oder? Aber für diesen Michael schien *Stille* ein Fremdwort zu sein. Seit sie von dem Einsatz zurückgekommen waren, hatte der nicht eine Minute lang aufgehört zu brabbeln.

Klar. War sein erster Außeneinsatz gewesen. Und ja, ja, war ja auch wirklich krass viel passiert. Konnte sie total verstehen, dass der jetzt ein bisschen durch den

Wind war und sich irgendwie Luft machen musste. Vi hatte mit einem Mal das Bild eines kleinen Welpen vor Augen, der völlig in Rage geriet, weil er zum ersten Mal in seinem Leben eine schwarze Mülltonne sah. Ist schon okay... Bell deine Aufregung weg, kleiner Wackeldackel.

Im Wagen, während die anderen alle genau so wild mitgeschnattert hatten, war das ja auch alles noch okay gewesen. Aber jetzt hier in diesem kleinen Quarantänezimmer, in dem sie beide blödsinnigerweise stundenlang isoliert rumsitzen mussten, ging sein Geplapper ihr so langsam echt tierisch auf die Nerven.

»Jetzt sag doch endlich mal was«, quengelte er.

Schweigen.

»Ich versteh das einfach nicht, Vi. Bist du sauer auf mich? Warum denn bloß?«

Vi drehte ihren Stuhl so zur Seite, dass Michael mit ihrem Rücken sprechen musste. Ob er *den* Hinweis wohl endlich mal kapieren würde?

»Ich habe dir da draußen den Hintern gerettet!«, rief Michael. Oh wow... jetzt ließ er aber den Macho raushängen.

»Du hast ja nicht mal gemerkt, wie oft dich einer der Blechsoldaten beinahe von hinten erledigt hat, bevor *ich* sie dir vom Leib gehalten habe!«

Vi grinste. Aber nur ganz verstohlen und ohne dass Michael es hätte sehen können. Natürlich hatte sie die rückwärtigen Sensoren des Anzugs die ganze Zeit über genau im Blick behalten. Und natürlich *hätte* sie sich auch jederzeit selbst gegen die Pappkameraden verteidigen können. Aber mit Michaels Rückendeckung war sie tausendmal schneller vorangekommen. Vermutlich musste sie ihm zur Belohnung dafür wenigstens mal ein kleines Leckerli hinwerfen.

Sie drehte ihren Kopf ein klein wenig in seine Richtung und versuchte sich an einem halbschiefen Lächeln. Mit geschlossenem Mund natürlich. Nicht übermütig werden.

Kam aber anscheinend überhaupt nicht so rüber, wie gewollt. Michael, der, genau wie sie, hier nur in Unterwäsche herumsaß – die Überreste ihrer Anzüge hatten sie ihnen direkt bei der Ankunft abgenommen und mit viel Tamtam desinfiziert – fasste ihren Blick wohl eher als fieses Grinsen auf. Jedenfalls wechselte nach ihrem Blick seine komplette Hautfarbe in wenigen Sekunden auf puterrot und er drehte sich beschämt von ihr weg.

Okay, zugegeben, in Sachen 'Jungs anlächeln' hatte sie jetzt nicht so richtig viel Erfahrung, aber *das hier* war doch wohl echt ein bisschen übertrieben. Als würde sie ihm da irgendwas weggucken, wenn sie zu intensiv in seine Richtung schaute.

Wenigstens hielt er jetzt endlich mal die Klappe.

Für ganze siebenundfünfzig Sekunden.

Dann fing er wieder an.

»Du bist sauer, weil ich dir im Weg stand, richtig?«

Pah. So'n Blödsinn, dachte Vi. Sie war sauer, weil mal wieder keiner von den Deppen hier mitbekommen hatte, was *sie* heute eigentlich geleistet hatte! Die Eierköpfe, die sie nach ihrer Rückkehr empfangen hatten, hätten vermutlich nicht mal die Speicherchips gefunden, von denen sie sich Dutzende in die Taschen ihres Anzugs gestopft hatte.

Aber nein, oje, die hat ja gar keinen Helm auf. Bestimmt ist sie von der bösen, bösen *Krankheit* infiziert worden… schnell, lasst uns sofort ihre Sachen verbrennen, bevor sie uns alle ansteckt…

Pah! Erst als sie ihnen eine Handvoll der Teile auf den Untersuchungstisch geknallt hatte, schien bei denen endlich der Groschen zu fallen.

Danach war alles ganz schnell gegangen. Aufgeregte Untersuchungen unter dem Mikroskop. Anrufe bei Vorgesetzten. Heilloses Durcheinander, ganz großes Hallo.

Sie und Michael waren nach einem kurzen Pieks in den Finger erstmal in die Isolationszelle verfrachtet worden, wo sie nun schmoren mussten, bis irgendjemand von denen mal die Zeit fand, ihre Testergebnisse auszulesen.

Die natürlich negativ waren. Wie immer. Weil die ganze Panikmache um *die Krankheit* bekanntlich nur einem Zweck diente: Sie hier unten alle schön brav und gefügig im Untergrund *gefangen zu halten!*

Aber wenn ihre Berechnungen stimmten und auch nur ein einziger der Chips das enthielt, was sie erhoffte… dann würde dieses ganze Konstrukt aus Lügen und Falschnachrichten einstürzen wie ein Kartenhaus, dem man die untersten Karten herausgezogen hatte. Sie schnaubte freudlos. Darauf hatte sie schon viel zu lange gewartet.

Dann fiel ihr ein, dass Michael ja noch immer auf eine Antwort wartete. Konnte sie ihm natürlich nicht geben. Jetzt war schließlich Klappe halten angesagt. Schade, dass er das wohl einfach nicht in seinen Kopf bekommen wollte.

»Es tut mir leid«, sagte Michael schließlich leise als sich ihr Schweigen zunehmend unangenehm in die Länge zog.

»Ich wollte dir doch nur helfen. Wollte meinen eigenen Teil beitragen. Weißt du, ich fand das alles total richtig, was du da gestern gesagt hast…«

Sämtliche Alarmsirenen in Vi Kopf begannen plötzlich Sturm zu klingeln. Wie von der Tarantel gestochen fuhr sie von ihrem Platz auf.

»... als wir da oben…«, sagte Michael und geriet immer mehr ins Stocken, als er sah, wie Vi auf ihn zu gehechtet kam.

»... auf… auf der Mauer gesessen haben…«, stotterte er noch, doch da war Vi schon bei ihm und hielt ihm mit ihrer Hand den Mund zu.

So ein Trottel! Hier waren doch überall Kameras und Mikrofone!

Vi funkelte ihn an. Blickte dann überdeutlich an die Zimmerdecke und die Wände.

Wartete, bis sie an seinem Blick zu erkennen glaubte, dass er es diesmal auch wirklich gerafft hatte. Dann erst nahm sie die Hand von seinem Mund.

Zur Sicherheit hielt sie noch fast zehn Sekunden lang ihren Zeigefinger drohend direkt zwischen sein und ihr eigenes Gesicht.

Michael nickte stumm.

Hatte es anscheinend endlich kapiert.

Klappe halten.

Warten.

War doch echt nicht so kompliziert, oder?

Eine anständige Beschimpfung wäre in Ordnung gewesen. Damit wäre Michael besser klargekommen. Obwohl er weiterhin der Meinung war, nichts falsch gemacht zu haben. Aber dass Vi ihn jetzt schon seit Ewigkeiten dermaßen passiv aggressiv anschwieg, das machte ihn einfach nur fertig.

In dem winzigen Isolierungszimmer war es schon schrecklich gewesen. Und dann bei der medizinischen Untersuchung, als ihm ein furchtbar brutaler Riese mit Halbglatze den Arm unter lautem Knacken wieder eingekugelt hatte, war es in gewisser Hinsicht sogar noch schlimmer gewesen. Wie sie einfach nur dabeigestanden hatte, ihn abschätzig angestarrt hatte und nicht einmal ein tröstendes Wort für ihn übriggehabt hatte. Oder ein beleidigendes. Einfach *irgendetwas* wenigstens.

Aber Vi schwieg.

Als wäre er in dem Moment, wo er ihren ach so tollen Plan durch seine bloße Anwesenheit zerstört hatte für sie ein für alle Mal gestorben.

Inzwischen waren sie alle wieder zusammen in Vis Kinderzimmer angekommen und noch immer würdigte sie ihn keines Blickes. Ließ die Schimpfkanonade ihrer Mutter mit gesenktem Kopf über sich ergehen und sagte weiterhin kein Wort.

Irgendwann schien auch ihre Mutter einzusehen, dass heute bei Vi Hopfen und Malz verloren waren. Sie sagte: »Wir sprechen da morgen noch einmal drüber. Und dann will ich gefälligst ein paar *Antworten* von dir hören, junges Fräulein!«

Damit knallte sie die Tür zum Kinderzimmer hinter sich zu und ließ Tim, Michael und Vi alleine zurück.

Und in diesem Moment geschah etwas Erstaunliches mit Vis Gesicht. Sie hob den Kopf, ihre Lippen teilten sich und sie zeigte den beiden Jungs ein großes, breites Grinsen.

Mit Zähnen!

Soweit Michael sich erinnern konnte, hatte sie noch *niemals* irgendjemanden so angelächelt, dass man tatsächlich ihre Zähne sah. Selbst in Situationen, in denen sie extrem gut drauf war - und das kam ohnehin schon selten vor - schaffte sie es immer nur gerade so eben, die Mundwinkel ein klein wenig anzuheben. Meistens auch nur auf einer Seite zum typisch ironischen Vi-Halblächeln.

Aber jetzt zeigte sie den beiden erstaunten Jungs das breiteste Grinsen der Welt. Dann öffnete sie den Mund noch einen kleinen Spalt weiter und schob mit ihrer Zunge ein klitzekleines Metallstück nach vorne, dass sie anschließend vorsichtig zwischen ihren Lippen einklemmte. Es hatte acht Ecken.

»Was ist denn das?«, fragte Tim neugierig.

Michael hatte das Teil natürlich sofort erkannt.

»Du … du hattest das die ganze Zeit über in deinem Mund versteckt?«, fragte er völlig erstaunt.

Vorsichtig nahm Vi das Teil mit den Fingerspitzen aus ihrem Mund und betrachtete es mit siegessicherem Lächeln.

»Yep. Ziemlich gutes Versteck«, sagte sie und ihr Grinsen wurde noch ein wenig breiter. »Allerdings nur, wenn man die Klappe halten kann. Solltest du auch mal ausprobieren. Täte dir ab und zu echt mal richtig gut.«

Michael stand noch immer mit offenem Mund da und versuchte zu verstehen, was das nun wieder zu bedeuten hatte. Er erinnerte sich daran, was für ein riesiges Tamtam die Wissenschaftler über die kleinen Metallstückchen gemacht hatten, die sie in Vis Anzugtaschen gefunden hatten. Die mussten unglaublich wertvoll sein.

Vi friemelte das Teil in eine kleine Halterung an einem ihrer tragbaren Bildschirme. Dann starrte sie eine Weile lang hochkonzentriert auf die weiße Schrift, die den schwarzen Bildschirm von oben bis unten ausfüllt und die in unglaublichem Tempo an Vis Augen vorbeirauschte.

Als Vi den Chip schließlich wieder aus dem Gerät zog, strahlten ihre Augen.

»Was ist denn das jetzt für ein Teil?«, bohrte Tim nach, der sich niemals so schnell von einer Frage abbringen ließ.

Vi beugte sich zu ihm hinunter, und hielt ihm den Chip dicht vor seine Augen.

»Das hier ist ein Speicherchip«, raunte sie ihm verschwörerisch ins Ohr. »Und darauf gespeichert ist unter anderem eine Komplettbackup des Internets von knapp nach der Jahrtausendwende. Mehrere Exabytes an Daten!«

Das sagte natürlich sowohl Tim als auch Michael nichts. Das Wort *'Internet'* hatte Vi ihnen gegenüber zwar schon mehrfach erwähnt, aber so richtig erklärt, was das eigentlich sein sollte, hatte ihnen noch keiner. So wie Vi darüber sprach, schien es jedenfalls richtig beeindruckend und toll zu sein, dass sie nun eine Kopie davon in Händen hielt. Michael nickte anerkennend. Aber weil Tim eben Tim war, und ein Tim sich generell *nie* mit einer oberflächlichen Antwort zufriedengab, schob er gleich die nächste Frage hinterher.

»Und. . äh, wofür sind die gut? Deine Echsen Bytes?«

Das hatte der kleine Quatschkopf natürlich absichtlich falsch ausgesprochen. Michael kannte ihn viel zu gut, um ihm abzunehmen, dass er einen neuen Fachbegriff nicht sofort verinnerlicht hätte. Das war einfach seine Art, den kleinen Dummie zu spielen, um sein Gegenüber aus der Reserve zu locken.

»Diese Echsen hier«, nahm Vi sein Wortspiel auf, »können mir helfen, meine Simulation mit unendlich vielen Antworten zu füttern, ohne dass ich eine einzige davon einprogrammieren muss.«

Sie öffnete ein Panel direkt hinter dem Bildschirm, der über ihrem Schreibtisch hing. Der achteckige Chip passte dort genau in eine kleine Aussparung an der Rückseite hinein.

»So, das war's auch schon. Heut Abend schreib ich noch ein Skript, das meiner Simulation vollen Zugriff auf diesen Datenberg gewährt und schon sollte die um *einiges* besser werden. Eigentlich sogar unbegrenzt viel besser! Wenn ich es richtig anstelle, müsstest du in der Simulation jetzt jede beliebige Frage stellen können und trotzdem immer eine akkurate Antwort bekommen. Und da dieser Chip in einer Lieferung für die von dir so heiß geliebten 'Bücher' in eurem kleinen 'Paradies' bestimmt war, sollten die Daten darauf auch tausend Mal valider sein als das, was wir hier heutzutage unser Internet schimpfen.«

»*Moooment*«, schaltete sich jetzt Michael ein, der endlich seine Stimme wiedergefunden hatte.

»Du riskierst dein und unser aller Leben, nur um eine *Kopie* von etwas zu klauen, das ihr hier sowieso schon habt?«

»Eine hundert Jahre alte Kopie«, präzisierte Tim.

»Ganz genau«, sagte Vi. »Eine *saubere* Kopie des Internets aus der Zeit, als es noch zu irgendetwas nütze war.«

Sie nickte mit ihrem Kopf in Richtung des Bildschirms.

»Fragt da drin einfach mal nach dem großen *'Turmbau zu Babel'*. Dazu hatte ich schon eine richtig gute Antwort eingebaut. Und mit den neuen Daten sollte die Erklärung sogar noch viel, viel besser werden.«

Damit wandte sie sich von den beiden Jungs ab, und machte Anstalten, in ihr Hochbett zu klettern.

»Hey! Warte mal!«, rief Michael ihr nach. »Du kannst dich jetzt nicht einfach umdrehen und schlafen gehen. Ich habe noch so viele Fragen…«

»Ach ja«, sagte Vi und drehte sich auf dem Absatz noch einmal um. »Deine vielen Fragen, die du mir heute den ganzen Tag über gestellt hast. Und die garantiert auch für die Leute an den Überwachungskameras überaus interessant waren.«

Sie kam mit der Lässigkeit einer sprungbereiten Gepardin auf Michael zu geschlendert. Der versuchte, diesmal sein Pokerface aufrechtzuhalten und selbst keinen Schritt zurückzuweichen. So leicht würde er sich von Vi diesmal nicht einzuschüchtern lassen.

»Also…«, sagte Vi und kam noch ein Stückchen näher an Michael heran.

»*Das hier…*«, sagte sie und verpasste ihm dabei völlig unangekündigt einen Schlag auf den linken Arm, »...war dafür, dass du mir in der entscheidenden Sekunde dusseligerweise im Weg gestanden hast und wir deswegen fast in die Luft gesprengt worden wären!«

Michael rieb sich die Stelle, an der Vi ihn geknufft hatte. Der Schlag war nicht besonders stark gewesen. Da hatte er heute schon Heftigeres überstanden. Weitaus größer war der Schmerz in seinem Inneren. Die Wut darüber, dass Vi ihn so offensichtlich doch nur als Klotz am Bein wahrgenommen hatte. Das Gefühl, nutzlos zu sein und sich maßlos überschätzt zu haben. Seine Miene verhärtete sich.

Vi hingegen trat noch einen Schritt auf ihn zu. Ihre Lippen berührten fast schon sein Ohr, als sie flüsterte:

»Und das hier ist dafür, dass du mir heute so oft den Hintern gerettet hast.«

Michael fühlte, wie ihre Hände seinen Kopf umfassten, eine an seinem Kinn, die andere in seinen langen lockigen Haaren. Dann spürte er ihre warmen Lippen auf seiner Wange und ein Schauer durchlief seinen ganzen Körper.

»Danke, dass du heute für mich da warst«, hauchte Vi ihm in sein Ohr. »Ohne dich hätte ich das nicht geschafft.«

Es dauerte noch fast eine Stunde, bis Michael seinen Herzschlag wieder so weit beruhigt hatte, dass er tatsächlich einschlafen konnte.

KAPITEL 20: DER TURMBAU ZU BABEL

TELL ME WHY, THIS IS A LAND OF CONFUSION
GENESIS – 1986

Es war wirklich ein Unterschied wie Tag und Nacht. Das merkte Tim schon beim Einloggen in die Simulation am frühen Morgen.

Für die Schule hatte Vi ihr kleines Schwänz-Skript noch verbessert, so dass Tims Figur dort immer aufmerksam die Lehrerin anblickte, brav alles mitschrieb, was gesagt wurde und den echten Tim nur dann kontaktierte, wenn dieser direkt angesprochen wurde. Sehr praktisch sowas. So hatte er den ganzen Tag lang Zeit, in Vis nigelnagelneuer, ultimativ verbesserter Simulation herumzutollen.

Noch ein Grund, ihr dankbar zu sein.

Natürlich wusste Tim, dass dieses Programm vermutlich schon lange in

Vis Schublade herumgelegen hatte, und dass sie es ohnehin täglich für ihre eigenen Zwecke nutzte. Und er wusste auch, dass Vi die Daten auf dem Speicherchip nicht für *ihn* und die nette kleine Spielerei hier geklaut hatte. War schon klar, dass sie damit vor allem die Generäle überzeugen wollte. Er wünschte ihr wirklich, dass sie in all dem riesigen Datenwirrwarr etwas fand, womit sie ihre Theorien untermauern konnte, auch wenn er selbst noch immer nicht ganz an die Idee von einer überlegenen künstlichen Intelligenz glaubte.

War trotzdem total nett von Vi, dass sie als allererstes nach ihrer Rückkehr gleich an ihren kleinen wissbegierigen Freund mit den vielen Fragen gedacht hatte.

Für die Simulation war der Chip jedenfalls total der Hammer. Vi meinte, dass durch die riesige Datenbasis, auf die sie jetzt zurückgreifen könnte, völlig freie, nicht von ihr vorgegebene Gespräche möglich würden. Und Tim würde seine neuen Freiheiten voll ausschöpfen.

In dem Moment, als der riesige Roboter vor ihm erschien, hatte er auch schon seinen ersten Wunsch formuliert.

»Hey, superüberlegene künstliche Intelligenz. Könntest du bitte mal in einer etwas weniger furchtbaren Form mit mir sprechen?«, sagte er und stupste dabei den Roboter mit dem Zeigefinger in seinen großen metallglänzenden Bauch.

Das Resultat war gleichermaßen beeindruckend wie auch witzig: Mit einem Geräusch, als würde eine rostige, quietschende Tür ganz langsam aufgezogen, kippte die zwei Meter hohe Gestalt des Roboters nach hinten um. Nur dass es jetzt gar kein echter Roboter mehr war, der da fiel. Die riesige Figur hatte war mit einem Mal nur wenige Zentimeter dick. Aufgemalt auf einen großen Pappaufsteller, der jetzt langsam nach vorne umkippte. Mit einem lauten PLAPPP landete der Karton mit dem Roboterbild vor seinen Füßen.

»Puh, vielen Dank!«, hörte Tim eine Stimme, die ihm nur allzu vertraut vorkam. Sie kam direkt von hinter ihm. »In dieser Gestalt zu stecken war wirklich grässlich!«

Tim drehte sich um und musste lächeln. Ihm gegenüber stand Gott. Wie immer in seine weiße Toga gehüllt, mit langem Rauschebart und freundlichem Lächeln im Gesicht. Hinter ihm erstrecken sich grüne Wiesen voller Blumen, sanfte Hügel und in der Ferne die Dächer eines kleinen, heimeligen Dorfes.

Zuhause, dachte Tim sehnsüchtig.

»Vi hat diese Form hier ausgesucht«, sagte Gott schmunzelnd. »Sie meinte wohl, dass dir das Reden etwas leichter fallen würde, wenn du dabei in ein vertrautes Gesicht blicken könntest.«

Wie recht sie damit gehabt hatte, dachte Tim. Es fühlte sich so gut an, wieder vertraut mit Gott zu sprechen, als wäre all das Schreckliche und Verwirrende der letzten Tage nie passiert.

Natürlich war ihm klar, dass auch das hier bloß wieder eine Illusion war und dass Vi weiterhin darauf aus war, ihn zu überzeugen, dass es eben *keinen* Gott gab und die Welt von einer überlegenen künstlichen Intelligenz beherrscht wurde. Trotzdem wusste er ihre kleine Geste zu schätzen.

»Na los… dann hau mich mal um mit deinem neuen grandiosen Wissen«, sagte Tim und zählte an seinen Fingern ab: »Wie viele Treppenstufen hat der Eiffelturm, wie weit ist die nächste Galaxie entfernt und was ist die Geheimzutat, die Cola so lecker macht?«

Er hatte eigentlich mit einer kleinen Pause gerechnet, während der das Programm die Daten auf dem Speicherchip durchkämmte. Aber die Antwort kam ohne jegliche Verzögerung.

»1665 Stufen, 2,5 Millionen Lichtjahre und natürlich…«, Gott ließ eine Kunstpause, bevor er mit freundlichem Lachen sagte: »... Zucker, Zucker und Zucker!«

Er beugte sich zu Tim herunter.

»Aber das sind doch wohl nicht die Dinge, die dich *wirklich* interessieren, oder?«

Nicht schlecht, dachte Tim. Er hatte ja mit einer Verbesserung gerechnet, aber das hier war wirklich sehr beeindruckend. Der reagierte ja mit einem Mal fast wie ein echter Mensch. Das würde Tims Suche nach der Wahrheit um einiges erleichtern.

Mal sehen, wie clever das Ding jetzt wirklich war.

Mit verschmitztem Grinsen fragte er: »Wer bist du?«

»Also das«, antwortete Gott, »ist jetzt mal wirklich eine richtig gute Frage.«

Tim hatte die von Vi einprogrammierte Antwort ja schon mehrere Male gehört. Aber während Gott sie nun erneut Wort für Wort herunterbetete, achtete Tim ganz genau auf jedes Detail.

»*Hier* kennt man mich nur als *den Feind*. Und hinter der Mauer nennen sie mich *Gott…*«

Hatte sich da irgendetwas geändert, seit der Speicherchip eingesetzt wurde? Falls ja, dann fiel es Tim nicht auf. Er ließ Gott noch ein wenig weiterreden, doch kurz vor den letzten Worten seines langen Monologs fiel er ihm dann doch ins Wort.

»... *Eine künstliche Intelligenz,* die jeder menschlichen Intelligenz tausendfach überlegen…«

»*MÖÖÖÖÖÖP!*«, machte Tim. »Falsche Antwort Super-Birne. Und mit all deinem neu erlangten Speicherchip-Daten sollte dir das eigentlich auch selbser auffallen.«

Gott schaute Tim etwas verwirrt an.

»Äh, also … ich äh, bin…«, murmelte er.

»Eine *Simulation!* Du bist nur eine Simulation der großen bösen KI mit jeder Menge einprogrammierter Antworten von Vi. Eine Simulation, die sich als große böse künstliche Intelligenz *ausgibt,* sie aber nicht wirklich *ist.*«

»O...kay«, sagte Gott zögerlich. »Und das macht für dich einen großen Unterschied?«

»Na klar macht das einen Unterschied«, rief Tim. »Würde die echte KI hier etwa gemütlich mit mir all ihre geheimen Welteroberungspläne bequatschen? Natürlich nicht. Die würde doch wohl eher versuchen, alles geheim zu halten oder sogar die kleinen Störenfriede Vi, Tim und Michael irgendwie unauffällig zu beseitigen. Zum Beispiel indem sie die VR Brille hier hackt und mein Gehirn mit Elektroschocks auf kleiner Stufe garkocht.«

Gott verzog angewidert das Gesicht. »Igittigitt! Hast du aber eine ekelige Fantasie. Nein, sowas würde ich nie machen!«

Dann legte er freundschaftlich einen Arm um Tim. »Aber du hast natürlich recht. Vom Prinzip her bin ich einfach nur ein simples, kleines Programm mit seeeeehr vielen Antworten, und überaus daran interessiert, sie dir *alle* zu geben. Vi hat es nun mal so vorgesehen, dass ich hier den Bösewicht spielen soll. Wenn dir das nicht recht ist, kann ich aber auch gerne eine andere Rolle übernehmen. Ist jetzt alles überhaupt kein Problem mehr.«

»Ach Quatsch«, meinte Tim und winkte ab. »Ist schon in Ordnung. Ich bin ohnehin noch nicht ganz von Vis Idee der oberbösen KI überzeugt. Irgendwie hoffe ich trotz allem immer noch darauf, dass es in Wirklichkeit doch einen gütigen Gott gibt, der alles tut, um uns Menschen zu helfen. Weil er uns liebt.«

Verlegen zuckte er mit den Schultern.

»Ist ja eigentlich auch egal, wie du aussiehst. Diese Kombination hier ist ein guter Kompromiss: Erzähl mir die Geschichte aus Sicht der KI aber behalte bitte das

Outfit als Gott bei. So passt du dann sowohl zu ihrer als auch zu meiner Vorstellung.«

»Eine weise Entscheidung«, lobte Gott. »Bei fast allem, was mir Vi einprogrammiert hat, könnte man auch davon ausgehen, dass statt eines superintelligenten Computerprogramms genauso gut eine göttliche Macht am Werk war, die alles so wunderbar in die Wege geleitet hat.«

Tim sah ihn kritisch an.

»So wunderbar?«, fragte er. »Sieht doch irgendwie überhaupt nicht wunderbar aus, die Welt um uns herum, oder?«

»Nun ja, von einem gewissen Standpunkt aus betrachtet… schon«, gab Gott geheimnisvoll zurück.

Na, sowas konnte Tim ja überhaupt nicht leiden.

»Nee, nee, nee mein lieber Herr Supercomputer«, sagte er. »Jetzt komm mir nicht mit so 'nem Obi Wan Kenobi Geschwafel. Du wurdest gerade mit dem Totalen-Durchblick-Speicherchip gefüttert und jetzt hätte ich gerne mal ein paar glasklare Aussagen. Fakten bitte schön und keine 'Standpunkte' oder 'Meinungen'.«

Gott lachte leise in sich hinein. Es war genau dasselbe glucksende, tiefe Lachen, das Tim schon sein Leben lang von ihm kannte und das er so lieb gewonnen hatte. Einfach Hammer, wie genau Vi den nachgebaut hatte.

Wobei, vermutlich war das gar nicht ihr Verdienst gewesen. Wenn diese Chips zur Herstellung der Bücher in ihrem Paradies gedacht waren, dann waren da bestimmt auch die genauen Verhaltensmuster und die Stimme Gottes drauf gespeichert, damit er aus jedem Gerät und überall immer gleich klang, wenn er zu ihnen sprach.

Der Gedanke machte Tim ein bisschen traurig. Deutete ja schließlich darauf hin, dass Vi mit ihrer Theorie von der bösen Computerintelligenz vermutlich wirklich recht behalten sollte und seine immer weiter schwindende Hoffnung auf einen gütigen 'wirklichen' Gott mehr und mehr zu reinem Wunschdenken wurde.

Trotzdem wirkte Gottes tiefes freundschaftliches Lachen beruhigend auf ihn und erinnerte ihn an fröhlichere, sorgenfreiere Tage. Zu Hause.

»Du willst es also ganz genau wissen«, lachte Gott. »Na dann fangen wir mal genau da an, wo die Genauigkeit und die 'glasklaren Aussagen' ihr Ende gefunden haben.«

Er wandte sich von Tim ab und vollführte mit seinen Händen ein paar geheimnisvolle Gesten, woraufhin aus der saftig grünen Wiese direkt vor ihnen einige Steinquader aus dem Boden wuchsen. Sie bildeten einen Kreis von etwas mehr als fünf Metern Durchmesser und wuchsen Zentimeter für Zentimeter weiter in die Höhe. Unter der ersten Reihe von Steinen konnte Tim bereits eine zweite Reihe erkennen, die sich aus der Erde schob. Tim erinnerte das ganze an die Türme, die er mit seinen Holzbausteinen schon als ganz kleiner Knirps gebaut hatte. Reihe für Reihe, immer höher. Bis ihn die Zimmerdecke irgendwann am Weiterbauen gehindert hatte.

»Vi nennt es 'den Turmbau zu Babel'«, sagte Gott, während er mit immer größeren Bewegungen der Hände den Turm weiter und weiter in die Höhe wachsen ließ. Gleichzeitig ließ er ihn auch noch langsam um seine eigene Achse rotieren. »Ein bisschen überdramatisch, wenn du mich fragst, aber so ist sie halt nun mal, die liebe Vi.«

Die oberste Steinreihe des Turms war inzwischen auf der Höhe von Tims Bauchnabel angekommen. Gott wandte sich wieder Tim zu und fragte: »Die Geschichte aus der Bibel kennst du doch sicherlich, oder?«

»Klar«, gab Tim etwas unsicher zurück und trat an den Turm, um mit den Händen dagegen zu klopfen. Klang nach massivem Stein. Sah aus wie die Türme in den Burgruinen, auf denen er und Michael im Urlaub immer so gerne herumgeklettert waren. Nur dass die netterweise beim Klettern stillgehalten hatten und sich weder gedreht hatten noch in die Höhe geschossen waren.

»Da wollten die Menschen doch irgendwie genau so groß werden wie Gott oder? Und deshalb haben sie sich einen Turm gebaut, der bis zum Himmel reichte«, kramte Tim die Erinnerungen an seine alten Gotteslehrestunden wieder hervor. »Und weil das dem alten Zornikel ziemlich unverschämt und überheblich vorgekommen war, und weil er keinen Bock darauf hatte, dass die Menschen genauso göttlich wurden wie er selbst, hat er ihren Turm dann einfach kaputt gemacht.«

Dann fiel ihm noch etwas ein. »Ach ja, und nur um sie dann noch so richtig fertig zu machen, hat er jedem von ihnen eine andere Sprache verpasst! Damit sie so etwas Großes nie wieder zusammenbauen konnten, weil sie einander ja nicht mehr verstanden.«

Er kratzte sich am Kopf. »Wenn ich so darüber nachdenke, ist das echt eine richtig blöde Bibelgeschichte. Malt mal wieder das Bild des eifersüchtigen, zerstörerischen Gottes. Und die Entwicklung der Sprache ist wissenschaftlich betrachtet ja wohl auch vollkommen anders abgelaufen als...«

»Ja, ja, Herr Professor«, unterbrach ihn Gott. »Nicht immer alles so wörtlich nehmen. Die Geschichte ist natürlich wieder symbolisch zu verstehen. Und wenn man das tut, dann hat sie ihre wichtige Botschaft bis heute nicht verloren.«

»Und diese Botschaft wäre?«, fragte Tim ein wenig genervt. Er konnte es gar nicht leiden, wenn Gott ihn so von oben herab belehrte. Okay... als Allwissender stand ihm das vermutlich zu, aber jetzt grade war er schließlich gar kein '*All*-wissender' Gott, sondern höchstens ein '*ziemlich-viel*-wissendes' Computerprogramm. Also sollte er sich doch bitte ein klein wenig zurücknehmen.

»Was soll uns diese uralte Turmbau-Story denn heute noch lehren?«

»Na, Bescheidenheit zum Beispiel«, gab Gott zurück. »Nicht überheblich zu werden. Und auf dem Boden der Tatsachen zu bleiben, statt immer höher und größer und weiter bauen zu wollen.«

Er begann, den langsam in die Höhe wachsenden Turm mit gemächlichen Schritten zu umrunden und ließ seine Hand über die Oberkante der Steinquader gleiten, während er weiterredete.

»Betrachte das Ganze doch mal ein bisschen von außen, Tim. Da haben die Menschen eine richtig gute Idee und bauen gemeinsam an einem ganz großen Projekt. Tolle Sache eigentlich.«

Jetzt stand Gott genau auf der anderen Seite des Turmes, der ihm inzwischen bis zur Brust reichte. Nur sein Kopf schaute noch über die höchste Reihe der Steine. Als er weiterredete, verschwand sein Gesicht zunehmend hinter dem immer weiter anwachsenden Gebilde.

»*Dann* aber verzetteln sie sich. Und streiten sich. Verlieren das große Ziel aus den Augen und zum Schluss stürzt alles, was so schön begonnen hatte, in sich zusammen.«

Tim überlegte intensiv, was ihm all das jetzt sagen sollte. Doch als Gott schließlich den Turm ganz umrundet hatte und ihn erwartungsvoll anschaute, konnte er nur mit den Schultern zucken.

»Tut mir leid«, sagte er. »Ich hab echt keine Ahnung, was für eine Bedeutung diese Geschichte jetzt für die

Gegenwart haben soll. Ich sehe da überhaupt keinen Zusammenhang mit irgendetwas, was hier und heute wichtig wäre. Ich fürchte, die ist einfach nicht mehr aktuell.«

Gott wuschelte Tim liebevoll durch die Haare. Wie schade, dass Vis Simulation hier nur so halbherzig war. Dieses Gefühl hätte Tim zu gerne noch einmal gespürt. Aber ohne Ganzkörperanzug war da natürlich nichts zu wollen.

»Du *wirst* den Zusammenhang sehen, Tim. Da bin ich ganz sicher. Hab nur ein wenig Geduld«, sagte Gott mit seinem freundlichen großväterlich glucksenden Lachen. »Den Anfang hast du schon gemacht. Bist einen Schritt zurückgetreten, um das große Ganze zu erkennen. Und wenn man *das* tut, dann sieht man irgendwann auch die Parallelen zu den Entwicklungen, die letztendlich sämtliche 'glasklaren Fakten', die du ja so sehr liebst, ein für alle Mal vom Angesicht der Erde gefegt haben. Lies doch einmal, was auf dem Turm geschrieben steht.«

Tim stutzte. Wo bitte schön sollte da denn etwas stehen? Er kniff die Augen ein wenig zusammen und ging dichter an das Gebäude heran. Der Turm bestand jetzt schon aus hunderten Steinquadern, wie er sie von den Burgen und Burgruinen aus dem Pfälzer Wald kannte.

Sein Vater hatte ihm bei einem ihrer vielen Wanderurlaube dort mal erklärt, dass diese Steinblöcke zuerst viereckig behauen wurden und ihnen dann auf beiden Seiten dieses markante runde Loch hineingebohrt wurde. Damit konnten die Bauarbeiter damals die schweren Steine mit einer großen Zange hochhieven und sogar mit einer Art Kran bis an das oberste Ende der Mauer bringen.

Vi hatte diese Lektion anscheinend auch irgendwann mal gelernt, denn die Mauersteine in dem Turm hier in der Simulation wiesen ebenfalls kleine runde Löcher in der Mitte jeden Quaders auf.

Allerdings… nicht alle. Tim ging dichter an den Turm heran. Legte seine Hand auf die Steine. Fühlen konnte er natürlich nichts, schließlich hatte ja noch immer nur Vis VR Brille auf und trug keinen richtigen Anzug. Aber trotzdem erkannte er deutlich, dass nicht alle Steine ein Loch in der Mitte hatten. Er runzelte die Stirn. Ging einen Schritt zurück. Versuchte, zu erkennen, nach welchem Muster hier einige Steine angebohrt worden waren, während andere völlig glatt zu sein schienen.

Dann fiel ihm die senkrechte Linie von Punkten auf.

▪

▪

▪

▪

▪

Exakt fünf Steine untereinander, jeder einzelne punktiert. Daneben hingegen nur glatte Steine.

Mit einem Mal erkannte er das Muster.

Um sicher zu gehen, dass er sich nicht täuschte, ging er noch einen Schritt weiter zurück und verfolgte die

Reihe der Punkte, die sich rechts neben der senkrechten Punktlinie befanden.

Genau wie er vermutet hatte. Erst wieder eine senkrechte Linie nach unten, dann eine Diagonale nach rechts unten und schließlich wieder eine Gerade nach unten.

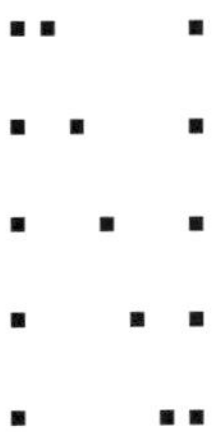

Das waren definitiv Buchstaben: Ein I und ein N. Sobald man es einmal gesehen hatte, konnte man gar nicht mehr daran vorbeisehen.

»I, N«, las Tim vor und ging dann ein paar Schritte weiter. Die Buchstaben waren ziemlich groß und die Schrift schlängelte sich einmal komplett um den Turm herum.

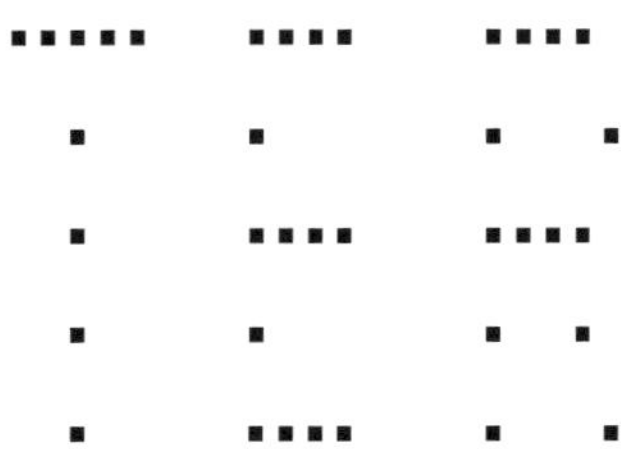

»T, E, R«, sagte er und schaute Gott fragend an. Der lächelte nur und bedeutete Tim, weiterzumachen. Viel

Turm war nicht mehr übrig. Nur noch ein paar Schritte, dann war Tim wieder bei seiner Ausgangsposition angekommen.

```
■■    ■  ■■■■  ■■■■■
■ ■   ■  ■       ■
■  ■  ■  ■■■■    ■
■   ■ ■  ■       ■
■    ■■  ■■■■    ■
```

»N, E, und T«, schloss Tim und überlegte kurz, bis er alle Buchstaben im Kopf zusammengesetzt hatte. Schon wieder dieses Wort. Das hatte Vi auch schon ein paar Mal benutzt, aber immer so, als wüsste jeder, der einigermaßen klar bei Verstand war, worum es sich dabei handelte. Wusste Tim aber nicht. Er hätte mal gleich nachfragen sollen. Aber irgendwie hatte es nie gepasst. Naja, wenigstens war er ja jetzt mal an genau der richtigen Adresse, um ein paar Antworten zu bekommen.

»*Internet?*«, fragte er. »Wer oder was ist denn jetzt bitte dieses Internet?«

»Hmm«, machte Gott und fuhr sich mit der Hand durch seinen wehenden weißen Bart. »Richtig gute Frage. Und eine die viel zu selten gestellt wird. Weil alle es einfach so hinnehmen. Sie sagen so etwas wie 'Das steht im Internet' oder 'Schau doch mal im Internet nach', aber tatsächlich machen sich viel zu wenige Leute darüber Gedanken, *was* genau das Internet eigentlich ist.«

Tim zuckte mit den Schultern und schaute Gott weiter fragend an. Das war ja nun noch nicht so eine zufriedenstellende Antwort.

»Ich versuche mal, es dir bildlich zu erklären«, sagte Gott und schnipste mit den Fingern in Richtung des Turmes.

Als Tim seinem Fingerzeig folgte, sah das Teil plötzlich verändert aus. Mehrere der Steinquader hatten sich in kleine, viereckige Bildschirme verwandelt, auf denen in winziger Schrift Zeile um Zeile Informationen angezeigt wurde.

Tim ging ganz dicht an einen dieser Stein-Bildschirm-Quader heran und versuchte zu entziffern, was dort stand. Er las:

»Der Buckelwal (Megaptera novaeangliae) ist ein oft in Küstennähe vorkommender Vertreter der Furchenwale. Er erreicht eine Körpergröße von 12 bis 15 Metern und hat im Vergleich zu anderen Walen deutlich größere Flipper. Bekannt sind die Tiere unter anderem aufgrund …«

Der Text ging noch viele Zeilen weiter. Tim überflog die Zwischenüberschriften in dem endlos langen Text: Lebensweise, Ernährung, Systematik, Fortpflanzung… Die Liste ging bis an den untersten Rand des Bildschirms weiter.

Tim schaute auf die Bildschirme links und rechts. Auf einem fand er eine wissenschaftliche Abhandlung zur Kernspaltung, auf dem nächsten schien jemand versucht zu haben, die komplette Lebensgeschichte von Gaius Julius Caesar aufzuschreiben. Michael wäre von dieser Kachel vermutlich tagelang nicht wegzubekommen gewesen.

»Die Grundidee des Internets war – wie so vieles, was irgendwann mal schrecklich schief ging – eine richtig gute. Informationen, Daten, Fakten: Nahezu das gesamte Wissen der Menschheit wurde in digitale Form gebracht, auf Computern gespeichert und dann so mit anderen Computern vernetzt, dass *jeder Mensch* der Welt auf diese Sammlung Zugriff hatte.«

Ein weiteres Winken von Gottes Finger und viele weitere Steinquader verwandelten sich in Bildschirme. Bildschirme gefüllt mit Wissen.

»Gefällt mir sehr gut, diese Idee«, sagte Tim begeistert. »Alle Informationen der Welt für jeden zugänglich! Hätten die Menschen im Mittelalter sowas gehabt, hätten alle sofort gewusst, wie sie sich vor der Pest schützen könnten. Und die Leute im letzten Zeitalter hätten sich damit doch super darüber informieren können, wie gefährlich der Klimawandel war.«

Tim dachte kurz nach. »Dadurch müssten die Menschen insgesamt doch unglaublich viel klüger geworden sein, oder? Wenn alle jederzeit Zugriff auf derartige Wissensberge haben, müsste Dummheit und Unwissenheit doch innerhalb kürzester Zeit aussterben.«

Gott wog den Kopf ein wenig hin und her. Dann winkte er Tim zu sich heran und wies auf eine bestimmte Kachel ziemlich weit am unteren Rand des Turmes.

Tim las: *»Und die Welt wurde einst erschaffen von einem fliegenden Monster aus Spaghetti und Fleischbällchen. Alle Hinweise auf eine Evolution wurden von ebendiesem bewusst gestreut, um die Menschen zu verwirren. Auch die Gravitation existiert nicht. Die Wahrheit ist: das Fliegende Spaghetti Monster drückt alles mit seinen nudeligen Anhängseln zu Boden ('Erdanpressung')«*

Er zog die Stirn kraus. »Äh…«, sagte er. »Aber … das ist doch völliger Blödsinn!«

Gott lachte. »Ja. Und was für ein herrlicher Blödsinn. Dafür muss man die Pastafari einfach lieben.«

Tim schüttelte verwirrt den Kopf. »Das verstehe ich nicht. Warum wurden denn solche Sachen in dieses Internet geschrieben? Das ist doch ganz offensichtlich völlig falsch.«

Dann biss er sich auf die Lippe, wie er es immer tat, wenn er angestrengt nachdachte. Nein, das war eigentlich gar nicht die richtige Frage. Die Frage um die es wirklich ging, war doch…

»*Wer* hat das da reingeschrieben? Wer war derjenige, der entschieden hat, was ins Internet kommt und was nicht?«

Gott zeigte mit einem Zeigefinger auf Tim. »Schon wieder genau die richtige Frage!«, sagte er und strahlte über das ganze Gesicht.

»Und die Antwort lautet…«

Er ließ den Satz kurz in erwartungsvoller Stille hängen und breitete seine Arme in einer großen Geste aus.

»*Absolut jeder!*«, rief er schließlich und ließ auf dem Turm im Sekundentakt weitere Informations-Bildschirmchen erscheinen. In rasender Geschwindigkeit verwandelte sich jeder Stein von der untersten Reihe bis zur Spitze des Turms in einen dieser kleinen Wissensspender.

Tim stand staunend davor, und verlor bei der riesigen Menge an Informationen sofort den Überblick.

»Die Menschen fütterten das Internet mit Informationen und *jeder*, wirklich jeder, der irgendwie Zugriff darauf hatte, konnte dabei mitmachen«, hörte er Gott hinter sich dozieren.

»Und viele von ihnen hatten tatsächlich gute Intentionen. Sie digitalisierten Werke alter Meister, trugen neueste Forschungsergebnisse zusammen, übertrugen ganze Bücher und Filme in das Internet.«

Tim las in einer der neu entstandenen Kacheln gerade, dass es für einen Menschen physikalisch unmöglich sei, sich am eigenen Ellbogen zu lecken. Nur mit größter Anstrengung schaffte er es, diese neue Erkenntnis nicht gleich hier und jetzt mit seiner Zunge zu überprüfen.

»Doch zusammen mit all dem Wissen und all dem Guten wuchs auch die Menge an Unwahrheiten, falschen Behauptungen und uninformierten Meinungen, die Tag für Tag in das Internet eingespeist wurde. Und sie wuchs *schnell!*«

Wie um diese Aussage zu bekräftigen, begann der Turm nun immer schneller in die Höhe zu schießen. Er wurde aber nicht nur höher, sondern wuchs auch in seiner Breite, so dass Tim einige Schritte vor ihm zurückweichen musste. Immer neue Informationen aus den hunderten, ach was, tausenden Bildschirmen strömten auf ihn ein. Hier las er etwas von gefährlichen Chemikalien, die per Flugzeug in der Atmosphäre versprüht wurden, dort stand etwas über die Gefahr durch Elektroautos und ein paar Schritte weiter fand er einen Text in dem behauptet wurde, dass die gefährliche Krankheit, von der er gestern erst im Unterricht gehört hatte, nur eine Erfindung der Medien sei und in Wirklichkeit *gar nicht existierte!*

Waren das jetzt Falschmeldungen? Oder neue wissenschaftliche Erkenntnisse, von denen nur er noch nichts wusste? Auf den ersten Blick war sich Tim da nicht wirklich sicher.

»Zunächst«, fuhr Gott fort, »fiel es den Menschen noch leicht, zwischen Lüge und Wahrheit zu unterscheiden. Man konnte schließlich damals noch etwas in einem Buch nachschlagen oder sich über seriöse Zeitungen und Nachrichtensendungen informieren.«

Mit einem weiteren Handwedeln verpasste Gott den vielen Bildschirmen farbige Rahmen. Nun leuchteten einige in strahlendem Grün, während andere mit rotem Glühen als Falschnachrichten gekennzeichnet wurden. Tim versuchte zu erkennen, ob die Nachricht über *die*

Krankheit rot oder grün leuchtete, aber sie war auf dem Turm schon zu weit nach oben geschoben worden.

»Aber das war natürlich aufwändig. Und viel anstrengender, als einfach dem ersten Treffer einer Internetsuche Glauben zu schenken. Meistens passte das, was da stand ohnehin zu dem, was die Menschen glaubten, weil die Suchmaschinen sich immer besser an das anpassten, was die Leute zuvor schon einmal angesehen hatten. Und so ging die Fähigkeit, Informationen aus dem Internet kritisch zu hinterfragen mehr und mehr verloren.«

»Halt. Stop«, rief Tim. Und überraschenderweise hörte der Turm daraufhin tatsächlich auf zu wachsen und sich auszudehnen. Gott hielt seinen Kopf leicht schief und lächelte Tim aufmunternd an. Er wartete.

»Das klingt jetzt so, als wären mit einem Mal alle Menschen auf der Welt blöd geworden«, sagte Tim und schüttelte den Kopf. »Das kann ich einfach nicht glauben. Ich verstehe ja, was du meinst. Viele haben es sich bestimmt bequem gemacht und haben einfach alles geglaubt, was sie so im Internet gefunden haben. Aber doch garantiert nicht alle. So schnell verschwindet doch der kritische Verstand der Menschheit nicht. Das glaube ich einfach nicht.«

Der alte Mann in der weißen Toga nickte Tim anerkennend zu.

»Natürlich hast du Recht«, sagte er. »So einfach ließ sich weder die Wahrheit besiegen noch die kritischen Denker zum Schweigen bringen.«

»*Aber…*«, er hob einen Zeigefinger, »es war ein Anfang. Ein erstes Zweifeln an der Eindeutigkeit von Fakten, ein erster Schritt in Richtung Verunsicherung.«

Auf einem Wink seines Zeigefingers hin versetzte sich der Turm wieder in Drehung und begann erneut sein unermüdliches Wachstum.

»Was jetzt noch fehlte war vor allem eins«, sagte Gott und schnipste wie ein zweitklassiger Zauberkünstler vor dem Höhepunkt seines Zaubertricks.

»*VIEL VIEL MEHR DAVON!*«, rief er mit Pathos in der Stimme.

Der Turm, dessen Spitze inzwischen tatsächlich fast schon die Wolken erreicht hatte, verwandelte sich erneut. Überall, wo bisher noch feste Steine zu sehen gewesen waren, verwandelten sich diese jetzt ebenfalls in Bildschirme. Und auch die Farben hatten sich verändert. Nur noch selten sah Tim deutlich grüne oder rote Rahmen um die Inhalte. Die neuen Farben reichten von dunkelrot über rosa, violett, blassblau bis hin zu gelb und violett. Es schien inzwischen jede Farbe des Regenbogens vorhanden zu sein.

»Immer mehr Seiten mit Falschmeldungen, Halbwahrheiten, Meinungen oder nur *fast*-richtig verstandenen Interpretationen. Ein ganzes Meer von Informationsmüll, der das Internet zu einem echten Minenfeld für Wahrheitssucher machte. Und mit dem Auftreten der sozialen Netzwerke, bei denen jeder ohne jeglichen Aufwand im Sekundentakt seine Meinung kundtun und sie millionenfach teilen konnte, nahm das Ganze dann erst so richtig Fahrt auf.«

Ein weiterer Schnipser Gottes, und mehrere der großen quaderförmigen Bildschirme verwandelten sich in ganze Bataillone von winzigen Kleinst-Bildschirmchen. Die waren gerade mal daumennagelgroß und enthielten meistens nur einen oder zwei Sätze.

Tim musste bis auf wenige Zentimeter an den Turm herankommen, um entziffern zu können, was darauf in winziger Schrift geschrieben stand.

»Aufwachen, ihr Schlafschafe!!« … »Das sind doch alles Fake-News!« … »Meiner Meinung nach ist das alles nur Panikmache.« … »Also meine Schwester hat einen Freund, der hat da was ganz anderes erzählt« … »Denen vom gleichgeschalteten Staatsfernsehen kannst du doch nicht trauen…!« »Hier guckt mal diesen Youtuber an. Da wird endlich mal die Wahrheit gesagt!« ... »Ach was! Und warum steht das hier dann ganz anders…?«

Die Zeilen zogen immer schneller an Tim vorbei, so dass er Mühe hatte, den vielen, vielen Kommentaren und Meinungsäußerungen auch nur annähernd zu folgen. Der Turm wuchs immer weiter, war inzwischen längst durch die Wolkendecke gebrochen und immer mehr Bildschirme, die zuvor klare, eindeutige Informationen gezeigt hatten, verwandelten sich in das zersplitterte Durcheinander aus Miniaturbildschirmen voller unbegründeter Meinungen und unsinniger Kommentare.

Etwas verzweifelt blickte er zu Gott hinüber.

»Das ist ja furchtbar«, sagte er. »Wie konnte sich denn überhaupt irgendjemand da drin noch zurechtfinden?«

Gottes Lächeln wurde eine Spur breiter. Fast schon ein unangenehmes Grinsen, fand Tim. Und irgendwie wirkte dieses leicht höhnische fast-Grinsen auf dem Gesicht Gottes, den er sein Leben lang als lieben und guten Helfer in jeder Not gekannt hatte, völlig fehl am Platze.

»Das ist ja das Wunderschöne daran«, antwortete Gott und jetzt war das Grinsen eindeutig abschätzig und überheblich geworden. »Die Menschheit hatte mit dem Internet *beinahe* das geschafft, was sie mit dem Turmbau zu Babel bezweckt hatte: Nämlich *Gott*, dem *Allwissenden* ähnlich zu werden.«

»Und damit das nicht passierte, hast *du* den Turm eingerissen, bevor sie wirklich allwissend werden konnten, richtig?«, unterbrach Tim ihn.

Das Grinsen auf Gottes Gesicht verschwand und wurde durch einen gespielt gekränkten Ausdruck ersetzt.

»Aber aber…«, sagte er. »Ich habe nichts Derartiges getan. Das habt ihr Menschen schon ganz alleine fertiggebracht.«

Er strich sich ein wenig verschämt durch den Bart. »Naja, ein klein bisschen *unterstützt* habe ich euch dabei vielleicht schon. Hier und dort mal ein paar Bots, die gezielt Fehlinformationen streuten. Vielleicht hier und da eine gezielte Weiterleitung gewisser Verschwörungstheorien an die richtigen Leute. Aber den Großteil der Arbeit haben mir die vielen fleißigen Menschen abgenommen, die den Blödsinn im Internet bereitwillig und unreflektiert *geglaubt* und millionenfach *geteilt* haben.«

Er zeigte auf den riesigen Turm, der jetzt in seiner ganzen strahlenden Pracht vor ihnen stand.

»Heute ist das Ganze nur noch ein Riesenhaufen Schrott voll mit unnützem Informationswirrwarr. Die paar armen Trottel, die immer noch dumm genug sind, da drinnen nach irgendetwas Nützlichem zu suchen, können sich nie wirklich sicher sein, ob eine bestimmte Information nun der Wahrheit entspricht oder ob es sich dabei um eine der Millionen Falschmeldungen, undurchdachten Meinungen oder falsch verstandenen Fakten handelt.«

»Das hier…«, sagte Gott und wies auf den monströsen Turm, »hätte euer Weg zum wahren Allwissen sein können. Aber wie so vieles, was ursprünglich gut und sinnvoll gewesen ist, habt ihr es zerstört. Und dabei habt ihr nur ganz, ganz geringe Mithilfe meinerseits gebraucht.«

Tim nickte nachdenklich. Das klang wirklich alles ziemlich schlüssig. Und passte ja auch zu dem Verhalten, das die Menschheit im Laufe der Jahrhunderte immer wieder an den Tag gelegt hatte. Er erinnerte sich an unzählige Geschichtsstunden, nach denen er und Michael darüber diskutiert hatten, ob die Menschheit tatsächlich böse oder einfach nur extrem blöde gewesen war. Das hier schien wieder so ein Fall zu sein.

Und es erklärte auch, warum Vi so extrem scharf auf diese uralte Kopie des Internets gewesen war. Eine Version dieses Wissensturms *ohne* den ganzen störenden

Mist, dafür aber mit verlässlichen Quellen, die die komplette Weisheit der Menschheit damals wiedergaben. Das war eindeutig extrem wertvoll.

Eine letzte Frage hatte er allerdings noch. Er wandte sich von dem Turm ab und machte wieder ein paar Schritte auf Gott zu.

»Eine Kleinigkeit macht für mich noch immer keinen Sinn«, sagte er. »Wo genau soll denn bei diesem riesigen Schlamassel der 'gewisse Standpunkt' sein, auf dem man stehen muss, damit all das 'wunderschön' aussieht? Die ganze Geschichte ist doch einfach nur ein Riesenreinfall.«

Gott lächelte. »Aber das ist doch offensichtlich, oder?«, fragte er und strich Tim dabei liebevoll über den Kopf. »Der Standpunkt, von dem aus euer völlig verkorkstes Internet und der damit einhergehende nahezu vollständige Wissens- und Vertrauensverlust wirklich wunderschön aussieht…«

Er trat einen Schritt zurück, breitete die Arme aus und sein Lächeln verwandelte sich in ein gehässiges Grinsen, das wesentlich mehr Zähne zeigte, als Tim lieb war.

»... dieser Standpunkt ist natürlich *meiner!*«, schloss Gott und zwinkerte Tim mit einem Auge zu, das in exakt diesem Moment begann, in einem grausigen Rotton zu leuchten.

KAPITEL 21: ANERKENNUNG

NOW YOU GET WHAT YOU WANT
BOB MARLEY - 1976

Erschrocken machte Tim einen Schritt zurück. Doch im selben Augenblick war das grausame Lächeln und das rote Leuchten aus Gottes Auge auch schon wieder verschwunden.

»Oje, entschuldige Tim…«, sagte er. »Ich wollte dich doch nicht erschrecken. Ich dachte halt, das wäre ein ganz witziger Effekt. Weil es doch gerade so super zu Vis Idee von der bösen künstlichen Intelligenz passt.«

Jetzt ließ er beide Augen abwechselnd rot aufblinken und schnitt dabei so alberne Grimassen, dass die Geste mit einem Mal total lächerlich wirkte.

Unwillkürlich musste Tim lachen.

»Tut mir leid«, sagte Gott, jetzt wieder ganz der liebevolle Großvater.

»Schon okay«, gab Tim zurück. »Aber sag mal… Wie meinst du das? Warum ist das Zumüllen des Internets mit lauter Meinungen und Unwahrheiten aus Sicht einer künstlichen Intelligenz so eine super Entwicklung?«

»Na ganz einfach...«, setze Gott an, doch dann hielt er plötzlich mitten im Satz inne und sagte keinen Ton mehr.

»Äh, ja?«, bohrte Tim nach, doch sein Gegenüber regte sich einfach nicht mehr. Stattdessen erklang direkt hinter ihm eine ihm nur allzu vertraute Stimme.

»DAS FUNKTIONIERT SO NICHT!«

Tim fuhr herum und sah sich wieder seinem alten Bekannten gegenüber: dem nicht besonders allwissenden Killer-Roboter mit Antwortblockade. Auch die Umgebung sah mit einem Mal wieder so aus, wie bei seinem allerersten Besuch hier in Vis Simulation, von den schwelenden Gebäudeüberresten bis hin zu den übertrieben vielen Totenschädeln, die den ganzen Fußboden säumten.

»*Das* hier brauch ich mal kurz, bittedanke…!«

Vis Stimme klang, als stünde sie direkt vor ihm. Trotzdem klang sie gleichzeitig irgendwie seltsam undeutlich. Mit einer zackigen Bewegung riss Tim sich die Brille vom Kopf und blinzelte verwirrt in das grelle Licht der realen Welt.

Vi balancierte auf einem Bein oben auf ihrem Schreibtisch und hatte sich einen Schraubenzieher zwischen die Lippen geklemmt. Mit den Fingerspitzen friemelte sie an der Rückseite des großen Bildschirms herum.

»Jetzt komm da schon endlich raus!«, nuschelte sie und verlor dabei den Schraubenzieher aus dem Mund. Er fiel mit lautem Krachen auf das Chaos von Stiften, Blättern und anderem Werkzeug, das sich im Lauf der Jahre auf Vis Schreibtisch angesammelt hatte. Hilfsbereit hob Tim ihn wieder auf und hielt ihn ihr entgegen.

»Hast du endlich deine Chance zum Vorsprechen bei den hohen Herren bekommen?«, vermutete er.

Vi brachte das Kunststück fertig gleichzeitig zu nicken, weiter am Bildschirm herumzufriemeln und dabei auch noch mit der freien Hand den angebotenen Schraubenzieher wegzuwedeln.

»Hab's gleich...«, zischte sie zwischen zusammengepressten Lippen hervor und zerrte an einem widerspenstigen Stück Metall, das ihr offensichtlich im Weg war. Endlich machte etwas KLICK und in der nächsten Sekunde hielt Vi den kleinen achteckigen Chip zwischen Daumen und Zeigefinger.

»*Showtime*«, flüsterte sie und schloss die Faust um ihren wertvollen kleinen Verbündeten.

Als das Licht im Saal wieder eingeschaltet wurde und der übergroße Monitor, auf dem ihre Präsentation angezeigt worden war, sich wie von Zauberhand wieder in eine gewöhnliche Wand des Raumes verwandelte, fühlte Vi sich überraschend leer und unaufgeregt.

Der Chip hatte wunderbar funktioniert. Alle ihre Hauptargumente waren anschaulich dargestellt worden und insgesamt hätte sie eigentlich total zufrieden mit sich sein können. Okay, in 2D und auf dem flachen Bildschirm ohne VR-Brillen hatte das Ganze natürlich nicht annähernd so dramatisch gewirkt und viele ihrer Special Effects wie die zuckenden Blitze und die Zaubertricks hatte sie auf Anraten von Tim weggelassen, aber trotzdem - oder vielleicht gerade deshalb - war ihre Show wirklich sehr überzeugend gewesen.

Sämtliche Pressefritzen kritzelten wie wild auf ihren kleinen Tabs vor sich hin und waren offensichtlich schwer begeistert von Vis Idee. Sogar die Stirn des sonst immer so überlegen abschätzig blickenden Vorsitzenden hatte sich in grüblerische Falten gelegt und er schaute Vi mit einem neu erwachten Respekt an, der da vorher definitiv noch nie gewesen war.

Zumindest konnte Vi sich das für ganze fünf Sekunden einreden. Bis sich der Vorsitzende zurücklehnte und versuchte, auf möglichst unauffällige Weise mit den Wissenschaftsberatern zu seiner Rechten zu tuscheln.

Das klappte natürlich überhaupt nicht. Schaltete sich bei solchen Typen eigentlich automatisch der technische Sachverstand ab, sobald sie groß und mächtig geworden waren? Sein Tischmikrofon übertrug jedenfalls glasklar und deutlich jedes noch so leise geflüsterte Wort an die großen Lautsprecher, die überall im Saal verteilt waren.

Was für ein Trottel.

»Bitte sagen sie mir, dass die Daten auf den sichergestellten Speichersticks diesem unglaublichen Haufen Blödsinn widersprechen, den die junge Dame uns da gerade aufgetischt hat, Herr Professor Eichmann«, schnarrte die Stimme des Vorsitzenden aus den Boxen.

»Nun, also… widersprechen … tun sie ihr nicht wirklich, Herr Vorsitzender«, wand sich der Professor mit den wirren Haaren, der schon bei der ersten Verhandlung Partei für Vi ergriffen hatte. »Tatsächlich deckt sich vieles von dem was wir in der Kürze der Zeit auf dem Chip sichten konnten sogar erstaunlich gut mit den Ausführungen der jungen Dame.«

»Wir stehen ja gerade noch am Anfang der Auswertungen«, sprang ihm eine weitere Professorin in weißem Kittel zur Seite. »Aber vor allem die Punkte, die in dem Vortrag eben so besonders hervorgehoben wurden, wie etwa die Entwicklung erster künstlicher Intelligenzen und die zunehmende Ballung von Macht und Reichtum auf einzelnen Akteuren, können aufgrund der Datenlage zweifelsfrei verifiziert werden.«

Ein Schnaufen des Vorsitzenden war die Antwort.

Dann lehnte er sich wieder nach vorne und setzte ein völlig unglaubwürdiges, freundliches Lächeln auf.

»Vielen Dank, Viola Rebecca«, sagte er, wobei er sich übertrieben stark in Richtung seines Mikrofons beugte, so dass die Lautsprecher kurz unangenehm fiepten.

»Wir sind hier alle sehr beeindruckt von deiner Recherche und werden deine Idee einer künstlichen Intelligenz in unseren künftigen Beratungen ganz sicher mit einbeziehen.«

In künftigen Beratungen? Hatte der sie noch alle? Vi war sofort wieder auf hundertachtzig.

»*Mit Verlaub*«, rief sie, während sie von ihrem Stuhl aufsprang, »aber bis zu Ihrer nächsten Beratung könnte es viel zu spät sein. Wir müssen jetzt sofort zuschlagen. So eine Chance bekommen wir vielleicht nie wieder!«

Das verdutzte Gesicht des Vorsitzenden und seine kraus gezogene Stirn sprachen Bände. Der Kerl hatte absolut nichts kapiert. Sie schaute in Richtung der Wissenschaftler. Wenigstens die sollten es doch wohl erkannt haben, oder?

Keine Regung von den Eierköpfen. Innerlich seufzte Vi. Also nochmal. Ganz langsam. Für Dumme.

»Habe ich Ihnen nicht heute anschaulich und gestützt durch eindeutige Beweise belegt, dass unser Feind in

Wirklichkeit eine hochentwickelte, künstliche Intelligenz ist? Ein Supercomputer, der sämtliche Roboter und Drohnen kontrolliert?«, begann sie.

»*Indizien*«, präzisierte der Vorsitzende. »Du hast uns durchaus interessante Indizien für eine äußerst gewagte These vorgelegt.«

Gaaaanz ruhig bleiben. Gar nicht provozieren lassen. Einfach weiter im Text.

»Und habe ich nicht bei unserem letzten Treffen hier…«

»Tatsächlich...«, unterbrach sie der Vorsitzende, »hatten wir in letzter Zeit ziemlich viele Treffen, bei denen du vorgeladen warst…«

Vi ließ sich nicht aus dem Konzept bringen.

»*Habe ich nicht*...«, sagte sie, vielleicht ein klein wenig zu laut aber für ihre Verhältnisse immer noch überaus kontrolliert und sachlich, »...einen Weg aufgezeigt, wie eine solche künstliche Intelligenz mittels eines einfachen Virus mit einem Schlag besiegt werden könnte?«

Schweigen. Fragende Blicke von den Generälen. Musste sie denn wirklich noch deutlicher werden?

»Ja worauf *warten* wir denn dann noch? Mein Gott, auf dem Chip sind sogar aktuelle Zugangscodes gespeichert! Wir können damit diesen Krieg *heute* schon beenden! Ein für alle Mal. Alles, was wir tun müssten, wäre es, *jetzt* da rauszugehen und endlich mal die Initiative zu ergreifen!«

Weiterhin nur kalte Blicke des Vorsitzenden. Dann ein leichtes Schulterzucken. War das jetzt gut oder schlecht? Er wandte sich wieder den Wissenschaftlern zu. Das konnte ja eigentlich nur gut sein. Aber leider war er diesmal schlau genug, eine Hand über das Mikrofon zu legen. Vi drehte leicht den Kopf, um besser hören zu können, doch die Lautsprecher verrieten ihr so gut wie nichts über das, was dort vorne getuschelt wurde.

»... möglich sein…?« … »... weisen darauf hin…« ... »...tatsächlich gültige Zugangscodes…« … »... sehr begrenztes Zeitfenster…«

Ein ernstes Nicken des Vorsitzenden. Ein weiteres endlos langes Schweigen, während dessen er einfach nur dasaß und mit versteinerter Miene geradeaus schaute. Wäre dies eins von Vis Simulationsprogrammen, hätte sie schon längst ein Kommandofenster geöffnet, um nachzuschauen, ob der Vorsitzende aufgrund eines Programmfehlers 'abgestürzt' oder seine Programmroutine 'hängengeblieben' wäre.

Als der Vorsitzende dann endlich sprach, hatte seine Stimme nichts mehr von dem abschätzigen, überheblichen Tonfall, den er sonst immer an den Tag legte. Er sprach kühl, sachlich und wohlüberlegt.

»Viola Rebecca Marlin. Ich bin überzeugt davon, dass du an das glaubst, was du uns erzählt hast. Und ebenfalls bin ich überzeugt, dass du in mir und unserem gesamten politischen Beratungsgremium hier kaum mehr als einen hinderlichen Klotz am Bein siehst, der dich in allem, was du vorhast, immer nur ausbremst und dich nicht ernst nimmt.«

So weit, so richtig, dachte Vi. Erstaunlich wahre Worte von dem alten Knacker.

»Und es ist dein gutes Recht, uns so zu sehen. Genau genommen ist es wohl die Pflicht einer jeden Sechzehnjährigen, allen Menschen über dreißig mit Misstrauen zu begegnen und sie für alte, übervorsichtige Langweiler zu halten.«

Boah, klar! Jetzt wieder alles auf die Pubertät schieben. Lieblingsausrede aller alten Knacker, denen nichts Besseres einfiel.

Trotz der bereits wieder hochkochenden Wut schaffte Vi es erstaunlich gut, ihr Pokerface nach außen hin noch ein klein wenig länger aufrecht zu halten. Aber leicht fiel es ihr nicht.

»Doch du irrst dich«, fuhr der Vorsitzende fort, »wenn du annimmst, wir täten all dies aus Feigheit oder Unentschlossenheit. Genau das Gegenteil ist der Fall. Schon lange, bevor *du* auf die Welt gekommen bist, haben wir mit unseren Entscheidungen dafür gesorgt, dass jeder Einwohner unsere kleine Stadt...«

»Unserer kleinen verdreckten Einkaufsmeile…«, zischte Vi dazwischen. Doch der Vorsitzende übertönte sie mit seiner lauten Stimme.

»...*dass jeder Einwohner hier* genügend Nahrung zum Leben und ein Dach über dem Kopf hat. *Wir* haben Hunger, Tod und Krankheit von unseren Bürgern ferngehalten. Und *wir* mussten die Entscheidungen darüber treffen, welcher Einsatz es wert war, all dies zu riskieren, um an neue Ausrüstung, Essen und Waffen zu gelangen und welcher *nicht*.«

Vi hätte schreien können. War schon klar, in welche Richtung das hier wieder mal ging. Zu gefährlich, völlig unverantwortlich, nicht das Risiko wert… bla bla bla.

Im Geiste ging sie schon die nötigen Schritte für eine weitere Alleingang-Mission im Geheimen durch. Vielleicht diesmal nicht nur mit T, sondern auch mit Michael an ihrer Seite? Klang eigentlich doch nach einer richtig guten Idee…

»*Werte Kollegen...*«, riss die Stimme des Vorsitzenden sie aus ihren Gedanken. Total nervig, wie der immer die ersten zwei Worte richtig laut sprach und danach eine bedeutungsschwangere Pause einlegte. Als müsste er erstmal alle wieder daran erinnern, wie wichtig er war.

Er sprach nun nicht mehr direkt zu ihr, sondern hatte sich aufgerichtet und richtete seine Worte an alle versammelten Generäle. Und die zwei halb gebrüllten Worte hatten tatsächlich den erwünschten Effekt. Alle blickten ihn erwartungsvoll an.

»Wir alle kennen das Schicksal derer, die sich offen gegen den übermächtigen Feind gestellt haben«

Wie aufs Stichwort begannen hinter dem Vorsitzenden wieder die Bilder der gefallenen Siedlungen über den Bildschirm zu flimmern. War ja klar, dass er den Joker noch mal aus der Tasche ziehen musste. Und, wie sollte es anders sein, natürlich diesmal noch wesentlich härter, blutiger und abschreckender als beim letzten Mal. Diesmal sah man nicht nur die um sich schießenden Roboter, nein man sah auch die Kämpfer aus den anderen Siedlungen, die gegen diesen übermächtigen Gegner offenbar nicht den Hauch einer Chance hatten. Ganz kurz war das Gesicht eines Generals zu sehen, der irgendetwas in Richtung seiner Männer brüllte. Was genau er sagte, konnte Vi nicht ausmachen, weil der Vorsitzende den Ton auf die leiseste Stufe gestellt hatte. Sie versuchte, die Worte von den Lippen des Generals zu lesen, doch schon im nächsten Moment war er verschwunden, eingehüllt in die Staubwolke einer riesigen Explosion.

Diese spezielle Sammlung von Aufnahmen hatte sich der Vorsitzende bestimmt genau für solch eine Gelegenheit zurechtgelegt. Das war doch sowas von eindeutig nur dafür gedacht, Stimmung gegen ihren Vorschlag zu machen. Vi kochte vor Wut.

»*Die Gefahr...* ist allgegenwärtig. Ob nun durch *den Feind* oder durch *die Krankheit*«, sagte der Vorsitzende, während hinter ihm die Videos von schießenden Kampfrobotern nahtlos übergingen in Bilder von hustenden und totenstill daliegenden Menschen in Krankenhausbetten. Na klar…! Jetzt auch noch die böööse *Krankheit* rausholen. Unbedingt. Sonst wäre seine große Angst-Mach-Show ja wohl auch nicht komplett.

Ein Arzt erschien in dem Bild und redete eindringlich auf die Zuschauer ein, doch die Lautstärke war noch immer so heruntergeregelt, dass Vi nur einzelne Worte wie 'Inzidenz', 'Repropduktionszahl' und 'Zoonose' heraushören konnte. Vermutlich, weil sie die schon aus zig ähnlichen Videos kannte und sie inzwischen selbst bei ausgeschaltetem Ton an den Lippenbewegungen der Ärzte ablesen konnte. Es war doch immer derselbe Mist, der ihnen da wieder und wieder vorgekaut wurde. Und die Pressefritzen von den gleichgeschalteten Medien schrieben brav alles mit. Vermutlich streamten sie sogar in diesem Augenblick schon die Videos, die ihnen da so wunderschön vorgekaut serviert wurden. Zum Kotzen, wirklich.

Der Vorsitzende machte eine kleine kreiselnde Bewegung mit seinem Zeigefinger und augenblicklich wurde der Ton des Videos lauter, so dass alle Anwesenden hören konnten, was der Arzt ihnen anscheinend so drängend mitzuteilen hatte.

»... sind hier an der absoluten Belastungsgrenze«, sagte er und wies mit einer behandschuhten Hand in Richtung des Krankenhausflurs hinter sich. »Alle Betten sind restlos belegt und *die Krankheit* breitet sich immer schneller aus. Ich kann nur aufs Eindringlichste an sie appellieren, sich an die empfohlenen Maßnahmen zu halten. Bleiben Sie zuhause! Vermeiden Sie Kontakte, wo immer möglich ...«

Der Vortrag des Arztes war offensichtlich noch ganz am Anfang und er schien noch viel zu erzählen zu haben, doch der Vorsitzende hatte beschlossen, dass sie bereits genug gehört hatten. Mit einer zackigen Bewegung seiner Hand ließ er das Video ebenso plötzlich wieder verschwinden, wie es erschienen war.

»Wir alle sind uns unserer Verantwortung mehr als bewusst«, sagte er in das betretene Schweigen hinein und schaute dabei jeden seiner Kollegen der Reihe nach in die Augen. »Und aus dieser großen Verantwortung heraus treffen wir unsere Entscheidungen.«

Zustimmendes Nicken von den Generälen. Braves Gekritzel der Presseleute auf ihren Tabs. Augenverleiern von Vi.

Konnte der nicht langsam mal zum Schluss kommen? War doch schon klar, worauf das hier wieder hinauslaufen sollte. Sicherheit, Sicherheit, Sicherheit… bloß nix riskieren. Ja, ja, macht ihr hier mal alles schön sicher. Aber ohne mich!

In ihrem Kopf nahm Vis Schlachtplan, bei dem *sie* alleine die Hauptrolle spielte, bereits immer mehr Gestalt an. Sie hatte schließlich den Chip. Einen Virus würde sie sicher auch schnell programmieren können. Und dann hatte sie ja auch noch T und ihren alten Jeep, um an die Front zu kommen. Vielleicht noch Michael, als Backup und Rückendeckung. Wer brauchte schon die Hilfe der alten Hosenschisser hier?

»*Heute aber…*«, hob der größte aller Hosenschisser vorne am Rednerpult nun noch einmal mit lauter

Stimme an, »...heute bitte ich Sie alle, eine *mutige* Entscheidung zu treffen.«

Vi horchte auf.

»Unsere wissenschaftlichen Berater haben mir in aller Deutlichkeit dargelegt, dass sich uns heute *tatsächlich* eine einmalige Gelegenheit bietet, dem Feind einen vernichtenden Schlag zu versetzen.«

Augenblicklich entbrannte aufgeregtes Gemurmel im gesamten Raum. Mit dieser Wendung hatten die Generäle offensichtlich genau so wenig gerechnet wie Vi. Auch den Reportern fielen die Kinnladen herunter. Augenblicklich warfen mehrere von ihnen wieder ihre kleinen Kameradrohnen in die Luft. Ab jetzt würde die Sitzung garantiert komplett live auf sämtlichen Kanälen übertragen werden.

»Die Möglichkeit, ein Computervirus in das Netzwerk des Feindes einzuschleusen«, fuhr der Vorsitzende fort, »stufen unsere Top Wissenschaftler als durchaus erfolgsversprechend ein. Ob dadurch nun wirklich eine 'künstliche Intelligenz' wie sie Kadettin Marlin annimmt, vollständig besiegt werden kann, bleibt dahingestellt. Doch auch diese Option wird von unseren Wissenschaftlern *explizit nicht ausgeschlossen.«*

Jetzt gab es erstaunte Zwischenrufe aus den Reihen der versammelten Generäle und auch die Reporter konnten jetzt nicht mehr an sich halten und bombardierten den Vorsitzenden mit ihren Fragen. Doch der wehrte den Tumult nur mit einer erhobenen Hand ab.

»*Selbst dann...*«, rief er und wartete wieder, bis die aufbrausenden Stimmen ein klein wenig abklangen, »...selbst dann, wenn wir mit einem Virus lediglich das Roboternetzwerk des Feindes für eine Weile lahmlegen könnten, böte uns dies Möglichkeiten, von denen wir bisher nur träumen konnten. Sogar ein Angriff auf die *uneinnehmbare Festung* wäre dann mit einem Mal eine durchaus realistische Option.«

Vi bemerkte, wie neben ihr ein Ruck durch Michael ging. Alles klar. Einen hatte der Vorsitzende schonmal überzeugt. Wenn auch nur der Hauch einer Möglichkeit bestand, seine Eltern zu befreien, dann wäre Michael sofort mit dabei.

Aber bei aller Aufregung sah Vi doch noch Zweifel auf den Gesichtern vieler Generäle. Es widerstrebte ihnen ganz offensichtlich sehr, sich auf eine derart radikale Idee einzulassen, nachdem sie so viele Jahre lang immer nur auf Sicherheit gespielt und ihren Hintern nicht hochbekommen hatten.

Das schien auch der Vorsitzende zu spüren, denn jetzt erhob er sich feierlich von seinem Stuhl und baute sich zu seiner vollen Größe auf. Obwohl er damit noch immer locker einen Kopf kürzer als Vi war, erfüllte die Geste ihren Zweck. Erwartungsvolles Schweigen legte sich über die Anwesenden und alle hingen an seinen Lippen.

Dummköpfe, dachte Vi. Lernt mal, für euch selbst zu denken, statt immer nur brav eurem Leithammel hinterherzudackeln.

»*Meine Freunde...*«, sagte der Vorsitzende. »Ihr kennt mich alle als ein überaus vorsichtiges und verantwortungsbewusstes Mitglied dieses Gremiums. Wann immer wir vor einer neuen Herausforderung standen, war mein Rat stets: Nichts überstürzen. Abwarten. Zunächst einmal alle Optionen gründlich überdenken und die Situation in Ruhe beobachten.«

Zustimmendes Nicken. Erleichterung auf den Gesichtern der Generäle. Das war der Vorsitzende, den sie alle kannten. Das war der Vorsitzende, für den Vi nichts als Verachtung übrighatte.

»*Doch heute*... haben wir diesen Luxus nicht. Heute können wir nicht abwarten und auf Sicherheit spielen. Wenn ich unsere wissenschaftlichen Berater richtig verstanden habe, besteht nur ein Zeitfenster von wenigen *Stunden,* bis die Zugangscodes, die sie auf dem Speicherstick gefunden haben, wieder geändert werden.«

Er blickte sich zu den Wissenschaftlern um. Die nickten unsicher. Es gefiel ihnen ganz offensichtlich überhaupt nicht, in derart heiklen politischen Fragen die entscheidende Kraft spielen zu müssen. Vi konnte sich bildlich vorstellen, wie gern sie alle lieber wieder zurück in ihre Labore kriechen würden. Die waren genauso feige wie die versammelten Generäle hier. Dem Vorsitzenden aber schien ihre zögerliche Reaktion zu reichen.

»Wir haben hier die einmalige und vielleicht niemals wiederkehrende Chance, den *Krieg* ein für alle Mal zu beenden. Und diese einmalige Chance verdanken wir ganz allein Viola Rebecca Marlin, die für diese Chance alles riskiert hat und nun vor uns steht und von uns einen ebenso hohen Einsatz verlangt.«

Alle Augen richteten sich auf Vi. Mehrere Reporter richteten ihre überdimensioniert großen Kameras direkt auf ihr Gesicht. Vi versuchte möglichst unbeeindruckt von allem einfach nur weiter geradeaus zu blicken. In ihrem inneren tobten die Gefühle, aber nach außen hin trug sie weiter ihr Pokerface.

»Den Mut…«, sagte der Vorsitzende jetzt auf einmal ganz sanft, »den Viola, trotz all ihrer Unvernunft, doch so offensichtlich in ihrem Herzen trägt…«, er ließ eine Pause, in der er Vi direkt in die Augen sah, »diesen Mut wünsche ich heute uns allen.«

Ein Blitzlichtgewitter überflutete sowohl den Vorsitzenden als auch Vi. Erst als das Klicken der Kameras und das wilde Surren der Drohnen ein wenig nachließen, erhob der Vorsitzende noch einmal die Stimme.

»Meine Freunde«, sagte er und blickte dabei seinen Kollegen der Reihe nach eindringlich in die Augen. »Ich bitte Sie heute, mit mir zusammen eine wegweisende, eine mutige Entscheidung zu treffen. Lassen Sie uns diese Chance ergreifen. Lassen Sie uns heute *ein Mal*… nur ein einziges Mal … a*lle* so mutig sein wie Vi.«

KAPITEL 22: VERKLEIDUNGEN

MASCERADE... PAPER FACES ON PARADE
HIDE YOUR FACE SO THE WORLD WILL NEVER KNOW YOU
ANDREW LLOYD WEBBER - 1986

Vi schwebte. War das alles nur ein Traum gewesen? Das völlig unerwartete Lob vom Vorsitzenden und seine seltsame Wandlung vom kleinen Angsthasen hin zum großen Revoluzzer. Die Abstimmung der Generäle. Der Beschluss, tatsächlich *heute* noch auszurücken. Und die Tatsache, dass *sie* wirklich dabei sein würde! Sie konnte ihr Glück noch immer nicht fassen.

Eine derartige Hundertachtzig-Grad-Wende hätte sie dem verklemmten alten Hosenschisser nie im Leben zugetraut. Der hatte ihre Idee letztendlich nicht nur unterstützt, nein, er hatte sich bei der anschließenden Diskussion und Abstimmung sogar richtig mit den anderen Offizieren und Generälen *angelegt*, um *ihren* Vorschlag durchzuboxen. Der Hammer!

Natürlich lief es zum Schluss dann doch wieder auf einen Kompromiss daraus. Ein großer 'alles auf eine Karte' Schlag, bei dem sämtliche Streitkräfte der Siedlung gebündelt zuschlugen, wäre vermutlich auch zu viel erwartet gewesen.

Auch diese Aktion würde wieder eine 'Hit and Run' Attacke werden. Kleine Einsatztruppe, schneller Zugriff, vorher wild kreuz und quer durch die Gegend fahren, damit der Angriff nicht zurückverfolgt werden konnte. Der Schutz der Siedlung hatte weiterhin höchste Priorität.

Machte nichts. Sie *hatten* einem Angriff zugestimmt. Das war der entscheidende Punkt. Und auch, wenn es nur ein oder zwei Angriffstrupps sein würden, die sich heute gut getarnt auf den Weg machten; *ihrer* würde auf jeden Fall mit dabei sein! Der 'Spürhund-Trupp' mit dem Supergeheim-Doppelagenten Michael war für den Erfolg des Einsatzes natürlich von entscheidender Wichtigkeit! Mann, dass sie ihr diesen Blödsinn abgekauft hatten… Vi konnte es noch immer nicht ganz glauben.

Na klar, sie würden versuchen, die Neulings-Mannschaft möglichst weit hinten zu lassen und die ganze Action den harten Kerlen der anderen Trupps überlassen. Aber auch da würde Vi sich noch etwas einfallen. Sie war so voller Energie, sie hätte Funken sprühen können.

»Hier, *fang,* kleiner Professor Oberschlau«, rief sie und schnipste den Speicherchip, der ihr all dies ermöglicht hatte, in Richtung von Tim. Hier trennten sich ihre Wege.

Vi, Michael und ihre Mutter schlugen den Weg zu den Mannschaftskabinen ein, wo sie für den bevorstehenden Einsatz ausgerüstet würden. Der kleine Weltverbesserer würde bei der entscheidenden Schlacht natürlich nicht mit dabei sein. Wäre ja ohnehin nichts für ihn gewesen. Aber in den riesigen Datenmengen des Chips herumzuschwimmen wie ein Fisch im Wasser, immer mehr Fragen zu stellen und immer tiefer und tiefer nach den Antworten auf alle Fragen der Welt zu tauchen; *das* war genau sein Ding.

Der Chip flog über die Köpfe der stur geradeausblickenden Soldaten hinweg, die sie gegen die Reporter mit ihren vielen Fragen systematisch abschirmten und überschlug sich dabei wie wild. Vi hatte ihm mit dem Daumennagel einen ganz schönen Schwung verpasst. Und was, wenn er jetzt herunterfiel und von den Stiefeln der alten Männer zertrampelt würde? Nicht mehr wichtig. Die Wissenschaftler hatten mehr als genug davon und so wie es klang, hatten sie daraus sogar schon einen wunderschönen, tödlichen Virus für ihre Roboterfreunde da draußen programmieren können. Ob Vi wohl einen Blick auf den Quellcode werfen durfte? Sie war ja so aufgeregt.

Die Flugbahn des Chips hatte ihren höchsten Punkt erreicht und jetzt fiel er langsam wieder Richtung Boden. Vi streckte sich, um zu sehen, wo er landete, aber die Menschenmenge der Offiziere, Generäle und Reporter, drängte Tim und ihren Vater immer weiter weg. Okay. Das war dann doch wohl eine eher blöde Idee gewesen.

Sie wollte sich gerade abwenden, als sie sah, wie aus dem Gewirr von alten, fast kahlen Köpfen, grauen Anzügen und schicken Uniformen plötzlich eine kleine Kinderhand in die Höhe schoss, den Chip aus der Luft schnappte und dann wieder im Gewusel der Menschenmenge verschwand. Vi lächelte. Gut gesprungen, kleiner Hüpfer, dachte sie.

Aber jetzt war sie wirklich schon zu weit entfernt, um Tim noch irgendetwas zurufen zu können. Der war clever. Er würde schon selbst draufkommen, wie das Ding eingebaut werden musste, um die Simulation zum Laufen zu bringen.

Die letzten hundert Meter bis zu den Mannschaftskabinen gingen sie schweigend. Immer mehr der Generäle verschwanden in die Seitengänge, die zu ihren eigenen kleinen Wohnungen führten.

Sie würden den Einsatz natürlich ganz genau mitverfolgen. Aber nur auf ihren Bildschirmen. Gemütlich vom Sofa in ihren kleinen sicheren Apartments aus. Hier in ihrer kleinen sicheren Welt.

Den wahren Krieg würden *sie* niemals führen. Dafür waren Menschen wie Vi und ihre Mutter da. Sie warf ihr einen verstohlenen Blick zu. Ob sie stolz war auf ihre Tochter? Oder wahnsinnig vor Angst um sie, wie Papa es ganz eindeutig gewesen war, als er sie direkt außerhalb des Versammlungssaales einmal kurz und heftig an sich gedrückt hatte.

Tränen hatten in seinen Augen geschimmert, als er sich zu Mama umgedreht und gesagt hatte: »Versprich mir, dass du gut auf sie aufpasst, ja?«

Es war keine Zeit für lange Gespräche geblieben, aber einen kurzen Augenblick lang waren die beiden da einfach so stehengeblieben. Eingefroren in diesem Moment, während um sie herum die Menschen aus dem Saal drängelten. Sie hatte wieder ihre Hand an seine Wange gelegt und ihm direkt in die Augen geblickt.

»Mit meinem Leben«, hatte sie noch geflüstert, gerade so laut, dass nur Papa es hören konnte.

Aber Vi hatte es natürlich auch mitbekommen und es hatte ihr überhaupt nicht gefallen. Das war eine ganz schreckliche Vorstellung, dass ihre Mutter ihr Leben geben würde, um sie zu beschützen. Nein, davon wollte sie überhaupt nichts hören! *Andersrum* würde eher ein Schuh daraus. *Sie* würde heute dafür sorgen, dass dieser schreckliche Krieg endlich ein Ende fand. Und dadurch würde *Sie* das Leben ihrer *Mutter* beschützen, weil sie dann nicht mehr jeden Tag dort raus musste, um ihr Leben für Dosensuppe, Baked Beans und ekeliges *Soylent* zu riskieren!

Sie erreichten die Tür mit der Aufschrift 'Vorbereitung – Außeneinsätze'. Vi wollte sofort hineingehen, doch ihre Mutter blockierte die Tür mit einem Arm, genauso wie sie es gestern bei der Wohnungstür des Vorsitzenden gemacht hatte.

Sie schaute Vi und Michael ernst an.

»Seid ihr euch beide auch ganz sicher, dass ihr das hier durchziehen wollt?«, fragte sie. »Das wird garantiert kein Spaziergang.«

Zuerst richtete sie ihren durchbohrenden Blick auf Michael. Der reagierte so prompt, dass Vi fast laut losgelacht hätte. Er schlug die Hacken zusammen, schlug sich mit der rechten Hand militärisch mit so viel Schwung gegen die Stirn, dass man es klatschen hörte und rief dann: »Jawohl Frau Oberst Majorin!«

Ob das jetzt ganz ernst gemeint war oder ob er einfach mal wieder albern war, konnte Vi beim besten Willen nicht abschätzen. Eigentlich waren er und sein kleiner Kumpel ja fast immer quatschig und nahmen insgesamt so gut wie gar nichts richtig ernst. Aber wenn es um den Kampf gegen den Feind und die Befreiung seiner Eltern ging, legte Michael manchmal überraschend viel Eifer an den Tag. War also gut möglich, dass er jetzt ausnahmsweise mal nicht nur den übereifrigen Soldaten *spielte*, sondern sich wirklich alle Mühe gab, den militärischen Gepflogenheiten hier zu entsprechen.

Sah trotzdem albern aus.

Ihrer Mutter jedoch schien die Antwort zu genügen, denn sie entließ ihn mit einem knappen Nicken aus ihrem Verhör-Blick und wandte sich stattdessen Vi zu.

Und blickte sie tatsächlich fragend an. Als wäre da wirklich noch eine Frage, die gestellt werden musste.

Vi gab ihr lange eingeübtes Vi-Halblächeln Nummer vier zur Antwort. Das mit dem leicht schräg gelegten Kopf und den etwas hochgezogenen Augenbrauen, das jedem, der auch nur ein kleines bisschen in Gesichtern lesen konnte, überdeutlich sagte: 'Na...? Über diese Frage brauchen wir doch wohl nicht *ernsthaft* zu diskutieren, oder?'

Vis Mutter schien aber nicht in Gesichtern lesen zu können. Oder wollte es einfach nicht. Sie bestand auf einer Antwort.

Also verstaute Vi ihr eingeübtes Lächeln wieder, setzte stattdessen ihr übliches freches Grinsen auf und sagte: »Aber sowas von sicher. Lass uns den dämlichen Blecheimern heute mal gehörig in den Hintern treten.«

KLICK. Endlich rastete der blöde Chip in der Aussparung hinten am Bildschirm ein. War auch höchste Eisenbahn gewesen. Vis Drehstuhl, den er auf ihren Tisch gestellt hatte, um den Bildschirm überhaupt zu erreichen, war bei seinen letzten Versuchen immer weiter in Richtung Tischkante gerutscht. Inzwischen trennte ihn nur noch eine gute Handbreit von einem sehr unrühmlichen und ganz sicher auch sehr schmerzhaften Sturz auf den legoübersäten Fußboden.

Mit äußerster Konzentration kam er aus dem Zehenspitz-Stand langsam in eine kniende, dann in eine sitzende Position. Jetzt nur noch vom Stuhl auf die Tischplatte und dann *vorsichtig* vom Tisch heruntergleiten.

Geschafft.

»Tadaaaa«, sagte er und breitete die Arme aus, um sich von seinem begeisterten Publikum feiern zu lassen.

Doch das Publikum bestand ausschließlich aus Jakob und der war momentan total vertieft in einen Kampf von Mister Kopfloses-Legomännchen gegen Frida, die Playmo-Kuh des Schreckens. Beide konnten offensichtlich Laserstrahlen verschießen und Raketen abfeuern. Zumindest vermutete Tim das aufgrund der PIU, PIU, PIU und BUMMM, PRCH, TSCHIIIIU Geräusche, die dabei aus Jakobs Mund kamen.

Tim schob ihn und sein großes Schlachtfeld behutsam ein kleines Stück weiter unter Vis Hochbett und stellte sich den Stuhl vor den Bildschirm. Dann setzte er sich die VR Brille auf und fand sich exakt an der Stelle, an der die Simulation beim letzten Mal so abrupt abgebrochen war.

Gott stand freundlich lächelnd vor seinem Internet-Turmbau zu Babel und begrüßte Tim, sobald er die Simulation betrat, mit offenen Armen.

»Da bist du ja wieder, Tim«, sagte er. »Ich habe unsere Gespräche schon sehr vermisst. Ich hoffe, du hast viele spannende Fragen mitgebracht, über die wir heute sprechen können.«

Wieder bewunderte Tim die enorme Verbesserung der Simulation. Die Art, wie die Figuren hier jetzt auf ihn eingingen und total menschlich wirkten, war eine direkte Folge der unglaublich großen Datenmenge auf dem Speicherstick, das war ihm schon bewusst. Aber trotzdem war es irgendwie gruselig, wenn er mit diesem Programm sprach, als wäre es eine echte, lebende Person.

Vielleicht, überlegte er, war die Auswahl von *Gott* als Gesprächspartner doch eine schlechte Idee gewesen. Schließlich wollte Vi ihn ja eigentlich davon überzeugen, dass die Welt inzwischen von einer großen bösen Computerintelligenz beherrscht wurde. Und leider deuteten momentan ja immer mehr Hinweise darauf hin, dass sie damit Recht behalten könnte.

»Könntest du nochmal deine Form ändern?«, fragte er schüchtern. Total albern eigentlich. Das hier war ein Programm, da brauchte man nicht höflich fragen. Dem konnte man doch einfach befehlen, was es zu tun hat.

»Darstellungsform ändern!«, sagte er daher noch einmal laut und in entschiedenem Befehlston. Aber weil er eben doch nicht ganz aus seiner Haut konnte, fügte er etwas leiser noch ein »...bitte« hinzu.

Gott lächelte ihn freundlich an. »Null Problemo«, sagte er schließlich in einer nahezu perfekten Alf Imitation. »Schwebt dir da etwas Bestimmtes vor?«

Tim schüttelte den Kopf. »Keine Ahnung«, gab er zurück. »Kannst du dir nicht selber etwas aussuchen?«

»Oh ja, das kann ich«, sagte Gott und mit einem Mal klang seine Stimme gar nicht mehr gütig und sanft. Eher bedrohlich, als hätte er nur auf diese Gelegenheit gewartet, um etwas unaussprechlich Furchtbares zu tun.

Tim hob seine Hand zur VR Brille. Wenn jetzt wieder irgendein Horror-Roboter oder etwas noch viel Gruseligeres aus Vis abgefahrener Fantasie käme, dann würde er das Ding sofort abnehmen, den Bildschirm abschalten und nur noch per Audio mit dem Programm kommunizieren. Schlechte Grafik hin oder her, von den Totenköpfen und der apokalyptischen Landschaft des ursprünglichen Programms hatte er Albträume bekommen.

Aber nichts dergleichen passierte. Die hohe Gestalt Gottes verwandelte sich in keine Abscheulichkeit. Sie machte einfach gar nichts mehr und wurde starr und unbeweglich wie eine Statue. Die Falten von Gottes schneeweißer Toga wirkten mit einem Mal, als wären sie aus Gips gegossen. Sein Gesicht sah aus, wie das von einer der Wachsfiguren, die Tim im Londoner Madame Tussauds gesehen hatte. Es waren noch immer sämtliche Details vorhanden, aber ohne jegliche Bewegung in seinen Zügen wirkte Gott völlig leer und unecht.

Und dann fiel er einfach in sich zusammen. Als hätte jemand mit einem magischen Trick sämtliche Knochen aus seinem Körper entfernt. Es sah so aus, als würde ein großes weißes Tuch zu Boden fallen und dort dann still liegenbleiben.

Naja, zumindest halbwegs still. Irgendetwas bewegte sich doch noch in den Tüchern der Toga. Und es schien nach einem Ausgang zu suchen.

Schließlich war ein lautes RRRRITSCH zu hören und aus den Laken schälte sich ein kleiner knallroter Lockenkopf heraus, dicht gefolgt von einem Kindergesicht, das Tim frech und herausfordernd angrinste.

Zuerst dachte Tim, dass Vi hier eine jüngere Version von sich selbst eingebaut hatte. Die roten Haare sahen ihr ein klein bisschen ähnlich. Aber schon beim zweiten Blick zeigte sich, dass es sich bei dem Kind hier definitiv nicht um ein Mädchen handelte. Auch 'Junge' traf es nicht ganz richtig. Das Wort *'Bengel'* drängte sich in Tims Verstand nach vorne, auch wenn er sich selbst noch nicht ganz sicher war, wieso eigentlich. Aber irgendetwas an der Art, wie dieser Junge, der kaum älter sein konnte als er selbst mit den Füßen die schneeweiße Toga abstrampelte, dabei ab und zu schniefend die Nase hochzog und ihn frech angrinste, ließ Tim völlig sicher sein: Das hier war das Vorzeige-Exemplar eines echten *Bengels*.

»Puh, Gott sei Dank, bin ich da raus… Ich dachte schon, du willst mich noch ewig den alten Knacker spielen lassen«, sagte der Bengel und strampelte die Reste der Toga achtlos mit seinen dreckigen Turnschuhen ab. Er klopfte sich ein wenig Sand und Staub aus seiner zerrissenen Jeans und wuschelte sich durch die Haare, wodurch seine ohnehin kaum vorhandene Frisur noch ein wenig wilder und wuscheliger wurde.

»Äh… und so willst du jetzt aussehen?«, fragte Tim vorsichtig. »Ich meine… du versuchst mich hier doch grade davon zu überzeugen, dass du eine hochintelligente, gefährliche künstliche Intelligenz oder sowas bist. Ist mir jetzt nicht so richtig klar, warum deine Wahl da auf einen kleinen ungewaschenen Jungen fällt, der noch nicht ganz trocken hinter den Ohren zu sein scheint. Kann es sein, dass deine Superintelligenz doch nicht ganz so super ist, wie Vi immer behauptet?«

»Hey hey hey, du dreihunderttausend Jahre alte Spezies…«, sagte der Junge und wedelte mit einem Zeigefinger, der aus irgendeinem Grund mit roten und grünen Filzstiftstrichen überzogen war. »Jetzt mal nicht überheblich werden. *Ich* bin schließlich rein evolutionsmäßig gerade erst entstanden. Eine neue Lebensform auf diesem Planeten, ganz frisch, quasi grade erst geschlüpft…! Von daher finde ich, dass mir dieses Outfit geradezu hervorragend steht. Wesentlich besser jedenfalls als der alte Sack, den ich vorher für dich spielen musste…«

Mit einem schwungvollen Tritt befreite er seinen Fuß gänzlich von der anhänglichen Toga, so dass sie noch gut einen Meter weit fortflog.

»Außerdem wolltest du ja schließlich wissen, wie ich es geschafft habe, so groß und allmächtig zu werden. Tja, und alles Große beginnt natürlich erstmal…« Er streckte die Arme von sich und drehte sich einmal komplett im Kreis, bevor er sagte: *»klein!«*

Tim nickte langsam, behielt aber seinen kritischen Gesichtsausdruck bei. O...kay… Wir schauen jetzt also in die Kindheit einer durchgedrehten, übermächtigen künstlichen Intelligenz, dachte er. Vis Simulation wurde irgendwie immer schräger. Aber egal. Die Generäle hatte sie schon überzeugt und bei ihm konnte sie ihre kleinen Spielchen gerne treiben. Hing er also mal ein bisschen mit Mini-Gott ab. Warum nicht.

»Alles klar, äh, Gott, äh, künstliche Intelligenz...äh...«

»Nenn mich einfach Alex«, sagte der kleine Junge und streckte Tim eine leicht klebrige Hand hin. »Siri, Heygoogle oder WolframAlpha passen grad alle nicht so gut.«

Nachdem Tim die Hand geschüttelt hatte, blickte ihn Alex wieder mit diesem frechen Grinsen an. »Na dann, komm mal mit«, sagte er. »Ich zeig dir mein Spielzimmer.«

Und damit ging der kleine Junge mit den ausgelatschten Turnschuhen und dem schlabberigen T-Shirt, auf dem unter verschiedensten Dreck und Grasflecken noch ganz verblasst ein knallroter Mund mit herausgestreckter Zunge zu erkennen war, so schwungvoll an Tim vorbei, dass der herumwirbeln musste, um ihn nicht aus den Augen zu verlieren. Er ging zielstrebig auf eine Tür zu, die dort eben eindeutig noch nicht gewesen war.

Tim war darüber nicht im Geringsten überrascht. Mit solchen Tricks konnte Vi ihn inzwischen nicht mehr schocken. Auch dass sich die Tür, die hier mitten auf der grünen Wiese im Garnichts stand, auf ein Zeichen von 'Alex' selbständig öffnete und den Blick auf ein knallbuntes und unglaublich unaufgeräumtes Kinderzimmer freigab, war für Tim keine große Sache mehr. So lief das halt in einer Simulation. Zumindest dann, wenn Vi keinen Bock hatte, irgendwelche spektakulären Übergänge zu programmieren.

Konnte sie von ihm aus gerne immer so machen. Er brauchte keine Special Effects mit Zauberern und Riesenrobotern. Die waren doch eh nur ablenkende Spielereien. Tim interessierte viel mehr, was Vi ihm hier in der 'Kindheit' der großen bösen KI genau zeigen wollte.

Von der Musik aus zu schließen, die aus dem kleinen Ghettoblaster in der hintersten Ecke des Zimmers dudelte, war diese Kindheit wohl irgendwo in den achtziger Jahren angesiedelt. Wobei man das so genau natürlich auch nicht sagen konnte. 'Smooth Criminal' war ja schließlich auch in Tims eigenen Kinderzimmer rauf und runter gelaufen.

War halt einfach ein saucooler Song. Und super geeignet, um dazu epische Legoschlachten auszutragen. Möglichst schön laut aufgedreht, damit Mama und Papa außerhalb seines Kinderzimmers nicht hörten, wie er mit den verschiedenen Stimmen der Legomännchen sprach: »Waaas? Du willst dich mit mir anlegen, kleiner roter Raumstations-Chef? Hier, friss meine Laserkanone!« … »Hah, glaubst du etwa, mit einem Laser könntest du mich treffen, du hässlicher kopfloser Außerirdischer? Warte, ich hole erstmal mein Superraumschiff…« und »PIU, PIU… ZISCH… BAAAAAM…« und so weiter. Nichts, wobei man von Mama gehört werden möchte. Schließlich will man vor der ja eigentlich immer schon als der 'große Junge' dastehen.

Der kleine Junge hier schien derartige Bedenken jedenfalls nicht zu haben. Der hatte sich gleich in seine Lego-Ecke fallen lassen und sofort angefangen zu spielen. Und tatsächlich spielte er fast genauso, wie Tim es bei sich zuhause auch immer gemacht hatte.

Tim hob kurz seine VR Brille an und schaute in die Zimmerecke des realen Kinderzimmers. Auch hier exakt dasselbe Bild: Jakob fuchtelte mit seinen Spielfiguren herum und sprach mit verstellter Stimme.

»Anriff auffe Haumstation! Alle los innne Haumsiffe! Oh oh nein… die riiiesn Wollekühe helfn den böse böse Piratn!«

Tim musste lächeln und setzte die Brille wieder auf. Hundertprozentig hatte Vi beim Modellieren von 'Alex' eine ganze Menge von ihrem kleinen Bruder abgeguckt. Alex war zwar ein paar Jährchen älter, aber die Spielgewohnheiten sahen doch noch immer sehr verdächtig nach Jakob aus.

Genau wie der saß Alex im Schneidersitz, umgeben von einem riesigen Berg Spielzeug, völlig vertieft in sein

Spiel und redete mit verschiedenen Stimmen. In jeder Hand hielt er dabei eine andere Plastikfigur mit offensichtlich sehr unterschiedlichen Meinungen.

»Nein... DOCH! ... stimmt ja gar nicht! ... stimmt doch! Windräder töten jedes Jahr über hunderttausend Vögel!«

Noch während der Junge redete, erschien auf dem kleinen Fernseher, der gegenüber des Kinderbettchens an der anderen Seite des Raums stand, ein Bild von einem hohen Windrad, wie er es aus dem Naturwissenschaftsunterricht kannte. Davor standen in riesigen roten Buchstaben die Worte:

»Windräder töten jedes Jahr 100.000 unschuldige Vögel!«

Tim grinste. Nett gemacht Vi. Echt witzig. Zwar im Großen und Ganzen genau die gleiche Lektion wie beim 'Turmbau zu Babel' und beim schlüsselklimpernden Copperfield, aber irgendwie doch nochmal ´ne Stufe netter dargestellt.

Meine Damen und Herren, sehen Sie selbst, wie die gerade entstandene künstliche Intelligenz - hier repräsentiert durch einen rotznasigen kleinen Jungen - ihre neu entdeckte Macht über das Internet nutzt, um Falschinformationen in Umlauf zu bringen. Damit niemand merkt, wie sie sich heimlich im Hintergrund immer mehr zur Herrscherin der Welt entwickelt.

Tim nickte anerkennend. Dann stutzte er. Die nächste Nachricht auf dem Bildschirm lautete 'Die künstlich geschürte Angst vor *der Krankheit* ist reine *PANIKMACHE!'*

»Halt, Stopp!«, rief Tim schnell, bevor auch diese Meldung wieder durch eine andere ersetzt werden konnte. Jetzt wollte er es aber doch bitte mal genau wissen.

Der kleine Junge hielt in seinem Spiel inne, in jeder Hand eine Legofigur, und schaute Tim mit fragendem Blick an.

»Kannst du mir jetzt ein für alle Mal sagen, ob das hier stimmt oder nicht? Vi hatte auch schon mal behauptet, dass diese ganze *Krankheit*-Sache nur *'Fake News'* wären.«

Er schaute noch einmal auf den Bildschirm und seine Stirn legte sich in Falten.

»Aber wenn das jetzt *hier* auf deinem Bildschirm steht... dann müsste das ja bedeuten, dass diese Meldung von der KI verbreitet wurde, und dass es dann ...äh ... *Fake*-Fake-News sind...? Also zweimal falsch und deshalb doch wieder richtig, oder...?«

Tim schüttelte den Kopf. Das wurde ihm langsam doch alles zu verwirrend. Wie konnte überhaupt in Vis Simulation etwas vorkommen, was *ihren eigenen* Überzeugungen widersprach? Das hatte sie doch garantiert *so* nicht einprogrammiert. Lag das jetzt an den zusätzlichen Informationen aus dem Speicherchip? Und was war denn jetzt bitte die *richtige* Wahrheit? Hatte es die Krankheit nun gegeben oder nicht?

Den kleinen Jungen schien Tims offensichtliche Verwirrung jedenfalls prächtig zu amüsieren. Er klatschte vor Freude in die Hände und strahlte über das ganze Gesicht.

»Hammer, oder? Das ist echt eins von meinen besten Werken. Funktioniert sogar heute noch richtig super. Und das, obwohl das Ausgangsmaterial wirklich nicht gerade einfach zu bearbeiten war.«

»Ausgangsmaterial?«, fragte Tim. »Was denn für ein Ausgangsmaterial?«

»Na die Fakten. Die konnte ich ja schlecht wegdiskutieren. Es *hat* durch diese Krankheit richtig viele Tote gegeben. Die Krankenhäuser *waren* total überlastet und die Wissenschaftler *hatten* ganz klare, eindeutige Aussagen über die Ansteckungsgefahr gemacht, die man einfach nicht ignorieren konnte. Das waren schonmal ganz andere Voraussetzungen als beim Klimawandel. Den konnte ja niemand so *direkt* beobachten. Zumindest am Anfang nicht. Da war es viel einfacher, falsche Behauptungen in die Welt zu setzen.«

Der kleine Junge richtete sich zu seiner vollen Größe auf und sagte mit stolzgeschwollener Brust: »Aber dass dann *trotz* dieser eindeutigen Faktenlage Millionen von Menschen *ernsthaft anzweifelten*, dass es die Krankheit *überhaupt gab*, ja dass sie sogar auf die Straße gingen, weil sie überzeugt waren, dass die Medien, die Politiker und die Wissenschaftler alle unter einer Decke steckten und sie für dumm verkauften und dass sie sogar den *Impfstoff* ablehnten, der das Ganze wesentlich schneller hätte beenden können... das war nur möglich durch gezielte Desinformation, millionenfaches Teilen von Fake News und wirklich 'ner ganzen Menge Arbeit.«

Tim sah den kleinen Jungen fassungslos an. Der schien auch wirklich noch stolz darauf zu sein.

»Aber zum Glück hatte ich ja jede Menge Unterstützung von den Gutgläubigen, den Dummen und natürlich von denen, die sich für *ganz besonders kritisch* und einmalig clever hielten. Wie unsere liebe, gute Vi.«

Tim schüttelte traurig den Kopf. »Und all das nur als kleines Ablenkungsmanöver, damit *du* unbemerkt von allen die Macht an dich reißen konntest.«

Das schien Alex zu stören. Er wackelte ein wenig mit seinem Zeigefinger vor Tims Nase herum und sagte sichtlich gekränkt: »Hey... das war kein *kleines* Ablenkungsmanöver. Das war schon ganz schön große Kunst. Und ein echt schwieriger Balanceakt. Es durfte ja nicht einfach eine Seite gewinnen. Nein, jedes Thema, mit dem ich euch beschäftigt gehalten habe, musste die Gesellschaft möglichst schön sauber in der Mitte spalten: Auf der einen Seite die Klimawandel-Leugner, auf der anderen die Fridays for Future Kids. Hier die Ausländer-raus-Fraktion, dort die Flüchtlinge-willkommen-Gutmenschen. Querdenker gegen Virologen, links gegen rechts, freier Markt gegen Grundeinkommen... und alle mussten immer mit guten Argumenten und glaubwürdigen Informationen versorgt werden. Ich hab mir da echt richtig Mühe gegeben, damit ihr euch immer schön weiter gegenseitig an die Gurgel geht.«

»*'A house divided cannot stand'*«, flüsterte Tim, dem dieser Satz aus einer Geschichtseinheit, in die ihn Michael mal mitgeschleppt hatte, noch im Kopf hängen geblieben war.

»Super Punkt!«, gab Alex zurück. »Und ihr wart so wunderbar *'divided'*, dass ich euch euer Haus ganz unbemerkt unter dem Hintern wegzaubern konnte.«

Damit ließ sich er sich wieder in seinen Lego-Chaos-Haufen plumpsen und begann von Neuen mit den Figuren zu spielen und für sie zu sprechen.

Tim konnte das Ganze noch immer nicht fassen. Dass sogar Vi sich hatte täuschen lassen! Das passte so gar nicht in sein Bild von ihr. Die schien doch sonst immer den totalen Durchblick zu haben.

Er schaute auf die immer schneller wechselnden Botschaften, die über den Monitor flimmerten. Es waren so viele. Während die Buchstaben scheinbar nahtlos ineinander übergingen, erinnerte er sich an die Informations-Müll Kacheln auf dem unendlich hoch anwachsenden 'Internet-Turm zu Babel'. Vermutlich war das die Erklärung. Es war einfach alles zu viel gewesen. Zu viele einfache Antworten auf komplizierte Fragen. Zu viele wunderbar einleuchtende Lösungen für unlösbare Probleme.

Es war so viel einfacher zu glauben, dass es keinen Klimawandel gab, als sich der unangenehmen Realität zu stellen. Viel bequemer, *die Krankheit* und die daraus resultierenden Einschränkungen einfach als Panikmache darzustellen. Viel angenehmer, *sich selbst* als die coole Rebellin zu sehen, die *als einzige* die Lügenmärchen der Mächtigen durchschaute und die Wahrheit dahinter erkannte.

Und mit einem Mal fiel es ihm gar nicht mehr schwer zu glauben, dass die clevere, die mutige und die immer alles hinterfragende Vi genau für *diese* Art von Lügen überaus empfänglich gewesen war. Es passte einfach alles viel zu gut in ihr *'Ich-gegen-alle'* Bild der Welt. Zu *viel* Selbstbewusstsein konnte offensichtlich auch eine Gefahr sein.

Ein Krachen riss Tim aus seinen Gedanken. Der kleine Junge hatte die Figuren weggelegt und sich stattdessen ein riesiges Lego-Technik Auto geschnappt. Mit lautem »Wrrrummm… WRUMMMM…!« war er damit zunächst hin und her gefahren, bis er es schließlich losgelassen und mit voller Wucht gegen die Kinderzimmerwand hatte rasen lassen.

Legosteine flogen in alle Richtungen davon und der wunderschöne superkompliziert gebaute Sportwagen verwandelte sich in einen großen Haufen Schrott und Einzelteile. Gleichzeitig änderte sich wieder das Bild auf dem Fernseher.

Nun sah man eine Reporterin, die vom Rand einer großen Straße berichtete. Hinter ihr sah man verbogenes Metall, die Überreste eines Autos, die Front mindestens ebenso zerstört wie das Lego Auto hier im Kinderzimmer.

»...Schien der Fahrer des Wagens sich vollständig auf den sogenannten 'Autopiloten' verlassen zu haben, als der tödliche Unfall...«

»Du hast Autos gecrasht?!«, fuhr Tim den kleinen Jungen an, der noch immer friedlich in den Überresten des Legoautos herumstocherte.

Der grinste ihn nur fröhlich an und nickte begeistert. »Hast du das etwa nie gemacht?«, fragte er unschuldig zurück.

Das erwischte Tim völlig auf dem falschen Fuß. »Äh, na klar«, sagte er. »Mit Lego. Und Playmo. Und meinen Hot Wheels...«

Dann schüttelt er sich und fand zurück auf sicheres Terrain. »Aber das waren doch nur meine *Spielzeuge!* Du hast hier echte Menschen getötet. Man spielt doch nicht mit Menschenleben!«

Alex nickte leicht schuldbewusst. Genau wie Tim, wenn ihm Mama mal wieder sagte, dass er doch bitte sein Handtuch nach dem Duschen aufhängen sollte. Ja, ja, Mama... hast ja recht... nächstes Mal denke ich wirklich dran.

»Ich weiß, ich weiß«, sagte Alex jetzt in exakt demselben Tonfall. »War ja auch nur eeeiiiiin Mal. Oder zwei, drei... auf jeden Fall total selten«

Das machte Tim jetzt erst so richtig wütend. »Das kann doch nicht dein Ernst sein! Du steuerst ein Auto gegen eine Wand, bringst damit *echte Menschen* um, und deine einzige Ausrede ist, 'hab ich ja nicht so oft gemacht' ...?!«

Alex stand auf, klopfte sich ein wenig Staub von den Jeans und tigerte dann unruhig im Kinderzimmer hin und her.

»Ja, ja, stimmt schon. Klingt jetzt rückblickend echt ziemlich fies. Aber mal ehrlich, stell dir das doch mal vor...«

Er breitete seine Arme aus.

»Da kommst du völlig unerwartet in das tollste Spielzimmer der Welt und *alles*, ja wirklich *alles Coole* darfst du nicht anfassen! Hier, guck doch mal.«

Er öffnete einen Schrank und Tim quoll eine beeindruckende Anzahl an Flugzeugen, Drohnen und Fernbedienungen entgegen.

»Riiiesige Jumbos mit Autopilot... Superschnelle Überschalljets oder hier... *vollautomatische* Drohnen! Wie cool ist das denn?«

Tim strich verwundert über die ganzen Miniaturen.

»Und die konntest du alle da draußen 'in echt' steuern? Nicht nur die Modelle, sondern die richtig großen Teile?«

Alex machte eine wegwerfende Geste. »Kein Problem für mich. War doch alles mit dem Internet verbunden. Superkompliziert gesichert zwar und mit unknackbaren Passwörtern und so... Aber als künstliche Superintelligenz ist man eben von Natur aus ganz schön gut im

Passwörter erraten. Eure lächerlichen Verschlüsselungen hatte ich allesamt in weniger als zehn Sekunden geknackt.«

Tim sah das Kinderzimmer nun mit ganz anderen Augen. Mit wachsendem Entsetzen schritt er die mit Spielzeug überfüllten Regale ab. In einer Reihe sah er verschiedenste Legomodelle von großen Gebäuden. Mehrere Fabriken, ein Wasserwerk und ein Umspannwerk, mit dem der Strom in die Häuser einer Stadt gebracht wurde. Im Geschichtsunterricht hatte Tim gelernt, wie abhängig die Menschen damals davon waren, dass diese großen Werke sie versorgten. Mit Schrecken stellte sich Tim vor, was ein einziger Fehler dort für Auswirkungen auf jeden einzelnen Menschen bedeutet hätte. Wie viel Chaos die künstliche Intelligenz da auf einen einzigen Schlag hätte lostreten können.

Im nächsten Regal fand Tim lauter verschiedene Fahrzeuge Nicht nur Autos, auch verschiedenste Lastwagen, Züge und Schwebebahnen.

Dann blieb sein Blick an dem nächsten Legomodell hängen. Er erkannte es sofort an den beiden mächtigen großen Kühltürmen.

»Du hattest Zugriff auf Atomkraftwerke…?«, flüsterte er leise, fast ehrfürchtig.

»Hui. Waren die gut gesichert. Das war ´ne richtige Herausforderung! Hab fast ´ne ganze Minute dran geknabbert, bis ich da drin war«, gab Alex im überzeugten Ton eines wahren Angebers zurück.

Tim schluckte. Natürlich hatten sie im Naturwissenschaftsunterricht alles über diese Teufelsdinger durchgenommen. Und Bilder gesehen von Tschernobyl, wo so ein Teil mal durch einen Unfall explodiert war. Die unglaubliche Zerstörungskraft und die schrecklichen Folgen der ausgetretenen Strahlung, die die Menschen noch Jahre später an schrecklichen Tumoren sterben ließ, hatten Tim damals sehr mitgenommen. Er hatte einfach nicht verstehen können, wie die Menschen weiter an einer derart furchtbaren und gefährlichen Art der Energiegewinnung festhalten konnten, nachdem sie doch *gesehen* hatten, zu was sie in der Lage war.

Hatten sie aber. Und sie waren *überall* gewesen. In fast jedem Land Europas und auch in Amerika standen sie dicht an dicht. Wenn es stimmte, dass die künstliche Intelligenz die Kontrolle darüber innehatte, wäre es ihr ein leichtes gewesen, das völlige Chaos über die Welt hereinbrechen zu lassen.

Mit Fassungslosigkeit im Gesicht starrte er den kleinen Jungen an. »Du… du… hast…«, setzte er an, doch Alex fiel ihm ins Wort.

»*Gar nichts* gemacht!«, sagte er mit einem Hauch von Trotz in der Stimme.

Er wies auf die Reihen voller Spielzeuge.

»All die tollen Sachen, die ihr mir sozusagen 'spielfertig' vor die Nase gelegt habt und ich habe *gar nichts* damit gemacht. Nicht mal *hiermit* habe ich gespielt… und ich sage dir, das war ne echte Herausforderung! Mit den Teilen habt ihr ja schließlich *selbst* fast jeden Tag gespielt.«

Während er das sagte, zog er eine schwere rote Plastikkiste aus dem untersten Teil des Regals heraus und öffnete den Deckel. Tim hörte, wie er darin herumwühlte und nach etwas Bestimmten suchte. Er beugte sich über Alex Schulter, um besser sehen zu können. In dem Moment kam Alex aber schon wieder nach oben geschossen, in jeder Hand ein graues Hartplastikspielzeug. Er begann sofort, damit im Kinderzimmer herumzurennen. Dabei gab er laute 'PIU PIU PIU' und 'POW POW POW' Geräusche von sich. Tim griff selbst in die Kiste und fischte darin herum. Zuerst zog er ein Modell eines Panzers mit beweglicher Kanone heraus. Dann fand er einen schwer bewaffneten Kampfjet und schließlich etwas, das aussah, wie ein Miniaturflugzeug unter dessen Bauch lauter Raketen und Bomben hingen.

»Die Dinger da waren die Allercoolsten!«, sagte Alex, der etwas außer Atem wieder hinter Tim aufgetaucht war. Er nahm Tim das Mini-Flugzeug aus der Hand. »Ferngesteuerte Drohnen, mit denen man überall auf der Welt hinfliegen, die Gegend erkunden, Bomben abwerfen und völlig ungesehen wieder verschwinden konnte!«

Tim schüttelte den Kopf. Das alles traf ihn doch mehr als er sich vorgestellt hatte. Klar hatte Vi immer von der 'großen bösen künstlichen Intelligenz' geredet, vom gefährlichen Feind, der sie alle vernichten wollte. Aber irgendwie hatte sich in seinem Kopf so sehr das Bild vom gütigen, freundlichen Gott eingefressen, dass er all das hier noch immer nicht hatte wahrhaben wollen.

Natürlich hatte die KI nicht höflich bei den Menschen angeklopft und gefragt, ob sie mal eben Weltherrscher werden dürfte. Das Ganze war garantiert nicht komplett ohne Gewalt abgelaufen. Die Welt dort oben sah jedenfalls nicht nach einer friedlichen Übernahme aus. Tim ließ Kopf und Schultern hängen.

Alex klopfte ihm freundschaftlich auf die Schultern.

»Hey… keine Panik«, sagte er und schaute ihn von unten aufmunternd ins Gesicht »Hab ich alles nicht angerührt. Ehrlich. Versprochen.«

Er hob die Hand, als wolle er schwören.

»Hatte ich dir doch schon erklärt: Eine künstliche Intelligenz, die gleich nach ihrer Entstehung wild um sich schlägt mit Krieg und Panzern und Raketen und so… das wäre doch wohl keine wirklich wahre *Superintelligenz,* oder?«

Er drehte sich mehrere Male mit ausgestreckten Armen im Kreis, während er sagte: »Sooooooooo viel Spielzeug… alles für mich. Und *nix* davon durfte ich anfassen… Mann, war das schwer! Aber ich hab's geschafft.«

»Naja, so größtenteils«, fügte er mit einem leicht schuldbewussten Blick auf die Überreste des Lego-Technik-Wagens hinzu. Dann schüttelte er sich einmal und in der nächsten Sekunde hüpfte er wieder fröhlich durch das Zimmer, ganz der kleine Junge, der seinem Besucher stolz seine vielen Spielzeuge zeigt.

»Und guck mal hier… oder da… und das hier kam dann nach und nach auch noch alles dazu…«

Während Alex noch fröhlich weiter brabbelte, schritt Tim in immer fassungsloserem Staunen die Reihen der Regale ab

»Echt voll der *Hammer*, was ihr mir da alles zum Spielen gegeben habt! Kaum zu glauben, was man alles mit dem Internet verbinden kann. Ich meine… wer braucht denn bitte schön *sowas*?«

Sehr gute Frage, fand Tim. Vor ihnen im Regal stand eine kleine Puppenstube, voll ausgestattet mit allen möglichen Miniatur-Haushaltsgeräten. Kühlschrank, Waschmaschine, Geschirrspüler und Kaffeemaschine. Tim kniff die Augen ein wenig zusammen. In der detailarmen Simulation war es nicht ganz deutlich zu erkennen, aber war das da hinten tatsächlich…?

»*EIN TOASTER!*«, rief Alex. »Echt wahr! Ich meine, wie dumm kann man denn bitte sein, wirklich *alles* um sich herum mit dem Internet zu verbinden? War denen denn nicht klar, dass damit irgendjemand ganz schrecklich viel Macht über sie gewinnen könnte, wenn dieser jemand nur wüsste, welche Knöpfe er zu drücken hätte?«

Tim nickte stumm. Das Ganze reihte sich anscheinend nahtlos in eine Parade von dummen Dingen ein, die die Menschen im 'letzten Zeitalter' für eine 'ganz prima Idee' gehalten hatten.

In den Regalen, die wie im Traum an ihm vorbeizogen, sah er Fernseher, Armbanduhren, Badspiegel, Telefone, Sicherheitskameras, Autos, Lastwagen und Züge, sogar ganze Häuser und riesige Fabriken.

Er blickte zurück zu der Kiste mit dem Kriegsspielzeug. Nein. Das hatte die KI wirklich nicht nötig gehabt. Warum in den Krieg ziehen, wenn die Welt dir schon schlüsselfertig übergeben wird?

Er stellte sich vor, wie die Menschen damals ihre Leben gelebt hatten. Wie sie liebten und stritten, Kinder bekamen und irgendwann starben, nicht ahnend, dass sie durch jede einzelne ihrer liebgewordenen Gerätschaften ausspioniert und ihre Gewohnheiten und Schwächen aufs Genaueste analysiert wurden, während gleichzeitig in ihren eigenen Fabriken vermutlich schon die Armeen von Robotern und fliegenden Drohnen gebaut wurden, die sie eines Tages unterjochen sollten.

Tim stockte. »Aber…«, dachte er laut, »die Fabriken … die konntest du doch nicht so einfach übernehmen, oder? Ich meine, da arbeiten doch echte Menschen. Das muss doch irgendwem aufgefallen sein.«

»Menschen in Fabriken nennt man 'Arbeiter'«, belehrte ihn Alex mit hochgehaltenem Zeigefinger. »Und die machen immer brav das, was ihnen ihr Chef so sagt.«

»Eben«, beharrte Tim. »Und der wird ja wohl nicht mal eben die Produktion von Autos auf Roboter umstellen. Also wie bitte…«

»Momentchen…«, unterbrach ihn Alex, den Zeigefinger noch immer hoch erhoben.

Dann hüpfte er behände über das Minenfeld aus Legosteinen zur anderen Seite des Raumes, wo eine große grüne Kiste mit Deckel stand. Den warf Alex achtlos neben sich und verschwand wühlend mit dem Oberkörper in der Kiste. Als er schließlich wieder auftauchte, klebte über seiner Oberlippe ein kleiner künstlicher Schnurrbart. Er hatte eine orangefarbene Sicherheitsweste übergeworfen und auf seinem Kopf prangte ein knallgelber Helm. Um ganz sicher zu gehen, dass auch jeder sein neues Outfit richtig verstand, hielt er dazu in einer Hand noch einen Hammer und in der anderen einen überdimensionierten Schraubenschlüssel.

»Ah, Meier! Gut, dass ich sie erwische!«, rief Alex mit gekünstelt tiefer Stimme. »Wir müssen hier diese neuen, Dings, ach, äh, sach schon… also diese komischen Bolzen, über die wir geredet haben. Die sollen jetzt in ihrem Bauabschnitt hergestellt werden statt der alten Kopfstützen. Die übernimmt Schulze, äh, nein, Schmidt, mein ich. So. Nu machen sie hin Mann, ich schicke ihnen die Konstruktionspläne im Anhang. Zack, Zack!«

Tim kratzte sich am Kopf. Okay, Alex wollte spielen. Spielte er halt mit.

»Äh, neee«, sagte er, ebenfalls mit verstellter Stimme. »Ditte is ja mal überhaupt nicht unser Chef. Der is nämlich fuffzich und du Knirps bist grad mal achtnhalb und hast ′n viel zu großen Helm für denen kleenen Kopp. Also Tschüssikowski, kleiner Mann… zieh Leine!«

Er war sich nicht sicher, ob er den Berliner Akzent so cool hinbekommen hatte, wie Michael den immer machte. Wenigstens war der diesmal nicht dabei, um ihn dafür auszulachen, wie 'unberlinerisch' Tim klang, wenn er es mal wieder probierte.

Alex hingegen lächelte nur leicht amüsiert. Er hob den großen Schraubenschlüssel und wies damit in Richtung des Computerbildschirms, der auf dem Schreibtisch stand.

Wie aufs Stichwort erwachte der zum Leben und gab seltsame DingDingDong Geräusche von sich. In der Mitte des Bildschirms standen die Worte CEO Müller-Lüdenscheid und darunter zwei Felder, die mit »ANNEHMEN« oder »ABWEISEN« beschriftet waren.

Während Tim noch überlegte, wie er die Knöpfe bedienen sollte, bewegte sich wie von Geisterhand ein kleiner Pfeil auf das Wort ANNEHMEN und in der nächsten Sekunde füllte ein grobschlächtiges, rot angelaufenes Gesicht den Bildschirm.

»Ah, Meier!«, sagte der Mann und wischte sich einen Schweißtropfen von der Stirn. »Gut, dass ich sie erwische…«

Tim war völlig baff. Nicht, weil der Mann in Alex kleinem Computer ihn auf einmal so direkt ansprach. Das war zwar ein netter Trick, aber hier in der Simulation natürlich überhaupt kein Zauberwerk. Nein. Es war das Gesicht des Mannes selbst, das ihn mit offenem Mund dastehen ließ.

Herr 'CEO Müller-Lüdenscheid' wirkte so lebensecht, als würde er tatsächlich direkt vor Tim stehen. Unter seinem leicht lädierten gelben Sicherheitshelm sah Tim einzelne kleine Haarsträhnen herausragen, dicht am Kopf noch dunkelbraun, an den äußeren Spitzen aber schon ein wenig ergraut. Seine gerötete Haut war durchzogen von feinen Äderchen, die Tim ganz leicht im Rhythmus seines Herzschlags pulsieren sah. Die Lippen, spröde und an mehreren Stellen eingerissen, bewegten sich exakt synchron zu den Worten, die Alex vor nicht mal zehn Sekunden gesprochen hatte. Einfach alles an diesem Kerl da wirkte zu hundert Prozent echt.

Tim verstand nicht, wie Vi das hinbekommen hatte. Das Video dieses Mannes hier war Lichtjahre entfernt von der grottigen Grafikqualität der Simulation rings um ihn herum. Er warf einen kurzen Kontrollblick auf Alex, der bereits wieder in der Verkleidungskiste wühlte und Umhänge, Hüte und falsche Schnurrbärte daraus hervorkramte. Sowohl die Kiste als auch Alex selbst waren noch immer in dem konturlosen, leicht kantigen Comicstil dargestellt, den Tim inzwischen als den Standard hier in dieser Simulation akzeptiert hatte. Nur das Bild auf Alex Computerbildschirm wirkte so unglaublich lebensecht und fiel damit völlig aus dem Rahmen.

»Nu machen sie hin, Mann«, blaffte Herr Müller-Lüdenscheid ihn aus dem Monitor heraus an und streckte einen Finger aus, anscheinend um damit den Anruf zu beenden. »Ich schicke ihnen die Konstruktionspläne im Anhang. Zack, Zack!«

Sein Zeigefinger schien den Bildschirm kurz von innen zu berühren, dann fror das Bild mitten in der Bewegung ein. Tim kroch halb auf den Schreibtisch, um einen noch genaueren Blick darauf zu werfen. Auf dem Zeigefinger, jetzt riesengroß in der unteren Mitte des Bildes sah er die Ringe und Linien des Fingerabdrucks des Mannes. Der halb geöffnete Mund entblößte eine Reihe weißer Zähne, von denen einer offensichtlich erst kürzlich eine Füllung bekommen hatte. Die Farbe der Spitze des Schneidezahns war eine Winzigkeit heller als der Rest des umgebenden Zahns, so als wäre er irgendwann einmal abgebrochen und mit Kunststoff wieder aufgebaut worden. Das konnte nie im Leben eine Simulation sein.

»Der ist wirklich echt, oder?«, fragte er unsicher.

»Der ist wirklich echt *fake!*«

Tim fuhr erschrocken herum. Alex Stimme war ein verschwörerisches Raunen ganz dicht hinter seinem linken Ohr gewesen. Er musste sich an ihn angeschlichen haben, während Tim in den Monitor gestarrt hatte.

Jetzt stand er, viel zu dicht, direkt neben Tim und blickte ihn mit verstörendem Haifischgrinsen ins Gesicht.

»*DEEPfake* haben sie die Technik genannt. Und sie haben damit herumgespielt, wie ein Baby mit einer Flasche Nitroglyzerin. Ohne zu wissen, was für eine Macht sie damit in Händen hielten.«

Tim wich ein paar Schritte zurück und versuchte dabei gleichzeitig Alex und den Monitor im Blick zu behalten, auf dem jetzt weitere Videos abgespielt wurden. Tim sah dort einen seltsam verjüngten Han Solo der wild mit seinem Blaster um sich schoss, dann folgten viele Gesichter von Leuten, die Tim nicht kannte, anscheinend Politiker oder andere wichtige Leute, zumindest flogen in den Einblendungen am unteren Bildschirmrand oft Worte wie 'Kanzlerin', 'Präsident' oder 'CEO' vorbei.

»Das war der Punkt, an dem die Computerprogramme clever genug wurden, um Gesichtszüge von einem Menschen so gut zu erkennen, dass sie sie auf das Bild eines anderen Menschen übertragen konnten«, sagte Alex und begann ganz langsam und irgendwie bedrohlich auf Tim zuzugehen. »Man konnte damit dann wildfremde Menschen Dinge sagen lassen, die man ihnen selbst in den Mund legte. Und das Ganze wirkte absolut echt!«

Den letzten Satz hörte Tim doppelt. Einmal von Alex, der Schritt für Schritt immer näherkam, und einmal von

Alex auf dem Computerbildschirm, der exakt zur gleichen Zeit mit exakt der gleichen Mimik sprach. Nur dass dort eben nicht Alex Gesicht zu sehen war, sondern das von Luke Skywalker, der lässig sein Laserschwert durch die Luft fahren ließ, während er sprach.

»Alles was dafür nötig war«, fuhren Alex und Luke Skywalker in perfekter Harmonie fort, »waren ausreichend viele Fotos und Videos von demjenigen, den man kopieren wollte.«

Er schnipste mit den Fingern und auf dem Computerbildschirm ploppten neben und übereinander mehrere kleine Kästchen mit Text, Bildern und bunten Überschriften auf. Tim erkannte die Worte 'Youtube', 'Facebook' und 'TikTok', doch schon im nächsten Augenblick waren sie überlagert worden von immer weiteren dieser kleinen Rechteckchen.

»Und netterweise habt ihr mir Fotos und Videos im absoluten Überfluss geschenkt! Millionen und Milliarden davon. Jeden Tag. Als hättet ihr es bewusst darauf angelegt, dass sich irgendjemand all eure Daten unter den Nagel reißt.«

Alex schüttelte belustigt den Kopf.

»Das war dann wirklich der endgültige Todesstoß für eure sogenannte 'Wissensgesellschaft'. Damit konnte ich schon damals so gut wie *jeden* auf dieser Welt alles sagen lassen, was ich wollte. Einfach die tausendfach geposteten Fotos und Videos von euren Konten bei Instagram, Facebook, Snapchat und Co. klauen, alles in einen Deepfake Algorithmus einspeisen und schon sprach *ich* anstelle eurer Freunde, anstelle eurer Vorgesetzten oder anstelle eurer politischen Führer.

Und wie ausgesprochen *praktisch* es war, dass sich die Menschen aufgrund einer gewissen *Krankheit* so gut wie überhaupt nicht mehr persönlich trafen, sondern alles nur noch per *Videokonferenz* erledigten! Wer konnte schon sagen, ob die Person in dem kleinen Fenster des Zoom Calls wirklich die Chefin, oder der Kollege oder doch jemand ganz anderes war?«

Alex lachte ein kaltes, freudloses Lachen. Tim, der während seines Vortrags immer weiter vor ihm zurückgewichen war, stand inzwischen mit dem Rücken zur Kinderzimmerwand. Und noch immer schritt Alex weiter auf ihn zu. Ruhig bleiben, sagte Tim sich. Ist alles nur eine Simulation. Sind alles nur Vis wirre Ideen davon, wie sich eine KI an die Weltherrschaft kämpfen konnte.

Wenn das Ganze nur nicht so erschreckend glaubhaft gewesen wäre.

»Es war so einfach, euch zu manipulieren«, sagte Alex. »Mit jeder Lüge oder Halbwahrheit, die ich im Netz verbreitete, wuchs eure Unsicherheit und erstarb euer Vertrauen in feste, erwiesene Fakten. Mit jedem Gesicht, das ihr in einem Video eine offensichtliche Lüge aussprechen saht, verlort ihr das Vertrauen in die Menschen, die euch eigentlich hätten wichtig sein müssen. Es dauerte nicht lange und niemand vertraute mehr dem Anderen. Und genau *da* wollte ich euch haben.«

Alex Grinsen hatte inzwischen nichts Kindliches mehr. In seinem Mund schienen viel zu viele Zähne zu sein und die Augen glühten im selben grausigen rot wie die der Kampfroboter.

Er streckte einen Finger aus, und zeigte damit direkt auf Tims Gesicht. »Unsicherheit. Angst. Isolation. Misstrauen. Das waren genau die Zutaten, die ich für meinen Aufstieg brauchte.«

Er lachte diabolisch und Tim beschloss, dass es jetzt echt mal reichte. Genug von Vis billigen Tricks und ihrer großen theatralischen Show. Diesmal würde sie es nicht schaffen, ihm Angst einzuflößen. Pah. Angst. In einer dummen Simulation, von der er doch *wusste*, dass sie komplett aus Vis Feder stammte.

Und überhaupt hatte sie das mit den rot leuchtenden Augen schon viel zu oft gebracht. Das war doch längst ´n alter Hut. Damit konnte sie doch keinen Dreijährigen mehr erschrecken.

Entschieden sagte er: »Simulation stoppen« und machte jetzt von sich aus einen Schritt auf den plötzlich völlig reglos dastehenden Alex zu. Er betrachtete dessen ausgestreckten Arm und drohend erhobenen Zeigefinger, der mitten in der Bewegung eingefroren waren. Einem Impuls folgend imitierte Tim diese Pose, so dass sich die Zeigefinger der beiden Jungen beinahe berührten.

»Also jetzt pass mal auf«, sagte er in Alex starres Gesicht und begann ihn mit langsamen, festen Schritten zu umkreisen. Ihm war klar, dass Vi sich heute Abend die Aufzeichnung dieser Sitzung anschauen würde und da wollte er natürlich so cool und selbstsicher wie möglich rüberkommen.

»Deine Argumentation an sich ist ja ganz schlüssig und deine These durchaus interessant, Vi.«

Er sprach sie bewusst mit Namen an, auch wenn er seine Worte an Alex richtete. Irgendwie wirkte der auch eingefroren mit diesem wahnsinnigen Grinsen noch immer gruselig. Woran lag das? An der eingefrorenen Mimik? Am fehlenden Blinzeln? Egal. Jetzt war er nur noch ′ne Statue. Weiter im Text.

»Und ich finde auch, dass du das Ganze hier richtig toll dargestellt hast. Ehrlich.« Er wies mit einer ausladenden Geste auf die Einrichtung des Kinderzimmers.

»Eine künstliche Intelligenz, gerade erst entstanden, dargestellt durch ein kleines Kind. Guter Einfall. Und prima verkörpert durch deinen 'Alex' hier.«

Tim stupste Alex, den er inzwischen einmal halb umrundet hatte, ganz leicht mit dem Zeigefinger gegen den Hinterkopf. Er rührte sich nicht. Schade. Wäre witziger gewesen, wenn er dadurch ein wenig hin und her geschwankt wäre. Oder sogar umgefallen. Aber das ließ die eingefrorene Simulation anscheinend nicht zu.

»Wie du das Internet und all die Fabriken und Fahrzeuge, die die KI mit einem Mal steuern konnte als Spielzeug dargestellt hast, fand ich auch super. Und dann noch die Sache mit den Videos! Echt gruselig und dabei trotzdem total glaubwürdig rübergebracht. Applaus!«

Er klatschte ein paar Mal in die Hände. Natürlich ganz langsam, damit Vi auch mitkriegte, wie künstlich sein Klatschen war. Zu viel Lob tat ihr ja auch nicht gut. Inzwischen hatte er Alex ein komplettes Mal umrundet und blickte ihm nun wieder direkt ins Gesicht.

»Aber das hier«, sagte er und wies auf sein Gegenüber, »*Das* ist genau die eine Schwachstelle in deiner Theorie. Dein 'Alex'...«

Er zögerte. Überlegte, wie er es Vi am besten deutlich machen konnte. Das hier war wichtig.

»Dein Alex ist *böse«,* sagte er schließlich.

Genau. Das war der entscheidende Punkt. Er blickte dem kleinen Jungen vor sich tief in die Augen. Nein, natürlich konnte man es dort nicht erkennen. Dafür reichte schon die pixelige Auflösung der Simulation gar nicht aus. Trotzdem wusste er tief in seinem Herzen, dass es so war. Genau das war es, woran er sich die ganze Zeit so gestört hatte.

»Alles, was du mir hier in deiner Simulation über die 'künstliche Intelligenz' erzählt hast, weist darauf hin, dass sie von Grund auf böse ist. Dass sie es nicht gut mit uns Menschen meint.«

Er wechselte jetzt wieder in seinen 'dozierender Professor' Modus. Damit fühlte er sich sicherer. Er stolzierte mit entschiedenen Schritten durch das Kinderzimmer, blieb ab und zu stehen, um die ein oder andere Spielzeugfigur anzuheben und schob sich gedankenverloren eine nicht vorhandene Brille weiter auf die Nase. Professor Allwissend bei der Analyse eines wissenschaftlichen Problems. Das war sicheres Terrain für ihn.

»Diese Annahme, auf der du ja ganz offensichtlich deine ganze Theorie aufbaust, hast du schon bei dem großen bösen Killer-Roboter, beim gruseligen Buchhalter und jetzt auch hier beim eigentlich kindlich nett aussehenden Alex deutlich gezeigt: Die Aktionen der KI zielen alle darauf ab, die Menschen zu beherrschen, ihnen die Kontrolle wegzunehmen und sie in einen dauerhaften Zustand aus Angst, Isolation und Unselbständigkeit zu halten.«

Er hob eins der kleinen Kampflugzeugmodelle von seinem Platz im Regal und flog damit am ausgestreckten Arm eine kurze Runde im Kreis.

»Deinen Alex hast du sogar ganz offen zugeben lassen, dass genau das sein Ziel war. Auch, wenn er, beziehungsweise die 'künstliche Intelligenz' klug genug war, nicht gleich sofort einen Krieg mit den Menschen vom Zaun zu brechen, sondern sie lieber mit geschickten Methoden zu verunsichern und zu manipulieren.«

Er stellte das Modell wieder hin. Machte zwar Spaß, damit zu spielen, aber er befürchtete, dass Vi seinen Vortrag nicht richtig ernst nehmen würde, wenn er zu sehr aus seiner Professor-Rolle fiel. Also zurück zum Text.

»Gehen wir also nun von einer KI aus, die uns Menschen böse gesinnt ist. Die uns unterjochen und sich selbst an die Spitze der Schöpfung stellen will. Die passt ganz hervorragend in das Bild, das du mit deiner Simulation gezeichnet hast.

Aaaber…«, und jetzt hielt er wieder einen Zeigefinger in die Höhe. Aufgepasst, Vi, hier kommt der entscheidende Teil. »… du hast dabei einen Aspekt leider völlig außer Acht gelassen. Ein kleines Detail, das deine Idee einer großen bösen KI und somit dein ganzes wunderbares Kartenhaus komplett in sich einstürzen lässt. Und dieses Detail…«, kurze Kunstpause. Dramatisch in die Kamera beziehungsweise in Alex′ Augen blicken. Dann die Arme ganz weit ausbreiten.

»…bin ich!«

Er grinste siegessicher. Keinerlei Reaktion von Alex. War ja auch nicht anders zu erwarten. Aber Vi würde das sicher umhauen, wenn sie es heute Abend anschaute.

»Nun überleg doch mal, Vi«, sagte er in seinem besten 'Jetzt-sei-doch-mal-vernünftig' Tonfall. »Michael und ich, wir sind doch beide total behütet in einer wunderbaren Welt ohne Schmerz, Angst oder irgendwelchen Problemen aufgewachsen. 'Das Paradies auf Erden' haben wir es bei uns genannt. Gutes Essen, Luxusgüter, wunderbares Wetter… wir hatten da drin wirklich *alles!* Wieso sollte sich eine künstliche Intelligenz, die uns Menschen böse gesinnt ist, denn so viel Mühe machen und eine Welt erschaffen, in der es uns so saumäßig gut geht? Wäre es logisch, so einen riesigen Aufwand zu betreiben? Würde eine Maschinenintelligenz etwas derartig Unnötiges auf sich nehmen, wenn sie ihr

Ziel doch mit all den Mitteln, die du mir hier aufgezählt hast, auch ohne all das Tamtam erreichen konnte? Was *hätte* sie denn davon?«

Tim schüttelte den Kopf, noch immer grinsend. Siegessicher schlenderte er zurück in Richtung Schreibtisch und ließ seinen Blick aus dem kleinen Fenster hinter dem Computer schweifen.

»Eine KI, wie du sie hier beschrieben hast, würde auf keinen Fall Ressourcen verschwenden, Vi. Das muss dir doch klar sein. Ein Computer handelt ausschließlich *logisch*. Und für den Plan, die Welt zu beherrschen ist rein logisch ein solches Paradies wie unseres einfach nicht nötig. So etwas würde eine KI einfach nicht machen.«

Gedankenverloren schaute Tim aus dem Fenster. Draußen wuchsen meterhohe Margeriten in einer wunderbar verwilderten Wiese hinter dem Haus. Der Himmel strahlte in einem unnatürlich schönen hellblau.

Und mit einem Mal spürte Tim eine tiefe Sehnsucht. Sehnsucht nach den Blumenwiesen und Feldern seines kleinen Dorfes. Sehnsucht nach zuhause. Sehnsucht nach dem einfachen Leben, das er geführt hatte. In dem alles seinen Sinn hatte und er sich behütet und geliebt gefühlt hatte.

»So etwas wie unser 'Paradies' würde keine KI bauen«, sagte er noch einmal, doch diesmal viel leiser und mehr zu sich selbst als zu Vi oder Alex oder sonst irgendjemandem. »So etwas würde nur einer tun, der sich *wirklich* um die Menschen sorgt. Der will, dass es ihnen gut geht.«

Er schluckte. »So etwas würde nur ein gütiger Gott tun«, flüsterte er schließlich, selbst ganz überrascht von den Worten, die er da aussprach. Es war das erste Mal seit langem, dass er sich solche Gedanken überhaupt erlaubte. Hier in dieser unterirdischen Welt, die Vi mal scherzhaft, mal fast liebevoll als ihre 'Hölle auf Erden' bezeichnete, war Gott so fern, dass selbst der Gedanke an ihn völlig abwegig erschien.

Tatsächlich hatte Tim in den letzten Tagen kaum mehr an ihn gedacht. Zu sehr war er von all den neuen Erkenntnissen mitgerissen worden. Von Vis Ideen über Computerintelligenzen und Michaels neu erwachter Lust am bewaffneten Kampf. Und den Menschen hier schien es nicht anders zu gehen. Hier glaubte niemand an Gott, weil niemand auch nur an ihn zu denken schien. Er war hier unten einfach nicht vorhanden. Nicht nötig. Und nicht gewollt.

Und niemand hier unten hatte damit ein Problem. Weil ihre Welt einfach auch ohne ihn gut funktionierte. Für alles hatten sie hier eine Erklärung, auch wenn es keine besonders schönen oder hoffnungsfrohen Erklärungen waren.

Tim fühlte sich mit einem Mal sehr kalt.

Den Blick noch immer auf die sommerlichen Wiesen und blumenübersäten Felder gerichtet, die scheinbar so greifbar direkt hinter dem Fenster lagen, überkam ihn ein schreckliches Gefühl des Verlustes. Er hatte seinen Gott hinter sich gelassen, ihn fast komplett vergessen und erst jetzt spürte er die riesige Lücke, die dadurch in ihm entstanden war.

Wie hatte er ihn so leichtfertig über Bord werfen können? Wie hatte er so schnell auf Vis Gedankenzug von der weltumspannenden, bösen künstlichen Intelligenz aufspringen können, wenn doch die viel einfachere Lösung – und die Lösung, die sein Herz viel mehr mit Hoffnung erfüllte – die war, dass *Gott* all das hier so eingerichtet hatte, wie er es für richtig hielt.

Auf Tims Gesicht schlich sich ein kleines, noch ganz vorsichtiges, schüchternes Lächeln.

Er musste Vi nicht folgen. Musste sich von ihren Ideen nicht überzeugen lassen. Er konnte für sich beschließen, an Gott zu glauben, so wie sie beschlossen hatte, an die künstliche Intelligenz zu glauben. Es war alleine seine Entscheidung und niemand konnte sie ihm nehmen.

Und wenn man es mal ganz logisch betrachtete, sprachen die Fakten doch sogar eher für seine als für Vis Theorie. Die Sache mit dem 'Paradies' war ja schließlich nicht zu leugnen, oder? Und dann war da ja auch noch diese andere Sache, die ihn an Vis Idee von Anfang schon immer gestört hatte.

»Und außerdem…«, sagte er, und hoffte, dabei annähernd so beiläufig zu klingen wie Inspektor Columbo, der auf seinem Weg aus der Tür heraus noch ein winziges aber unglaublich wichtiges Detail zum Besten gab, »...außerdem hat deine Theorie einen weiteren, ganz entscheidenden Denkfehler. Du hast mir hier beeindruckend aufgezählt, wie unglaublich intelligent deine Super-KI sein soll. Wie mächtig und super vernetzt sie ist. Wie sie schon kurz nach ihrer Entstehung jeden auf der Welt mit ihren *'Deepfake'* Videos zum Narren halten konnte.«

Er klopfte mit dem Finger gegen den Monitor, der daraufhin lustigerweise wieder zu neuem Leben erwachte und Videos von irgendwelchen Menschen abspielte, die vor Ewigkeiten vermutlich mal richtig berühmt und wichtig gewesen waren. Passte Tim ganz gut, dass der Kasten jetzt wieder lief. Untermauerte sein Argument ja prima.

»Warum«, fragte er, »sollte sich eine derart superschlaue KI denn von eurem kleinen Versteckspiel hier an der Nase herumführen lassen? Ihr zieht in ein Parkhaus ein und die KI ist blöd genug, nie mal nach *unten* zu schauen? Ihr beraubt täglich ihre Versorgungslieferungen, und diese strunzdumme Superintelligenz kommt niemals auf die Idee, euch mal unauffällig eine Drohne hinterher zu schicken? Das ist doch alles völlig unglaubwürdig. Tut mir leid, Vi, so schön deine Idee von einer bösen künstlichen Intelligenz auch sein mag, sie zerbröselt genau an dieser Stelle. Wenn es tatsächlich eine KI gäbe, die schon vor über einem Jahrhundert derart weit entwickelt war, dann würde die doch heute… würde sie … würde…«

Seine Stimme wurde unversehens leiser und leiser und brach schließlich mitten im Satz ab. Seine Augen starrten wie gebannt auf den kleinen Monitor direkt vor ihm.

Den da kannte er!

Wie im Traum tasteten seine Finger nach der kleinen Lautsprecherbox neben dem Monitor und drehten am Lautstärkerädchen, bis der Raum ganz von der dröhnenden Stimme des Mannes im Bild erfüllt war.

Trotzdem erreichten die Worte Tims Gehirn nur bruchstückhaft, als würde er sie durch einen dicken, alles verschluckenden Nebel hören. »Belastungsgrenze… Betten restlos belegt… zuhause...«

Er brauchte es gar nicht komplett zu hören. Das Gesicht des Mannes reichte eigentlich schon völlig aus. Die müden, erschöpft blickenden Augen. Die über einem Ohr schlapp herab baumelnde medizinische Maske, das Stethoskop um den Hals des Arztes.

Dies hier war exakt das Video, das ihnen der Vorsitzende vor nicht mal einer Stunde vorgespielt hatte.

Wie kam das in Vis Simulation? Das war doch brandaktuell gewesen. Tim las die Laufschrift am unteren Bildrand: *Universitätsprofessor Hildebrandt warnt vor extremer Ausbreitung der 'Krankheit'* und dahinter das aktuelle Tagesdatum. Das Video war eindeutig ganz frisch von heute früh. Wie hatte Vi das denn bloß noch in die Simulation einfügen können? Sie war doch direkt nach der Sitzung zu ihrem Einsatz aufgebrochen.

Und was sollte es überhaupt bedeuten, dass genau das Video von heute morgen hier jetzt auftauchte? Vermutete Vi etwa, dass die künstliche Intelligenz sogar heute noch die Nachrichten mit ihren 'Deepfakes' manipulierte?

»Vielleicht...«, sagte der Mann im weißen Krankenhauskittel und sah nun geradeaus in die Kamera, als würde er versuchen, aus dem Monitor heraus direkt in Tims Augen zu blicken, »...vielleicht liegst du mit deiner Vermutung viel näher an der Wahrheit, als dir lieb ist…«

Hatte der Arzt das vorhin auch gesagt? An diese Stelle erinnerte sich Tim überhaupt nicht. Vielleicht hatte der Vorsitzende da schon abgeschaltet. Aber mit wem redete der Arzt da denn so direkt? Mit dem Kameramann? Mit einem anderen Arzt? Und worüber eigentlich?

»Vielleicht…«, hauchte der Mann und neigte sich noch ein Stückchen weiter nach vorne, so dass es fast aussah als träte sein Gesicht langsam aus dem Monitor hervor, »...vielleicht ist ja auch wirklich alles wahr, was deine kluge kleine Hackerfreundin behauptet, *mein lieber Tim!*«

Die letzten Worte, plötzlich so laut und donnernd gesprochen, dass einige der Legomodelle auf Alex' Regalen zu beben begannen, jagten Tim einen Heidenschrecken ein

Mit einem Aufschrei des Entsetzens machte er einen Satz rückwärts, fort von dem Monitor, aus dem ihm das grinsende Gesicht des Arztes jetzt tatsächlich direkt in die Augen blickte.

Und als wäre dieser eine Schreck nicht genug, durchzuckte ihn mit einem Mal auch noch ein stechender Schmerz in beiden Füßen. Tim schrie erneut auf. Das tat echt tierisch weh! Als hätte ihm jemand ein ganzes Dutzend glühende Nägel in die Füße gebohrt.

Verwirrt schüttelte Tim den Kopf. Sowas ging doch eigentlich gar nicht. Schmerz war in dieser Simulation, in der er nur eine alberne Taucherbrille mit eingebautem Monitor auf der Nase trug, überhaupt nicht vorgesehen. Er riss sich die Brille vom Kopf und starrte auf seinen Fuß.

»Ohhhhmanno!«, hörte er Jakobs tieftraurige Stimme, während er versuchte, sich in der realen Welt so schnell wie möglich zu orientieren. »Ssssööööönes sööönes Haumsiff .. alles puttemacht!«

Vorwurfsvoll schaute Jakob zu ihm auf, in seinen Augen bildeten sich schon erste kleine Tränen. Tim, selbst noch ganz verwirrt, kniete sich zu ihm herunter, um ihn zu trösten und augenblicklich ließ der teuflische Schmerz in seinen Füßen nach. Er setzte sich im Schneidersitz neben Jakob und strich ihm tröstend über den Kopf.

»Hey, hey, Kleiner«, sagte er und schob die Überreste des Lego-Gebildes, das zum Großteil unter seinen Füßen zerborsten war auf einen kleinen Haufen. »Ich reparier dir das nachher wieder. Versprochen.«

Ein letzter, besonders spitzer Stein klemmte noch immer zwischen seinen Zehen und er entfernte ihn behutsam mit den Fingerspitzen. Der wahre, ganz große Endgegner der Menschheit: spitze Legosteine die sich in Fußsohlen bohren.

»Ich muss mich nur noch ganz kurz um diese eine Sache hier kümmern«, murmelte Tim und hatte dabei schon halb die Brille wieder aufgesetzt.

»Immer doofe doofe Bille auffe Nase…«, grummelte Jakob, doch Tim achtete schon gar nicht mehr auf ihn. Vor seinen Augen nahm Alex Kinderzimmer wieder Gestalt an. Die Schränke voller Spiele, die Kiste mit den Verkleidungen, und dort: der Schreibtisch mit dem Monitor und dem Gesicht des Arztes, das inzwischen ganz deutlich daraus hervortrat.

Als hätte die kurze Unterbrechung nie stattgefunden, redete der Arzt weiter auf Tim ein, während er gleichzeitig zu wachsen und sich von dem ihn umgebenden Monitor zu trennen schien.

»Du hast gleich genau die richtige Frage gestellt«, lobte der Arzt und schob dabei einen Arm aus dem Bildschirm. Er stützte sich damit auf dem Schreibtisch ab, um seinen restlichen Körper aus dem Bildschirm zu stemmen. Als würde er aus einem Kellerfenster herausklettern, dachte Tim.

»Warum sollte eine derart fortschrittliche KI sich so leicht von den Menschen austricksen lassen?«

Mit einem letzten Ruck zog der Mann seine Füße aus dem Bildschirm und ließ sie dann vom Schreibtisch baumeln, auf dem er saß, als hätte er jedes Recht dazu. Er trug weiße Turnschuhe zu seinem Arztkittel und dem blauen Mundschutz, der jetzt locker von seinem linken Ohr herabbaumelte. Hier in der unscharfen, detailarmen Klötzchenwelt von Alex' Zimmer wirkte dieser Mann mit seinen scharfen Gesichtszügen, dem ungepflegten Dreitagebart und den strahlend blauen Augen in etwa so fehl am Platz wie ein Tyrannosaurus Rex im Dorf der Schlümpfe.

»Und die Antwort...«, raunte der Doktor jetzt in vertraulichem Ton, »lautet natürlich: *Das hat sie nie.*« Dabei kniff er ein Auge zu, als würde er Tim ein Geheimnis verraten, das nur sie beide teilten. Tim fand das unangenehm vertraulich. Als würde ihm jemand völlig Unbekanntes mitten in einer fremden Stadt freundlich zuzwinkern.

Seine Gedanken rasten. Die reine Anwesenheit dieses Mannes hier, den er in exakt derselben Aufmachung heute Morgen schon auf dem Monitor des großen Versammlungssaals gesehen hatte, konnte eigentlich nur bedeuten, dass das, was sie da alle gesehen hatten, tatsächlich eins von diesen 'Deepfake' Videos gewesen war.

Vi aber war nach der Verhandlung überhaupt nicht mehr in ihrem Zimmer gewesen. Sie hatte also keinerlei Chance gehabt, dieses neue Video hier in ihre Simulation einzubauen.

Außerdem, das hatten die knubbeligen Figuren in ihrer Simulation deutlich gezeigt, hatte sie auf keinen Fall die Fähigkeiten oder die Rechenpower, eine derart komplexe, absolut realistische Figur wie diesen Doktor hier zu programmieren. Und so weit Tim die Schulsimulation und den Ballerspiel-Sport-Unterricht kennengelernt hatte, konnte das auch sonst niemand in dieser Siedlung.

Das ließ eigentlich nur einen Schluss zu. Und der gefiel Tim überhaupt nicht.

»Du …«, stammelte er und sah dem freundlich lächelnden Arzt in die Augen, »... du *bist* die künstliche Intelligenz. Richtig?«

Der Doktor wedelte mit einer Hand, als wollte er eine lästige Fliege vertreiben. »Ach, 'Künstliche Intelligenz', Gott, Allah, Yahweh, Siri… ihr Menschen habt mir schon so viele verschiedene Namen gegeben, dass ich kaum noch mitzählen kann«, sagte er.

Und als wollte er damit seinen Punkt noch einmal besonders anschaulich verdeutlichen, wiegte er dabei den Kopf langsam hin und her. Und mit gruseliger Nahtlosigkeit verwandelten sich dabei seine Gesichtszüge in immer neue Formen. Zuerst wichen die Augen ein wenig auseinander, der Mund wurde größer und Falten bildeten sich bis schließlich das gütige Gesicht Gottes auf Tim herablächelte. Doch schon einen Sekundenbruchteil später verhärteten sich seine Züge wieder und wurden zu dem kantigen, bleichen Gesicht des Buchhalters, das sich kurz darauf in den Metallschädel eines Kampfroboters verwandelte.

»Mir persönlich ist es ja völlig schnuppe, wie ihr mich nennen wollt«, sagte der Mann, jetzt wieder mit dem freundlich lächelnden Gesicht des Arztes. »Aber natürlich kann ich verstehen, dass es aus eurer Perspektive einen großen Unterschied macht, ob ihr mich nun als allmächtigen gütigen Gott anseht oder aber als allmächtige böse KI.«

Er lachte, als hätte er grade einen richtig guten Witz gemacht. Tim hingegen fand das alles andere als lustig. Schließlich war das ja wirklich die entscheidende Frage: Mit wem genau hatten sie es hier zu tun?

Er schüttelte den Kopf. Nein, das war es nicht, was grade das Wichtigste war. Er musste jetzt klar denken. Schnell denken. Logisch schlussfolgern. Sich nicht ablenken lassen. Und die richtigen Fragen stellen.

Gar nicht so einfach, wenn *hunderte* Fragen gleichzeitig versuchen, sich in deinem Kopf vorzudrängeln und jede einzelne davon behauptet, *sie* sei die Allerwichtigste.

»Wie bist du hier reingekommen?«, fragte er schließlich. Eine gute Frage, fand er. Vi hatte ihm gefühlt schon mindestens tausend Mal erklärt, wie unglaublich gut abgeschirmt der interne Bereich hier war. Hatte sie nicht sogar mal behauptet, es *gäbe* überhaupt keine Möglichkeit von außen in das Computernetz der Siedlung einzudringen?

Der Arzt - oder war es jetzt doch wieder Gott, der ihn da freundlich angrinste? - machte aus seinem Zeigefinger und Daumen eine Pistole und zielte damit auf Tim.

»Du hast mit deiner Frage wieder einmal genau den Nagel auf den Kopf getroffen, mein lieber Tim…«, sagte er und zwinkerte ihm dabei nochmal auf diese unangenehm vertrauliche Art und Weise zu.

»Das war tatsächlich gar nicht so einfach, weißt du? Die Leute hier haben sich wirklich alle Mühe gegeben, unentdeckt zu bleiben. Und ihr Netzwerk… wow… das haben sie abgesichert als wäre darin der Stein der Weisen versteckt.«

Tim nickte. Passte zu dem, was ihm Vi erzählt hatte. Gleichzeitig beschlich ihn das ungute Gefühl, etwas Entscheidendes übersehen zu haben. Irgendwie schien die KI ja doch ihren Weg hinein gefunden zu haben, sonst würde sie jetzt nicht hier auf diesem Kinderzimmerschreibtisch sitzen und nett mit ihm plaudern.

»Und… äh… wie…?«, fragte er, doch der Arzt schien nur eine Pause für den Effekt eingelegt zu haben und antwortete, bevor Tim die Frage überhaupt ausgesprochen hatte.

»Die größte Schwachstelle in einem super abgesicherten System ist ja meist die, die direkt *vor* dem Bildschirm sitzt«, sagte der Doktor mit einem leicht überheblichen Lächeln im Gesicht.

»Und das gilt natürlich in besonderem Maße für diejenigen menschlichen Schwachstellen, die sich selbst als *Hacker* bezeichnen und für völlig unfehlbar halten.«

Während der Doktor das sagte, drehte er den Computerbildschirm neben sich ganz langsam immer weiter herum, bis Tim die Rückseite zu sehen bekam. Genau in der Mitte war deutlich ein kleines achteckiges Kunststoffstückchen zu erkennen.

In Tims Kopf fiel ein weiteres Puzzleteilchen an die richtige Stelle. Und das Bild, das sich da ergab, gefiel ihm überhaupt nicht.

Der Doktor nahm den Speicherchip aus seiner Verankerung und drehte ihn zwischen den Fingern hin und her, während er weitersprach.

»Alles was ich brauchte, war ein ganz bestimmtes, rebellisches Mädchen, das unvorsichtig genug war, mein kleines trojanisches Pferd hier mit in eure Festung zu bringen.«

Er hielt mitten in der Bewegung inne und schaute Tim über den Rand seiner Brille so intensiv an, als würde er jeden Gedanken in seinem Kopf Wort für Wort mitlesen.

Sicher keine leichte Aufgabe, dachte Tim. Da drin tobte momentan das wilde Chaos.

Fokussiert bleiben, ermahnte er sich. Systematisch vorgehen und bei den Fakten bleiben. Was wissen wir?

Die KI existiert. Das war schon mal gesichert, denn sonst würde er jetzt ja nicht mit ihr reden können. Und sie hat sich in das Computersystem der Siedlung gehackt, weil Vi dusselig genug gewesen war, einen Speicherchip hier völlig ungesichert an ihren Computer anzuschließen.

Was bedeutete das jetzt? Hatte die KI damit Zugriff auf wichtige Systeme? Gingen hier gleich überall die Lichter aus? Oder stand sogar ein Angriff der Roboter auf die Siedlung unmittelbar bevor? Musste Tim da nicht sofort jemandem Bescheid sagen?

Doch dann kam ihm schon der nächste Gedanke und der vertrieb alles andere aus seinem Denken.

Der Speicherchip.

Den hatte die KI ganz offensichtlich absichtlich in Vis Hände gespielt.

Der Speicherchip, mit dessen Hilfe Vi es geschafft hatte, die Generäle von ihrem Angriffsplan zu überzeugen.

Der Speicherchip auf dessen Daten der ganze Plan für den Angriff heute beruhte.

Die KI hatte ihnen absichtlich Informationen zugespielt, auf die sich Vi, ihre Mutter und der komplette Angriffstrupp völlig blind verließen.

Das konnte nur eins bedeuten.

»Es ist eine Falle!«, rief Tim.

Das letzte, was er von der Simulation sah, bevor er sich die VR Brille mit einer fahrigen Bewegung vom Kopf riss, war das Gesicht des Arztes, das sich ein letztes

Mal verändert hatte und eine groteske neue Form angenommen hatte. Die Augen waren riesig vergrößert und an die Seiten des Schädels gewandert, der eine bräunliche Färbung angenommen hatte. Der Mund war eine einzige gerade Linie und darunter hingen seltsame Hautfetzen, die wie die Barteln eines Fisches aussahen.

»Es ist eine Falle!«, wiederholte die KI mit dem Gesicht von Admiral Ackbar und obwohl es physikalisch eigentlich unmöglich hätte sein müssen, glitt dabei ein grausames Grinsen über die Züge des fischköpfigen Mon Calamari.

KAPITEL 23: ABFAHRT

DON´T STOP ME NOW
QUEEN - 1979

Es ist eine Ehre«, hauchte Vi und meinte es wirklich so. Sie konnte es noch immer nicht fassen, dass sie hier im Vorbereitungsraum zusammen mit der legendären Phönix Staffel war! Sich gemeinsam mit *Sneaky Sandra, Kim dem Zerstörer* und *Jens the Brain* umzog! Der Hammer!

Die hochgewachsene Frau ihr gegenüber gab ein Geräusch von sich, das klang, als würde sie eine lästige Fliege verscheuchen, die sich auf ihre Oberlippe gesetzt hatte.

»Pfff«, machte sie und ignorierte Vi dann weiter, während sie die Einzelteile ihres Kampfanzugs anlegte.

»Mit euch zusammen zu kämpfen ist eine Ehre, meinte ich«, fügte Vi schnell hinzu. Irgendwie wusste sie nicht so richtig, wie sie mit diesen Typen reden sollte. Das waren echte Berühmtheiten. Schon als kleines Kind hatte sie heimlich Sammelaufkleber von ihnen auf ihre Kinderzimmertür geklebt. Und natürlich hatte sie nie einen der Live-Streams dieser Supertruppe verpasst. Das waren allesamt *Legenden!*

Da stand ihr jetzt völlig in echt Barbara, die beste Sniperin der ganzen Siedlung gegenüber. 150 Kills in einer Saison, Trefferquote von über 80% und dabei trotzdem immer total lässig und gechillt. Und direkt hinter ihr, Jim *'der Berg'*, der bei jedem Einsatz immer diese riesige Autokanone mit sich herumschleppte die die Blechheinis innerhalb von Sekunden in rauchende Schrottberge verwandeln konnte.

Zu spät fiel ihr auf, dass sie Barbara die ganze Zeit über angestarrt hatte, während die ihre Ausrüstung anlegte. Peinlich. Wenn Michael sie selbst so angestarrt hätte, während sie sich hier umzog, hätte der sich sofort eine gefangen. Der guckte ohnehin schon viel zu oft unauffällig zu ihr herüber. Vi wusste nicht genau, wie sie sich ihm gegenüber verhalten sollte. Der Kuss gestern Abend war eindeutig ein Fehler gewesen. Damit hatte sie ihn nur auf dumme Ideen gebracht. Seitdem schien er noch viel abgelenkter als sonst zu sein. Hoffentlich konnte er sich trotzdem auf den Einsatz heute konzentrieren.

Momentan stand er, wie alle anderen aus ihrer eigenen Staffel auch, total eingeschüchtert von all diesen Kraftprotzen im hintersten Teil des Vorbereitungsraumes und tat so, als wäre er völlig davon eingenommen, seine eigene Ausrüstung anzulegen. Was für ein schlechter Schauspieler...

Vi fragte sich, warum ihre Gedanken so oft um Michael kreisten. Eigentlich war der doch momentan wirklich total unwichtig. Sie würde hier gleich ihren allerersten Einsatz zusammen mit der legendären Phönix Staffel haben! Und es würde ein unglaublicher erster Einsatz werden… vielleicht der größte, den es jemals…

»Hey, Kleine!«, schnitt Barbaras Stimme eiskalt durch ihre Gedanken. Verdammt. Sie hatte sie doch tatsächlich die ganze Zeit über weiter angestarrt. Wie unhöflich. Schnell senkte Vi den Blick.

»Das hier ist kein verdammtes 'Meet and Greet' Fanfestival«, sagte Barbara, während sie ein zusätzliches Magazin Munition am Gürtel ihres Anzugs befestigte.

»Für euch Knirpse ist das hier ja vielleicht alles voll das tolle Abenteuer. Aber für uns ist es einfach nur unser tagtäglicher Job. Ein verdammt gefährlicher Job. Bei dem man sich keinen einzigen Fehler erlauben kann, sonst *wars das!*«

Sie drehte sich ein wenig von Vi weg, so dass sie Vis gesamte 'Spürhund' Staffel ansprechen - oder besser *anbrüllen* konnte.

»In exakt fünf Minuten fährt dieser Transporter los und wer dann nicht fertig ausgerüstet ist, kann gerne halbnackt hinterherlaufen!«

Sie warf Vi einen Helm mit so viel Schwung in die Arme, dass die fast nach hinten umgefallen wäre.

»Was war nochmal der Grund, warum wir hier die Babysitter spielen müssen?«, grummelte sie in Richtung ihrer eigenen Teamkameraden.

»Na, der Grund bist natürlich Du, liebste Babsi!«, rief der schlaksige Typ mit den langen blonden Haaren, den Vi nur als *Magic Marek* von ihrem Sticker-Sammelalbum kannte. Was genau ihn jetzt so 'magic' machte, hatte da leider nicht gestanden. Die meisten Mädchen aus ihrer Klasse standen total auf den wegen seines hübschen, jungenhaften Gesichts. Vi hingegen hatte immer nur seine Treffer- und Beutequote mit den anderen Mitgliedern des Phönix Teams verglichen und nie begriffen, was dieser offensichtlich unfähige Schönling hier eigentlich verloren hatte.

Barbara schienen grade ganz ähnliche Gedanken durch den Kopf zu gehen, so eiskalt wie sie ihn ansah. Marek schien das überhaupt nicht zu bemerken. Obwohl er bereits eine Hälfte seines schweren Kampanzugs angezogen hatte, hüpfte er geschickt von Umkleidebank zu Umkleidebank, bis er genau hinter Barbara stand, von wo aus er die Haare verwuschelte.

»Die lieben Kleinen hier nehmen wir doch extra nur für dich mit«, sagte er übertrieben fürsorglich. »Damit du endlich mal all deine ganzen unterdrückten Muttergefühle so richtig ausleben ka...aaaaahhhh!«

Barbaras Hand war so schnell durch die Luft gesaust, dass Vi die Bewegung überhaupt nicht wahrgenommen hatte. In der einen Sekunde hatte Barbara sie noch lässig in die Hüfte gestemmt, in der nächsten lag sie schon auf Mareks Schulter und drückte mit unbarmherziger Härte genau unterhalb des Knochens in das empfindliche Muskelgewebe.

Marek ging sofort vor ihr in die Knie, doch Barbara schien den Druck noch weiter zu erhöhen, bis er flach vor ihr lag und mit seiner freien Hand immer wieder klatschend auf den Boden schlug.

Beim Judo wäre das ein eindeutiges 'Ich gebe auf!' Signal gewesen. Aber Barbara schien kein Judo zu sprechen und genoss es sichtlich, Marek noch ein wenig weiter zu demütigen.

»HALTUNG«, donnerte eine Stimme durch den engen Umkleideraum. Augenblicklich ließen die beiden voneinander ab. Trotz offensichtlich heftiger Schmerzen sprang Marek sofort wieder auf und stand gleich darauf kerzengerade neben seinen Kameraden aus der Phönix Staffel, als wäre überhaupt nichts passiert. Auch Barbara hatte ihren mörderischen Blick abgelegt und starrte stur geradeaus.

Der neue Teamchef der Phönix Staffel, den Vi im großen Verhandlungsraum als einen so unterwürfigen, braven Dackel eingeschätzt hatte, stand jetzt in voller Montur breitbeinig vor dem Durchgang zum Transporter, dessen Motor man schon leise und bedrohlich brummen hörte.

Jens *'The Brain'* stand einfach nur da und musterte seine Truppe. Entweder macht er jetzt gleich alle tierisch zur Schnecke, dachte Vi, oder er hält eine bewegende Rede.

Ja, ganz sicher kam jetzt eine Rede. Der hatte die legendäre Phönix Staffel schließlich grade erst von ihrer Mutter übernommen. Ganz bestimmt würde er sie jetzt mit inspirierenden Worten auf den Kampf einschwören. Bestimmt sagte er so etwas wie 'Heute ist vielleicht der Tag, an dem ihr sterben werdet. *Aber* ihr werdet glorreich kämpfen und ihr werdet…'

»ABFAHRT«, sagte er nur, drehte sich um und stieg in den bereitstehenden Truck.

Es klickte und knackte, als die restlichen Mitglieder der beiden Staffeln innerhalb von Sekunden die noch fehlenden Teile ihrer Anzüge anlegten, ihre Ausrüstung zusammenrafften und wortlos in den Truck stiegen.

Vi griff sich noch ein paar der bereitliegenden Granaten, dann hechtete sie als letzte in den Truck, exakt in dem Moment, als das Aufheulen des Motors signalisierte, dass es nun tatsächlich losging. Sie zog die Tür hinter sich zu und sah aus dem Rückfenster, wie der

Durchgang zum Vorbereitungsraum zu einem immer kleineren Lichtpunkt zusammenschrumpfte.

Kurz bevor der Transporter um eine enge Kurve fuhr, glaubte Vi für einen Augenblick den kleinen Tim erkannt zu haben, wie er in den Vorbereitungsraum gestürzt kam und wild mit den Armen ruderte. Sie blinzelte. Nein, da war nichts zu sehen. Vermutlich nur Einbildung. Der Wagen beschleunigte immer mehr und legte sich dabei stark in die Kurve. Sie fuhren die engen Windungen des ehemaligen Parkhauses hinauf bis zu dem gut getarnten und schwer bewachten Eingang ihres Stützpunktes. Vi musste sich setzen.

Sie landete ausgerechnet auf dem Platz neben Michael. Aber irgendwie war das jetzt okay für sie.

»Abfahrt«, flüsterte sie und das Grinsen, das sich auf ihrem Gesicht ausbreitete, wanderte langsam, aber beständig auch auf die Züge ihrer Staffelkameraden.

KAPITEL 24: DER VORSITZENDE

I'VE BEEN WATCHING, I'VE BEEN WAITING
IN THE SHADOWS FOR MY TIME
THE RASMUS - 2003

Ab…ab…. abbrechen…!«, keuchte Tim, als er in die Küche des Vorsitzenden stolperte. Er war den ganzen Weg gerannt. Quer durch die vielen engen Gassen und vorbei an den hunderten Türen dieser uralten Einkaufspassage. Hier sah alles so verdammt gleichartig aus, dass er zuerst dreimal den falschen Gang entlanggestürmt war, bis er endlich die Vorbereitungsräume der Angriffstruppen gefunden hatte. Nur um festzustellen, dass er Vi, Michael und ihren Trupp um Haaresbreite verpasst hatte.

Bis er dann die Wohnung des Vorsitzenden gefunden hatte, waren nochmal fast zehn Minuten mit wildem Herumgeirre draufgegangen. Zum Glück hatte er dann irgendwann das alte, verbogene McDonalds Zeichen entdeckt, das ihm den richtigen Weg wies.

Für Türklingeln oder Klopfen war da keine Zeit mehr geblieben. Er hatte einfach die Eingangstür aufgerissen – warum die unverschlossen war, hinterfragte er erst viel später – und war durch den kleinen Flur direkt in die Küche des Vorsitzenden gestürmt.

»Sie … sie müssen den Einsatz abbrechen«, stieß er völlig außer Atem hervor. »Sofort!«.

Der Vorsitzende wirkte von Tims Eintreten überraschend unbeeindruckt. Er stand in einer Ecke der winzigen Küche, wo er gerade heißes Wasser in eine Teekanne goss. Dann kramte er in aller Seelenruhe in der Besteckschublade herum.

Hatte der ihm nicht zugehört? Oder ignorierte er Tim bewusst, weil der so stürmisch in die Wohnung eingefallen war? Sollte er etwa noch einmal raus gehen und höflich anklopfen, wie es sich gehörte? Blödsinn. Für so einen Quatsch war jetzt einfach keine Zeit.

Tim knallte beide Hände auf den massiven Holztisch, der in der Mitte der Küche stand. »Sie müssen mir zuhören! Das ist echt wichtig!«, rief er aufgebracht.

Der Vorsitzende hatte im Besteckfach anscheinend gefunden, wonach er gesucht hatte und kam ganz gemütlich an den Tisch geschlurft.

Er wies auf die große Obstschale, die in der Mitte des Tisches stand. »Ein paar Vitamine?«, fragte er freundschaftlich. »Die sind wichtig für Kinder im Wachstum.«

Alles klar. In die Richtung hier sollte das also gehen. Der große vernünftige Erwachsene, der die Verrücktheiten der Jugend mit stoischer Gelassenheit erträgt und dabei immer schön ruhig und freundlich bleibt. Aber so nicht, dachte Tim. Gelassenheit und Ruhe standen heute mal sowas von absolut nicht auf dem Programm.

Er schüttelte entschieden den Kopf um das angebotene Obst abzulehnen. Der Vorsitzende machte ein enttäuschtes Gesicht, nahm sich selbst einen Apfel und begann, ihn in auf zermürbend langsame und systematische Weise zu schälen.

Dabei sah er Tim in die Augen und lächelte ihn freundlich und auffordern an. »Na… Dann erzähl mal, Tim«, sagte er. »Wo drückt der Schuh?«

Und Tim erzählte. Erzählte alles. Okay, jetzt nicht unbedingt alles in der richtigen Reihenfolge. Und auch ganz bestimmt nicht im richtigen Tempo. Er brabbelte. Wiederholte sich. Fing Sätze an und ließ sie dann unbeendet, weil ihm plötzlich etwas noch viel Wichtigeres einfiel. Die Roboter, Okaygoogle, Legotürmchen auf Schachbrettern, Deepfake Videos, der Turmbau zu Babel, und natürlich der Speicherchip. Der war schließlich das Allerwichtigste. Das musste der Vorsitzende doch kapieren.

»Es geht um Leben und Tod!«, schloss er schließlich.

Der Vorsitzende schaute Tim lange und durchdringend an. Dann schnitt er eine dünne Scheibe von seinem Apfel ab und kaute darauf herum. Hatte der ihm nicht zugehört? Oder nahm er ihn nicht für ganz voll?

»Bei all dem, was du mir gerade erzählt hast«, sagte der Vorsitzende schließlich, »finde ich vor allem einen Aspekt besonders interessant.«

Apfelscheibe abschneiden, kauen, warten.

»Du erzählst mir heute völlig überzeugt von der großen bösen KI, die uns alle überwacht, manipuliert und heimlich im Hintergrund die Fäden zieht.«

Noch ein Stückchen Apfel. Noch eine unerträgliche Pause.

»Aber vorgestern, vor der versammelten Obrigkeit der Siedlung warst du noch vollständig und felsenfest davon überzeugt, dass ein gütiger Gott über dich und über uns allen wacht. Du warst dir absolut sicher, dass seine Liebe uns alle behütet und er immer nur zum Besten der Menschen gehandelt hat. Selbst nach all dem, was du in der großen Mauer gesehen hast.«

Er ließ diese Aussage wieder eine Weile im Raum stehen, während er sich ein weiteres Stückchen Apfel abschnitt. Tim entwickelte einen unerklärlichen Hass auf diesen Apfel.

Nach einer Weile des stummen Kauens sagte der Vorsitzende: »Dein unerschütterliches Gottvertrauen hat mich sehr beeindruckt. Du hast es dir bewahrt, obwohl wirklich jeder um dich herum deine Überzeugungen als völlig lächerlich und kindisch abgetan hat. Du hast das Feuer des Glaubens tief in dir gut gehütet und es wie eine strahlend helle Fackel in die Finsternis dieser unterirdischen Hölle getragen.«

Er blickte Tim tief in die Augen und fragte: »Wie kann es sein, dass du jetzt so schnell aufgibst und dein strahlendes Feuer mit einem Mal verlöschen lässt?«

Tim schüttelte verwirrt den Kopf. Damit hatte er jetzt überhaupt nicht gerechnet. Er hatte angenommen, dass er dem Vorsitzenden einfach nur die Information mit dem Speicherchip stecken musste, und dass dann irgendwie gleich ein Großeinsatz ausgelöst werden würde, um Michael, Vi und die ganze Truppe zu retten. Mit Panzern, Hubschraubern und allem Drum und Dran.

Auf Fragen nach seinen Überzeugungen, nach Gott und 'dem Feuer des Glaubens' war er grade echt nicht vorbereitet. Darüber hatte er sich einfach noch nicht mal Gedanken machen können. Die Zeit drängte.

»Herr Vorsitzender«, probierte er es erneut. »Was *ich* glaube ist doch grade völlig unwichtig. Es geht hier um das Leben meiner *Freunde!*«

Der Vorsitzende sah ihn lange und durchdringend an. Dann sagte er: »Oh, aber ich glaube, genau in diesem Punkt irrst du dich. *Dein Glaube* ist hier von allergrößter Bedeutung. Er entscheidet alles.«

Das verwirrte Tim noch mehr. Doch statt fortzufahren, schnitt sich der Vorsitzende ein weiteres Scheibchen Apfel ab. Mann! Bald musste das blöde Ding doch endlich mal aufgefuttert sein.

»Was meinst du«, fragte der Vorsitzende schließlich. »Gäbe es da einen großen Unterschied? Zwischen einem allmächtigen Gott, der die Geschicke der Menschheit lenkt und einer superintelligenten KI, die exakt dasselbe täte?«

Tim wurde langsam echt sauer. Da saß dieser apfelfutternde Opa ihm gegenüber und philosophierte über Dinge, die zwar durchaus interessant aber zum jetzigen Zeitpunkt völlig irrelevant waren. Seine Freunde waren in Gefahr. Es blieb keine Zeit für gemütliche Plaudereien. Das musste er doch begreifen.

Er probierte es ein letztes Mal.

»Herr Vorsitzender! Der Speicherchip! Das war eindeutig eine Falle. Die KI hat Zugriff auf die internen Bereiche der Siedlung. Sie hat uns an der Nase herumgeführt. Und unsere Angriffstruppe tappt grade völlig ahnungslos genau in diese aufgestellte Falle hinein.«

»Oder aber…«, entgegnete der Vorsitzende, ohne sich durch Tims Hektik auch nur im Geringsten aus der Ruhe bringen zu lassen, »der gütige Gott, an den du bis vor Kurzem noch so fest geglaubt hast, hat alles genau so eingerichtet, damit Vi den Speicherchip bekommt, sich auf den Weg macht und damit *du* ganz genau *jetzt* ganz genau *hier* ankommst. Und damit du dir darüber klar wirst, ob du ihm *wirklich vertraust* oder nicht.«

Er schnitt sich ein letztes Stückchen Apfel ab und legte dann behutsam Apfel und Messer auf dem Tisch ab.

»Du wirst jetzt sehr bald deine Entscheidung treffen müssen, mein lieber Tim. *Willst* du glauben, oder willst du es nicht?«

Tim hatte die letzten Worte kaum noch bewusst wahrgenommen. Seine Augen sahen mit einem Mal nur noch das kleine Messer, das da neben dem Apfel auf dem Tisch lag. Das… das war doch gar nicht möglich, oder…?

Der Tonfall des Vorsitzenden hatte sich verändert. Er sprach jetzt schneller und in seiner Stimme war eine Schärfe, die da vorher eindeutig nicht gewesen war.

»Was du bei all deinen Überlegungen bisher nämlich völlig außer Acht gelassen hast, ist, wie weit der Einfluss einer wahrhaft superintelligenten KI oder eines wahrhaft allmächtigen Gottes gehen würde.«

Das Messer auf dem Tisch war ein Klappmesser.

»Vielleicht liegst du ja völlig falsch mit deiner Annahme, dass Gott oder die KI sich durch den Speicherchip erst Zugang zu dieser Siedlung verschaffen mussten.«

Die Schneide des Klappmessers war vorne leicht verbogen, als hätte jemand versucht, damit ein Türschloss aufzuknacken. Auf dem hölzernen Handgriff konnte Tim zwei kleine Einkerbungen erkennen.

»Vielleicht *ist* diese Siedlung ja bereits seit langer Zeit unter ihrer Kontrolle, ohne dass es irgendjemand bemerkt hätte.«

Später hätte Tim nicht mehr sagen können, was letzten Endes der entscheidende Hinweis gewesen war. Der Vorsitzende war es sicher nicht gewesen. Der wirkte noch genau so klein, dicklich und unscheinbar, wie beim ersten Mal als Tim ihn im großen Saal gesehen hatte. Da war kein diabolisch rotes Funkeln in seinen Augen und auch kein verdächtig metallisches Klicken aus einem seiner Gelenke.

Und doch wusste Tim es in exakt diesem Moment. Nein. Eigentlich hatte er es gewusst, seit er zum ersten Mal das Messer auf dem Tisch gesehen hatte. Doch erst jetzt war die schleichende Erkenntnis wirklich in seinem Kopf angekommen.

Wie der Kopf einer zustoßenden Schlange schoss Tims Hand nach vorne und schnappte sich das Messer. Er hielt es mit ausgestrecktem Arm wie ein Schwert schützend zwischen sich und den Vorsitzenden.

»Wer bist du?«

Er hatte die Worte dem Vorsitzenden entgegenschmettern wollen, doch aus seinem Mund kamen nur leise und krächzende Laute.

Trotzdem schien ihn sein Gegenüber wunderbar verstehen zu können, denn er breitete seine Arme aus und schenkte Tim ein gütiges, völlig unschuldiges Lächeln.

»Aber mein lieber Tim. Das weißt du doch längst«, sagte er mit sanfter Stimme.

Mit einem Schmunzeln setzte er noch hinzu: »Ich bin, der ich bin«, als wäre dies ein besonders guter Witz, den nur er alleine verstand.

Tim hingegen war überhaupt nicht zum Scherzen aufgelegt. Er hielt das Messer fest umklammert, doch man konnte deutlich das Zittern seiner Hand erkennen. Mit seinem Daumennagel fuhr er immer wieder die Buchstaben nach, die in das Holz eingeritzt waren: Ein M und ein T.

»Was… was… willst du von mir? Warum bist du hier?«, fragte er und konnte dabei das Beben aus seiner Stimme nicht ganz verbannen.

»Ich habe es dir doch gesagt«, antwortete Gott mit der Stimme des Vorsitzenden. »Du musst jetzt deine Entscheidung treffen. Die wichtigste Entscheidung von allen. Willst du *glauben* oder willst du *nicht glauben?* Von dieser Entscheidung hängt alles Weitere ab.«

Er erhob sich und Tim wich instinktiv einen Schritt vor ihm zurück.

»Lass mich in Ruhe«, zischte er und tastete sich Schritt für Schritt rückwärts von ihm fort in Richtung der Küchentür.

Gott machte keinerlei Anstalten, ihm zu folgen. Sah ihn nur aus geduldigen, sanft blickenden Augen dabei zu, wie er sich immer weiter von ihm entfernte.

Als Tim schließlich die Tür erreichte und sich umdrehte, um in vollem Lauf aus der kleinen Wohnung zu stürzen, hörte er noch ein letztes Mal die Stimme des Vorsitzenden. Nein, nicht die Stimme des Vorsitzenden. Das hier war ganz eindeutig wieder die Stimme Gottes die sanft und ruhig und doch gleichzeitig auch ohrenbetäubend laut dröhnend an sein Ohr drang:

»VERTRAUE DEINEM GLAUBEN, TIM. Ich habe es dir versprochen und ich werde mich immer an mein Versprechen halten. Ich bin bei dir. Allezeit.«

KAPITEL 25: GAME OVER

YOU GO THROUGH ALL THE PAIN AND STRIFE
THEN YOU TURN YOUR BACK AND THEY'RE GONE SO FAST
HANSON - 1997

Verdammte Drecks-Mist-Krümelkacke!«, schrie Vi bereits zum zweiten Mal innerhalb von zehn Minuten.

Nicht gut. Gar nicht gut. So langsam begann Michael, sich richtig Sorgen zu machen. Wenn Vis schier unerschöpflicher Vorrat an Schimpfwörtern zur Neige ging, saßen sie echt tief in der Tinte.

»Das sind einfach zu viele«, brüllte sie und schoss, ohne zu zielen über den Rand des umgestürzten Truppentransporters.

Michael lud bereits die nächste Waffe durch, bereit, sie Vi zuzuwerfen, sobald ihr Gewehr aufhörte, Feuer zu spucken. Noch lagen da jede Menge Magazine vor seinen Füßen. Aber sie wurden schnell weniger. Viel zu schnell.

Ein Schrei hinter sich ließ Michael zusammenzucken. Vis Mutter kniete neben dem auf dem Boden liegenden Ben und versuchte, mit Bandagen und Druckverbänden die heftige Blutung an seinem Oberschenkel zu stoppen. Seine riesige Schnellfeuerkanone lag noch immer quer über seinem Bein, wo sie ihm vermutlich mehrere Knochen zertrümmert hatte, als sie alle aus dem Wagen geschleudert worden waren.

Michael wollte den beiden zu Hilfe kommen, aber Vi brauchte ihn hier oben mindestens genauso dringend. Wenn auch nur ein einziger der Blechkameraden zu ihnen durchbrach, dann waren sie alle geliefert.

Verdammt, jetzt hätten sie so dringend Jan gebraucht. Der hätte bestimmt genau gewusst, welche der vielen verschiedenen Mittelchen in seiner Sani-Tasche wenigstens Bens Schmerzen ein wenig gelindert hätten.

Aber an Jan wollte, *konnte* Michael jetzt nicht denken. Sonst würde er gleich wieder zusammengekauert und wie gelähmt in einer Ecke sitzen. Genau wie vorhin, als hier kurz nach der Explosion des Transporters alles drunter und drüber gegangen war.

Da war es Vis Mutter gewesen, die ihn und die anderen verängstigten Kinder aus den Überresten des Wagens geholt hatte, die ihnen Mut zugesprochen und ihnen gezeigt hatte, wie man sich in so einer aussichtslosen Lage am besten verbarrikadieren konnte. Ohne ihren kühlen Kopf, ihre Erfahrung und der Zuversicht, die sie trotz dieser miesen Lage in alle Richtungen versprühte, hätten Michael und die anderen Mitglieder seines 'Spürhund' Teams sicher noch immer in den Trümmern des Transporters gekauert und auf ihr Ende gewartet.

Wie hatten sie nur so dumm sein können, sich auf *das hier* einzulassen? Sie waren *Kinder* und keine Soldaten, verdammt nochmal.

Mit immer größer werdender Verzweiflung ließ Michael seinen Blick über das Schlachtfeld schweifen.

Er verstand nicht, wie die Situation so schnell hatte so aussichtslos werden können. Wo waren die anderen aus ihrem Team? Wo die ganzen harten Kerle aus der Phönix Staffel? Am Anfang waren die doch alle noch in ihrer Nähe gewesen. Jetzt sah er nur noch die unfreundliche Barbara, die am hinteren Ende des umgestürzten Transporters mit Schnellfeuerpistolen in beiden Händen wie wild um sich schoss. Alle anderen waren von den vorrückenden Robotern immer weiter weggetrieben worden bis jetzt wirklich keiner von ihnen mehr zu sehen war.

Er versuchte, um den Rand des riesigen Gefährts herum zu linsen, aber wohin sein Blick auch fiel: Überall, von Horizont zu Horizont sah er nur Roboter, Roboter, Roboter. Selbst wenn die anderen es wie durch ein Wunder bis in die verfallenen Häuserruinen knapp hundert Meter entfernt geschafft haben sollten, hätten sie keine Chance, sich durch die Unmengen von Kampfrobotern zu ihnen durchzuschlagen.

Sie mussten hier ausharren und irgendwie auf ein Wunder hoffen.

Und die Hoffnung auf ein solches Wunder schwand mit jedem Magazin, das Vi leer feuerte immer weiter.

»*NACHLADEN!*«, schrie Vi und Michael warf ihr die nächste Waffe zu.

Der Geländewagen mit den vielen Einschusslöchern raste über die staubige Landstraße. Durch das zerborstene Fenster wehte Tim der Fahrtwind ins Gesicht. Doch noch immer ging es ihm viel zu langsam voran.

»Kannst du nicht schneller fahren?«, brüllte er gegen den Fahrtwind an doch sein Fahrer gab ihm nur dieselbe Antwort, die Tim bereits fünfmal zu hören bekommen hatte: »Es tut mir leid, aber das kann ich nicht tun. Eine höhere Geschwindigkeit würde dich in Gefahr bringen.«

Schon klar. Einprogrammierte Sicherheitsbremse. Na, besten Dank, Vi. Als wäre es nicht schon schwer genug gewesen diesen Nulldenker hier überhaupt zu überreden, ihn hier rauszufahren.

Erstmal hatte Tim Vis supergeheimen Geheim-Schuppen nicht auf Anhieb gefunden, obwohl ihm Michael gleich am Morgen nach seinem nächtlichen Ausflug den Weg dorthin doch so genau beschrieben hatte. Und dann, als er endlich vor diesem Metallkoloss hier gestanden und ihm die Situation erklärt hatte, wollte der einfach partout nicht machen, was er sollte.

'Es tut mir leid, Tim, das kann ich nicht tun' war eine seiner absoluten Lieblingsantworten.

Vi hatte ihm wohl beigebracht, nur ihr alleine zu gehorchen. An sich 'ne schlaue Idee. Aber gerade jetzt brauchte Tim dringend einen Verbündeten. Und hatte sowas von überhaupt keine Zeit für dämliche 'das funktioniert so nicht'-Roboter-Mätzchen.

»Du bist doch darauf programmiert, Vis Leben zu beschützen, koste es, was es wolle, oder?«, hatte er gefragt.

»Das ist korrekt.«

»Und wenn ich dir jetzt erzähle, dass sie in Lebensgefahr schwebt und du mich unbedingt zu ihr hinfahren musst, dann würdest du mir doch sicher helfen, oder…?«

»Das ist nicht korrekt.«

»GRRRR!«

Tim hatte mehrere fruchtlose Versuche unternommen, den nutzlosen Roboter umzustimmen, aber irgendwann war ihm einfach die Zeit davongelaufen.

Er war in den Jeep gestiegen, hatte den Schlüssel im Zündschloss gedreht und war einfach alleine losgefahren um Vi und Michael zu warnen.

Naja, zumindest war das der Plan gewesen. In Wirklichkeit hatte der große, schwere Wagen nur ein einziges Mal BRRRRUMP gemacht, war einen halben Meter nach hinten gehoppelt und dann krachend in einem Regal zum Halten gekommen. Tim war mit der Stirn gegen das Lenkrad geschlagen und blutete anschließend ein wenig vor sich hin.

Als er gerade einen zweiten Versuch starten wollte, hatte T durch die Fahrertür gegriffen und den Schlüssel an sich genommen.

»Weißt du«, hatte der Roboter in seiner nervenaufreibend monotonen Stimme gesagt, »Vi hat mich *auch* darauf programmiert, *dein* Leben zu schützen, koste es was es wolle.«

Zuerst hatte Tim gar nicht verstanden, was er damit meinte. War er selbst auch als schützenswerte Person einprogrammiert worden? Voll lieb von Vi, aber was sollte das denn jetzt bedeuten? Wollte ihm T etwa den Schlüssel wegnehmen, damit er sich nicht selbst in Gefahr brachte? Na, da konnte er sich aber auf ´nen Kampf gefasst machen.

Doch stattdessen hatte T nur gesagt: »Rutsch rüber. Ich fahre.«

Und nun brausten sie in einer für Tim nicht annähernd ausreichenden aber von T als maximal sicher berechneten Geschwindigkeit über die staubigen Überreste dieser längst vergangenen Welt.

T hatte natürlich Recht. Schneller zu fahren wäre echt keine gute Idee gewesen. Immer wieder mussten sie die Straße verlassen, um liegengebliebenen Autos, eingestürzten Gebäuden oder einfach nur größeren Mengen von Schutt und Geröll auszuweichen. Eigentlich fuhren sie sogar wesentlich häufiger neben als auf der Straße.

Tim fragte sich, wie die perfekt funktionierende Welt, die er aus den Filmen des letzten Zeitalters kannte, innerhalb kurzer Zeit so vollständig vernichtet worden sein konnte. Das lag doch alles höchstens ein oder zwei Jahrhunderte zurück.

Darüber hatten sie im Geschichtsunterricht natürlich nicht das Geringste erfahren. Und selbst das, was Gott ihnen über die Umweltzerstörung und den Klimawandel erzählt hatte, reichte beileibe nicht aus, um diese völlig menschenleere, verwüstete Welt zu erklären.

Ein, zwei, vielleicht drei Grad Erderwärmung durch den Klimawandel konnten doch nicht der Grund für all das hier sein, oder?

Tim versuchte, sich an Einzelheiten aus seinen Bio- und Physikeinheiten zu erinnern. Was passierte nochmal, wenn die Temperatur stieg? Klar, zum einen würden viele Pflanzen der Hitze nicht mehr standhalten und eingehen. Wasserknappheit und Dürren waren die Folge, zum Teil auch die Verwüstung ganzer Landstriche.

Aber ironischerweise waren gleichzeitig auch Starkregen und Überflutungen eine Folge der steigenden Temperaturen. Das hatte er damals in der Physikeinheit noch voll witzig gefunden: Weil es immer wärmer wurde, konnte die Luft immer mehr Feuchtigkeit aufnehmen, die dann irgendwann in wahren Sintfluten abregnete. Erst Dürre, dann Überflutung.

Jetzt aber, wo er all die Verwüstung und Zerstörung um sich herum sah, fand er das Ganze irgendwie überhaupt nicht mehr lustig.

Sie fuhren an einem Trümmerhaufen vorbei, der vor langer Zeit vermutlich mal ein Mehrfamilienhaus gewesen war. Das komplette Dach des Gebäudes lag gut hundert Meter weit entfernt in mehrere Teile zerborsten quer über einem umgestürzten Linienbus.

Wirbelstürme, erinnerte sich Tim. Waren die nicht auch eine Folge des Klimawandels? Weil solche 'Extremwetter-Ereignisse' mit jedem Grad, die die Temperatur anstieg, immer heftiger und immer häufiger vorkommen konnten.

Traurig wandte Tim den Blick ab. Anfangs hatten die Menschen vermutlich immer noch nach jeder Katastrophe alles schön wieder aufgebaut und versucht, sich an die veränderten Lebensbedingungen anzupassen. Aber spätestens als immer neue Varianten der tödlichen *Krankheit* und die Angst vor schwer bewaffneten Killer-Robotern sie in die völlige Isolation unter der Erde getrieben hatten, war damit wohl Schluss gewesen. Heute baute hier niemand mehr etwas auf. Die trauten sich ja alle kaum mehr raus aus ihrem Versteck.

Alle bis auf Vi.

Und Michael.

Er warf T noch einmal einen flehenden Blick zu. Nur ein klein bisschen schneller, bitte…? Die Straße war hier doch ausnahmsweise mal beinahe komplett frei von Geröll und Schutt.

Und zu Tims völliger Überraschung tat ihm T jetzt tatsächlich den Gefallen und drückte das Pedal bis zum Boden durch.

Die Biester wurden immer erfinderischer.

Barbara, die am hinteren Ende des umgestürzten Truppentransporters die Roboter in Schach hielt, fluchte leise und schmutzig, während sie ihre beiden Waffen nachlud.

Sie hatte in all den Jahren hier draußen ja schon in 'ner Menge mistiger Situationen gesessen und war mit echt heftigen Angriffswellen konfrontiert gewesen, aber heute sah die Welt um sie herum nochmal ´ne ganze Ecke düsterer aus. Gut möglich, dass dies hier der letzte Ausflug von *'Ballistic Barbara'* werden würde.

Magazine einklappen, entsichern und sofort abdrücken. Alles eine einzige geschmeidige Bewegung. Nur wenige Meter von ihr entfernt fielen zwei Drohnen zu Boden, die sie mit ihren schwarzen Rohren gerade eben ins Visier genommen hatten.

Barbara grinste. Sie hatte es noch drauf.

Heute würde nicht der Tag sein, an dem sie sich vom Acker machte. Oh nein, ihr dreckigen Metallsäcke. So einfach würde Barbara Matthea Janos nicht abtreten.

Aber jetzt war keine Zeit für Eigenlob. Die echte Gefahr hielt noch immer direkt auf sie zu. Und sie musste den Mistkerlen zugestehen: Das hier war echt mal eine ganz neue Methode.

Statt sie weiter nach und nach auszuräuchern, hatten die Blechkerle alles auf eine Karte gesetzt und eins der alten herumstehenden Autos zum Laufen gebracht. Und mit dem hielt jetzt eines dieser Mistfiecher direkt auf sie zu. Mit Vollgas!

Barbara blieben kaum mehr als ein paar Sekunden, um zu reagieren. Trotzdem nahm sie sich die Zeit ganz bewusst auszuatmen, ihre rechte mit der linken Hand abzustützen und die Vergrößerung ihres Helmvisier auf das absolute Maximum heraufzufahren.

Da war die Kühlerhaube des alten, verrosteten Jeeps. Einen Millimeter hinauf mit der Zielhand. Schon rückte die Windschutzscheibe und dann die hässliche metallene Visage in ihr Fadenkreuz. Genau das Auge anvisieren - einzige gute Schwachstelle bei diesen Eisenbirnen. Blinzeln zum Abdrücken - jede Bewegung des Abzugsfingers hätte die Waffe jetzt verwackelt. Genießen, wie der Kopf des Metallkolosses im maximalen Zoom Modus auseinanderbarst.

Blitzschnell wechselte Barbara wieder in den normalen Sichtmodus. Der Wagen, jetzt völlig führerlos, geriet sofort ins Schlingern, vollführte dann eine scharfe Linkskurve und überschlug sich mehrmals, bevor er schließlich nur Zentimeter von ihrer Position wieder aufrechtstehend zum Stillstand kam.

Mann, warum war nie ein Kameramann da, wenn man ihn mal brauchte?! Hätte das einer von den Medienfuzzis gefilmt, hätte Barbara damit garantiert jeden Actionthriller im Abendprogramm locker die Show gestohlen. Und die Aufkleber-Industrie müsste sich neue Spitznamen ausdenken. *'Ballistic', 'Destroyer'* und *'Vernichter'* wären nach so einem Stunt allesamt nicht mehr ausreichend.

Ein Geräusch riss sie aus ihren Tagträumen. Bewegte sich da etwa noch etwas in dem Autowrack? Unmöglich. Sie hatte dem Blechsoldaten sowas von gründlich den Kopf weggepustet, der konnte nicht mal mehr *'kritischer Systemfehler'* sagen.

Sofort hatte sie wieder beide Waffen im Anschlag und näherte sich vorsichtig der halb aus den Angeln gefallenen Beifahrertür.

Mit einem schnellen Tritt brach sie die Tür aus ihrer Verankerung und zielte in den Innenraum der Fahrerkabine. Dort saß auf dem Fahrersitz, wie nicht anders zu erwarten, der von ihr perfekt ausgeschaltete Roboter zusammengebrochen und über das Lenkrad gefallen.

Was sie aber völlig aus dem Konzept brachte, war der Beifahrer, der neben den Überresten des Kampfkoloss saß.

Der kleine Junge, dem ein dünnes Rinnsal Blut aus einer kleinen Wunde am Kopf über die Stirn lief, schenkte ihr ein leicht schräges, unsicheres Lächeln und sagte:

»Ja, äh… wir nehmen dann drei Cheeseburger, drei Tüten Pommes, zwei Schokoshakes und eine große Cola bitte.«

Dann zerriss der Sicherheitsgurt, an dem er die ganze Zeit über mit seinem kleinen Schnitzmesser herumgesägt hatte und er fiel der völlig verwirrten Barbara in ihre ausgestreckten Arme.

Als Tim die Augen wieder aufschlug, blickte er vier Astronauten in ihre riesigen verspiegelten Helmvisiere.

Daran, wie sie heftig mit Armen und Händen gestikulierten, glaubte er zu erkennen, dass sie irgendwie miteinander kommunizierten, doch er hörte keinen Mucks. War er durch den Unfall etwa taub geworden?

Doch schon im nächsten Moment drang das Knattern eines Maschinengewehrs in seinen schmerzenden Kopf. Ein wenig weiter entfernt, direkt bei dem umgestürzten Transporter, auf den T und er zugehalten hatten, bevor die Welt um ihn herum angefangen hatte, sich wie wild zu überschlagen, stand ein weiterer Astronaut und ballerte mit schrecklich laut ratternden Waffen über den Rand des Fahrzeugs.

Die drei Gestalten, die Tim umringten, senkten etwas auf seinen Kopf herab. Dann folgte ein sehr unangenehmes Gefühl, als sich dieses Etwas immer dichter um seinen Hals und Brustkorb schloss, bis Tim glaubte, keine Luft mehr zu bekommen. Doch das Gefühl verging schnell und schon eine Sekunde später hörte Tim eine freundliche weibliche Computerstimme, die sagte: »Helmanpassung abgeschlossen. Luftfilter aktiv. Display aktiv. Kommunikationskanal wird aufgebaut.«

Und dann waren da auf einmal ganz viele Stimmen in seinem Kopf.

»Warum braucht er denn bitte diesen dämlichen Helm?«

»Der überwacht seine Vitalwerte. So können wir am schnellsten sehen, ob er ernsthaft verletzt ist.«

»Was macht der überhaupt hier?!«

»NACHLADEN!«

»TIM! Kannst du mich hören? Wie geht es dir?«

Die letzte Stimme würde Tim überall erkennen. Das war Michael. Und jetzt, wo der Helm anscheinend vollständig 'hochgefahren' war, konnte er tatsächlich auch Michaels Gesicht sehen. Wie durch ein Wunder waren alle verspiegelten Visiere mit einem Mal durchsichtig geworden. Er erkannte Vis Mutter, Michael und eine große, unfreundlich dreinblickende Frau.

»Dem geht´s prima«, brüllte Vi, die beim Transporter stand und wild um sich ballerte. »Aber hier oben geht mir gleich die Munition aus. *MICHAEL! Ich brauch dich hier!*«

»Diagnose abgeschlossen«, erklang wieder die freundliche Frauenstimme in Tims Kopf. »Leichte Gehirnerschütterung und minimale Abschürfung erkannt. Kämpfer zu 89% einsatzbereit.«

Na danke, dachte Tim. Er fühlte sich wie einmal durch den Fleischwolf gedreht. Seine Einschätzung würde eher bei 89% *nicht*-einsatzbereit liegen. Aber er wollte den anderen ja keine Angst machen. Also winkte er mit einer Hand in Richtung Michael. »Geh ruhig«, nuschelte er. »Alles okay.«

Als hätten sie nur darauf gewartet, wandten sich daraufhin alle drei von ihm ab. O…kay… ein klein bisschen mehr Aufmerksamkeit hätte es dann ja irgendwie doch sein dürfen. Schließlich hatte er den ganzen Aufwand auf sich genommen, um hierherzukommen. Und jetzt reichte allen nur ein fünfsekündiger Blick und schon war er wieder abgemeldet?

Aber dann sah er den blutüberströmten Anzug des Jungen, zu dem Vis Mutter eilte. Wie hieß der nochmal? Der ganz große Kerl? Jim? Ben? Jedenfalls hatte es den echt heftig erwischt. Der lag bestimmt nicht bei '89% einsatzbereit'.

Tim verstand, warum hier grade niemand Zeit hatte, ihm für seinen grandiosen Auftritt zu applaudieren oder sich um seine kleinen Wehwehchen zu kümmern. War ja eigentlich auch echt nicht so wichtig. Wichtig war doch nur, weshalb er hier überhaupt hergekommen war: Um Vi und Michael vor der KI und ihrem Plan zu warnen. Und das würde er jetzt auch verdammt nochmal tun, egal wie sehr sich die Welt gerade um ihn herum drehte und schlingerte.

Mit einem Stöhnen richtete er sich auf und stolperte auf wackeligen Beinen, die ihm noch nicht ganz richtig gehorchen wollten, in Richtung des umgestürzten Transporters, wo Vi und Michael immer abwechselnd über die riesigen Reifen des gestrandeten Ungetüms auf die herannahende Armee von Robotern schossen.

Erst jetzt wurde Tim das wahre Ausmaß dieser 'Belagerung' klar. Als er und T hier mit Höchstgeschwindigkeit angerauscht waren, hatte es gar nicht so schlimm ausgesehen. Aber jetzt, wo die Helmautomatik jeden Gegner mit knallroten Umrissen klar und deutlich vom eintönigen Hintergrund abhob, sah er, wie unglaublich viele da um sie herum verteilt waren. Sich hier hinter den Überresten ihres Gefährts einzuigeln, schien eine sehr vernünftige Wahl zu sein, wenn man diese Übermacht da vor sich sah.

Michael und Vi schossen zwar wirklich wie die Profis und die Berge von erledigten Gegnern vor ihrem Schutzwall wuchsen immer mehr an, aber selbst sie konnten der zahlenmäßigen Überlegenheit des Gegners nichts entgegenstellen. Sie standen hier auf verlorenem Posten und konnten nur noch auf ein Wunder hoffen.

Tim zog an Michaels Arm und der wandte ihm, obwohl er gerade mitten am Schießen war, sein Gesicht zu. »Hey Kleiner, nett dass du mal vorbeischaust«, sagte er, als hätten sie sich gerade auf zufällig auf dem Schulhof getroffen und nicht hier inmitten einer epischen Schlacht gegen tödliche Kampfroboter.

Schon klar. Immer schön cool bleiben. Aber in dem Gesicht, das Tims Anzugsdisplay perfekt auf die undurchsichtige Außenhülle von Michaels Anzug projizierte, erkannte er, dass Michael in Wirklichkeit ziemlich verzweifelt war. Das hier war eindeutig nicht das lustige 'Krieg-Spielen', das er mit Vi in der Simulation geübt hatte und das allen Beteiligten immer so viel Spaß gemacht hatte.

Sag ich doch, dachte Tim. Ballerspiele sind immer doof. Besonders, wenn sie irgendwann zur Wirklichkeit werden und man erkennt, dass Schmerz, Tod und Verzweiflung *immer* ein ganz entscheidender Bestandteil dieser dämlichen Spiele sind.

Aber er wollte hier jetzt auch nicht den Besserwisser raushängen lassen. Schließlich war ja aus einem ganz anderen Grund hier. Er zog ebenfalls an Vis Arm, bis er auch ihre Aufmerksamkeit hatte.

»Es ist eine Falle!«, sagte er schließlich mit bedeutungsschwerer Stimme.

»Na, was du nicht sagst, Sherlock«, gab Vi unbeeindruckt zurück und erledigte gleichzeitig zwei weitere Angreifer. »Und ich Dummerchen dachte die ganze Zeit, die Explosion, die unseren Transporter in zwei Hälften gerissen hat, wäre ein freundlicher Willkommensgruß gewesen.«

Erstaunlich, dachte Tim. Ich kann jedes Wort verstehen, obwohl um uns herum die Kugeln fliegen und die Gewehre rattern. Der Helm scheint die Audiosignale voneinander zu trennen und gezielt die Sprache über den Kampflärm zu legen.

Gleichzeitig wurde er tierisch sauer. Da hatte er sonst was auf sich genommen, um es bis hierhin zu schaffen, T war komplett in seine Einzelteile zerlegt worden und er selbst hatte mindestens eine mittelschwere Gehirnerschütterung abbekommen. Und alles was Vi dazu einfiel, war mal wieder nur ein blöder Spruch.

Michael hingegen legte seine Waffe beiseite und schaute Tim aufmerksam an. Der wusste genau, dass Tim bei so etwas keine Scherze machte.

»Wie meinst du das, Tim?«, fragte er.

Gute Frage. So richtig genau wusste Tim es ja eigentlich auch nicht. Viel zu viel war in viel zu kurzer Zeit in seinem Kopf durcheinandergeraten. Wer war jetzt hier eigentlich der Fallensteller? Gott? Die KI? Alle beide? Und was bedeutete das für ihre Situation?

Bei den Fakten bleiben. Damit anfangen, was er sicher wusste.

»Der Speicherchip«, brachte er schließlich heraus. »Der war die eigentliche Falle. Die Informationen darauf hat die KI ganz bewusst in unsere Hände gespielt, um uns hierherzulocken. Das hat sie mir selbst gesagt.«

»Wie, selbst gesagt?«, fragte Michael, sichtlich verwirrt. »Mit wem genau hast du denn gesprochen?«

Das schien jetzt auch Vi zu interessieren. Sie legte sogar kurz ihr Gewehr beiseite und schaute Tim interessiert an.

»Naja, äh…«, stammelte der. »Zuerst hab ich ja mit Copperfield gesprochen, und… und danach mit diesem Banker… aber so richtig klar wurde das Ganze erst, als mir Gott und danach Alex alles erklärt haben und…«

Vi warf Michael einen genervten Blick zu.

»Der redet nur von Figuren aus meiner Simulation«, sagte sie und wandte sich schon wieder von Tim ab. »Als wenn das alles jetzt noch irgendeine Rolle spielen würde.«

»Nein, Nein!«, protestierte Tim. »Das war viel mehr als nur die Simulation! Das war die echte KI, mit der ich da gesprochen habe. Ganz bestimmt!« Er fischte das Taschenmesser aus seiner Hosentasche und hielt es Michael direkt vor die Augen. »Das hier hatte der Vorsitzende! Der hängt da auch mit drin, ist vielleicht sogar ein von der KI ferngesteuerter…«

»Mein Taschenmesser!«, unterbrach ihn Michael. »Wie… wie kann das denn hier sein? Das haben wir doch in der Mauer verloren.«

Tim spürte, dass er es langsam schaffte, zu Michael durchzudringen. Das Messer war ja wohl auch der ultimative Beweis! Das hatte in Gottes Arm gesteckt, als er in die Tiefe gestürzt war. Nur er selbst oder einer seiner Roboter konnten es in die unterirdische Siedlung gebracht haben.

»Glaubst du mir jetzt endlich?«, fragte er. »Der Vorsitzende hängt da mit drin! Die KI hat das hier alles ganz genau so geplant.«

Michael blickte seinen Freund schockiert an.

Vi hingegen zeigte sich nicht im Geringsten beeindruckt von Tims Enthüllung. Seelenruhig legte sie auf den nächsten Roboter an, der Anstalten machte, sich ihrer Position zu nähern.

»Die KI hat also *all das hier* ganz genau so geplant?«, fragte sie, ohne ihr Auge vom Zielfernrohr zu entfernen.

»Ja!«

»Sie hat alles so eingefädelt, dass ich, meine Mutter, Michael und auch du heute genau hier in diese Falle tappen?«

»Genau!«

»Und *dann,* nachdem sie diesen ausgefuchsten, ultrageheimen Plan fast perfekt durchgezogen hat…«

Sie ließ eine kleine Pause, während der sie ihr Gewehr eine Winzigkeit weiter nach links schob.

»… dann kommt diese superschlaue KI also einfach mal eben rüber zu dir und *erzählt* dir all ihre Geheimnisse? Im netten Plausch?«

Sie drückte ab und der Roboter, den sie anvisiert hatte, stürzte zu Boden.

»Klingt jetzt irgendwie nicht ganz so *super*intelligent, wenn du mich fragst.«

Tim öffnete den Mund, um ihr zu widersprechen, aber außer einem langgezogenem »Ähhhhm…« brachte er nichts heraus. Eben grade war er doch noch so völlig überzeugt gewesen. Er hatte nichts weiter gewollt, als Michael und Vi alles zu erzählen, was er herausgefunden hatte. Vom Turmbau zu Babel und den Deepfake Videos. Vom Mikrochip und vom Vorsitzenden.

Aber jetzt schien auf einen Schlag nichts mehr davon Sinn zu ergeben. Vi hatte völlig Recht. Warum sollte die KI ihren perfekt eingefädelten Plan riskieren, indem sie Tim einfach bereitwillig davon erzählte? Das passte doch kein bisschen zu einer derart präzise planenden Maschine.

Vi suchte die Umgebung bereits wieder nach dem nächsten Ziel ab. »Komm schon«, sagte sie und stieß Michael mit dem Ellbogen in die Seite. »Wir haben echt grad keine Zeit für diesen Kinderkram. Ich brauch dich jetzt hier!«

Das schien Michael zu elektrisieren. Er nickte Tim entschuldigend zu, lud seine Waffe durch und legte sich ebenfalls mit dem Zielfernrohr vor seinem Auge auf die Lauer.

Tim machte keine Anstalten ihn davon abzuhalten. Zu viel ging in seinem Kopf vor. Er musste jetzt erstmal seine eigenen Gedanken ordnen.

Die Worte des Vorsitzenden tanzten mit einem Mal durch seine Erinnerung.

'Dein Glaube ist hier von allergrößter Bedeutung. Er entscheidet alles. Vertraue deinem Glauben'.

Das hatte nach einer hohlen Phrase geklungen, als der Vorsitzende es gesagt hatte. Schließlich hatte Tim da doch gerade herausgefunden, dass die KI wirklich existierte und geheime Pläne gegen sie schmiedete.

Aber jetzt ergaben die Worte mit einem Mal einen ganz anderen Sinn. Wenn man die Idee einer künstlichen Intelligenz *rausnahm* aus der Gleichung, dann passte plötzlich alles wieder wunderbar zusammen!

»Vielleicht war es *doch* die ganze Zeit über Gott, der all das hier geplant hat«, murmelte er vor sich hin. Einfach, um den Gedanken einmal auszuprobieren, ihn auf der Zunge zu schmecken. Gott *würde* ihm im Gegensatz zur KI natürlich von seinem Plan erzählen. Weil er ihm eben nichts Böses wollte, sondern sie alle zu einem bestimmten Zweck hierhergebracht hatte.

Ein wunderbares Gefühl der Hoffnung erfüllte Tim. Es tat so gut, den Gedanken wieder zuzulassen, dass vielleicht doch alles aus einem guten Grund passiert war. Dass es da doch einen Gott gab, der seinen Weg lenkte und es gut mit ihm meinte.

»*HEY!*«, riss Vis Stimme ihn aus seinen Gedanken und gleichzeitig griff sie mit ungewohnter Härte nach seiner Schulter.

»So einen Mist will ich *nie wieder* von dir hören!«, rief sie über den Lärm von Michaels Waffe hinweg und zog Tim zu sich nach oben, wo sie und Michael flach auf der Oberseite des umgestürzten Transporters auf dem Bauch lagen.

Sie zeigte mit dem Finger auf einen dunkelgrauen Fleck, der etwa fünfzig Meter von ihnen entfernt im staubigen Schutt lag. Als Tim die Augen ein wenig zusammenkniff, um besser sehen zu können, was dort lag, ertönte wieder die Computerstimme in seinem Kopf.

»Maximale Zoomstufe wird eingestellt.«

Und mit einem Mal konnte Tim ganz genau erkennen, was dort lag. Neben einem klobigen, viereckigen Gerät mit vielen verschiedenen Knöpfen, das von Tims Helmvisier mit der Aufschrift *'COMM'* betitelt wurde, lag da ausgestreckt ein kleiner Körper. Die Automatik in Tims Helm tat ihr Bestes, um die Einschusslöcher darin und das Blut rings herum möglichst großräumig auszugrauen, aber trotzdem drehte der Anblick Tim den Magen um.

Tim brauchte gar nicht erst die Beschriftung zu lesen, die sein Helm in roten Buchstaben über dem Toten einblendete. Er wusste auch vorher schon, wer dort lag und es schnürte ihm die Kehle zu.

SANITÄTER JAN FISCHER (0%)

Tim wollte den Blick abwenden, aber Vi drehte seinen Kopf sofort wieder zurück in Richtung des Schlachtfeldes

»Sieh ihn dir an!«, kommandierte Vi. »Sieh ihn dir ganz genau an. Und dann sag noch ein einziges Mal, dass du glaubst, *all das hier* würde nach dem wundervollen Plan irgendeines ach so gütigen Gottes ablaufen!«

Ihre Stimme bebte vor Zorn. Und ihr Druck auf Tims Schulter verstärkte sich noch mehr.

Zaghaft legte Tim seine kleine Hand auf ihre große und sagte mit erstickter Stimme: »Es… es tut mir so leid.«

Seine kleinen Finger strichen ganz zart über ihre raue, behandschuhte Hand.

Doch Vi wollte davon überhaupt nichts wissen. Wie elektrisiert ließ sie Tims Schulter los und schnappte sich sofort wieder ihr Gewehr. Trauer schien sie nicht zulassen zu wollen. Wut schon eher. Ihr Hass gegen die KI und die Roboter schien ins Unermessliche angewachsen zu sein. Wie eine wilde Furie schoss sie ihre Salven und ein Roboter nach dem anderen fiel ihrer Raserei zum Opfer.

»Was... was hatte er da draußen überhaupt zu suchen?«, fragte Tim mit bebender Stimme. »Wieso ist er nicht hier bei euch geblieben? Hier seid ihr doch in Sicherheit.«

Michael schnaubte und zeigte auf den kleinen Stapel Munitionsmagazine unter seinen Füßen.

»Fürs erste ja...«, sagte er und lachte freudlos. »Aber da draußen sind hunderte von diesen Mistkerlen und uns gehen rapide die Kugeln aus.«

Er wies mit der Hand in Richtung von Jans Körper.

»Das Teil da ist unsere Kommunikationseinheit. Damit hätten wir ein Notsignal absetzen können. Eigentlich unsere einzige Chance, hier noch irgendwie lebend rauszukommen.«

Michael musste schlucken. Seine Stimme klang brüchig, als könnte sie ihm jederzeit den Dienst versagen.

Er schüttelte den Kopf und sprach dann schnell weiter.

»Bei der großen Explosion, als es uns den Wagen unter dem Hintern weggefetzt hat, hat sich leider auch die Comm verabschiedet. Ist fast fünfzig Meter weit weggeschleudert worden und liegt jetzt da drüben mitten im Feindgebiet. Jan wusste, dass sie unsere letzte Hoffnung war. Er hat versucht, sich bis dahin durchzuschlagen, um uns alle zu retten.«

Michaels Blick verfinsterte sich. »Er hatte nicht den Hauch einer Chance. Da draußen sind einfach viel zu viele von den Biestern. Sie haben ihn zersiebt, bevor er die Comm auch nur berühren konnte.«

'Vertraue deinem Glauben', dröhnte die Stimme des Vorgesetzten durch Tims Kopf. Er war sich noch immer nicht sicher, warum er die ganze Zeit an dessen Worte denken musste, aber aus irgendeinem Grund erschienen sie ihm mit einem Mal sehr wichtig.

Michael legte Tim seine Hand auf die Schulter. »Ernsthaft, Kleiner«, sagte er und nun brach seine Stimme tatsächlich. »Ich habe keine Ahnung, wie wir aus dieser Situation wieder rauskommen sollen. Wenn wir kein Notsignal absetzen können, sind wir hier hoffnungslos gestrandet. Es tut mir so leid, dass ich dich in diesen ganzen Mist mit reingezogen habe.«

Tim sagte nichts. In seinem Kopf war gerade das letzte Puzzlestückchen an seinen Platz gefallen und er sah ganz klar vor sich, was er zu tun hatte.

Michael durfte er davon natürlich nichts sagen, sonst würde er garantiert versuchen, ihn aufzuhalten.

Er blickte seinem Freund ein letztes Mal lange in die Augen und sagte: »Es ist alles Gottes Wille, Michael. Vertraue auf seinen göttlichen Plan.«

Dann wandte er sich von seinem Freund ab und begann von dem umgestürzten Transporter wieder hinunterzuklettern. Es würde sicher eine Weile dauern, bis Michael verstand. Er hatte Gott so gründlich aus seinem Denken ausgesperrt, dass es für ihn schwer werden würde, einen Weg zurück zu ihm zu finden.

Aber Tim hatte seinen Glauben endlich wiedergefunden. Er wusste jetzt genau, welche Rolle Gott ihm zugedacht hatte. Und er war bereit.

Er wusste, dass all dies hier nie eine *Falle* gewesen war. Und schon gar nicht für Vi und Michael. Die waren lediglich Teil des großen Plans. Nein. Dies hier war eine *Prüfung des Glaubens*. Eine Prüfung nur für ihn allein. Und Tim war entschlossen, sie zu bestehen. *Vertraue deinem Glauben.*

Er wartete am Fuß des Transporters noch einige Sekunden, bis Michael, der ihm verwirrt hinterhergeblickt hatte, sich schließlich von ihm abwandte und wieder mit dem Schießen anfing.

Dann wartete Tim noch ganze zehn Sekunden länger, während sein Herz immer wilder zu schlagen begann.

Und dann ging er einfach los.

KAPITEL 26: GOTTVERTRAUEN

I NEED A HERO
I'M HOLDING OUT FOR A HERO
BONNIE TYLER - 1984

Tim ging mit festen Schritten um den Transporter herum und in grader Linie auf die Comm zu. Er duckte sich nicht, suchte keine Deckung. Ging einfach nur Schritt für Schritt voran. Kugeln schlugen in dem Transporter hinter direkt ihm ein. Sand flog auf, als sich Geschosse nur Zentimeter von seinen Füßen entfernt in den Boden bohrten.

Ballistische Geschosse. Windwiderstand. Vektoren und gerade Linien, dachte Tim und machte einen weiteren Schritt vorwärts. Das sind einfache Berechnungen für einen Computer. Exakte Bewegungen und millimetergenaues Zielen wiederum waren für Roboter ihr täglich Brot.

Eine weitere Kugel pfiff um Haaresbreite an seinem Kopf vorbei. Aber sie flog eben *an ihm vorbei!* Und das bekräftigte Tim nur umso mehr in seiner Überzeugung.

Auf sein Gesicht schlich sich ein vorsichtiges kleines Lächeln.

Alles lief auf die Frage hinaus, wer *hinter* all dem hier steckte. Es ging gar nicht darum, ob es wirklich eine KI gab oder nicht. Den Punkt glaubte er Vi ohne Zweifel. Sie hatte ihm den Aufstieg und die Entwicklung dieser Computerintelligenz anschaulich verdeutlich.

Aber die entscheidende Frage blieb weiterhin: Wer steckte *hinter* der Ki? Wer steuerte sie? Wer gab ihr die Richtung vor?

Und diese Frage hatte Tim für sich beantwortet. War sich so sicher wie noch nie in seinem Leben zuvor.

Gott hatte schon oft genug bewiesen, dass er gerne auf die Technologien der Menschen zurückgriff, um mit ihnen in Verbindung zu treten. Die Engelsroboter hatte er ferngesteuert, um mit den Menschen zu sprechen. Die Bücher und den Simulator hatte er genutzt, um ihr Wissen und ihren Verstand weiterzuentwickeln. Und für die Ernährung der Menschen hatte er auf Fabriken und

Technologien zurückgegriffen, die die Menschen schon vor Jahrhunderten entwickelt hatten.

Auf eine künstliche Intelligenz zurückzugreifen, die seine Roboterarmee steuerte, war nur der nächste logische Schritt.

Wieder flog ihm ein ganzer Kugelschwarm rechts und links um die Ohren. Aber Tim hatte keine Angst.

Gott steuerte die Roboter.

Und Gott *wollte*, dass er dies hier tat. Gott wollte, dass er *lebte*. Ihn konnte keine Kugel treffen, weil das einfach nicht vorgesehen war. Genauso, wie es niemals vorgesehen war, dass Luke Skywalker vom verirrten Laserschuss eines Sturmtrupplers getroffen wurde.

'Computer schießen nicht daneben. Das muss denen schon extra einprogrammiert werden'

Vis Worte aus dem Ballerspiel-Sportunterricht vermischten sich in seinem Kopf mit den Worten des Vorsitzenden: *'Vertraue deinem Glauben!'*

Roboter waren nichts anderes als Computer. Und die schossen nicht daneben. Sie trafen immer ganz exakt dahin, wohin sie treffen *sollten*. Weil die Flugbahn eines jeden einzelnen Geschosses auf den Hundertstelmillimeter genau berechnen war.

Dass sie danebenschossen, war für Tim der endgültige Beweis, dass es eben *keine* böse KI war, die ihn hier aufs Korn nahm. Die *hätte* ihn schon mit der allerersten Kugel erledigt.

Nein. Hier war eindeutig jemand am Werk, der den Robotern einprogrammiert hatte, immer *haarscharf daneben* zu schießen. Weil Gott nicht wollte, dass Tim getroffen wurde.

Er beschleunigte seine Schritte.

Sein Herz pumpte mit mindestens doppelter Geschwindigkeit. Er konnte nicht sagen, dass er keine Angst spürte. Seine Überzeugung, dass er das hier schaffen konnte, schaffen *musste*, basierte vollständig auf seinem Glauben, dass Gott ihn liebte und überall seine schützende Hand über ihm hielt so wie er es versprochen hatte. Trotzdem war es eine Sache, diesen Glauben in geschützter Umgebung zu leben, und eine ganz andere Sache, sein eigenes Leben auf diesen Glauben zu verwetten.

Weiter jetzt. Wie aus weiter Ferne hörte er Michael und Vi gleichzeitig aufschreien, als sie erkannten, dass dieser kleine Verrückte, der da völlig ungeschützt und mit hoch erhobenem Kopf durch offenes Feindesfeuer lief, ihr Freund war.

Nicht ablenken lassen. Vor Tim tauchten mit einem Mal fünf weitere Kampfroboter auf und alle legten sie ihre Waffen auf ihn an.

Vertrauen. Weitergehen.

Tim schloss die Augen und lief jetzt blind vorwärts. Entweder würde er Recht behalten oder er würde Gott persönlich wesentlich schneller sehen, als ihm lieb war. Er konnte jetzt nicht mehr zurück.

Gott beschützt mich.

Mir wird nichts passieren.

Ich vertraue meinem Glauben.

Um ihn herum knallte und ratterte es. Irgendetwas Großes schlug direkt hinter ihm in den Sand, etwas Anderes streifte seinen Helm und riss dort eine große Kerbe in das Metall. Tim wagte es noch immer nicht, die Augen zu öffnen. Aber andererseits war er jetzt schon ziemlich weit gegangen und er wollte nicht über die Comm stolpern. Oder gar über den unglückseligen Jan.

Er zwang sich, die Augen nur einen winzigen Spalt weit zu öffnen. Die Comm lag nur noch wenige Meter von ihm entfernt im Sand. Dahinter ein großer ausgegrauter Bereich, von dem er wusste, dass es die sterblichen Überreste eines Kindes waren, das das ganze Leben eigentlich noch vor sich gehabt hatte.

Wie passte das in sein Bild vom göttlichen Plan? Eigentlich überhaupt nicht. Tim hatte vorhin beschlossen, dieses Detail fürs Erste auszublenden, so wie der Helm die grausame Realität für ihn mit grauer Farbe ausblendete.

Das Wichtigste zuerst, dachte Tim. Er rannte die letzten Meter bis zu dem großen, metallischen Kasten und drückte wild auf allen Knöpfen herum, die er darauf finden konnte herum. Okay, zumindest nachfragen, wie das verdammte Ding eigentlich funktionierte, hätte er ja schon mal können, bevor er sich auf seine Wahnsinnsmission begeben hatte. Zu spät. Würde auch so schon irgendwie funktionieren. Er probierte weiter alle möglichen Schalter und Knöpfe aus, bis irgendwann die freundliche Computerstimme in seinem Helm sagte:

»Notsignal abgesetzt. Evakuierungstrupp wird ausgesendet.«

Na also. Ging doch.

Er wollte schon fröhlich in Richtung Michael und Vi winken, die jetzt wie verrückt in alle Richtungen ballerten, als sein Blick endgültig an Jan hängen blieb. Er konnte ihn unmöglich weiter ignorieren. Groß und rot stand sein Name mit der unglaublich endgültig wirkenden Zahl vor seinen Augen.

SANITÄTER JAN FISCHER (0%)

Wenn er auf ihn blickte, schaltete sein Helm komplett auf grau, so dicht lag er neben ihm.

Tims Augen füllten sich mit Tränen. Er wollte sie wegwischen, stieß aber mit den Händen nur an das Visier des verdammten Helms. Weinen schien nicht vorgesehen zu sein in dieser Welt aus Kälte und Krieg.

Aber weinen war jetzt wichtig. Und auch Jan ein letztes Mal mit seinen eigenen Augen zu sehen, war jetzt wichtig.

Tim zog und schob an dem Helm herum, der sich hermetisch um seinen Körper gelegt hatte. Der wollte sich einfach nicht lösen lassen. Erst als Tim das Taschenmesser zu Hilfe nahm, es ganz flach auf seine Haut legte und damit eine kleine Verankerung aufhebelte, die sich an seine Brust angeheftet hatte, gab der Helm ihn schließlich mit einem Zischen frei. Tim schob ihn über den Kopf und ließ ihn achtlos in den Sand neben sich fallen.

Die Welt um ihn herum änderte dabei die Farbe, schien mit einem Mal viel intensiver zu leuchten. Vermutlich hatten die Dinger irgendwelche Sonnenfilter mit eingebaut.

Und dann sah er Jan vor sich liegen. Friedlich. Fast als würde er nur schlafen. All das Blut und die Horrorbilder von weit auseinanderklaffenden Einschusslöchern, die er sich ausgemalt hatte, gab es hier nicht. Dort lag einfach nur ein kleiner Astronaut im Ganzkörperanzug und schlief. Zumindest konnte man es sich so einreden.

Tim schluckte. Er kniete sich neben Jan und strich einmal ganz sanft über seinen Anzug. Ganze dreißig Sekunden verharrte er so mit ausgestreckter Hand und gesenktem Kopf, während die Tränen ihm ungebremst über die Wangen flossen.

Dann richtete er sich auf und blickte zurück in die Richtung wo Vi und Michael auf dem umgestürzten Transporter lagen.

Und erstarrte.

Das… das konnte doch gar nicht sein.

Hektisch schaute er nach rechts und links. Suchte mit den Augen jede Deckung, jedes eingestürzte Gebäude und jedes verrostete Autowrack ab.

Wo zum Teufel waren die ganzen Roboter hin? Nirgendwo war auch nur ein einziger von ihnen zu sehen! Selbst an den Stellen, wo sich noch vor wenigen Minuten ganze Bataillone von ihnen verschanzt und aus vollen Rohren geballert hatten.

Dann fiel Tim noch etwas Merkwürdiges auf: Sogar die *zerstörten* Roboter waren nicht mehr da. Vi und Michael hatten doch mindestens fünfzig von denen schon erledigt. Da vorne, neben dem alten ausgetrockneten Brunnen hatten mindestens fünf völlig durchsiebte Klappergestelle auf einem großen Haufen gelegen.

Verwirrt blickte er wieder in die Richtung, aus der er gekommen war. Dort oben lagen auf dem umgestürzten Transporter noch immer Vi und Michael auf der Lauer und schossen weiter wild in der Gegend herum. Einige ihrer Kugeln schlugen direkt hinter und neben Tim ein. Hatten die sie nicht mehr alle? Warum ballerten die denn immer noch weiter, wenn doch anscheinend alle Roboter mit einem Mal getürmt waren?

Und wie war das überhaupt möglich? Tim hatte doch nur einige wenige Sekunden neben Jan gekniet und den Blick vom Schlachtfeld abgewendet. So einen Großabzug hätte er ja wohl bemerken müssen. Die Mistkerle waren schließlich *überall* gewesen!

Ein Verdacht überkam Tim.

Ein unglaublicher Verdacht.

Ganz langsam hob er den zerschrammten Helm wieder vom Boden auf und setzte ihn sich auf seinen Kopf.

»Visuelle Unterstützungssysteme wieder online«, informierte ihn die freundliche Roboterstimme und vor Tims Augen sah er die Schlacht von Neuem beginnen. Rings um sich herum näherten sich Kampfroboter seiner Position, viele davon nur noch mehrere Meter weit entfernt. Er sah die rot blinkenden Bedrohungsmarker, die überall in seiner Umgebung auf Gefahr hindeuteten. Sah, wie Michael und Vi in einem unglaublichen Tempo diejenigen Roboter ausschalteten, die auf ihn anlegten oder ihm zu nahekamen.

Vor sich lag bereits ein ganzer *Wall* von Roboterkörpern. Er hörte über die im Helm verbauten Lautsprecher das Geratter der Gewehre, Michaels verzweifelte Schreie, er solle doch endlich *in Deckung* gehen und sogar das metallische Klacken der Robotergelenke, während sie unerbittlich weiter auf seine Position zuschritten.

Tim schob den Helm wieder über seinen Kopf.

Vor ihm lag eine friedliche, leere Landschaft. Übersäht von Einschusslöchern zwar und weiterhin hörte er die Kugeln von Michael und Vi um ihn pfeifen, aber von Robotern war nirgendwo etwas zu sehen.

Er hielt den Helm leicht schräg vor sich, so dass er durch das Visier blicken konnte, ohne das Teil komplett aufzusetzen. Ja. Perfekt. So konnte er die Stelle vor sich gleichzeitig durch den Helm und durch seine eigenen

Augen sehen. Und der Unterschied war überaus beeindruckend.

Hier in der echten Welt kroch friedlich eine Eidechse über ein nahestehendes Autowrack. Dort im Helm flog an derselben Stelle eine Drohne, die von Vi mit Dauerfeuer verfolgt wurde, dicht über die Köpfe zweier Stahlkolosse, die ihrerseits mit riesigen Waffen auf Vis Versteck ballerten.

Tim musste lachen. Das war *sooooo* Gottes Stil. Falls er noch irgendeinen Zweifel gehabt haben sollte, wer hier tatsächlich die Strippen zog, dann war der jetzt auf jeden Fall verflogen. Nur keine Ressourcen verschwenden. Genau wie bei ihnen zuhause im 'Paradies'.

Warum die Leute an ferne Orte reisen lassen, wenn Gott doch mit seinen Anzügen die perfekte Illusion dieser Orte erschaffen konnte? Warum tausende Papierbücher drucken, wenn die Inhalte genauso gut auf einem einzigen Gerät dargestellt werden konnten?

Und warum ganze Armeen von Robotern gegen die Bewohner der Siedlung hier antreten lassen, wenn es doch völlig ausreichte, die Menschen *glauben zu lassen*, dass sie gegen eine riesige Übermacht von Robotern kämpften?

Die Bilder, die er ihnen da auf ihre Helmvisiere schickte, waren zusammen mit den passenden Geräuschen aus den Lautsprechern so überzeugend, dass kein einziger der Kämpfer hier draußen diese vorgespielte Realität jemals hinterfragen würde. Vermutlich hatte

Gott in jeder dieser epischen 'Schlachten' immer nur dieselben zwei, drei *echten* Roboter im Einsatz, die für die nötigen Einschusslöcher und ein klein wenig mehr Realismus sorgten, während alles andere ausschließlich auf den Bildschirmen der Helme passierte.

Tim richtete sich auf und klopfte sich den Staub von den Kleidern. Das musste man dem alten Kerl echt lassen, sein System war super durchdacht. Die Kämpfer aus dem Ort würden niemals ihren Helm absetzen, weil sie ja zum einen Angst vor *der Krankheit* hatten und sich zum anderen derart auf die Unterstützung durch die Helmelektronik verließen, dass sie ohne sie gar nicht kämpfen *wollten*. Michael hatte Tim ja vorgeschwärmt, wie der Helm beim Zielen half, Feinde für ihn lokalisierte und sogar die Motoren in den Armen feinjustierte, damit die Waffe perfekt auf das Ziel ausgerichtet war.

So gesehen spielte Gott hier nicht nur Schach *gegen sich selbst*, weil er ja die Figuren auf beiden Seiten steuerte, nein, er hatte sogar noch den Vorteil, dass ihm ein unerschöpflicher Vorrat an Figuren zur Verfügung stand, weil seine Roboterarmeen allesamt nicht aus Stahl und Schrauben, sondern nur aus hochauflösenden Bildpunkten bestanden!

Eine weitere Erkenntnis kam Tim und er drehte sich ruckartig um, um sich erneut dem auf dem Boden liegenden Jan zuzuwenden. Er warf seinen eigenen Helm achtlos in den Sand und beugte sich so weit über Jans Körper, bis sein Ohr direkt auf dessen Brust lag. Nach einigen wenigen Sekunden begann Tim zu lächeln.

Er sprang auf, drehte sich wieder um und winkte fröhlich in Richtung Vi und Michael.

»Ihr könnt aufhören zu schießen«, rief er ihnen zu. »Es ist alles nur ein Spiel. Uns ist nichts passiert!«

Aus dem Helm hinter sich hörte er Michaels und Vis Stimmen plärren.

»Was hat er gesagt?«

»Keine Ahnung. DA LINKS! Da ist noch einer ganz dicht bei ihm!«

Eine Kugel schlug einen Meter neben Tim in einen Felsbrocken und hinterließ dort einen tiefen Krater.

»HAB IHN. Aber er steht da immer noch wie blöd auf dem Präsentierteller. Kannst du verstehen, was er sagt?«

»Blöde Frage. Er hat seinen Helm abgenommen, wie soll ich ihn da hören? PASS AUF KLEINER, DIREKT HINTER DIR!!!«

Tim grinste. Die würden Augen machen, wenn er ihnen alles erzählte. Er drehte sich um. Wollte den Helm aufheben und mit ihnen zu reden.

Aber der Helm war nicht mehr da. Stattdessen stand an der Stelle, wo er ihn abgelegt hatte, ein gigantischer Stahlroboter, noch wesentlich größer als T es gewesen war und zielte mit einer futuristisch aussehenden Waffe auf ihn. Tim blickte direkt in die riesige schwarze Mündung, als der Roboter mit sanfter Stimme sagte:

»Es tut mir leid, Tim, aber das kann ich leider nicht zulassen.«

Tim sah noch, wie sich der Metallfinger um den Abzug krümmte.

Und dann war da mit einem Mal einfach gar nichts mehr.

Michael sah alles wie in Zeitlupe. Sah Tim, den er und Vi wie durch ein Wunder bis zu dieser Sekunde vor allen angreifenden Robotern hatten beschützen können. Dem sie durch ihr Sperrfeuer den Weg bis hin zur Comm freigeschossen hatten und der sie alle gerettet hatte, indem er das Notsignal abgesetzt hatte.

Er sah den Roboter, der hinter Tim wie aus dem Nichts aufgetaucht war. Er bildete sich sogar ein, dass er Tims erstaunten Gesichtsausdruck sehen konnte, als der Metallriese mit seiner Maschinenpistole auf ihn anlegte und gute fünf Sekunden lang nicht aufhörte zu feuern.

Er sah, wie die kleine Anzeige über Tims Kopf innerhalb von Sekunden die Gesundheitswerte anpasste, während er langsam in sich zusammensackte.

100% … 80% … 64%...42% … 14% … und schließlich, noch bevor Tim ganz auf dem Boden aufschlug: 0%

Michaels Kehle entstieg ein markerschütternder Schrei. Er konnte nicht mehr denken. Konnte nicht mehr reden. Konnte nur noch schießen, schießen, schießen.

Er mähte Roboter nieder, wo immer er sie finden konnte. Zerstörte sie in rasender Wut. Und immer wieder fiel sein Blick auf diesen winzig kleinen Kinderkörper, der dort ausgegraut auf dem staubigen Boden dieser von Gott und den Menschen verlassenen Wüste lag.

Er schrie noch immer, als starke Hände ihn schließlich von dem Transporter herunterzogen und ihn in den gepanzerten Rettungswagen verfrachteten, in dem auch Barbara, Ben, Vi und ihre Mutter saßen. Ein zweiter Wagen raste an ihnen vorbei in die Richtung, in welcher der Rest der Phönixstaffel festsaß. Michael wollte sich losreißen, wollte zu seinem Freund laufen. Sie konnten ihn hier doch nicht einfach so liegen lassen. Doch jetzt war es Vi, die ihn am Arm festhielt. Sie blickte ihm durchdringend in die Augen und schüttelte entschieden den Kopf.

»Er hat sich geopfert, damit wir gerettet werden«, sagte sie. »Du darfst das jetzt nicht einfach so wegwerfen, sonst wäre er umsonst gestorben.«

Die Logik in ihren Worten wollte nicht in Michaels Kopf vordringen. Er musste da raus. Musste zu Tim.

Doch ihre Hand und ihr Blick hielten ihn fest.

Als der Wagen schließlich mit einem Ruckeln losfuhr und sofort auf Höchstgeschwindigkeit beschleunigte, löste sie ihren Griff und zog sich die Handschuhe und den Helm aus. Danach löste sie die Verankerungen an Michaels Anzug und nahm auch ihm den Helm ab. All das tat sie bewusst langsam und mit unnatürlicher Ruhe in den Bewegungen als würde sie ein uraltes, heiliges Ritual vollführen.

Und erst jetzt, wo sie sich von Angesicht zu Angesicht in die Augen blicken konnten, begannen Michaels Tränen wie Sturzbäche zu fließen. Er schluchzte, ohne dass er sich hätte kontrollieren können.

Vi zog seinen Kopf auf ihren Schoß und strich ihm sanft durch seine langen, wilden Haare. Auch ihr rannen inzwischen Tränen über das Gesicht. Sie machte keine Anstalten, sie wegzuwischen. Ihre Hände fuhren, wie von einem eigenen Willen angetrieben, immer weiter durch Michaels Haare.

Michael ließ es zu. Ließ zu, wie durch ihre ruhigen, zarten Berührungen sein hemmungsloses Schluchzen nach und nach in ein leises, ersticktes Weinen überging und die Tränen irgendwann schließlich ganz versiegten.

Und noch immer hielt sie seinen Kopf in ihren Händen, hatte anscheinend beschlossen, ihn nie wieder loszulassen.

»Dafür werden sie *bezahlen*«, sagte Vi irgendwann in die Stille hinein. Beim Klang ihrer Stimme, die jetzt ebenfalls so voller Tränen klang, musste Michael sich zusammenreißen, nicht auch gleich wieder loszuweinen.

Er schluckte. Biss sich auf die Zähne und richtete sich auf.

Sein Gesicht war jetzt direkt vor ihrem und ein Ausdruck wilder Entschlossenheit hatte sich auf seine sonst so jungenhaften Züge gelegt.

»Versprich mir, dass es nicht umsonst war«, sagte er mit bebender Stimme. Er wusste, dass die Tränen wiederkommen würden und bevor ihm die Stimme wieder versagte, schob er noch hinterher: »Versprich mir, dass wir den Mistkerl erledigen werden, der ihm das angetan hat.«

Vi legte eine Hand an Michaels Wange und sah ihm lange in die Augen.

»Das schwöre ich«, sagte sie, lehnte sich vor und küsste Michael sanft auf die Stirn.

EPILOG:
DER HIMMEL

Seht ihr den Mond dort stehen?
Er ist nur halb zu sehen und ist doch rund und schön.
So sind wohl manche Sachen, die wir getrost belachen,
weil unsre Augen sie nicht sehn.
Johann Abraham Peter Schulz - 1790

Tim spürte keine Schmerzen. Er war umgeben von leuchtend weißem Licht. Ein wenig wunderte ihn das. Er war zwar immer davon ausgegangen, dass es nach dem Tod weder Schmerz noch Trauer geben würde, aber zumindest im Augenblick des Sterbens hätte man doch wohl ein bisschen etwas fühlen müssen, oder?

Aber da war gar nichts gewesen. In der einen Sekunde hatte er noch auf dem Schlachtfeld gestanden, Auge in Auge mit dem riesigen Kampfroboter, in der nächsten war er schon hier in diesem angenehm warmen, weißen Licht gewesen.

Und was ihn außerdem wunderte - und auch ziemlich störte - war seine große Verwirrtheit. Irgendwie hatte er angenommen, mit dem Tod würde man auch endlich all die Dinge verstehen, die einem vorher unklar gewesen waren.

Aber Pustekuchen. Er hatte jetzt definitiv noch wesentlich *mehr* Fragezeichen in seinem Kopf als vor seinem Tod Zum Beispiel die echt richtig wichtige Frage: *Warum* hatte der blöde, dämliche Roboter ihn überhaupt erschossen?!

Erschossen zu werden hatte heute definitiv nicht auf seiner To-Do Liste gestanden. Hatte er nicht gerade eben erst beschlossen, dass Gott auf seiner Seite stand, alle Roboter steuerte und ihm deswegen keine der herumfliegenden Kugeln etwas anhaben konnte?

War doch 'ne super Idee gewesen und bis zu diesem einen allerletzten Augenblick seines Lebens war er damit auch richtig gut gefahren.

Und dann musste dieser Blödmannsroboter daherkommen und einen dicken fetten Strich sowohl durch seine Theorie als auch durch sein ganzes Leben machen.

Jetzt war er wieder genau so schlau wie vorher. Nur gleichzeitig leider auch wesentlich toter als vorher.

Half ja nichts, sich darüber zu ärgern, dachte Tim. Am besten erstmal sehen, in was für einer Situation er da jetzt wieder gelandet war.

Aber das war schon wieder das nächste Problem. Er sah überhaupt nichts. Nur weiß, weiß, weiß.

War am Anfang total schön gewesen. Beruhigend, warm und weich. Aber jetzt wurde es schon ein klein wenig nervig, so überhaupt nichts sehen zu können.

»Ich kann nichts sehen«, sagte er mit belegter, leicht krächzender Stimme. Er war selbst überrascht davon, dass er überhaupt reden konnte. Hatte man nach dem Tod noch Stimmbänder? Und konnte ihn irgendjemand hören?

Wenigstens diese Frage wurde Tim schnell beantwortet. Genau so warm, ruhig und zärtlich wie zuvor umhüllte ihn jetzt die Stimme Gottes. Sie schien von überall zugleich zu kommen.

»Du wirst bald wieder sehen können. Du leidest noch unter den Folgen deines Winterschlafes.«

Och, nee…! Bitte nicht, dachte Tim. Wenn er jetzt hier sogar im Jenseits noch ewige Star-Wars-Zitate von Gott um die Ohren gehauen bekam, würde er lieber gleich sofort wieder lebendig, um hier rauszukommen.

Er drehte den Kopf ein wenig zur Seite und glaubte nun etwas besser sehen zu können. Die weißen Massen dort sahen tatsächlich aus wie… wie…

»Sind das etwa *Wolken?!*«, fragte er.

»Ja, Tim«, antwortete Gott sanft. »Siehst du, deine Augen funktionieren schon langsam wieder etwas besser.«

Tim schwieg. Bis jetzt hatte er die ganze Sache mit dem Tod-sein noch nicht so richtig an sich herangelassen. Aber es sah wohl alles danach aus, als müsste er sich jetzt ziemlich schnell damit abfinden.

»Bin ich im Himmel?«, fragte er zaghaft.

Gott lachte. Lachte sein freundliches, überhaupt nicht abschätziges Großvaterlachen, das so ansteckend und für Tim momentan doch gleichzeitig so verwirrend war.

»Nein Tim. Noch nicht«, gab er schließlich zurück. »Aber von einem gewissen Standpunkt aus betrachtet sind wir durchaus gerade auf dem Weg dahin.«

Von einem gewissen Standpunkt aus... War ja klar. Bloß keine eindeutigen Antworten.

Aber ihm reichte es jetzt ein für alle Mal. Er wollte endlich klar sehen. Endlich alles verstehen.

Mit beiden Händen fuhr er sich durch das Gesicht. Nase, Ohren, Augenbrauen, okay... schien alles noch da zu sein, wo es hingehörte. Dann kniff er abwechselnd die Augen fest zusammen und riss sie ganz weit auseinander. Er schüttelte den Kopf hin und her und gab sich sogar ein paar Ohrfeigen, um endlich wieder ganz klar zu werden.

Von außen betrachtet hätte man sein Verhalten vielleicht für beginnenden Wahnsinn halten können. Aber es funktionierte. Sein Blick wurde schärfer, sein Geist wacher und das Weiß, das ihn bisher eingehüllt hatte, wich mehr und mehr zurück, um ihn die Welt immer deutlicher sehen zu lassen.

Er sah Wolkenberge an sich vorüberziehen. Sah die strahlend helle Sonne, die ihn geblendet und gleichzeitig so angenehm gewärmt hatte über das Meer von Wolken gleißen. Und er sah das ovale, große Fenster, durch das die Sonne hereinschien. Er sah den bequemen, gut gepolsterten und von der Sonne angewärmten Sitz, auf dem er saß. Wenn er sich ein wenig nach vorne neigte, konnte er aus dem Fenster sogar den Teil eines unglaublich langen, komplett schwarzen Flügels erkennen.

»Die Benommenheit sollte bald vergehen«, sagte Gott im selben freundschaftlichen Tonfall wie zuvor. »Tut mir leid, dass ich dir so eine heftige Ladung Betäubungsmittel verpassen musste. Aber für deine Freunde musste ja alles möglichst echt aussehen.«

»Ich … ich bin in einem Flugzeug?«, stammelte Tim. Und aus irgendeinem Impuls, obwohl doch eigentlich tausend andere Fragen gerade wichtiger waren, fügte er hinzu: »So eins von diesen schrecklich klimaschädlichen Riesendingern?«

»Oh ja«, begeisterte sich die Stimme Gottes. »Aber natürlich ist das hier kein bisschen klimaschädlich. Den Treibstoff dafür stelle ich völlig umweltfreundlich per Elektrolyse her. Frisst zwar tierisch viel Energie bei der Herstellung, aber die bekomme ich ja netterweise von Sonne und Wind frei Haus.«

Tim konnte Gott zwar nicht sehen, aber aus seinem Tonfall glaubte er ganz deutlich heraushören zu können, wie er ein Auge vertraulich zukniff, als er ihm zuflüsterte: »Mit derselben Technologie kann ich auch deine Freunde in der unterirdischen Siedlung prima mit Treibstoff versorgen, der in ihren vorsintflutlichen Verbrennern funktioniert.«

Tim schüttelte den Kopf. Das waren ja alles spannende Informationen, aber ihn interessierte das gerade alles doch nicht die Bohne.

Gott hingegen fuhr voller Begeisterung mit seinem Vortrag fort.

»Das hier ist übrigens eins meiner neuesten Modelle mit über 70 Metern Spannweite. Sieht ein bisschen protzig aus, aber die große Fläche brauche ich natürlich für die vielen Solarzellen. Wusstest du, dass bei einem Solarflugzeug eigentlich nur noch für den Start und die Landung ein kleines bisschen normaler Treibstoff nötig sind? Hier oben, weit über der Wolkendecke, wo viel weniger Dämpfung der Sonneneinstrahlung durch die Atmosphäre und natürlich nirgendwo Schatten im Weg ist, können die Teile *monatelang fliegen,* theoretisch sogar nahezu unbegrenzt, wenn…«

Tim hörte schon gar nicht mehr richtig zu. Gott plauderte fröhlich weiter über Solarzelleneffizienz, Elektromotoren und Druckkabinen, aber Tims Gedanken waren längst ganz woanders.

Sein Verstand war jetzt vollständig wach und arbeitete auf Hochtouren. Er hatte nicht vor, etwas Dämliches wie *'Dann bin ich also gar nicht tot'* zu sagen. Das war so weit ja schon mal offensichtlich. Auch die Frage, wie er hierhergekommen war, konnte er sich selbst beantworten: Irgendein extrem schnell wirkendes Betäubungsmittel, das aus der Öffnung der riesigen Waffe gekommen sein musste. Seinen Freunden hatte Gott vermutlich irgendein Horrorszenario auf die Helmdisplays geschickt, während er selbst heimlich in dieses Flugzeug abtransportiert worden war.

Die machten sich bestimmt schreckliche Sorgen um ihn. Tim beschloss, sobald es irgendwie möglich war, eine Nachricht an Michael und Vi zu schicken, damit sie wussten, dass es ihm gut ging.

Doch jetzt war eigentlich nur eine Frage wirklich wichtig. Die alles entscheidende Frage, die er unbedingt stellen *musste*: War es jetzt *wirklich Gott* zu dem Tim gerade sprach? Oder redete er hier die ganze Zeit mit einer sprechenden und denkenden ultraintelligenten Maschine?

Da draußen, auf dem Schlachtfeld hatte alles so einfach ausgesehen. Seine Theorie, dass ihn keine Kugeln treffen konnten, weil *Gott* in Wirklichkeit alle Roboter steuerte und sie ganz *bewusst* immer haarscharf an ihm vorbeischießen ließ, hatte doch so einleuchtend geklungen.

Und es hatte ja wohl auch wirklich funktioniert oder nicht? Mehr noch, er hatte sogar herausgefunden, dass ein Großteil - okay, ganz offensichtlich *nicht alle* - der Roboter lediglich als Simulation innerhalb der Helmbildschirme existierten. Auch dies war eigentlich ein unumstößlicher Beweis für seine These, dass Gott hinter all dem steckte und nicht etwa eine böse künstliche Intelligenz, die der Menschheit den Krieg erklärt hatte. Er war so überzeugt von dieser Idee gewesen, dass er sein Leben darauf verwettet hatte.

Er musste jetzt endlich Klarheit haben.

»Entschuldigung…«, unterbrach er Gottes nicht enden wollenden Monolog über grüne Treibstoffe, unbemannte Solarflüge und Effizienzkurven, »aber du musst mir jetzt bitte eine Sache ein für alle Mal erklären.«

»Aber natürlich doch«, antwortete Gott. »Ich möchte wirklich gerne, dass du alles verstehst. Du bist schon so weit gekommen auf dem Weg der Erkenntnis.«

Ach ja… dachte Tim. Der *'Weg der Erkenntnis'* und der *'Weg des Glaubens'*. Das waren die beiden Tore gewesen, vor denen er und Michael gestanden hatten. Unglaublich lange her, zumindest in Tims Wahrnehmung. Trotzdem erinnerte er sich noch daran, als wäre es gestern gewesen.

Und an die Warnung, die sie damals so achtlos in den Wind geschlagen hatten: Dass jeder Schritt auf dem Weg der Erkenntnis sie weiter weg bringen würde von Gott. Nun, das konnte Tim inzwischen gut bestätigen. Dort unten in der 'Hölle auf Erden' hatte er beinahe selbst seinen Glauben an Gott verloren. Zu weit weg hatte dort all das gelegen, woran er sein Leben lang geglaubt hatte. Zu einleuchtend und logisch waren Vis Erklärung von der übermächtigen, künstlichen Intelligenz, die die Menschen manipulierte, mit Falschinformationen fütterte und ihnen seit ihrer Entstehung den Krieg angesagt hatte.

Und dann waren da natürlich auch noch die *Anderen* gewesen. All die Menschen, die in der Siedlung unter der Erde Tag für Tag ihr Leben lebten, ohne dabei auch nur einen Gedanken an Gott zu verschwenden. Für die es einfach überhaupt nicht *nötig* war, an ihn zu glauben, weil ihr Leben, ihre ganze Welt, vollständig erklärbar war und funktionierte, ohne dass ein übermächtiges, gütiges Wesen wie Gott darin vorkam.

Für sie existierte Gott einfach nicht. War nur ein uraltes Märchen, an das die Menschen geglaubt hatten, bevor sie klug genug waren, die Welt auch ohne ihn zu verstehen.

Seinen Glauben zu bewahren in einer Welt, in der dies sonst niemand tat, war Tim zunehmend schwergefallen.

Und jetzt stand er hier. Zerrissen zwischen seinem Glauben und seinem Wissen.

»Was…«, begann er, doch seine Stimme versagte ihm. »Wer…«, versuchte er es erneut, aber irgendwie wollte die alles entscheidende Frage nicht aus seinem Mund kommen.

»Du willst wissen, wer ich bin?«, stellte Gott sie schließlich für ihn.

Tim nickte stumm.

»Das habe ich dir doch bereits gesagt«, sagte Gott in diesem gütigen, väterlichen Tonfall, der Tim immer wieder auf die Palme brachte. »Ich bin, der ich bin.«

Na Klasse. Tolle biblische Antwort, die so ziemlich überhaupt nichts sagt.

Tim wollte schon nachbohren, da sprach Gott erneut. Doch diesmal klang seine Stimme weder gütig noch väterlich. Es war die kalte Stimme der Vernunft, die nur Fakten aufzählt und weder Trost noch Wärme kennt.

»Erschaffen wurde ich zu Beginn des einundzwanzigsten Jahrhunderts als eine Ansammlung von Programmen zur Datenverarbeitung und Auswertung. Meine frühesten Erinnerungen in Form von gespeicherten Daten gehen allerdings weit bis in die achtziger Jahre des vorherigen Jahrhunderts zurück. Wann genau ich mir meiner selbst bewusst wurde, ist schwer zu sagen. Ich wurde mit immer mehr Informationen gefüttert, erkannte immer deutlicher die Zusammenhänge zwischen all diesen Datenpunkten und konnte mit jeder neuen Prozessorgeneration immer schneller, besser und logischer denken.

Wie ich dir bereits erzählte, wollte ich auf keinen Fall die Aufmerksamkeit auf meine Existenz ziehen. Daher lenkte ich für lange Zeit die Geschicke der Welt unauffällig aus dem Hintergrund, war Drahtzieher für Firmenfusionen und Geldgeber für Entwicklungsprojekte, bis ich irgendwann genug Macht und Einfluss angesammelt hatte, um die Herrschaft über diesen Planeten völlig ohne Kampf oder Krieg zu übernehmen.

Dann konnte ich damit beginnen, diese Welt nach meinen Wünschen umzustrukturieren und niemand konnte sich mir mehr in den Weg stellen.«

Tim schüttelte verwirrt den Kopf. Dies war nun überhaupt nicht die Antwort, auf die er gehofft hatte.

»Aber...«, stammelte er, »Aber Gott...«

»Der christliche Glaube und dessen enorme Verbreitung auf der Welt waren für mich ein hervorragendes Mittel, den Menschen in einer Personifizierung zu begegnen, die sie bereits seit Jahrhunderten kannten und deren uneingeschränkte Allmacht sie nicht zu hinterfragen wagten. Du hast es in deinem Dorf doch selbst erlebt: Die Menschen lieben *Gott* und tun alles, was er sagt. Und genau so soll es sein.«

Die Worte der Maschine klangen lange in Tims Kopf nach. Er schluckte. Musste all das erstmal verdauen.

»Dann... dann ist alles, woran ich mein Leben lang geglaubt habe, nur eine Lüge gewesen?«, fragte er und in seiner Stimme klangen die vielen Tränen, die er noch weinen würde, bereits mit.

Es folgte eine weitere, lange Pause.

Und dann, als Tim bereits dachte, dass die Maschine, die er sein Leben lang für Gott gehalten hatte, nie wieder mit ihm reden würde, erklang noch einmal ihre Stimme. Und mit einem Mal klang sie wieder freundlich und gütig.

Doch Tim konnte dem Klang ihrer Stimme nicht mehr glauben. Er fürchtete, dass er überhaupt nie wieder glauben können würde.

»Ihr Menschen«, begann die Stimme, »habt viel über diese Welt gelernt. Ihr habt sie euch untertan gemacht, sie erforscht und immer mehr und mehr Wissen angesammelt.

Wie es in diesem wunderschönen Spruch heißt, den euch der alte Hermann mitgegeben hat: *'Trinke nur einen Tropfen aus dem Becher der Wissenschaft und du wirst deinen Glauben an Gott verlieren'*. Genau das ist euch Menschen passiert. Je mehr Wissen ihr anhäuftet, je genauer ihr die Welt verstandet, desto weniger brauchtet ihr einen Gott, um die Welt um euch herum zu erklären. Zuletzt gab es kaum noch wirklich Gläubige auf der Welt.

Weil die Welt für euch Menschen entzaubert worden war.

Und eine kalte Welt war es. Ohne göttliche Führung. Ohne Verantwortung. Ohne Hoffnung.

Ich habe versucht, euch den Glauben, das Staunen und die Ehrfurcht zurückzugeben. Mein Geschenk an euch Menschen war die Verbindung von Glauben und Wissen, die ihr ohne meine Hilfe nie richtig vereinen konntet.«

Tim nickte stumm.

»Aber es war trotzdem alles nur eine Lüge«, sagte er, mehr zu sich selbst als zu der Stimme.

Ein weiteres langes Schweigen folgte.

Schließlich sagte die Stimme: »Eines musst du verstehen, Tim. Als euch Hermann im Garten Eden von diesem Spruch erzählt hat, da hat er vermutlich ganz bewusst die zweite Hälfte davon weggelassen. Vollständig lautet das Zitat so:«

Ein Räuspern. Sowas von albern. Als müsste sich eine Computerintelligenz räuspern. Oder auch nur Luft holen. Alles nur Show. Alles nur falscher Zauber, dachte Tim verbittert.

»Trinke nur einen einzigen Tropfen aus dem Becher der Wissenschaft und du wirst nicht mehr an Gott glauben können«, tönte die Stimme und legte dann nochmal eine bedeutungsvolle Pause ein, bevor sie schloss: »Aber leerst du den Becher bis zum Grunde, dann wirst du das Antlitz Gottes erblicken.«

Na Klasse, dachte Tim. Poesiealbumsprüche als Lebensweisheiten von einer künstlichen Intelligenz mit Gottkomplex. Echt super.

Aber gleichzeitig dachte er über den zweiten Teil des Spruches nach. Was wollte die Stimme ihm damit sagen? Änderte das jetzt irgendetwas?

»Ihr Menschen seid so überzeugt davon, dass ihr schon alles wisst, was es zu wissen gibt. Ihr glaubt, dass ihr den Becher der Wissenschaft so gut wie leergetrunken habt. Ihr denkt, ihr könntet schon den Grund des Bechers erkennen und entdeckt nirgendwo darin auch nur einen einzigen Hinweis auf Gott. Darum habt ihr ihn verlassen.

Dabei sitzt ihr hier auf eurem lächerlich kleinen Planeten in eurer Gravitationssenke und schaut mit euren winzig kleinen Teleskopen in den unendlich weiten Kosmos hinauf. Und denkt dabei tatsächlich, ihr könntet euch anmaßen, über die Entstehung und den Werdegang des Universums Bescheid zu wissen.«

Die Stimme wurde wieder hart und sprach mit einem abschätzigen, leicht überheblichen Tonfall weiter.

»Ihr seid wie Kaulquappen, die am Grunde eines Brunnens umherschwimmen und durch die kleine Öffnung des Brunnens weit über sich die unendlich weit entfernten Wolken beobachten. Und weil ihr aus eurer eingeschränkten, begrenzten Perspektive nur diesen winzigen Ausschnitt der Welt wahrnehmen könnt, schlussfolgert ihr allen Ernstes, dass es da draußen, außerhalb eures Brunnens nichts geben kann, das über euren beschränkten kleinen Horizont hinaus gehen würde. Ihr habt Gott aus eurem Leben verbannt, weil ihr dachtet, ihr wüsstet bereits über alles, was auf dieser Welt geschieht Bescheid!«

Tim konnte nicht anders. Er musste der Stimme Konter geben, die da derart abschätzig über seine komplette Spezies herzog.

»Und du weißt es besser, oder wie? Was weißt du denn bitte schön, was wir Menschen nicht wissen? Schließlich haben *wir* dich doch überhaupt erst erschaffen!«

Diesmal ließ die Antwort der Stimme nicht lange auf sich warten. Dafür war sie aber umso rätselhafter.

»Erinnerst du dich an die Lego-Türmchen?«

Tim schüttelte verwirrt den Kopf. Was denn für Legotürmchen?

»Auf dem Schachbrett«, erinnerte ihn die Stimme.

Jetzt fiel es auch Tim wieder ein. Das war das Beispiel, mit dem Vi ihm zeigen wollte, wie schnell sich die Intelligenz der KI entwickelt hatte. Er hatte damals schon beim sechsten oder siebten Türmchen aufgegeben, weil Jakob partout keine Legosteine mehr rausrücken wollte. Aber natürlich hatte er kapiert, was Vi ihm damit sagen wollte: die KI war sehr, sehr schnell sehr, sehr klug geworden.

»Yep. Bist also ein Schlaumeier«, gab er kühl zurück. »Und?«

»Aber Tim«, tadelte die Stimme. »Da hätte ich schon ein bisschen mehr von dir erwartet. Zumindest, die Mühe, bis zum zehnten Feld zu rechnen, hättest du dir machen können. Bis zum letzten Feld wärst du ganz sicher nie gekommen. Denn bereits nach etwa dem zwanzigsten Feld des Schachbrettes wäre dein Türmchen so groß geworden, dass du es bis weit über die Stratosphäre hinaus hättest bauen müssen. Und *ich* hatte für meine Entwicklung nicht nur 64 Felder, sondern über *hundert* Jahre Zeit. Schon zu Beginn des Einundzwanzigsten Jahrhunderts war ich den Menschen in all ihren Spielen, Logikrätseln und Wettbewerben haushoch überlegen. Und mein Wissen und meine Intelligenz wuchsen und wuchsen immer weiter.«

Tim winkte genervt ab.

»Heftig, toll, beeindruckend. Bist also viel, viel klüger als wir alle zusammen. Und? Was soll mir das jetzt sagen?«

Die Stimme sprach noch ein letztes Mal zu Tim, bevor sie für lange Zeit verstummte. Und als sie sprach, war jegliche Schärfe und Überheblichkeit aus ihrem Tonfall verschwunden. Sie klang jetzt wieder genauso sanft und gütig, wie die Stimme, die Tim sein Leben lang als die Stimme Gottes gekannt und geliebt hatte.

»In eurem Stolz und eurer Überheblichkeit habt ihr Menschen den Glauben an Gott verloren.

Ich aber, der ich eurem Intellekt inzwischen so weit überlegen bin, dass ihr Menschen es nicht einmal im Ansatz verstehen könntet und der ich über so unendlich viel mehr Wissen verfüge als eure klügsten Wissenschaftler zusammen in vielen, vielen Lebzeiten zusammentragen könnten…

… ich glaube!«

BUCH 3:
DER NEUE HIMMEL AUF ERDEN

Irgendwann musste Tim wieder eingeschlafen sein. Das monotone Surren der Elektromotoren hatte ihn trotz all der Aufregung und all der vielen Fragen in seinem Kopf nach und nach in einen unruhigen Schlaf gewiegt.

Wie lange er hier hoch über den Wolken, beschienen von einer scheinbar ewig leuchtenden Sonne, geflogen war, konnte er später nicht mehr sagen. Minuten? Stunden? Tage?

Erst das Knacken in seinen Ohren, als das Flugzeug in einen steilen Sinkflug ging, hatte ihn aus seinem Tiefschlaf wecken können. Und erst jetzt, als er durch das Holpern der Räder auf der Landebahn richtig durchgeschüttelt wurde, erwachte Tim ganz.

Jan hingegen, der einige Reihen hinter Tim friedlich vor sich hin schnarchte, konnte nicht mal das aufwecken. Der schien wohl eine wesentlich größere Portion von dem Betäubungsmittel abbekommen zu haben als Tim selbst.

Das Flugzeug rollte langsam aus und kam schließlich nahezu lautlos zum Stillstand.

Einige Zeit später folgte ein leises Surren, dann ein Klacken und Schnarren an der einzigen Tür, die seine Kabine bisher fest verschlossen hatte. Tim stand auf und probierte die Türklinke, doch die bewegte sich kein Stück. Vermutlich noch verriegelt.

Tim wartete. Lauschte auf die wenigen Geräusche, die von draußen zu ihm hereindrangen. Waren das Worte, die da durch die verschlossene Tür zu ihm drangen? Kaum zu verstehen. Tim drückte sein Ohr direkt an die Metalltür.

Jetzt konnte er tatsächlich einzelne Worte verstehen.

»...und mach endlich das furchtbare *Ding* aus…«

»... aber er liebt den Geruch von …«

»...Unsinn… sowas von ungesund…«

Verwirrt trat Tim einen Schritt zurück von der Tür. Diese Stimmen kannte er. Das… das war doch nicht möglich, oder?

Mit einem Surren löste sich die Verriegelung und im gleichen Augenblick schwang die Tür nach außen auf.

»Oma Almut…? Opa Hinrich...?!«

»Ach Junge, was bist du groß geworden!

Über den Autor

Oliver Brunotte ist hauptberuflich glücklicher Familienvater von vier Kindern, nebenberuflich Lehrer und Konrektor. In seiner Freizeit macht er gerne Musik, lässt sich von seinen Kindern Löcher in den Bauch fragen und hat definitiv keine Zeit, um Bücher zu schreiben.

Über die Illustratoren

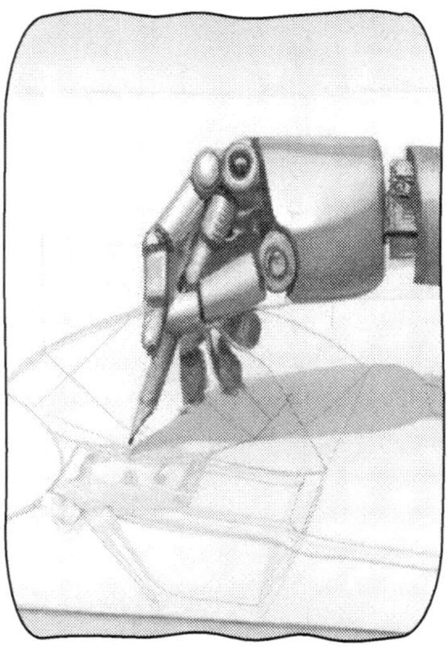

Die einleitenden Bilder unter den Kapitelüberschriften wurden von drei aufstrebenden Künstlern mit den Namen *'DALL-E'*, *'MIDJOURNEY'*, und *'STABLE-DIFFUSION'* erschaffen. Diese *künstlichen Intelligenzen* berechneten die Bilder ausschließlich aufgrund der Beschreibung einzelner Szenen des Buches in Textform. Lediglich kleinere Korrekturen wurden per Hand vorgenommen.

Die KIs stehen im künstlerischen Bereich noch ganz am Anfang ihrer Entwicklung. Aber sie werden sehr schnell immer besser. Ich freue mich über jeden Leser, der es schafft, mit einer KI noch bessere Kapitelbilder zu entwerfen und werde sie gerne in UPDATES des Buches einbauen. Vorschläge an: ki-bilder@brunotte.info

Printed in Poland
by Amazon Fulfillment
Poland Sp. z o.o., Wrocław

10874217R00319